FANTASY

»Packender als jeder andere Fantasy-Stoff – ein Breitwand-Epos
mit jeder Menge Action und brillanten Einfällen,
wie Sie sie in kaum einem anderen Fantasy-Roman
finden werden.«

The Washington Post Book World

Raymond Feist, geboren 1945 in Los Angeles, studierte an der Universität von Kalifornien in San Diego und arbeitete unter anderem als Fotograf, Gebrauchtwagenverkäufer und Erfinder von Spielen, ehe er sich dem Schreiben zuwandte.
Jeder seiner Romane war auf den amerikanischen Bestsellerlisten zu finden. Seine in den achtziger Jahren begonnene Midkemia-Saga gilt als Meisterwerk der modernen Fantasy.
Die Midkemia-Saga wird komplett im Goldmann Verlag erscheinen.

Raymond Feist im Goldmann Verlag

Die Midkemia-Saga 1: Der Lehrling des Magiers (24616)
Die Midkemia-Saga 2: Der verwaiste Thron (24617)
Die Midkemia-Saga 3: Die Gilde des Todes (24618)
Die Midkemia-Saga 4: Dunkel über Sethanon (24611)
Die Midkemia-Saga 5: Gefährten des Blutes (24650)
Die Midkemia-Saga 6: Des Königs Freibeuter (24651)

Die Schlangenkrieg-Saga 1: Die blutroten Adler (24666)
Die Schlangenkrieg-Saga 2: Die Smaragdkönigin (24667)
Die Schlangenkrieg-Saga 3: Die Händler von Krondor (24668)
Die Schlangenkrieg-Saga 4: Die Fehde von Krondor (24784)
Die Schlangenkrieg-Saga 5: Die Rückkehr des schwarzen Zauberers (24785)
Die Schlangenkrieg-Saga 6: Der Zorn des Dämonen (24786)

Weitere Bände in Vorbereitung

DIE
SCHLANGENKRIEG-
SAGA

RAYMOND FEIST

DIE FEHDE VON KRONDOR

Ein Midkemia-Roman

4

Aus dem Amerikanischen
von Andreas Helweg

GOLDMANN

Die amerikanische Originalausgabe erschien unter dem Titel »Rise of a Merchant Prince« (Chapters 11–20) bei William Morrow & Company, Inc., New York

*Dieses Buch
ist Diane und David Clark,
guten Freunden, gewidmet.*

Umwelthinweis:
Alle bedruckten Materialien dieses Taschenbuches sind chlorfrei und umweltschonend.
Das Papier enthält Recycling-Anteile.

Der Goldmann Verlag
ist ein Unternehmen der Verlagsgruppe Bertelsmann

Umschlaggestaltung: Design Team München
Umschlagillustration: Ferenc Regös, Oderding
Satz: deutsch-türkischer fotosatz, Berlin
Druck: Elsnerdruck, Berlin
Verlagsnummer: 24784
Redaktion: Cornelia Köhler
VB · Herstellung: Peter Papenbrok
Made in Germany
ISBN 3-442-24784-5

3 5 7 9 10 8 6 4

1 DAS WRACK DER >ADLER<
2 SHINGAZIS ANLEGESTELLE
3 STADT AM SCHLANGENFLUSS
4 DAS GEBIRGE AM MEER
5 DER FLUSS DEE
6 DER FLUSS SATPURA
7 BUCHT VON SULTH
8 RATN' GARY GEBIRGE (PAVILLON DER GÖTTER)
9 DIE FLUSSLANDE
10 DIE OSTLANDE
11 SCHLANGENFLUSS
PFERDE-KOPF-KAP
SUMANUGEBIRGE
SOTHUGEBIRGE
SCHLANGENSEE
DIE HOHEN KLIPPEN
DIE HEISSEN LANDE
SULTH
HAMSA
DIE GROSSE STEPPE
KILBUR
IRABEK
KHAIPUR
LANADA
EBENE VON DJAMS
MAHARTA
WALD VON IRABEK
PUNI
HAFEN DES LEIDS
PALAMDS
BUCHT VON MAHARTA
CHUFTSKAN
ISPAR
DAS BLAUE MEER
DAS GRÜNE MEER
DER GROSSE WALD DES SÜDENS
GOLF VON RATN' GARY
KAP DES SCHICKSALS
NOVINDUS

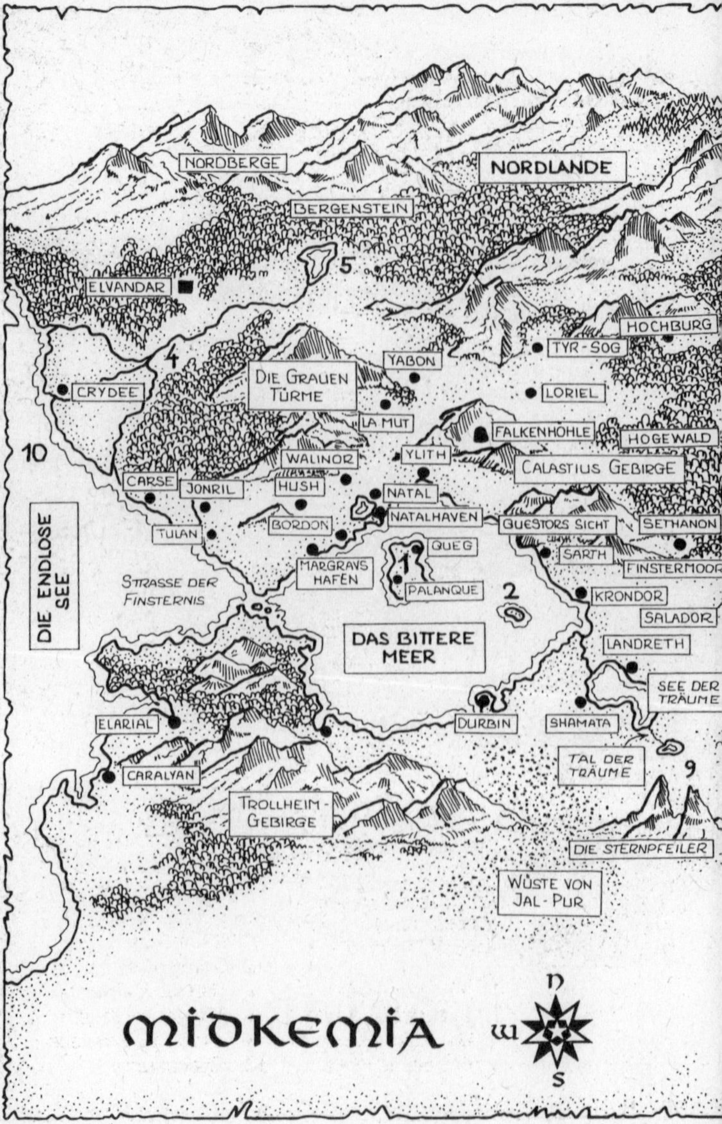
NORDBERGE
NORDLANDE
BERGENSTEIN
5
ELVANDAR
HOCHBURG
TYR-SOG
4
YABON
DIE GRAUEN TÜRME
CRYDEE
LORIEL
LA MUT
FALKENHÖHLE
HOGEWALD
10
WALINOR
YLITH
CALASTIUS GEBIRGE
CARSE
JONRIL
HUSH
NATAL
NATALHAVEN
DIE ENDLOSE SEE
TULAN
BORDON
QUESTORS SICHT
SETHANON
QUEG
SARTH
FINSTERMOOR
MARGRAVS HAFEN
1
STRASSE DER FINSTERNIS
PALANQUE
2
KRONDOR
SALADOR
DAS BITTERE MEER
LANDRETH
SEE DER TRÄUME
ELARIAL
DURBIN
SHAMATA
TAL DER TRÄUME
CARALYAN
9
TROLLHEIM-GEBIRGE
DIE STERNPFEILER
WÜSTE VON JAL-PUR
MIDKEMIA
N
W
S

Die Zähne der Welt
Eisenpass
6
Wächter des Nordens
Rodez
Ran
Romney
Tiburn
3
Silden
Sadara
Cheam
Rillanon
8
Timons
See des Königreichs
Durronys Tal
Niederhohnheim
Die Grauen Berge
Malvenhafen
Gipfel der Ruhe
Das Kaiserreich Gross-Kesh
7
1 Königreich Queg
2 Insel des Zauberers
3 Das Königreich
4 Das Grüne Herz
5 Himmelssee
6 Dunkelhain
7 Die Grünen Welten
8 Königreich Roldem
9 Grosser Sternensee
10 Ferne Küste

Die Geschichte von Roo

Teil 2

Der Reichtum, wie auch immer erworben,
stellt in England Handwerker
und Lebemänner in den Adelsstand,
alte Familien und hohe Geburt
braucht keiner hier,
Unverschämtheit und Geld,
die machen den Peer.

Daniel Defoe,
Der waschechte Engländer

Eins

Reise

Jason zeigte auf etwas.

Der Stapel von Büchern vor dem ehemaligen Kellner war entmutigend. »Nun, ich bin sie alle durchgegangen«, verkündete er, schob seinen Stuhl zurück und stand von dem Schreibtisch auf, den man in einer Ecke des Gebäudes untergebracht hatte.

Tischler hatten Regale für Jason gebaut und seinen Arbeitsbereich mit einem niedrigen Geländer umgeben, über das hinweg er jeden sehen konnte, der eintrat. Roo hatte dem jungen Mann die Verantwortung dafür übertragen, daß hier alles seinen ordentlichen Gang nähme, wenn er, Duncan und Luis abwesend wären.

Duncan wirkte gelangweilt, wie meistens, wenn es sich um geschäftliche Angelegenheiten handelte – außer er wurde gerade bezahlt –, und Luis war wie gewöhnlich schweigsam. Roo fragte: »Und?«

Jason erstattete Bericht: »Also, du stehst besser da, als du gedacht hast, falls du einige der Schulden eintreiben kannst.« Er hielt ein Pergament hoch, an dem er seit Tagen gearbeitet hatte: »Ich habe eine Liste unserer Schuldner aufgestellt.«

Roo sah die Liste durch. »Darunter befinden sich ja eine Reihe Adlige!«

Jason lächelte. »Meinen Erfahrungen bei Barret nach lassen die sich gern viel Zeit mit dem Bezahlen ihrer Rechnungen.« Er zögerte kurz, fügte dann hinzu: »Falls ich mir die Bemerkung erlauben darf: Vielleicht solltest du einigen von ihnen die Rechnung solange anschreiben, bis du am Hofe jemanden in einflußreicher Stellung brauchst, der dir einen Gefallen schuldet; du weißt schon, was ich meine.«

Roo nickte. »Das darfst du dir erlauben.«

Jason hielt eine weitere Liste hoch. »Hiermit hatte ich mehr Schwierigkeiten.«

Roo sah auf die zweite Liste. »Was ist das?«

»Die Leute, mit denen Mr. Grindle in fernen Städten gehandelt hat, deren Identität jedoch unklar ist.«

Roos Verwirrung war nicht zu leugnen. »Deren Identität unklar ist?«

Jason erklärte: »Das ist nicht ungewöhnlich. Diejenigen, die mit wertvollen Waren handeln, wollen oft nicht, daß jemand anders erfährt, welche seltenen Stücke in ihrem Besitz sind oder daß sie sie verkaufen wollen. Daher sind die Namen verschlüsselt. Und nur Mr. Grindle wußte, welche Personen sich dahinter verbergen.«

Roo brütete über der Liste. »Vielleicht kennt Karli den einen oder anderen von ihnen. Sie hat wesentlich besser über Helmuts Geschäfte Bescheid gewußt, als er ahnte.«

Duncan fragte: »Und was werden wir jetzt machen?«

Roo war vom Benehmen seines Cousins in letzter Zeit immer wieder gereizt. Der beschwerte sich laufend darüber, nicht soviel zu sagen zu haben wie Luis. Roo hätte ihm gern mehr Befugnisse übertragen, aber Duncan fehlte es einfach am Willen zu harter Arbeit. Luis auf der anderen Seite klagte so gut wie nie und ging bei jeder Aufgabe, die er erledigte, mit peinlicher Genauigkeit vor, während Duncan leicht nachlässig wurde und manche Dinge schlicht liegenließ.

Roo verkniff sich eine böse Antwort: »Wir brechen am Morgen nach Salador auf. Wir müssen dort eine besondere Fracht ausliefern.«

»Salador?« fragte Duncan. »Da kenne ich ein Serviermädchen.«

Roo bemerkte: »Du kennst überall ein Serviermädchen.«

»Stimmt«, bestätigte der frühere Söldner. Seine Laune schien sich bei der Aussicht auf Luftveränderung deutlich zu bessern.

Es war Luis, der fragte: »Und welche Fracht geht nach Salador?«

Roo reichte ihm ein zusammengerolltes Pergament. Luis machte es auf, las es und riß die Augen auf. »Das ist ja nicht zu glauben.«

Bei dieser Bemerkung wurde Duncan schließlich auch neugierig. »Was denn?« fragte er.

»Wir bringen eine Fracht vom Palast zum Hofe des Herzogs von Salador«, antwortete Roo.

»Zum Cousin des Königs?« fragte Jason.

»Zu genau dem. Ich habe keine Ahnung, was das für eine Fracht ist, aber der Prinz von Krondor hat um schnellste Beförderung gebeten – uns –, und es wird eng werden. Aber der Preis ist einfach zu gut, um den Auftrag abzulehnen. Und wenn wir da sind« – er hielt die Liste hoch – »können wir auch gleich herausfinden, wer hinter diesen beiden Namen in Salador steckt.« Er brütete weiter über der Liste. »Und hier sind noch ein weiteres halbes Dutzend Namen im Umkreis von Salador. Ich denke, wir werden unsere Fracht ausliefern und uns dann ein bißchen im Osten umsehen. Aber jetzt werde ich erst mal nach Hause gehen und mit Karli sprechen, und dann werden Duncan und ich beim ersten Licht morgen früh zusammen aufbrechen.« Er wandte sich an Duncan. »Bleib hier und paß gut aufs Geschäft auf.«

Duncan runzelte die Stirn, wußte er doch, daß er, wenn man

ihm die Wahl lassen würde, vermutlich erst am nächsten Mittag wieder hier erscheinen würde, und zwar mit einem ordentlichen Kater.

»Luis, du übernimmst die Verantwortung, solange Duncan und ich –«

Duncan mischte sich ein: »Wart mal einen Augenblick, Cousin. Warum nimmst du nicht Luis mit und läßt mich den Laden führen?«

Roo blickte seinen Cousin kurz an; demnach hatte Duncan also ein neues Mädchen. Mit einem sarkastischen Lächeln auf den Lippen belehrte ihn Roo: »Weil ich es vorziehe, nächsten Monat zurückzukommen und immer noch im Geschäft zu sein.«

Er ignorierte Duncans düstere Miene, während er Luis weitere Anweisungen gab. »Du übernimmst also die Verantwortung, und falls etwas Unvorhergesehenes passiert, gehst du zu Karli. Jason weiß, welche Mittel wir haben. Wenn du also ein Geschäft machst, das unsere Rücklagen erschöpft, dann sollte es sich wenigstens um ein sicheres Geschäft handeln.«

Luis lächelte. Er hatte Roo immer wieder gesagt, es gäbe keine ›sicheren‹ Geschäfte. »Verstanden«, gab er zurück.

Roo fuhr fort: »Jason, und du kümmerst dich um die Bücher. Am besten fängst du ein neues an, beginnend mit dem Tag, seit dem ich die Gesellschaft allein führe.«

»Das kann ich wohl tun«, antwortete Jason.

»Gut, und schreib darauf: Avery und Partner.« Er wandte sich zur Tür, blieb jedoch noch einmal stehen. »Und erwähne die Namensänderung Karli gegenüber nicht, bis ich wieder zurück bin.«

Jason und Luis wechselten einen Blick, doch keiner von beiden sagte etwas. Roo verließ die Schreibstube und machte sich auf den Heimweg. Die Sonne ging gerade unter, und die Straßen der Stadt waren belebt. Straßenhändler priesen ihre Waren an und versuchten, noch etwas an den Mann zu bringen, ehe sie den Tag beendeten und nach Hause gingen, während Boten vorbeieilten, um die letzten Briefe auszutragen.

Roo suchte sich seinen Weg durch die Menge, und als er zu Hause ankam, war die Sonne hinter den Häusern gegenüber dem der Grindles untergegangen. Er sah sich um und bemerkte plötzlich, wie schmuddelig dieses Viertel war. Abermals schwor er sich, sobald wie möglich mit seiner Frau in eine anständigere Gegend der Stadt zu ziehen.

Er öffnete die Tür und trat ein. Karli war in der Küche und unterhielt sich mit Rendel, der Köchin, und Mary, der Magd. Mary erblickte Roo als erste und sagte: »Oh, Sir, bitte, die Herrin!« Seit der Hochzeit titulierte die Magd Karli als »die Herrin des Hauses« oder einfach nur »die Herrin«, als wäre Karli eine Adlige. Roo mochte das, und er mochte es ebenfalls, wenn sie ihn als »Sir« oder »Meister« ansprach.

Roo brauchte einen Moment, bis er verstanden hatte, was los war. Karli stand an dem großen Tisch, der die Küche beherrschte, und hielt sich an dessen Kante fest. Ihre Knöchel waren weiß, so sehr verkrampfte sie die Hände. »Was ist los?« fragte er.

Rendel, eine große Frau von unbestimmbarem Alter, brummte: »Sie frißt schlecht, die Ärmste.«

Roo runzelte die Stirn und wußte nicht recht, ob es ihm gefiel, wenn man über seine Frau sprach wie über das Vieh im Stall. »Karli?«

»Nur ein bißchen Magengrimmen«, beschwichtigte sie. »Ich bin vor kurzem nach Hause gekommen, und der Geruch von Essen ...« Sie wurde noch blasser, und plötzlich hielt sie die Hand vor den Mund und versuchte, was auch immer sich in ihrem Magen befand, dortzubehalten. Sie wandte sich ab, rannte aus der Küche und machte sich zum Abort auf.

Mary, ein einfaches Mädchen mit bescheidenem Verstand, ließ sich vernehmen: »Ich mache mir solche Sorgen um die Herrin.«

Rendel lachte und wandte sich wieder dem Gemüse zu, das sie in einem Eimer wusch. »Das wird schon wieder werden.«

Roo sah von einer zur anderen und wußte nicht recht, was nun zu tun war. Mary bot sich an: »Soll ich gehen und nach der Herrin schauen?«

»Nein, laß nur, das mache ich schon«, lehnte Roo ab und ging hinter seiner Gemahlin her zur Hintertür der Küche hinaus.

Die einfache Fassade des Hauses verbarg nicht nur die reiche Einrichtung, sondern auch den kleinen Garten, der dahinter lag. Karli verbrachte hier einen großen Teil ihrer Zeit. Gemüse und Blumen verlangten der Pflege. An der gegenüberliegenden Seite stand der bescheidene Abort, aus dem man Karli würgen hören konnte.

Als Roo die Tür erreichte, öffnete sie sich und Karli trat heraus, kreidebleich im Gesicht. »Geht's dir besser?« erkundigte sich Roo und bedauerte die Frage im gleichen Augenblick.

Denn Karlis Ausdruck machte sie zur dümmsten Frage, die er je gestellt hatte. Doch Karli antwortete: »Wird schon werden.«

»Soll ich nach dem Heiler schicken?« wollte Roo wissen.

Karli lächelte über seine offensichtliche Besorgnis. »Nein, dabei kann mir ein Heiler auch nicht helfen.«

Panik machte sich auf Roos Gesicht breit. »Bei den Göttern! Was hast du denn?«

Karli konnte nicht anders, sie schüttelte sich vor Lachen, wenngleich ihr danach im Moment gar nicht der Sinn stand. Sie nahm seinen Arm und ließ sich von ihm zu der Steinbank neben dem kleinen Brunnen führen. »Nichts, weswegen du dir Sorgen machen müßtest, Roo«, beruhigte sie ihn. Als sie sich gesetzt hatten, fuhr sie fort: »Ich wollte nur erst ganz sichergehen. Du wirst Vater werden.«

Roo saß einen Augenblick da und bekam kein Wort heraus. »Ich muß mich setzen.«

Karli lachte. »Du sitzt doch schon.«

Roo erhob sich. »Aber jetzt muß ich mich setzen«, und setzte sich wieder. Dann zog sich sein schmales Gesicht zu dem breitesten Lächeln auseinander, das Karli je bei ihm gesehen hatte. »Ein Kind?«

Karli nickte, und Roo bemerkte plötzlich, daß er sie noch nie so schön gefunden hatte. Er küßte sie auf die Wange. »Wann ist es soweit?«

»In sieben Monaten«, sagte sie.

Roo rechnete und riß die Augen auf. »Dann ...«

Sie nickte. »In der ersten Nacht.«

Roo staunte. »Stell dir das mal vor.« Reglos und ohne etwas zu sagen saß er eine Weile da. Dann schoß ihm ein Gedanke durch den Kopf. »Ich werde Luis das Schild in ›Avery und Sohn‹ ändern lassen, und zwar sofort.«

Karli kniff die Augen zusammen. »Du willst den Namen der Gesellschaft ändern lassen?«

Roo nahm ihre Hand und erwiderte: »Natürlich. Die Welt soll wissen, daß ich einen Sohn bekomme.« Er stand auf. »Ich muß es Duncan und Erik erzählen, ehe ich morgen losfahre.«

Er hatte den Garten schon halb durchquert, als sie fragte: »Morgen losfahren?«

Er blieb stehen. »Ich muß eine ganz besondere Fracht für den Prinzen nach Salador bringen. Ich erzähle es dir, wenn ich wieder zurück bin, aber jetzt muß ich Erik und Duncan unbedingt erzählen, daß ich Vater werde.«

Er schoß los, ohne auf eine Antwort zu warten. Karli blieb schweigend sitzen. Schließlich erhob sie sich langsam. An sich selbst gewandt, fragte sie: »Und wenn es nun eine Tochter wird?«

Im schwindenden Licht kehrte sie in das einzige Heim zurück, welches sie in ihrem ganzen Leben gekannt hatte, und sie fühlte sich plötzlich in ihrem eigenen Haus wie ein Gast.

Roo stöhnte. Duncan lachte, gab den Pferden die Zügel und trieb sie zum Stadttor hinaus. Duncan, Luis, Erik und Roos andere Freunde hatten nach der Verkündung seiner bevorstehenden Vaterschaft ein Faß aufgemacht, und nun mußte Roo den Preis dafür zahlen. Duncan hatte ihn zu Hause abgeliefert, und Roo war fast ohnmächtig neben Karli ins Bett gesunken. Ohne ein Wort zu sagen, hatte sie ihn am nächsten Tag geweckt, als Duncan wider alle Erwartung pünktlich erschienen war.

Sie waren noch vor der Dämmerung zum Geschäft gegangen, hatten die Pferde vor den Wagen gespannt und waren zum Palast gefahren. Am Tor hatte schon eine Gruppe Männer auf sie gewartet und rasch die Fracht für Salador aufgeladen.

Dann war zu Roos Überraschung Erik mit einem Trupp Reiter angekommen, der die Fracht eskortieren sollte. Erik hatte jedoch ebenfalls nicht gewußt, was sich in den Kisten befand.

Jetzt war es Mittag, und die Wagen holperten in zügigem Tempo über die Königsstraße hinauf in die südlichen Ausläufer des Calastiusgebirges. »Die Pferde brauchen langsam eine Pause«, befand Roo.

Duncan zügelte das Gespann und rief: »Erik, Zeit für eine Pause.«

Erik, der ein kurzes Stück vorausgeritten war, nickte, wendete das Pferd und stieg ab. Er machte den anderen Wachen ein Zeichen, das gleiche zu tun. Am Rand der Straße pflockte er sein Pferd an und ließ es grasen.

Duncan holte einen Wasserschlauch hervor und trank, dann reichte er den Schlauch Roo. Der spritzte sich erst einmal Wasser ins Gesicht, bevor er gleichfalls trank.

Erik gesellte sich zu ihnen und fragte: »Na, wie geht es deinem Kopf?«

»Der ist einfach zu klein für die großen Schmerzen«, erwiderte Roo. »Warum hab ich das bloß getan?«

Erik zuckte mit den Schultern. »Ich habe mich selbst gewundert. Du scheinst dir alle Mühe zu geben, von Anfang an ein guter Vater zu sein.«

Roo nickte. »Um die Wahrheit zu sagen, ich habe fürchterliche Angst. Ich, als Vater?« Er zog Erik vom Wagen fort und wies Duncan an: »Kümmere dich bitte um die Pferde.«

Als sie außer Hörweite der anderen waren, fragte Roo: »Weißt du nicht, wie man sich als Vater benehmen muß? Von meinen alten Herrn kenne ich nur Schläge. Ich meine, was erwartet man von mir, wenn das Kind zur Welt kommt?«

»Da fragst du leider den Falschen«, konnte Erik darauf nur antworten. »Ich habe nie so etwas wie einen Vater gehabt.«

Auf Roos Gesicht machte sich etwas breit, das man fast als Panik hätte bezeichnen können. »Was soll ich bloß tun, Erik?«

Erik grinste. »Du machst nur durch, was wir alle manchmal durchmachen. Eine große Veränderung. Zuerst eine Frau, jetzt ein Kind.« Er rieb sich das Kinn. »Ich habe mich oft gefragt, wie es wohl wäre, wenn ich mich verlieben, heiraten und Kinder bekommen würde.«

»Und?«

»Ich habe nicht die geringste Ahnung.«

»Du bist mir vielleicht eine Hilfe.«

Erik legte Roo die Hand auf die Schulter. »Also, ich kann dir vielleicht einen Rat geben. Wenn ich jemals Vater werden sollte und etwas passiert, mit dem ich nicht gerechnet habe, würde ich mich immer fragen: Was würde Milo jetzt tun?«

Roo grübelte einen Augenblick darüber nach. Dann lächelte er: »Er ist der beste Vater, den ich mir denken kann, so wie er Rosalyn und dich als Kinder behandelt hat.«

»Genau das habe ich gemeint«, stimmte Erik zu. »Wenn ich irgendwie nicht weiter weiß, stelle ich mir immer vor, was Milo wohl getan hätte.«

Als wäre die Aussicht auf das Vaterwerden nun nicht mehr ganz so erschreckend, hellte sich Roos Gesicht wieder auf. »Also, ich glaube, ich muß noch ein bißchen Wasser trinken.«

Erik lachte. »Nimm's nicht so schwer, Roo. Du hast noch genug Zeit, um dich von der letzten Nacht zu erholen.«

Sie machten sich wieder zum Wagen auf. »Warum hast du eigentlich den Befehl über diese Eskorte übernommen?«

»Ich habe darum gebeten«, antwortete Erik. »Im Palast laufen die Dinge wie von selbst, und der Prinz denkt wohl, diese Ladung bedürfe eines besonderen Schutzes; und schließlich war ich seit einem Jahr nicht mehr zu Hause.«

Roo blinzelte. »Ist tatsächlich schon wieder ein Jahr ins Land gegangen?«

»Und auf diese Weise kann ich Ravensburg gleich zweimal besuchen«, fügte Erik hinzu. »Kurz auf dem Heimweg, und auf dem Rückweg können wir vielleicht einen Tag länger dortbleiben und ein bißchen feiern.«

»Nun, du hast deine Mutter und Nathan, Milo und Rosalyn. Viele Freunde«, meinte Roo.

»Du hast auch ein paar Freunde, Roo.«

Roo lächelte. »Ich frag mich, wie es Gwen geht.«

Erik legte die Stirn in Falten. »Du bist ein verheirateter Mann, Roo.«

Roo griff unter den Kutschenbock und holte eine Tasche mit Proviant hervor, aus der er etwas Brot nahm. Er brach ein Stück ab, stopfte es sich in den Mund und spülte es mit Wasser hinunter. »So verheiratet bin ich nun auch wieder nicht.«

Erik setzte eine finstere Miene auf. Roo hob die Hand. »Ich meine, ich bin nicht so verheiratet, daß ich mich nicht einmal mit alten Freundinnen treffen kann, nur weil sie Frauen sind.«

Erik sah seinem Freund tief in die Augen. »Wenn du das meinst.«

Duncan hatte die Pferde versorgt und kam zurück. »Alles in Ordnung.«

Roo kletterte auf den Wagen. »Na, dann wollen wir weiterfahren. Der Herzog von Salador wartet auf diese Ladung, und wir bekommen schließlich eine Prämie, damit wir uns beeilen.«

Duncan seufzte; der Kutschbock war so bequem wie ein fahrender Stein. »Ich hoffe, die Prämie lohnt die Mühe«, versetzte er schlechtgelaunt.

Die Reise verlief ohne Zwischenfälle. Zweimal hatte Eriks Gegenwart die Verhandlungen mit örtlichen Wachtmeistern beschleunigt und Roo wertvolle Stunden gespart. Der Besuch in Ravensburg war kurz gewesen. Sie waren nach Sonnenuntergang in Milos Gasthaus Zur Spießente angekommen und bereits vor Sonnenaufgang waren sie wieder aufgebrochen, ohne Rosalyn und ihre Familie zu besuchen. Erik versprach seiner Mutter, er würde auf dem Rückweg länger verweilen.

In Finstermoor hatten die Wachen Erik und Roo zwar erkannt, jedoch nichts gesagt. Dennoch fühlte sich Roo wesentlich wohler, sobald die Stadt hinter ihnen lag.

Als Kind hatte Roo seinen Vater nur zweimal nach Salador begleitet, und jetzt sah er das Reich des Ostens zum ersten Mal mit den Augen eines Erwachsenen. Das Land, durch welches sie fuhren, wurde seit Jahrhunderten bewirtschaftet. Die Bauernhöfe waren, wenn man sie von der fernen Straße aus sah, so sauber, als hätte ein Maler Miniaturen in die Landschaft gezeichnet. Verglichen damit war das Reich des Westens immer noch eine rauhe Gegend, und die Länder jenseits des Meeres primitiv und wild.

Gegen Mittag erreichten sie die Stadttore von Salador, und Erik ließ die Kolonne kaum langsamer werden, während sie an der Stadtwache vorbeizogen. Er rief: »Fracht vom Prinzen für den Herzog!«

Einer der Soldaten hatte die ganze Zeit über ein Banner mit sich getragen, welches nun ausgerollt wurde. Es zeigte das Wappen des Prinzen von Krondor. Morgens hatten die Soldaten die Wappenröcke angezogen, die sie in ihren Satteltaschen aufbewahrt hatten, und Roo stellte nun fest, daß sich unter ihnen nicht nur Truppen der Stadt, sondern auch Angehörige von Prinz Patricks Leibwache befanden. Roo fragte sich abermals, woraus die Fracht wohl bestehen mochte, wußte jedoch, daß er das wohl nie erfahren würde.

So ging es durch die Stadt, und Roo war erstaunt, wie viele Menschen auf den Straßen unterwegs waren. Krondor mochte die Hauptstadt des Westlichen Reiches sein, doch im Vergleich mit den Städten im Osten war es klein. Salador war nach Rillanon die zweitgrößte Stadt des Königreichs, und die Wagen brauchten länger als eine Stunde, um ihren Weg durch die Menge zum herzoglichen Palast zu finden.

Der Palast des Prinzen in Krondor stand auf einem sich abrupt erhebenden Hügel gleich am Hafen. Das Heim des Herrschers von Salador stand ebenfalls auf einem Hügel, doch über eine Meile entfernt vom Hafen. Der Hügel neigte sich sacht dem Stadtkern zu, und erst weit dahinter konnte Roo den Hafen erkennen.

»Ich vergesse jedesmal, wie verdammt groß diese Stadt ist«, meinte Duncan.

»Mir ist das noch nie aufgefallen«, erwiderte Roo nur.

Sie erreichten den Palast, und Erik meldete sie bei der Wache an. Die Wache winkte die Wagen durch, während jemand zum Herzog lief, um ihm die Ankunft der Fracht mitzuteilen. Eine dritte Wache führte Roos Wagen durch ein breites Doppeltor, zu dessen einer Seite sich eine riesige Freitreppe erhob.

»Müssen wichtige Leute sein, für die diese Treppe gebaut worden ist«, vermutete Duncan. Er sprang vom Wagen und deutete mit dem Kopf auf die kleinere Tür gleich vor ihnen. »Die ist bestimmt für gewöhnliche Leute.«

»Hast du etwas anderes erwartet?« gab Roo zurück.

Duncan seufzte und rieb sich den Hintern. »Ich weiß nur eins. Heute abend möchte ich zuerst ein heißes Bad, und dann eine heiße Frau, die mich den Rest der Nacht über warm hält.«

Roo lächelte. »Das läßt sich sicherlich bewerkstelligen.«

Die Tür des Palastes öffnete sich, und ein junger, gutgekleideter Mann kam die Treppe herunter; ihm folgte der Hofstaat. Dann bemerkte Roo, daß sich das Gefolge locker um eine ältere Frau gruppiert hatte. Sie war bestimmt über achtzig, und dennoch ging sie sicheren Schritts und mit aufrechter Haltung. Sie hielt einen verzierten Gehstock mit goldenem Knauf, aber der schien mehr der Zierde denn als Stütze zu dienen. Ihr graues Haar war auf eine Weise hochgesteckt, wie Roo es noch nie gesehen hatte, und es wurde von juwelenbesetzten goldenen Nadeln gehalten.

Der junge Mann trat zu Erik, welcher sich verneigte. »Mein Lord.«

»Großmutter«, wandte sich der junge Mann an die ältere Dame, »es ist angekommen.« Die beiden großen Türen neben der Treppe wurden geöffnet, und Diener in der Livrée des herzoglichen Haushalts liefen herbei. Der junge Mann zeigte auf den Wagen, und die Diener machten die Persenning los, welche die Fracht geschützt hatte. Die sechs großen Kisten wurden vorsichtig abgeladen.

Die Frau zeigte auf die erste Kiste. »Öffnet sie.«

Die Diener gehorchten: Dann stocherte die alte Frau in einer lockeren Ansammlung von Kleidern herum. »Das ist nicht viel, was von einem Leben geblieben ist, nicht?«

Roo und Duncan wechselten einen Blick, und der junge Mann sagte zu Erik: »Sagt Cousin Patrick, wir wären ihm überaus dankbar. Großmutter?«

Die alte Frau lächelte, und hinter diesem Lächeln entdeckte Roo etwas von der Schönheit, die sie einst besessen haben mußte. »Ja, wir sind dankbar.«

Sie machte den Dienern ein Zeichen, die Kisten hochzuheben. »Arutha ... er hat mir immer sehr viel bedeutet. Abgesehen von meinem Gemahl vermisse ich ihn von allen am meisten.« Sie schien sich in ihren Gedanken zu verlieren, dann rief sie: »Duncan?«

Duncan trat vor. Die Verwirrung stand ihm ins Gesicht geschrieben, als der junge Mann, der bei der alten Dame stand, erwiderte: »Großmutter?«

»Meine Dame?« fragte Duncan.

Die alte Frau sah die beiden Männer an und lächelte. »Ich habe meinen Enkel gemeint, Sir«, wandte sie sich Duncan Avery zu. »Ich möchte vermuten, Euer Name ist ebenfalls Duncan?«

Duncan zog seinen Hut und versuchte sich in einer höfischen Verneigung. »Duncan Avery, zu Euren Diensten, meine Dame.«

Die Frau trug ihrem Enkel auf: »Sag deinem Vater, ich würde mich in Bälde zu ihm gesellen, Duncan.«

Der junge Mann nickte, bedachte den anderen Duncan mit einem Blick und eilte dann die Treppe hinauf. Die alte Dame stellte sich vor Duncan Avery und betrachtete ihn. »Ich kenne dich doch«, meinte sie leise.

Duncan lächelte so charmant er nur konnte. »Meine Dame, ich fürchte, das ist kaum möglich. Ich bin sicher, wären wir uns je begegnet, hätte ich das nie vergessen.«

Die Frau lachte, und Roo war überrascht, welche Jugendlichkeit in diesem Lachen mitschwang. »Ich hatte recht. Ich kenne dich. Ich habe dich geheiratet.« Sie wandte sich ab, und fügte, während sie wieder zu ihrem Gefolge trat, hinzu: »Oder jemanden, der dir einmal sehr ähnlich sah, vor langer, langer Zeit.« Ohne einen Blick zurück fügte sie dann noch an: »Und falls ich dich jemals in der Nähe einer meiner Enkelinnen entdecke, werde ich dich mit der Peitsche aus der Stadt treiben lassen.«

Duncan warf Roo einen entsetzten Blick zu. Dann drehte sich die alte Dame auf der ersten Stufe noch einmal um, und Roo bemerkte den Schalk in ihrem Lächeln. »Oder ich lasse dich in meine Gemächer bringen. Ich wünsche Euch eine angenehme Reise, meine Herren.« Sie wandte sich an Erik. »Feldwebel, teilt meinem Großneffen mit, ich wäre ihm ausgesprochen dankbar für dieses Andenken an meinen Bruder.«

Erik salutierte. »Meine Dame.«

Roo trat zu Erik. »Wer war das?« fragte er.

»Das war Carline, die Herzoginwitwe von Salador. Die Tante des Königs«, erklärte Erik.

Duncan lachte. »Sie muß mal eine tolle Frau gewesen sein.«

Roo stieß seinem Cousin den Ellbogen in die Rippen. »Scheint, sie ist immer noch eine.«

Sie kehrten zu ihren Wagen zurück, und Duncan fragte: »Und das war jetzt eine so wertvolle Fracht? Einige alte Kleidungsstücke und so was?«

Roo bestieg den Wagen. »Scheint so. Aber sie bedeuten ihr anscheinend viel.«

Duncan stieg ebenfalls auf, und Roo rief: »Wohin geht's jetzt, Erik?«

»Ins Gasthaus zum Flinken Fuhrmann«, kam die Antwort. »Wir sind auf dem Weg hierher daran vorbeigekommen. Und es geht alles auf Kosten des Herzogs.«

Roo lächelte bei dem Gedanken, die Nacht auf Kosten des Herzogs zu verbringen. Jede Münze, die er sparte, konnte er wieder ins Geschäft stecken und damit die Verluste decken, die bei Helmuts Ermordung entstanden waren. Beim Gedanken an den Mord verfinsterte sich Roos Miene, und er merkte, daß sich seine gute Laune verflüchtigte.

Das Gasthaus war bescheiden, aber sauber, und nach der langen Reise genoß Roo erst einmal ein heißes Bad. Duncan fand ein williges Dienstmädchen, und Roo trat mit Erik und den Soldaten in die Schenke. Roo machte Erik ein Zeichen, er solle sich mit ihm an einen Tisch setzen, und als er sicher war, daß niemand hören konnte, was er sagte, fragte er leise: »Weißt du, was da eigentlich vorgeht?«

Erik fragte zurück: »Wie, was vorgeht?«

»Diese eilige Beförderung von alten Kleidern.«

Erik zuckte mit den Schultern. »Ich glaube, es waren einige der Besitztümer des alten Prinzen, von denen Prinz Patrick annahm, daß seine Großtante sie gern würde haben wollen.«

»Soweit habe ich das auch verstanden. Ich verstehe auch, warum ich die Frachten in den Palast bringen soll.« Er ließ unausgesprochen, was beide über seinen Vertrag mit dem Palast wußten. »Aber diese Fracht hätte doch jeder befördern können, und warum die Eile?«

»Vielleicht ist die alte Frau krank«, gab Erik zu bedenken.

Roo schüttelte den Kopf. »Wohl kaum. Sie sah aus, als würde sie Duncan am liebsten die Hosen runterreißen.«

Erik lachte. »Sie war ganz schön freimütig, nicht?«

»Wollte de Loungville mir damit einen Gefallen tun?« mutmaßte Roo.

Erik schüttelte den Kopf. »Der bestimmt nicht. In dieser Angelegenheit hat er nichts zu sagen; Tatsache ist, daß das niemand aus der Armee hat, weder von unserer Truppe noch von der des Palastes. Du wurdest vom Amt des Kanzlers ausgesucht.«

»Also von Herzog James.«

»Schätze ich«, antwortete Erik und gähnte plötzlich. »Ich bin müde. Warum machen wir uns nicht morgen weiter Gedanken darüber? Außerdem, wen interessiert es, ob eine Arbeit sinnlos ist oder nicht, solange sie nur gut bezahlt wird.«

Er stand auf und machte seinen Männern ein Zeichen, sie sollten sich für die Nacht zurückziehen. Roo blieb noch eine Weile allein sitzen, und ein Serviermädchen kam zu ihm und fragte nach seinen Wünschen. Sie lächelte ihn an. Zunächst erwiderte er das Lächeln, wie das jeder junge Mann getan hätte, dann schüttelte er den Kopf.

Und zu dem Stuhl hin, von dem Erik gerade aufgestanden war, flüsterte er: »Ich sorge für sie.«

Zurück in Ravensburg wurde der Besuch dieses Mal festlicher begangen als der vorangegangene, nur kurze auf der Hinfahrt. Da sie wußten, daß Roo kam, hatten die alten Freunde ein Fest für ihn vorbereitet.

Erik und seine Wachen hatten Salador am Morgen nach der Auslieferung verlassen, während Roo und Duncan sich auf die Suche nach diesen geheimnisvollen Geschäftsfreunden von Helmut machten, die Jason in den Büchern entdeckt hatte. Ein paar von ihnen waren Karli bekannt gewesen, und bald hatte Roo sie in der Gegend um Salador ausfindig gemacht. Bei jedem dieser Geschäftspartner gab es einen anderen Grund für die Diskretion, mit der Helmut Grindle vorgegangen war. Aber alle bis auf einen hatten zugestimmt, auch in Zukunft mit Roos neuer Gesellschaft Geschäfte machen zu wollen, und der eine, der davon Abstand genommen hatte, hatte Roo die offenstehenden Beträge ausgezahlt. Roo war mit dem Ausgang der Angelegenheit hochzufrieden.

Erik war vorgeritten, damit er ein paar Tage in Ravensburg verbringen konnte. Roo verspürte kein Interesse daran, längere Zeit in der Stadt seiner Jugend zu verweilen, und wollte dort nur eine Nacht verbringen, bevor er in sein neues Heim in Krondor zurückkehrte.

Wenigstens sechzig Leute hatten sich im Schankraum der Spießente versammelt, und Erik grinste, weil so viele Leute zu seinen Ehren erschienen waren. Roo beobachtete seinen Freund durch den bevölkerten Raum und verspürte dabei etwas Neid. Roo wurde von den meisten Leuten in der Stadt als Spitzbube betrachtet, und obwohl er fast jeden kannte, besaß er doch nur wenig Freunde. Erik hingegen hatte sich immer mit allen gut verstanden, Roo eingeschlossen.

Roo lächelte, obwohl er eigentlich gar nicht so guter Laune war. Eriks Mutter, Freida, die so lange eine ständige Regenwolke in Roos Leben gewesen war, kam durch die Küchentür und strahlte wie die Mittagssonne. Sie lächelte noch breiter, als sie sah, wie sich ihr Sohn und ihr Ehemann unterhielten. Die Heirat hatte Freida ohne Zweifel gutgetan, dachte Roo. Er fragte sich, ob er sich je in seinem Leben so über seine Familie freuen würde. Beim Gedanken an Karli verspürte er Sorge, aber Frauen hatten schon seit Urzeiten Kinder bekommen, und was würde es ihr schon helfen, wenn er in der Nähe wäre? Es war wichtiger, das Vermögen zu vergrößern, damit er sie und das Kind anständig versorgen konnte.

»Was grübelst du so vor dich hin?« fragte eine weibliche Stimme.

Roo blickte auf und sah ein bekanntes Gesicht. Er lächelte. »Gwen, hallo.«

Das Mädchen setzte sich. Als alte Freundin streckte sie die Hand aus und tätschelte Roos. »Hab mir gedacht, daß ich dich und deinen Cousin hier treffen würde«, sagte sie. Und mit einer Kopfbewegung deutete sie auf Duncan, der sich in der anderen Ecke des Raums befand und sich mit einem Mädchen unterhielt, das Roo nicht kannte. »Offenbar hat Ellien Duncan zuerst entdeckt.«

»Ellien? Bertrams kleine Schwester?« Roo betrachtete das Mädchen aufs neue. Sie war jünger, als er zuerst vermutet hatte. Als er sie das letzte Mal gesehen hatte, war ihre Brust noch flach gewesen. Doch jetzt konnte er an dem tiefen Ausschnitt ihrer Bluse sehen, wie sehr sie sich in den letzten drei Jahren entwikkelt hatte.

Gwen strich sich abwesend das Haar zurück. »Was ist mit dir?«

»Mir geht's gut. Ich bin jetzt Besitzer einer Frachtgesellschaft.«

Gwens Lächeln wurde noch breiter. »Besitzer? Wie hast du denn das geschafft?«

Roo erzählte ihr vom Tod seines Partners und den Folgen, wobei er seine eigene Fähigkeit übertrieb, wenn auch nur ein wenig. Freida kam am Tisch vorbei, lächelte ihn an und füllte Roos Weinglas nach.

»Sie hat sich verändert«, merkte Roo an.

»Sie hat einen guten Mann gefunden«, meinte Gwen.

»Was ist mit dir?« fragte Roo und nahm einen tiefen Schluck.

Gwen seufzte theatralisch. Wie die meisten Mädchen der Stadt in ihrem Alter hatte sie ihre Abende am Brunnen auf dem Platz der Stadt zugebracht, wo sie mit den Jungen angebändelt hatte, doch anders als viele Mädchen war sie noch nicht verheiratet. »Die guten sind alle schon vergeben.«

Sie zog einen Schmollmund und fuhr mit dem Fingernagel über Roos Handrücken. »Hier in der Stadt hat sich kaum etwas verändert, seit du und Erik gegangen seid.«

Roo grinste. »Wird es dir langweilig?«

»So könnte man es ausdrücken.« Gwen blickte hinüber zu Duncan, der Ellien gerade etwas ins Ohr flüsterte. Das Mädchen riß die Augen auf und errötete, dann platzte es laut lachend heraus und hielt sich die Hand vor den Mund. Gwen zischelte Roo zu: »Nun, das kleine Blümchen wird wohl heute nacht gepflückt werden.« Ihr säuerlicher Tonfall entging Roo nicht. Offensichtlich war Gwen wegen Duncan gekommen.

Als junger Mann hatte Roo einige Male mit ihr geschlafen. Gwen gehörte in dieser Hinsicht zu den Mädchen der Stadt, die man leicht haben konnte, und aus diesem Grund hatte vielleicht auch keiner der Jungen um ihre Hand angehalten. Aber wahrscheinlich gab es einfach mehr Mädchen als Jungen in seinem Alter. Und so blieben immer Mädchen übrig, die keinen Ehemann fanden. Was jedoch nichts daran änderte, daß er Gwen mochte.

»Zieh bei deinem Vater aus und such dir eine Arbeit in einem Wirtshaus«, schlug Roo ihr vor.

»Und warum sollte ich das tun?« fragte Gwen.

Roo grinste, während der Wein ihn von innen erwärmte. »Weil du dann vielleicht einen reichen Händler auf der Durchreise an Land ziehen kannst.«

Gwen lachte. Sie nahm einen Schluck Wein. »So reich wie du?«

Roo errötete. »Ich bin nicht reich. Aber ich arbeite hart dafür.«

»Also wirst du eines Tages reich sein?« fragte sie nach.

»Ich erzähl dir, was ich eines Tages sein werde.«

Gwen winkte Freida zu, sie möge noch Wein bringen, und lehnte sich dann zurück, um Roos Geschichten über seine ehrgeizigen Pläne zu lauschen.

Roo zuckte zusammen, als jemand auf dem Flur heftig eine Tür zuschlug. Dann erschauderte er, als es an seiner eigenen Tür klopfte.

»Was gibt es?« krächzte er.

Eriks Stimme war zu hören. »Zieh dich an. Wir brechen in einer Stunde auf.«

Roo fühlte sich genauso miserabel wie an dem Morgen, an dem sie von Krondor aufgebrochen waren. »Ich muß damit aufhören«, stöhnte er.

»Was?« sagte jemand verschlafen neben ihm.

Auf einen Schlag war Roo hellwach und nüchtern. Er blickte nach rechts und sah Gwen, die sich in den Laken verwickelt hatte.

»Götter!« flüsterte Roo.

»Was ist denn?« fragte Gwen.

»Was machst du hier?« fragte Roo, während er aus dem Bett krabbelte und nach seinen Kleidern griff.

Gwen schob die Laken von sich, streckte sich und zeigte ihren

Körper von seiner besten Seite. »Na, komm wieder ins Bett, und ich zeig es dir … noch einmal.«

Roo zog sich die Hose an. »Ich kann nicht! Götter! Ich hab doch nicht … hab ich?«

Gwens Miene verfinsterte sich. »Du hast ganz bestimmt, und zwar mehr als einmal. Was ist los, Roo? Wir haben uns doch nicht zum ersten Mal vergnügt.«

»Äh …« stammelte er, unsicher, wie er es ihr am besten erklären könnte. Er setzte sich und zog sich so schnell wie möglich die Stiefel an. »Also, es ist nur …«

»Was?« fragte Gwen, nun überzeugt, daß sie das, was Roo ihr als nächstes erzählen würde, ganz und gar nicht mögen würde.

Roo zog sich das Hemd über und hob seinen Mantel vom Boden auf. »Also, es ist nur … Ich dachte, ich hätte es dir gestern abend erzählt … aber … ich bin verheiratet.«

»Was!« schrie sie, während er die Tür aufriß. »Du Schweinehund!« rief sie und warf ihm die Waschschüssel nach, die noch einen Augenblick zuvor auf dem Nachttisch neben dem Bett gestanden hatte. Während Roo die Treppe hinuntereilte, hörte er das Scheppern hinter sich.

Duncan war schon draußen. Roo erkundigte sich: »Ist der Wagen fertig?«

Duncan nickte. »Als du nicht zum Frühstück gekommen bist, habe ich dem Lehrling des Schmieds gesagt, er solle anspannen.«

Die Aufregung seines Cousins brachte Duncan zu der Frage: »Stimmt etwas nicht?«

Wie als Antwort auf seine Frage ertönte aus dem Gasthaus ein lauter Schrei.

Freida, Nathan und Milo, die sich gerade von Erik verabschiedeten, drehten sich um. Roo nicht. Er kletterte auf den Wagen und nahm die Zügel. »Auf geht's.«

Erik nickte, gab seiner Truppe das Signal, sie sollte sich formieren und hinter Roos Wagen herreiten, während Duncan springen mußte, damit er nicht zurückblieb.

»Was hat das zu bedeuten?« wollte Duncan grinsend wissen.

Roo wandte sich ihm zu und warnte ihn: »Du wirst kein Sterbenswörtchen darüber fallenlassen. Hast du verstanden?«

Duncan nickte nur und lachte.

Zwei

Expansion

Das Kind strampelte.

Erik stand neben Roo und lächelte, während der Priester von Sung der Weißen, Göttin der Reinheit, das Kind, welches nun seinen Namen bekam, segnete. In einem geeigneten Moment reichte Roo das Kind schnell wieder Karli zurück.

Der Priester intonierte: »Abigail Avery, in dieser deiner reinen und unschuldigen Zeit des Lebens, wisse, du bist gesegnet im Angesicht der Göttin. Solltest du stets ehrlich und gut sein, niemandem ein Leid tun, so soll ihre Gnade dein werden. Gesegnet sei ihr Name.«

»Gesegnet sei ihr Name«, wiederholten Roo, Karli und Erik, wodurch das Ritual der Begrüßung abgeschlossen war.

Der Priester nickte und lächelte. »Sie ist ein hübsches Mädchen.«

Roo brachte ebenfalls ein karges Lächeln zustande. Er hatte fest mit einem Sohn gerechnet, und als Karli vor einer Woche eine Tochter geboren hatte, hatte ihn das vollkommen unvorbereitet getroffen. Vorher hatten sie immer wieder darüber gestritten, welchen Namen sie dem Jungen geben sollten. Roo wollte ihn Rupert nennen, nach sich selbst, damit er sich als Gründer einer Dynastie betrachten konnte, aber Karli hatte auf Helmut, dem Namen ihres Vaters, bestanden. Doch als dann alles vorbei war, hatte Karli ihn gefragt: »Wie sollen wir sie nennen?« Roo hatte stumm dagestanden und keine Antwort gewußt.

Karli hatte gefragt: »Können wir sie nicht Abigail nennen, nach meiner Mutter?« Roo hatte genickt. Ihm hatten einfach die Worte gefehlt.

Der Priester verließ das Schlafzimmer, und Karli legte das Kind an ihre Brust. Erik machte Roo ein Zeichen, er solle ihm folgen, und führte seinen Freund aus dem Zimmer.

»Sie wird bestimmt eine gute Tochter«, meinte Erik. Roo zuckte mit den Schultern, während sie die Treppe hinuntergingen. »Ja, ja. Um die Wahrheit zu sagen, habe ich einen Jungen erwartet. Vielleicht beim nächsten Mal.«

»Sei doch nicht so enttäuscht«, tröstete Erik seinen Freund. »Karli würde sich bestimmt aufregen, wenn sie das erfährt.«

»Glaubst du?« fragte Roo und blickte die Treppe hinauf. »Also gut, ich gehe noch mal zu ihr, plaudere mit ihr über das Kind und tue so, als würde ich mich freuen.«

Erik runzelte die Stirn, erwiderte jedoch nichts. Er ging zur Tür und holte sich seinen Mantel und seinen Schlapphut. Es regnete, und er war schon auf dem Weg zu der Zeremonie, bei der er als Zeuge dienen sollte, bis auf die Haut naß geworden. »Ich schätze, ich kann es dir genausogut auch jetzt sagen«, meinte er, während seine Hand schon auf dem Riegel der Tür lag.

»Was?«

»Wir werden uns vermutlich eine Weile lang nicht sehen.«

»Warum?« fragte Roo erschrocken. Erik war einer der wenigen Menschen auf dieser Welt, denen er vertrauen und auf die er sich verlassen konnte.

»Ich breche auf. Bald. Eigentlich sollte Jadow mitgehen, aber er hat sich letzte Woche das Bein gebrochen.« Er senkte die Stimme. »Ich darf dir nicht sagen, wohin die Reise geht, aber du kannst es dir ja denken.«

Roos Miene verriet Besorgnis. »Wie lange bleibst du fort?«

»Ich weiß es nicht. Wir müssen ... Wir stehen vor einer verfluchten Aufgabe und müssen sie erledigen, und es kann vielleicht sehr lange dauern.«

Roo ergriff seinen Freund am Arm, als wolle er ihn festhalten. »Laß dich nicht umbringen.«

»Ich werde tun, was in meinen Kräften steht.«

Roo nahm seinen Freund in die Arme und drückte ihn fest an sich. »Du bist der einzige Mensch, der für mich so etwas wie ein verdammter Bruder war, Erik von Finstermoor. Und ich werde bestimmt für alle Zeiten wütend auf dich sein, wenn ich erfahre, daß du dich umbringen läßt, ehe ich dir meinen Sohn zeigen konnte.«

Unbeholfen erwiderte Erik die Umarmung, dann machte er sich von Roo los. »Halt ein Auge auf Greylock. Er sollte eigentlich auch mitkommen, doch de Loungville hat sich mit Händen und Füßen dagegen gewehrt, als er sich vorstellte, wir könnten ihn vielleicht irgendwo zurücklassen müssen ...« Erik zwang ein schiefes Lächeln auf seine Lippen. »Es verspricht jedenfalls eine aufregende Reise zu werden. Willst du nicht vielleicht doch mitkommen?«

Roo lachte trocken. »Ich komme auch ohne diese Art von Aufregung aus.« Er deutete nach oben. »Ich muß mich um das Wohl zweier Menschen sorgen.«

»Dann tu das«, ermutigte ihn Erik lächelnd. »Und tu es gut, sonst komme ich zurück und nehme dich mir vor.«

»Wenn du nur wieder zurückkommst, kannst du mit mir machen, was du willst«, erwiderte Roo.

Erik nickte, öffnete die Tür und verließ das Haus.

Roo stand starr da und fühlte eine Leere in sich, wie er sie in seinem Leben noch nicht kennengelernt hatte. Er blieb noch eine Weile stehen, bis er sich aus seinen Gedanken riß, seinen Mantel vom Haken nahm und ins Geschäft ging. Er hatte ganz vergessen, daß er eigentlich noch einmal nach oben gehen und mit Karli über das Kind hatte plaudern wollen.

Jason bedeutete Roo, er solle hinüber zum belebten Lagerhaus gehen. Das Geschäft war während der letzten sechs Monate ständig gewachsen, und jetzt beschäftigte Roo sechsundzwanzig Fuhrleute und zwanzig Lehrlinge.

»Was gibt's?« fragte Roo.

Jason hielt ihm ein versiegeltes Pergament hin. Auf der Außenseite stand nur Roos Name. »Das wurde gerade abgegeben. Kam mit der königlichen Post.«

Roo nahm es und öffnete es. Darin stand: »Ein Händler aus Queg ist in Sarth angekommen. John.«

Roo runzelte die Stirn, während er über die Bedeutung dieser Nachricht nachdachte, dann trug er Jason auf: »Sag Duncan, wir brechen sofort nach Sarth auf.«

Jason nickte. Duncan kam aus dem Zimmer im hinteren Teil des Lagerhauses, in dem er und Luis noch immer ihre gemeinsame Bleibe hatten; Jason hatte Roos Platz in der winzigen Wohnung eingenommen, seit Roo bei seiner Familie lebte. »Was gibt's?« fragte Duncan, der anscheinend gerade ein Nickerchen gehalten hatte.

»Kannst du dich noch an John Vinci oben in Sarth erinnern?«

Duncan gähnte ausgiebig und nickte. »Was ist mit ihm?«

»Er hat uns eine Botschaft geschickt.«

»Und, was steht drin?« fragte Duncan.

»Ein Händler aus Queg wäre angekommen.«

Duncan blickte ihn einen Moment lang fragend an; dann hellte sich sein Gesicht auf. »Ein Händler aus Queg in Sarth kann nur eins meinen.« Er senkte die Stimme. »Schmuggelware.«

Roo legte den Finger an die Lippen. »Jedenfalls scheint Verschwiegenheit angebracht zu sein.« Er wandte sich an Jason: »Wenn ich abgefahren bin, schickst du Karli eine Nachricht, ich wäre für etwa eine Woche unterwegs.«

Während sie einen Wagen anspannten und Essen und Wasser aufluden, fragte sich Roo, was ihm Vinci wohl anzubieten hatte. Und das fragte er sich noch immer, als sie aus dem Hof in die Stadt rollten und sich in Richtung Norden aufmachten.

Die Fahrt nach Sarth war ereignislos verlaufen. Roo fühlte sich unbehaglich, während Duncan die ganze Zeit von Barmädchen und Würfelspielen erzählte. Roo wußte nicht, was es gewesen sein mochte, aber irgend etwas hatte er in Krondor unerledigt zurückgelassen, und als sie Sarth erreichten, war aus diesem vagen Gefühl eine ausgewachsene Sorge geworden.

Sie kamen bei Sonnenuntergang an und machten sich gleich zu John Vincis Laden auf. Nachdem sie dort vorgefahren waren, sprang Roo vom Wagen. »Laß mich einen Augenblick mit ihm reden«, bat Roo, »dann fahren wir weiter zum Gasthaus.«

»Gut, gut«, stimmte Duncan zu.

Roo ging hinein, und Vinci begrüßte ihn: »Ach, Ihr seid es. Ich wollte gerade schließen. Wäre es Euch recht, mit mir und meiner Familie das Abendbrot einzunehmen?«

»Sicherlich«, sagte Roo. »Aber was hat es mit dieser geheimnisvollen Nachricht auf sich, die Ihr mir geschickt habt?«

Vinci ging zur Tür und verschloß sie. Er machte Roo ein Zeichen, er solle ihm ins Hinterzimmer folgen. »Zwei Dinge. Wie ich in der Nachricht schon sagte, ist hier vor etwas mehr als einer Woche ein Händler aus Queg angekommen. Der Kapitän wollte mir ... unbedingt einen bestimmten Gegenstand zeigen, und als ich ihn sah, mußte ich an Euch denken.«

Er holte eine große Kiste hervor und öffnete sie. Darin lag ein elegantes Schmuckstück aus Rubinen in einer hübschen Schatulle. Roo selbst hatte so etwas noch nicht gesehen, aber Helmut hatte es schon einmal erwähnt. Roo wußte sofort, was das bedeutete. »Gestohlen.«

»Nun, der Händler war bereit, das zu nehmen, was ich ihm anbot, ehe er nach Queg zurückfuhr.«

Roo dachte einen Moment lang nach. »Was habt Ihr ihm bezahlt?«

John sah Roo befremdet an. »Was spielt das für eine Rolle? Wie hoch ist der Wert?«

»Euer Leben, falls der queganische Adlige, der es bestellt hat, um es seiner Geliebten zum Geschenk zu machen, herausfindet, daß es in Eurem Besitz ist«, antwortete Roo. »Seht mal, ich würde es ins östliche Reich bringen lassen müssen, wenn ich es Euch abkaufe. Kein Adliger im Westen würde seiner Gemahlin so etwas schenken oder sie es bei einem Empfang tragen lassen. Die Gefahr, daß ein queganischer Gesandter es wiedererkennt, ist zu groß.«

John war verunsichert. »Woran sollte man es denn erkennen?«

Roo zeigte auf die Steine. »Sie passen alle zusammen, John. Es sinf fünf hellere und ein Dutzend kleinere, aber sie sind alle auf die gleiche Art geschliffen. Die Schatulle ist ...« Er nahm sie, schloß sie und drehte sie um. »Seht hier.« Er zeigte auf einige Symbole, die ins Holz geschnitzt waren.

»Ich kann kein Queganisch lesen«, gab John vor.

»Und ich kann fliegen«, erwiderte Roo. »Man sollte einen Lügner nicht anlügen, John. Vinci ist kein Name aus dem Königreich. Ist doch die Kurzform für, na ja – Vincinti?«

John grinste. »Vincintius. Mein Vater war ein entflohener queganischer Sklave, der den Nachnamen seines Besitzers behalten hat.« Er betrachtete die Zeichen. »Dies wurde gefertigt im Auftrag des Lords Vasarius von Secaus Gracianus, Meisterjuwelier. Besorgt Euch eine neue Schatulle.«

»Der Edelsteinschleifer, der dies gefertigt hat, wird die Rubine wie seine eigenen Kinder kennen«, hielt Roo ihm vor. »Und er hat sicherlich verlauten lassen, daß sie gestohlen wurden. Falls sie irgendwo westlich von Finstermoor auftauchen, wird er innerhalb eines Monats wissen, wer sie besitzt und von wem er sie gekauft hat. Und dann geht die Jagd los. Und es gibt nur einen einzigen Weg, wie Ihr Euren Hals retten könnt: indem Ihr mir sagt, wieviel Ihr dafür bezahlt habt.«

John war nicht überzeugt. »Zehntausend Sovereigns.«

Roo lachte. »Versucht es noch einmal.«

»Also gut, fünftausend.«

»Tut mir leid, was habt Ihr gesagt? Ich habe Euch nicht verstanden.«

»Ich habe tausend Goldsovereigns bezahlt.«

»Woher hattet Ihr die?« fragte Roo.

»Ich hatte etwas gespart, und den Rest hat er in Waren genommen. Er brauchte neue.«

»Für seine Reise nach Kesh oder in die Freien Städte, nicht wahr?« verlangte Roo zu wissen.

»Er hatte es jedenfalls eilig«, berichtete John. »Er hat den Schmuck gestohlen oder stehlen lassen, ehe er sich im klaren darüber war, welche Schwierigkeiten es ihm bereiten würde, die Beute wieder loszuschlagen.« Er zuckte mit den Schultern. »Sein Nachteil, unser Vorteil.«

Roo nickte. »Ich schlage folgendes vor: Entweder nehmt Ihr jetzt sofort zweitausend Sovereigns, oder ich zahle Euch ein Drittel des Erlöses, den ich im Osten erziele, aber dann müßt Ihr warten.«

John überlegte einen Moment lang. »Ich nehme das Gold jetzt.«

»Das habe ich mir gedacht«, bemerkte Roo. Er holte einen schweren Geldbeutel hervor. »Ich kann Euch jetzt hundert geben, für den Rest bekommt Ihr einen Schuldschein. Das Gold ist in Krondor.«

»Das entspricht nicht unserer Abmachung.«

Roo schüttelte den Kopf. »Also gut, sagen wir zweitausendeinhundert: hundert jetzt, zweitausend als Schuldschein.«

»Abgemacht. Ich muß nächsten Monat sowieso nach Krondor, und dann werde ich den Schuldschein einlösen.«

»Geht damit in meine Schreibstube, und Ihr werdet das Geld bekommen. Oder wir werden es mit Waren verrechnen.«

»Was, damit Ihr zusätzlich noch die Nachlässe anderer Händler einstreichen könnt?«

Roo lachte. »John, warum arbeitet Ihr nicht für mich?«

»Wie meint Ihr das?«

»Ich kaufe Euch diesen miesen Laden ab und mache ihn dicht. Dann zieht Ihr mit Eurer Familie nach Krondor und führt dort einen Laden für mich. Ich zahle Euch mehr, als Ihr hier je verdienen könnt. In Sarth verschwendet Ihr doch nur Euer Talent.«

»Krondor?« John gab sich skeptisch. »Habe nie drüber nachgedacht, in einer Stadt zu leben. Das muß ich erst ganz in Ruhe überdenken.«

»Tut das«, bestärkte ihn Roo. »Ich werde hinüber zum Gasthaus gehen und komme später zum Essen vorbei. Darf ich meinen Cousin mitbringen?«

»Natürlich«, bejahte John. »Und dann würde ich auch gern noch eine andere Angelegenheit mit Euch bereden.«

»Sehr schön.« Roo fand den Weg zur Tür selbst. Er fühlte sich gut. Vielleicht würde es ein paar Monate lang dauern, aber diese

Rubine würden ihm schließlich wenigstens fünftausend Sovereigns Gewinn einbringen.

Als er auf den Wagen kletterte, beschwerte sich Duncan: »Das hat aber lange gedauert.«

Roo grinste und nahm die Zügel. »Aber es hat sich gelohnt.«

Johns Familie hatte sich in dem kleinen Haus versammelt. Es lag hinter dem Laden und war durch einen kleinen Garten, in dem Johns Frau Gemüse zog, vom Laden getrennt. Roo und Duncan waren von John selbst hereingelassen worden, der jetzt eine lange Pfeife rauchte. Er bot jedem einen Krug guten Biers an, während seine Frau Annie in der Küche das Essen vorbereitete, wobei ihr einige der Kinder halfen. Roo fand den Lärm der anderen, die auf dem Boden miteinander spielten oder besser gesagt: miteinander balgten, nervtötend. John schien das Geschrei gar nicht zu hören.

»Stört Euch das nicht?« fragte Roo.

»Was?«

»Der Lärm.«

John lachte. »Man gewöhnt sich daran. Offensichtlich habt Ihr noch keine Kinder.«

Roo errötete. »Also, eigentlich doch … aber das Kind ist noch ganz klein.«

John schüttelte den Kopf. »Ihr werdet Euch noch daran gewöhnen.«

Duncan wechselte das Thema. »Ein sehr gutes Bier habt Ihr da.«

John erwiderte: »Nichts Besonderes, aber ich trinke gern einen Becher vorm Essen.«

»Was hat es mit dieser anderen Sache, die Ihr erwähnt habt, auf sich?« fragte Roo.

»Während ich mit diesem Händler aus Queg, mit dem ich dieses Geschäft gemacht habe, plauderte, hat er etwas erwähnt, das Euch vielleicht interessieren könnte.«

»Und das wäre?«

»Falls Ihr Gewinn daraus schlagen könntet, wie groß wäre mein Anteil?«

Roo blickte Duncan an. »Das hängt davon ab, John. Ein bestimmtes Wissen ist für die eine Person manchmal sehr wertvoll, für die andere hingegen nutzlos.«

»Ich habe etwas über diese Handelsgesellschaften unten in Krondor gehört, und Ihr seid der richtige Mann, um sich mit ihnen einzulassen.«

Roo lachte. »Noch nicht, aber ich kenne mich in Barrets Kaffeehaus schon ganz gut aus. Falls es sich um etwas dreht, das ich bei Barret für Gold verkaufen kann, gebe ich Euch zwei Prozent vom Gewinn.«

John dachte nach. »Mehr. Nehmt die zweitausend Goldsovereigns, die Ihr mir schuldet, und investiert sie zusammen mit Eurem Gold.« Er beugte sich vor. »Macht mich zu Eurem Partner.«

»Für dieses eine Geschäft, gut, also abgemacht«, stimmte Roo zu.

»Nun, es geht um folgendes«, begann John. »Dieser queganische Kapitän, mit dem ich mich unterhalten habe, erzählte, er hätte einen Freund, der Fracht nach Margrave's Hafen verschifft. Und während der dort war, hätte es Gerüchte gegeben, nach denen die Weizenfelder vor der Stadt von einer Plage befallen wären.« Er senkte die Stimme, als hätte er Angst, jemand könnte ihn in seinem eigenen Haus belauschen. »Heuschrecken.«

Roo wußte damit nichts Rechtes anzufangen. »Ach ja? Es gibt doch überall Heuschrecken.«

John fuhr fort: »Aber nicht solche. Wenn die Bauern in unserer Gegend von Heuschrecken sprechen, meinen sie meist Zikaden.«

Roo lehnte sich fassungslos zurück. »Falls das wahr ist …« Er dachte nach. »Die Nachricht ist in Krondor noch nicht eingetroffen.« Er sprang auf. »Duncan, wir müssen sofort aufbrechen. John, ich werde das Gold, das ich Euch schulde, investieren. Denn wenn sich das Gerücht als falsch herausstellt, werde ich sowieso zu arm sein, um meine Schuld begleichen zu können. Aber sollte es sich bewahrheiten … nun, dann werden wir beide gemachte Männer sein.«

Duncan hatte sich bereits erhoben, als Annie den Kopf durch die Tür steckte und verkündete: »Das Essen ist fertig.«

»Werden wir denn nichts essen?« fragte Duncan.

Roo grüßte Johns Frau. »Mit größtem Bedauern, Annie. Aber wir müssen aufbrechen.«

Er schob Duncan durch die Tür, während der sich beschwerte: »Ich kann nicht ganz folgen. Was ist denn geschehen?«

»Ich erzähle es dir unterwegs. Wir essen unterwegs beim Fahren.«

Duncan gab ein verärgertes Grunzen von sich, derweil sie zum Gasthaus eilten, wo sie die müden Tiere vor den Wagen spannten und sich so rasch wie möglich auf den Heimweg machten.

»Da ist etwas vor uns!« bemerkte Duncan.

Roo, der eine Weile lang gedöst hatte, während sein Cousin den Wagen lenkte, war sofort hellwach. Die Fahrt war ereignislos verlaufen, wenn man davon absah, daß sie die Tiere bis an die Grenzen ihrer Kräfte angetrieben hatten. Normalerweise gab es auf der Straße zwischen Sarth und Krondor keine besonderen Vorkommnisse, doch selbst in diesem gutbeschützten Land mußte man stets mit Überfällen von Vogelfreien oder Goblins rechnen.

Während sie weiterfuhren, konnten sie einen anderen Wagen erkennen. Er stand am Straßenrand, und der Fuhrmann winkte ihnen zu. Roo hielt an, und der Fuhrmann rief: »Könnt Ihr mir helfen?«

»Was gibt's denn?« fragte Roo zurück.

»Die Radnabe ist gebrochen.« Er zeigte auf das hintere Rad, wobei man ihm seine Nervosität deutlich anmerken konnte. »Und mein Meister wird sehr wütend sein, wenn diese Fracht verspätet ankommt.«

Roo sah sich den Wagen noch einmal an. »Wer ist dein Meister?«

»Ich fahre für Jacoby und Söhne«, antwortete der Fuhrmann.

Roo lachte. »Ich kenne deinen Meister. Ja, der wird sich schön aufregen, wenn du zu spät bist. Was für eine Fracht hast du geladen?«

Dem Fuhrmann schien bei dieser Frage unbehaglich zumute zu sein. »Nur ein paar Waren ... aus Sarth.«

Roo warf Duncan einen Blick zu, der nickte und vom Kutschbock sprang. »Mein Freund«, sprach Duncan den Mann an, »wir können dir offensichtlich zu Diensten sein.« Langsam zog er das Schwert und zeigte damit auf den Wagen. »Als erstes werden wir deine Fracht auf unseren Wagen umladen, denn der ist ja, wie du siehst, leer. Und dann werden wir unsere müden Pferde gegen deine eintauschen, welche ausgeruht und frisch sind.«

Der Fuhrmann sah aus, als wollte er das Weite suchen, doch Roo hat sich auf der anderen Seite der Pferde aufgebaut und stand so zwischen dem Fuhrmann und der Freiheit. Der scheue Mann bettelte: »Bitte, tut mir nichts!«

Duncan lächelte. »Mein Freund, das wäre das letzte, was wir

im Sinn haben. Nun, warum fängst du nicht an, die Waren umzuladen, während sich mein Gefährte die Frachtliste ansieht.«

Der Mann riß die Augen auf und rannte zum hinteren Ende des Wagens. Während er die Seile losmachte, behauptete er: »Der Papierkram ... kommt mit Boten ... später.«

Roo lachte. »Und die Wache am Stadttor, die Tim Jacoby bestochen hat, wird dir diesen Unfug glauben, da bin ich sicher.«

Der Fuhrmann nickte und seufzte. »Ihr wißt doch, wie solche Sachen vor sich gehen.« Er hievte eine große Kiste vom Wagen und brachte sie zu Roos Gefährt. Duncan ließ die Klappe herunter, und der Mann schob sie auf den Wagen. »Wißt Ihr, daß Jacoby mich umbringen wird?«

»Das bezweifle ich«, gab Roo zurück. »Du hast ein gebrochenes Rad, und wenn du nach Krondor kommst, kannst du eine tolle Geschichte erzählen, wie du dich gegen das harte Schicksal zur Wehr gesetzt hast.«

Duncan stimmte ein. »Niemand wird deine Tapferkeit bezweifeln, denn schließlich hast du dein Leben ja im Kampf gegen sechs Banditen riskiert – nein, sieben sogar, und das alles nur für die Fracht deines Meisters. Wenn du wieder in Krondor bist, gebe ich dir einen aus, und dann kannst du auch mir die Geschichte erzählen.«

»Was ist da drin?« fragte Roo.

»Ich kann es Euch ja eigentlich genausogut verraten«, meinte der Fuhrmann, während er die zweite Kiste zu Roos Wagen brachte. »Luxusartikel aus Queg. Mein Meister hat mich nach Sarth hochgeschickt, um einen queganischen Kapitän zu treffen, der einen nicht vorgesehenen Aufenthalt hatte. Das Fürstliche Zollamt war geschlossen, weil der Zollbeamte von Sarth gestorben ist.«

»Wann ist das passiert?« fragte Roo, plötzlich sehr interessiert.

»Vor über einem Jahr.« Der Fuhrmann lachte verbittert. »Und aus welchem Grund auch immer, vielleicht, weil es einen neuen Prinzen gibt, oder was weiß ich, der Zollbeamte wurde jedenfalls bis jetzt nicht ersetzt. Dadurch ist es leicht, die Waren dort aufzunehmen und sie in die Stadt zu fahren. Wie du gesagt hast, wenn man das richtige Tor wählt und den richtigen Feldwebel kennt, bekommt man jede Fracht der Welt in die Stadt.«

»Würdest du mir das Tor verraten?« wollte Roo wissen.

»Was wäre denn für mich drin?« erkundigte sich der Fuhrmann, und Roo mußte lachen.

»Deine Treue zu den Jacobys ist ja wirklich nicht zu übertreffen.«

Der Fuhrmann zuckte mit den Schultern, dann stieg er auf die Pritsche des Wagens, um die letzte Kiste zu holen. »Kennt Ihr Tim?«

Roo nickte. »Gut genug.«

»Dann wißt Ihr auch, was für ein Schweinehund er ist. Als sein Vater Frederick noch das Sagen hatte – na ja, das war ein harter Kerl, aber behandelt hat er einen immer gut. Und wenn man etwas gut gemacht hatte, bekam man auch eine angemessene Prämie. Randolph ist ebenfalls ein anständiger Kerl. Aber dieser Tim«, beschwerte sich der Fuhrmann, während er die letzte Kiste zu Roos Wagen trug, »der ist von einem anderen Schlag. Wenn du eine Arbeit gut für ihn erledigst, sagt er nur, was denn, dafür wirst du doch auch bezahlt. Aber mach nur den kleinsten Fehler, und du hast eher ein Messer zwischen den Rippen, als daß er dir verzeihend auf die Schulter klopft. Und dauernd hat er diese beiden Schläger um sich herum. Ein rauher Geselle.«

Roo warf Duncan einen Blick zu. »Zumindest hält er sich dafür.« Er fragte den Fuhrmann: »Wie heißt du?«

»Jeffrey«, antwortete der Fuhrmann.

»Also, Jeffrey, du warst uns eine große Hilfe.« Roo griff in seinen Geldbeutel und holte eine Goldmünze hervor. »Das Tor und die Zeit?«

»Kurz vor der Stadt biegt Ihr auf die Straße zum Meer ab und kommt zu einem kleinen Tor, das zum Fischereihafen führt. Das ist das Tor. Während der Tagwache müßt Ihr Euch an einen Feldwebel namens Diggs wenden. Der läßt sich von Jacoby bezahlen.«

»Kennst du ihn?«

Der Fuhrmann nickte. »Aber Jacoby benutzt viele verschiedene Fuhrmänner, um seine Spuren zu verwischen. Manchmal heuert er auch Seeleute oder Bauern an, wenn er Angst hat, beim Schmuggeln erwischt zu werden.« Roo nickte. Er konnte sich nur zu gut an den betrunkenen Seemann erinnern, der mit seinem Wagen die Eingänge von Barrets Kaffeehaus blockiert hatte. »Also, wenn Ihr am Tor ankommt, fragt Ihr nach Diggs. Sagt ihm, Ihr hättet Netze aus Sarth geladen.«

»Netze aus Sarth.«

»Wenn Ihr was anderes sagt, wird er über Euch herfallen wie eine Laus über einen Bettler, aber wenn Ihr sagt: ›Netze aus Sarth‹, winkt er Euch einfach durch. Einfach nur ›Netze aus Sarth‹, und Ihr seid drin.«

Roo nahm noch eine Münze und warf sie dem Fuhrmann zu, der sich nun wegen des Überfalls kaum noch Sorgen zu machen schien. Im Gegenteil, er schlug noch vor: »Am besten verpaßt Ihr mir noch eine, sonst glaubt mir Tim Jacoby die Geschichte nicht und bringt mich um.«

Roo nickte, und Duncan schlug dem Mann mit dem Handrücken hart ins Gesicht. Jeffrey wirbelte herum und ging zu Boden, und Roo sah, wie auf seiner Wange ein roter Striemen erschien. Jeffrey schüttelte den Kopf und stand auf. »Ich sollte auch einen auf die Augen bekommen«, befand er, während er sich das Hemd zerriß. Duncan warf Roo einen fragenden Blick zu, der nickte, und dieses Mal zielte Duncan mit der geballten Faust auf das linke Auge des Mannes. Jeffrey taumelte zurück und krachte gegen Jacobys Wagen, wobei er sich hart den Hinterkopf stieß. Er sackte zu Boden, und einen Augenblick lang glaubte Roo, er würde das Bewußtsein verlieren, doch statt dessen wälzte sich der Mann im Dreck herum. Mit zitternden Knien kam er wieder auf die Beine und krächzte: »Einen noch, das sollte dann reichen.«

Roo hob die Hand, und Duncan hielt den Schlag zurück. »Wenn du bei Jacoby rausfliegst, kannst du dich bei mir wegen Arbeit melden.«

Der Fuhrmann blinzelte ihn aus seinem unversehrten Auge an und fragte: »Wer seid Ihr?«

»Rupert Avery.«

Der Mann lachte erstickt. »Nein, das ist zu gut. Allein bei der Erwähnung des Namen scheißt sich Tom schon in die Hosen. Keiner weiß, was Ihr mit ihm gemacht habt, aber Ihr seid ein richtiges rotes Tuch für ihn, Mr. Avery.«

»Nun, ich habe allerdings auch nichts für ihn übrig. Er hat meinen Partner umgebracht«, erklärte Roo.

»Nun, ich habe Gerüchte darüber gehört, aber das ist auch alles. Also, wenn ich das hier hinter mir habe, werde ich mich eine Weile unsichtbar machen, und dann können wir über eine Anstellung reden.«

Roo nickte, und Duncan schlug noch einmal zu, diesmal aber richtig. Jeffrey ging abermals zu Boden und erhob sich nicht wieder. Duncan beugte sich über ihn und betrachtete den bewußtlosen Mann. »Der kann ja ordentlich was einstecken. Aber er wird's überleben.«

»Dazu ist er zäh genug«, meinte Roo. »Und selbst wenn ich ihn nicht einstelle, würde ich doch gerne so viel über die Geschäftspraktiken der Jacobys wissen wie er.«

»Wir sollten uns lieber aufmachen, bevor eine Patrouille vorbeikommt. Könnte schwierig werden, die Sache zu erklären.«

Roo nickte. Die beiden stiegen auf den Kutschbock, und Roo trieb die Pferde an.

Ansonsten gab es auf der Rückfahrt nach Krondor keine weiteren Zwischenfälle mehr. Nur einmal wurde es noch spannend, als sie vor dem bezeichneten Tor standen und ein Soldat wissen wollte, was sie geladen hatten. Roo fragte nach Feldwebel Diggs, und nachdem Roo diesem gesagt hatte, welche Fracht sie geladen hatten, zögerte der Feldwebel einen Augenblick, winkte sie dann aber doch durch.

Roo machte noch einige Umwege durch die Stadt, nur für den Fall, daß sie verfolgt wurden, doch schließlich kam er bei seinem Geschäft an. Luis überwachte gerade die Abfahrt von vier Wagen, die sich vor der Stadt mit einer Karawane treffen und Waren in den Palast fahren sollten. Roo lud rasch die Kisten ab, die er von Jacobys Wagen gestohlen hatte, und machte sie auf.

Auf die Güter wären hohe Zölle zu zahlen gewesen. Und zwei kleinere Schachteln schienen Rauschgift zu enthalten. Duncan erklärte Roo: »Ich bin kein Fachmann, was das betrifft, aber ich glaube, es sind Traum und Freude. Ich nehme solche Mittel nicht, doch ich habe den Geruch an manchen Orten, wo ich mich herumgetrieben habe, kennengelernt.«

Traum war ein berauschendes Mittel, welches Halluzinationen hervorrief, und Freude führte zu übermäßiger Euphorie. Beide Rauschgifte waren gefährlich, verboten und dementsprechend für den Verkäufer sehr einträglich. »Was meinst du, was sind die beiden Schachteln wert?« fragte Roo.

Duncan erwiderte. »Wie gesagt, ich bin kein Fachmann, aber ich glaube, unser Freund Jeffrey wird womöglich im Hafen treibend enden, weil er uns dieses Zeug abgetreten hat. Es ist bestimmt zehntausend in Gold wert. Ich weiß nicht. Ich weiß noch nicht einmal, wie man es verkaufen kann.«

Roo rechnete. »Find es heraus, ja? Fang bei dem Mädchen im Gasthaus Zum Gebrochenen Schild an, bei dieser Katherine. Sie war früher bei den Spöttern, und sie kennt vielleicht einen Apotheker in der Stadt, dem man es heimlich verkaufen kann.« Die anderen Kisten enthielten Juwelen, vermutlich ebenso gestohlen wie die Rubine.

Nachdem Duncan aufgebrochen war, rief Roo Jason zu sich. »Wieviel Gold können wir sofort aufbringen?«

Jason fragte: »Genau oder ungefähr?«

»Erst einmal ungefähr.«

»Dreizehn-, vierzehntausend in Gold, und das, was du aus dem Verkauf von dem Zeug hier bekommst.«

Roo rieb sich das Kinn und dachte nach. Wenn er nicht eines Nachts durch einen von einem queganischen Adligen gedungenen Meuchelmörder zum letzten Mal geweckt werden wollte – falls dieser ihn vorher überhaupt noch einmal weckte –, wäre es besonnener, den Schmuck soweit wie nur irgend möglich im Osten zu verkaufen.

Luis trat ins Zimmer. Er hatte die Wagen, die zur Karawanserei fahren sollten, abgefertigt. Roo fragte: »Ist Erik schon aufgebrochen?«

»Hab ihn gestern nacht noch im Wirtshaus gesehen. Warum?«

»Das erzähl ich dir, wenn ich zurück bin«, antwortete Roo. Er eilte aus der Schreibstube und lief hinter Duncan her.

Roo blickte sich um, konnte Erik jedoch nirgends entdecken. Er und Duncan durchquerten den Schankraum und gingen zu Katherine, und Roo fragte: »Ist Erik schon aufgebrochen?«

Das Mädchen zuckte mit den Schultern. »Hab ihn gestern abend noch gesehen. Wieso?«

»Ich muß mit ihm sprechen.« Er wandte sich an Duncan. »Frag sie, ob sie uns helfen kann, und ich mach mich zum Palast auf. Ich komme zurück, sobald ich da fertig bin.«

»Gut«, gab Duncan zurück, schlug mit der flachen Hand auf die Theke und zwinkerte dem Mädchen zu. »Ich habe die Kehle voller Staub und seit Wochen kein hübsches Gesicht mehr gesehen.«

Katherine warf ihm einen verächtlichen Blick zu, fragte jedoch: »Was kann ich dir bringen?«

»Bier, meine Liebe«, sagte Duncan, während Roo aus dem Wirtshaus eilte.

Roo brauchte schon einige Minuten, um die Torwache davon zu überzeugen, nach Erik schicken zu lassen. Die Wache erkannte ihn nicht, da Roo sonst immer mit einem Wagen und nur des Morgens und nicht zu Fuß und am Nachmittag erschien.

Erik kam zehn Minuten später. »Was gibt's?«

»Ich muß mit dir sprechen.«

Erik winkte ihn durch das Tor, und sie suchten sich einen Platz, wo sie sich ungestört unterhalten konnten. »Wieviel Gold hast du?« fragte Roo.

Erik blinzelte. »Gold? Warum?«

»Du mußt es mir leihen.«

Erik lachte. »Wofür?«

»Ich habe etwas sehr Wichtiges erfahren«, erklärte ihm Roo, »und ich habe nicht viel Zeit. Ich brauche zwanzigtausend Goldstücke. Ich selbst habe vielleicht vierzehn, und ich kann noch drei- oder viertausend auftreiben. Da dachte ich, frage ich doch mal Erik, ob der was investieren will.«

Erik dachte nach. »Also, dort, wo ich hingehe, werde ich wohl kaum viel Gold brauchen.«

Roo blinzelte, als ihm aufging, daß Erik und er sich bereits voneinander verabschiedet hatten. »Wann brecht ihr auf?«

»Wir laufen übermorgen aus, aber das darf sonst niemand wissen«, vertraute ihm Erik an.

»Es tut mir leid, Erik. Ich habe nicht darüber nachgedacht. Du hast bestimmt jede Menge zu tun«, entschuldigte sich Roo.

»Eigentlich nehmen die Dinge in aller Ruhe und Ordnung ihren Gang.« Er blickte Roo einen Augenblick fragend an. »Es geht also um etwas Wichiges?«

»Um etwas sehr Wichtiges«, bejahte Roo. »Ich bin sogar noch nicht einmal zu Hause gewesen.«

»Na los, dann komm mit.«

Er führte Roo durch den Palast zum Büro des Kanzlers. Herzog James' Sekretär begrüßte ihn. »Sir?«

»Es scheint mir, als hätte ich eine Weile lang meinen Sold nicht bezogen. Könntet Ihr mir bitte sagen, wieviel noch aussteht?«

»Einen Augenblick bitte, Sir«, sagte der Sekretär. Er schlug ein großes, in Leder gebundenes Buch auf und blätterte darin herum.

Eine Tür ging auf, und Lord James trat aus seinem Arbeitszimmer heraus. »Von Finstermoor«, rief er und nickte Erik zu, dann entdeckte er Roo. »Avery? Was führt Euch hierher? Wollt Ihr Euch als Freiwilliger melden?«

Roo lächelte, wenngleich er die Bemerkung nicht sonderlich komisch fand. Doch schließlich war der Mann der Herzog von Krondor. »Mein Lord«, antwortete er, »nein, nein. Ich habe meinen Freund gefragt, ob er nicht in ein Geschäft investieren will.«

James blieb stehen und kniff die Augen zusammen. »Ihr sucht Investoren?«

»Ja«, bestätigte Roo.

Der alte Herzog sah Roo fest in die Augen, dann winkte er ihn mit sich. »Kommt mal rein, beide.«

Als sie in James' Büro waren, machte der Herzog Erik ein Zeichen, er solle die Tür schließen. Sie setzten sich. James blickte Roo an und fragte: »Wen wollt Ihr wieder über den Tisch ziehen?«

Roo blinzelte. »Ich will niemanden über den Tisch ziehen, mein Lord. Ich habe einige wichtige Neuigkeiten erfahren, die mich in eine Lage versetzen, aus der ich großen Gewinn ziehen kann.«

James lehnte sich zurück. »Wäret Ihr so freundlich, mir diese Nachrichten mizuteilen?«

»Bei allem gebotenen Respekt, nein, mein Lord.«

Herzog James lachte. »Ihr seid sehr freimütig. Also will ich es anders ausdrücken: Teilt sie mir mit!«

Roo blickte zuerst James an, dann Erik, und entschied schließlich: »Nun gut, doch nur, wenn Ihr mir versprecht, meine Investitionen nicht zu behindern, mein Lord.«

Erik warf Roo einen empörten Blick zu, weil er die Vertrauenswürdigkeit des Herzogs in Frage stellte, doch der Herzog selbst wirkte allenfalls amüsiert. »Ich werde Euch überhaupt nichts versprechen, junger Rupert, aber Ihr könnt mir glauben, die Art Summen, mit denen Ihr Euch abgebt, interessieren mich wenig. Meine Sorge betrifft mehr die Sicherheit und das Wohlergehen des Reiches.«

»Also dann«, verriet Roo, »es geht um die Weizenernte in den Freien Städten.«

»Was ist damit?« fragte James und zeigte jetzt deutlich größeres Interesse.

»Heuschrecken.«

James zwinkerte und lachte laut. »Und wo habt Ihr diese Neuigkeit her?«

Roo erklärte ihm, wie er die Neuigkeit erfahren hatte, ohne dabei in allen Einzelheiten zu erwähnen, was der queganische Händler nach Sarth gebracht hatte, und als er fertig war, wollte James wissen: »Somit schlagt Ihr vor, allen Weizen im Westen aufzukaufen und dann die Handelsrepräsentanten der Freien Städte als Geiseln zu nehmen?«

Roo errötete. »Nicht ganz. Ich wollte nur Verträge für so viele Getreidelieferungen wie möglich. Ich möchte eine Gesellschaft gründen. Das braucht seine Zeit, und ich muß in aller Eile bei Barret jemanden finden, der sich als Fürsprecher für mich einsetzt. Und Zeit ist Geld.«

»Nun, das ist ein ehrgeiziger Plan«, befand James. Er hob ein Glöckchen und klingelte. Sofort öffnete sich die Tür, und des Herzogs Sekretär trat ein. »Mein Lord?«

»Wieviel Geld schuldet das Königreich dem jungen von Finstermoor noch?«

»Es stehen noch fast eintausend Goldsovereigns Sold offen, mein Lord.«

James rieb sich das Kinn. »Zahlt ihm die tausend aus, und« – er kniff die Augen zusammen – »und gebt ihm einen Vorschuß von zweitausend auf das, was im nächsten Jahr fällig werden wird.«

Falls diese Anweisung die Neugier des Sekretärs weckte, zeigte er es jedenfalls nicht, sondern verneigte sich nur und schloß die Tür. Ehe sie ganz zuging, rief ihm Herzog James hinterher: »Und schickt mir meinen Enkel Dash.«

»Ja, mein Lord«, kam als Antwort, bevor die Tür sich schloß.

Der Herzog erhob sich. »Meine beiden Enkel sind vom Hof in

Rillanon hergekommen, um bei mir zu dienen. Ihre Eltern sind noch in der Hauptstadt, da mein Sohn noch einige Dinge zu klären hat, ehe er nach Krondor kommen kann.« Er ging um den Schreibtisch herum. »James, der älteste, ist ganz begierig auf die Armee, wie sein Großonkel William.« James lächelte. »Aber Dashel ist ... nun, ich suche immer noch das Richtige für seine ... ungewöhnlichen Begabungen.«

Er legte Roo die Hand auf die Schulter. »Glaubt Ihr nicht, Ihr könntet einen schlauen jungen Kerl in Eurem aufstrebenden Unternehmen gebrauchen, Mr. Avery?«

Roo fand den Gedanken an den Enkel eines Adligen in seinem Geschäft ungefähr so anziehend wie ein Furunkel am Hintern, doch spürte er, in welche Richtung sich das Gespräch entwickelte. »Mein Lord, ich würde mich mehr als glücklich schätzen, einen schlauen und begabten Jungen aufzunehmen ... als Lehrling, wenn Ihr versteht. Ich kann ihn aber nur aufgrund seines Ranges nicht bevorzugt behandeln.«

James lachte. »Rupert, wenn Ihr nur eine blasse Ahnung von Geschichte hättet – na, was soll's. Ich denke, Ihr werdet sehen, wie schnell der Junge von Begriff ist, und er soll ja auch nur ein wenig lernen, wie es in der Welt zugeht.«

Es klopfte an der Tür, und ein junger Mann trat ein. Roos Blicke schweiften zwischen dem Herzog und seinem Enkel hin und her. Die Ähnlichkeit war verblüffend. Sie waren von gleicher Größe, nun ja, der Junge mochte einen Fingerbreit hochgewachsener sein. Abgesehen vom Alter hätten sie Zwillinge sein können, nicht Großvater und Enkel. Doch während der Herzog einen Bart trug, war der Junge sauber rasiert, und während der Herzog fast weißes Haar besaß, war das des Jungen braun und lockig.

»Wie würde es dir gefallen, dich ein bißchen im Handel zu versuchen?« fragte der Herzog.

»Was für ein As hast du wieder im Ärmel stecken, Großvater?« gab der junge Mann zurück.

»Etwas, das dich von den Spielhöllen und Wirtshäusern fernhält, Dash. Darf ich vorstellen, dein neuer Arbeitgeber, Mr. Avery.«

Roo nickte. Der junge Mann schien nicht besonders beeindruckt zu sein, weil er jetzt bei Avery und Söhne eingestellt war, sondern nickte lediglich. »Sir!« war alles, was er sagte.

»Jetzt geh mit Mr. Avery, und wenn ihr bei Barret seid, fragst du nach Jerome Masterson. Stell dich bei ihm vor und sag ihm, er würde mir einen großen persönlichen Gefallen erweisen, wenn er Mr. Avery ein wenig dabei zur Hand gehen würde, eine kleine Gesellschaft zu gründen.«

Er wandte sich an Roo. »Ich wünsche Euch viel Glück, und ich hoffe, daß dieses Unternehmen nicht mit Eurem Konkurs endet.« Und an Erik gerichtet, fügte er noch hinzu: »Ich hoffe, Ihr werdet Gelegenheit bekommen, den immensen Reichtum zu genießen, den Rupert Avery für Euch erwirtschaften wird.«

Erik nickte: »Dem kann ich nur zustimmen, Sir.«

Daraufhin wandte sich der Herzog wieder Dash zu. »Komm von Zeit zu Zeit mal auf einen Besuch vorbei, du Gauner.«

Der junge Mann wollte wissen: »Also werde ich schon wieder aus dem Palast hinausgeworfen?«

James lachte. »So kann man es auch ausdrücken. Du bist jetzt Mr. Averys Lehrling, so lange, bis er dich feuert, also wirst du dort wohnen, wo er dir Quartier gibt.«

Roo dachte daran, daß es in der kleinen Wohnung, die sich Luis, Duncan und Jason teilten, bereits jetzt fürchterlich eng war, sagte jedoch nichts.

So verließen sie das Arbeitszimmer des Herzogs, und Roo versetzte die Aussicht auf das einträgliche Geschäft in solche Aufregung, daß ihm fast der Atem stockte.

Er hörte kaum, wie Erik sich von ihm verabschiedete, und trat durch das Tor des Palastes hinaus in die Stadt, an seiner Seite den Enkelsohn des mächtigsten Adligen des westlichen Königreichs.

Drei

Spekulation

Roo räusperte sich.

Der Empfangskellner drehte sich um, und Roo zuckte zusammen, als er Kurt erkannte. Sein alter Feind kniff die Augen zusammen und verlangte von ihm zu wissen: »Was willst du?«

»Ich möchte zu Jerome Masterson«, erwiderte Roo ruhig und sah über Kurts mangelnde Höflichkeit hinweg.

Kurt zog eine Augenbraue hoch, sagte jedoch nichts. Er drehte sich um und flüsterte einem der anderen Kellner etwas zu, einem neuen Jungen, den Roo nicht kannte. Der Junge nickte und eilte davon. »Warte hier«, wies Kurt Roo barsch an und ging ebenfalls davon.

»Was für ein Arschloch«, entfuhr es Dash.

»Und jetzt hat er sich noch zusammengerissen«, bemerkte Roo.

Der zweite Kellner kam zurück. Kurt schlenderte zu Roo hinüber. »Mr. Masterson bedauert, aber seine Termine erlauben ihm nicht, dich zu empfangen. Vielleicht ein andermal.«

Nun wurde es Roo langsam doch ein wenig zu bunt. »Laß mich mal raten, Kurt. Du hast ihm vermutlich gar nicht richtig mitteilen lassen, wer ihn sprechen will.« Roo schob sich durch die Schwingtür im Geländer, und Kurt wich einen Schritt zurück.

»Hör auf, oder ich hole die Stadtwache, Avery!« warnte ihn Kurt.

Der Kellner winkte einem jüngeren Kollegen zu, und der folgte zögernd dieser Aufforderung. »Was hast du zu Mr. Masterson gesagt?«

Der Junge blickte erst Kurt an, dann Roo. »Ich hab ihm gesagt, was Kurt mir aufgetragen hat: ein früherer Kellner wolle sich mit ihm unterhalten.«

»Das habe ich mir doch gleich gedacht«, zischte Roo. »Geh noch einmal zu Mr. Masterson, und sag ihm, Rupert Avery von Avery und Söhne und der Enkel des Herzogs von Krondor würden anfragen lassen, ob er etwas von seiner kostbaren Zeit für sie erübrigen könne.«

Bei der Erwähnung des Herzogs verneigte sich Dash theatralisch und grinste dabei verschlagen. Aus Kurts Gesicht wich alle Farbe. Er blickte seinen jüngeren Kollegen an. »Mach schon!«

Nur Augenblicke später kamen zwei Männer mit dem Kellner zurück. Zu Ruperts Überraschung und Erleichterung war einer der beiden Sebastian Lender. »Der junge Avery«, begrüßte ihn Lender und streckte die Hand aus. Roo nahm sie und schüttelte sie.

»Und darf ich Euch Jerome Masterson vorstellen«, fuhr Lender fort und deutete auf den stämmigen Mann an seiner Seite. Masterson trug einen kurzgetrimmten schwarzen Bart, der mit Grau durchsetzt war, und sein Haar war am Kragen gerade geschnitten. Seine Kleider waren aus feinem Stoff geschneidert, obgleich nach einfachem Schnitt, und er trug wenig Schmuck.

»Bitte, kommt mit mir«, forderte Masterson sie auf und führte sie ins eigentliche Kaffeehaus.

Als sie losgingen, drehte sich Roo noch einmal zu Kurt um, der mit offenem Munde dastand. »Mein Cousin Duncan wird in einiger Zeit hier erscheinen. Bring ihn bitte an unseren Tisch.«

Kaffee wurde bestellt, während sie sich an einem großen Tisch in der Ecke niederließen, und Masterson wandte sich an Dashel: »Euer Großvater und ich sind alte Freunde, Dash. Noch aus der Kindheit.«

Dash grinste. »Ich glaube, ich weiß, was Ihr meint.«

Roo wußte ebenfalls Bescheid. Wenn er an die Dinge dachte, die er in jener Nacht vor dem Hauptquartier des Anführers der Spötter mitangehört hatte, mußte er zu dem Schluß kommen, daß der Herzog nicht der einzige ehemalige Dieb war, der sich auf die andere Seite, auf die des Gesetzes, geschlagen hatte. Doch immerhin, der Mann konnte trotz seiner heutzutage anständigen Erscheinung immer noch ein Dieb sein.

»Ihr seht ihm wirklich sehr ähnlich ... verblüffend«, befand Masterson. »Eifert Ihr ihm auch in anderer Hinsicht nach?« fragte er sodann und zwinkerte dem jungen Adligen wissend zu.

Dash lachte. »Ich bin zwar auch ein- oder zweimal über Mauern geklettert, aber den Dreh, wie man Beutel richtig abschneidet, habe ich noch nicht herausgefunden. Meine Mutter mag es nicht, wenn ich mich mit so etwas beschäftige.«

Alle lachten, und dann wurde der Kaffee serviert. Nachdem jeder seinen Kaffee auf jene Weise verfeinert hatte, wie er es mochte, mit Zucker, mit Milch oder mit beidem, ergriff Lender das Wort. »Nun, Mr. Avery. Ich besprach gerade ein paar Geschäftsabläufe mit einem meiner Klienten, als mir Euer Besuch angekündigt wurde. Was kann ich für Euch tun?«

Roo blickte Masterson an, welcher nickte. »Lender ist mein Anwalt und Notar, und er wäre selbst dann dabei, wenn Ihr ihn nicht kennen würdet. Ich nehme an, es handelt sich kaum um einen Höflichkeitsbesuch, nicht wahr?«

»Da habt Ihr allerdings recht, Sir«, bejahte Roo. Er räusperte sich. »Ich möchte eine Gesellschaft gründen.«

Lender warf Masterson einen Blick zu und wollte wissen: »Ihr meint, Ihr wollt einer Gesellschaft beitreten?«

»Nein, ich will eine gründen, für ein besonderes Unternehmen.«

»In mehreren bin ich Teilhaber«, erklärte Masterson. »Es wäre vielleicht einfacher, Euch ebenfalls als Teilhaber vorzuschlagen, als aus dem Nichts eine neue Gesellschaft aufzubauen.«

»Ich habe hier nur kurze Zeit gearbeitet, aber wenn ich alles richtig verstanden habe, dann kann ich als Teilhaber einer Gesellschaft zwar ein Geschäft vorschlagen, das jedoch, wenn die anderen Teilhaber mich überstimmen, nicht durchgeführt wird«, meinte Roo.

»Ja, das ist allerdings wahr«, gestand Masterson ein.

»Aber wenn ich die Gründung einer Gesellschaft zu einem ganz bestimmten, im vorhinein festgelegten Zweck vorschlage, werden sich nur diejenigen daran beteiligen, die hinter der Idee stehen, und dann wird es besser vorangehen.«

»Das ist ebenfalls richtig«, meinte Lender.

»Also, bevor wir Nägel ohne Köpfe machen«, schlug Masterson vor, »erzählt uns doch etwas über Euer Vorhaben, damit wir beurteilen können, ob sich eine Neugründung lohnt.«

Roo zögerte, und Dash ermutigte ihn: »Ihr müßt es ihnen früher oder später sowieso sagen, Mr. Avery.«

Roo seufzte. Es war seine größte Angst, sein Wissen mit jemandem zu teilen, der Nutzen daraus ziehen könnte, ohne ihn selbst daran zu beteiligen. Er wußte, wie unwahrscheinlich das bei einem Mann war, der ihm vom Herzog empfohlen worden und zudem noch Klient von Sebastian Lender war, aber dennoch zögerte er.

»Nun, raus damit«, bestärkte ihn Lender.

»Ich wollte eine Frachtgesellschaft gründen.«

»Davon gibt es bereits Dutzende«, befand Masterson. »Wieso brauchen wir also eine neue?«

»Ich will ausschließlich Getreide in die Freien Städte verfrachten.«

Masterson und Lender blickten sich an. Masterson bemerkte: »Das ist im allgemeinen ein wenig riskantes Unternehmen, wenn die Queganer sich nicht gerade zu einem Überfall entscheiden, doch genausowenig ist es ein einträgliches Geschäft. In letzter Zeit war es jedoch, was die Überfälle betrifft, eher ruhig. Und demnach muß man hinter Eurem Anliegen einen anderen Grund vermuten, sonst würdet Ihr Euch wohl nicht auf ein so flaues Geschäft einlassen.«

Roo errötete. »Ich habe Gründe dafür, anzunehmen, daß der Bedarf an Getreide in der nächsten Zeit in den Freien Städten steigen wird.«

Masterson warf Lender abermals einen Blick zu. »Der Kerl weiß etwas.« Er beugte sich vor und senkte die Stimme. »Raus damit. Ich gebe Euch mein Wort, was immer es auch sein mag, Ihr werdet voll beteiligt.«

Roo sah von einem zum anderen und gab dann leise von sich: »Heuschrecken.«

»Ich habe es doch gewußt!« fuhr Masterson auf und schlug mit der Faust auf den Tisch.

Lender erkundigte sich: »Ihr habt gewußt, daß es in den Freien Städten eine Heuschreckenplage gibt?«

»Nein«, gab Masterson zurück, »ich habe gewußt, daß er etwas in petto hatte.« Er senkte abermals die Stimme. »Es gibt dort eben ein Insekt, das man die Zwanzig-Jahre-Heuschrecke nennt. Eigentlich wären sie erst nächstes Jahr wieder fällig, aber manchmal sind sie ein Jahr eher da, manchmal eins später. Und dieser Nachricht zufolge sind sie bereits auf dem Vormarsch …«

Masterson blickte auf und winkte einen Kellner herbei. »Würdet Ihr bitte zu Mr. Crowley und Mr. Hume oben gehen und sie fragen, ob sie einen Moment zu uns herunterkommen könnten?«

Er wandte sich an Roo und fragte: »Wie verläßlich ist Eure Quelle?«

Roo war nicht gerade begierig darauf, einzugestehen, daß seine Quelle eigentlich ein Händler war, der mit gestohlenen Juwelen Geschäfte machte. »Ich würde sagen, ziemlich verläßlich.«

Masterson strich sich durch den Bart. »Man kann diese Sache auf unterschiedliche Weise aufziehen. Wobei in jedem Falle eins gilt: Je höher das Risiko, desto höher der Gewinn.«

Zwei Männer traten an den Tisch, und Masterson bat sie mit einer Geste, Platz zu nehmen. Er stellte alle einander vor. Hume und Crowley waren zwei Investoren, die in einigen Geschäften gemeinsam mit Masterson Teilhaber waren.

»Unser junger Freund hier« – er zeigte auf Roo – »bringt uns die Nachricht, daß es in den Freien Städten zu einer Verknappung der Getreidevorräte kommen wird. Wie gefällt Euch diese Nachricht?«

»Wie groß wird die Verknappung werden?« wollte Crowley, ein dünner, mißtrauischer Kerl, wissen.

Roo senkte die Stimme und flüsterte: »Heuschrecken.«

»Und aus welcher Quelle habt Ihr das?« fragte Hume, ein zartgebauter, kurzatmiger Mann.

»Ein Händler aus Queg hat es vor zwei Wochen in Sarth einem meiner dortigen Geschäftspartner gegenüber erwähnt, daß man sie auf einem Bauernhof in der Nähe von Margrave's Hafen entdeckt habe.«

Masterson meinte: »Das klingt durchaus zuverlässig.«

»Wenn es so arg wird wie damals, als wir noch Jungen waren«, erinnerte sich Hume, »könnten sie sich bis nach Ylith und sogar nach Yabon ausbreiten. Dann würde das Getreide im Westen wirklich knapp werden.«

»Und falls sie über die Berge an die Ferne Küste ziehen, würde es noch schlimmer aussehen«, fügte Crowley hinzu.

Masterson blickte Roo in die Augen. »Es gibt drei grundsätzliche Arten, wie wir mit dieser Nachricht umgehen können, mein junger Freund.« Er hob einen Finger. »Wir können versuchen, jetzt Getreide zu kaufen. Dann lagern wir es ein und warten, bis die Nachfrage steigt.« Er hob einen zweiten Finger. »Wir können das machen, was Ihr vorgeschlagen habt, und beteiligen uns an den Kosten der Verfrachtung des Getreides an die Ferne Küste, wobei wir vermutlich den gleichen Gewinn machen wie bei jeder Lieferung von Getreide.« Er hob einen dritten Finger. »Oder wir können versuchen, den Getreidehandel zu kontrollieren, ohne selbst damit zu handeln.«

»Optionen?« fragte Crowley.

Masterson nickte und wandte sich an Roo: »Kennt Ihr Euch mit Optionen aus?«

In einer solchen Situation ergab es keinen Sinn, den anderen etwas vormachen zu wollen, dachte sich Roo. »Nicht so recht.«

»Also angenommen, wir stimmen darin überein, daß wir von einer Gruppe von Bauern hier in der Gegend Getreide kaufen wollen. Doch anstatt es wirklich zu kaufen, kaufen wir nur das Recht darauf, was wesentlich billiger ist. Falls der Kauf nicht zustande kommt, verlieren wir nur das Geld für die Option.

Damit haben wir den Vorteil, eine große Menge Getreide kontrollieren zu können, müssen jedoch nur relativ wenig Gold dafür aufwenden.«

»Wobei natürlich das Risiko besteht, alles zu verlieren, wenn der Preis sinkt«, hielt Dash dagegen.

»Genau«, räumte Crowley ein. »Ihr habt es verstanden.«

Masterson schlug vor: »Wir sollten unsere Position auf dem Getreidemarkt sichern, indem wir eine kleine Menge ankaufen und auf den Rest Optionen erwerben.«

Masterson schwieg einen Augenblick, dann schüttelte er den Kopf: »Ich meine, wir sollten vielleicht ganz auf Optionen setzen. Der Gewinn, den wir aus dem Getreidehandel ziehen können, ist klein, wenn der Preis nicht steigt. Wir verringern zwar unser Risiko ein wenig, aber dafür wird die mögliche Gewinnspanne erheblich kleiner.«

Hume seufzte. »Ihr gewinnt beim Kartenspiel auch immer.« Er dachte einen Augenblick lang nach. »Aber was Ihr sagt, macht durchaus Sinn. Wenn wir schon spekulieren, dann richtig.«

Crowley stimmte zu: »Abgemacht.«

Das ging Roo alles ein bißchen zu schnell. »Wieviel wird das kosten?«

»Wieviel Gold habt Ihr denn?« fragte Crowley.

Roo versuchte, ruhig zu bleiben. »Ich könnte im Laufe der Woche etwa zwanzigtausend Sovereigns auf den Tisch legen.«

»Eine ordentliche Summe«, befand Crowley. »Zusammen werden wir wohl hunderttausend aufbringen können. Das sollte genügen.«

»Und welcher Gewinn ist dann möglich?« fragte Dash und benahm sich gar nicht wie der Lehrling von Roo.

Hume lachte und hustete. »Wenn das Getreide in den Freien Städten in der Tat knapp werden sollte, wäre ein Gewinn von fünf zu eins nicht unwahrscheinlich. Wenn sich die Heuschrekken bis nach Yabon und Crydee ausbreiten, wären zehn zu eins möglich.«

Roo war sprachlos, doch Lender wandte ein: »Oder es könnte sich in Nichts verwandeln.«

Roo lief es kalt über den Rücken.

»Meine Herren«, schlug Masterson vor, »wir sollten eine neue Gesellschaft gründen. Und als Namen könnten wir Getreidehandelsgesellschaft Krondor in Betracht ziehen. Würdet Ihr die Papiere aufsetzen, Mr. Lender?«

Danach wandte er sich an Roo und streckte die Hand aus. »Willkommen in unserer Gesellschaft, Mr. Avery.«

Roo stand auf und schüttelte seinen drei neuen Geschäftspartnern feierlich die Hände. Während die anderen Männer sich vom Tisch erhoben, teilte ihm Masterson mit: »Wir werden Barret Bescheid sagen, daß Ihr ein Mitglied seid, und dann könnt Ihr jederzeit zu uns nach oben kommen.« Er zeigte auf die Galerie, zu der nur Mitgliedern der Zutritt erlaubt war. Roo hatte dort oben schon Kaffee serviert, doch ansonsten hatte er die Galerie nie betreten dürfen. »Ich bring Euch zur Tür.«

Lender ging ebenfalls, und Masterson legte Roo die Hand auf die Schulter, während sie zur Tür gingen. »Wann könnt Ihr Euer Gold hier haben, Rupert?«

»Innerhalb der nächsten zwei Tage, Mr. Masterson.«

»Lassen wir doch die Förmlichkeiten! Ich heiße Jerome.«

»Und mich nennen alle Roo.«

»Also gut, Roo. Bringt das Geld so schnell wie möglich her, und Lender wird Euch im Geschäft benachrichtigen, wenn die Verträge zur Unterschrift bereit sind.«

Als sie den Eingang erreichten, sah Roo Duncan durch die eine Tür eintreten, während durch die andere ein älterer Mann hereinkam, den Roo als Jacob Esterbrook erkannte. Neben ihm ging eine junge Frau, die so schön war, daß Roo fast gestolpert wäre. Er sah, wie Duncans Kinnlade herunterfiel, als er die Frau erblickte.

Sie ist vollkommen, dachte Roo. Ihr Haar war nach der neuesten Mode frisiert, und Löckchen umrahmten ihr Gesicht wie ein Heiligenschein. Das Blau ihrer großen Augen war so tief wie der Himmel an einem späten Winternachmittag. Ihre Wangen zeigten eine Spur Röte. Sie war schlank und bewegte sich mit einer erhabenen Haltung.

»Ach, Esterbrook!« begrüßte Masterson den Herrn. »Hier ist jemand, den ich Euch vorstellen möchte.«

Esterbrook nickte, während Masterson ihm die niedrige Schwingtür im Geländer aufhielt, wobei er den nervösen Kellner ignorierte, der den Esterbrooks aus der Kutsche geholfen hatte und nun ebenfalls die Schwingtür aufhalten wollte.

»Sylvia«, wandte sich Masterson an die junge Frau und nickte zum Gruß.

»Guten Tag, Mr. Masterson«, erwiderte die Frau und lächelte, daß es Roo das Blut in den Adern rauschen ließ.

»Jacob Esterbrook«, meinte Masterson, »hier haben wir einen meiner wichtigsten Partner, und gleichzeitig meinen neuesten: Mr. Rupert Avery.«

Esterbrooks Miene blieb unverändert. Doch in seinen Augen lag etwas, das Roo Unbehagen bereitete. Esterbrook fragte: »Grindle und Avery?«

»Wir heißen jetzt Avery und Sohn, Sir«, erklärte Roo und streckte die Hand aus.

Esterbrook sah einen Augenblick lang auf die dargebotene Hand herab, dann schüttelte er sie kurz und knapp, nur aus Höflichkeit, mehr nicht. Etwas in der Art, wie Esterbrook mit Roo umging, verriet dem neuesten Mitglied von Barrets Kaffeehaus, daß der reiche Mann nicht viel von ihm hielt.

Dann bemerkte Roo, wie kühl Sylvia ihn anblickte, und nun war es ihm endgültig klar: Die Esterbrooks von Krondor interessierte ein Rupert Avery nicht im geringsten. Roo wandte sich langsam Dash zu, während er den Blick kaum von Sylvia wenden konnte. »Ähm ...«, setzte er an. »Darf ich meinen neuen Lehrling vorstellen?«

Sylvia beugte sich leicht vor, als könne sie so besser hören. »Ja?« fragte sie leise.

Dash nahm seine Vorstellung selbst in die Hände. »Dashel« – er lächelte und verneigte sich tief – »ich glaube, Ihr kennt meinen Großvater.«

»Tatsächlich?« wollte Esterbrook wissen.

»Herzog James«, verkündete Dash mit Unschuldsmiene.

Augenblicklich waren die Esterbrooks wie verwandelt. Der Alte lächelte, die Tochter strahlte, und Rupert merkte, wie sein Puls sich noch mehr beschleunigte. »Natürlich«, ließ sich Esterbrook vernehmen, nahm Dashs Hand und schüttelte sie herzlich. »Bitte bestellt Eurem Großvater doch die besten Grüße, wenn Ihr ihn das nächste Mal steht.«

Sylvia wandte ihr strahlendes Lächeln Roo zu. »Ihr müßt uns in nächster Zeit einmal zum Essen besuchen, Mr. Avery. Ich bestehe darauf.«

Roo bekam kein Wort heraus und nickte erst einmal nur. »Es wäre mir eine Ehre«, brachte er schließlich hervor.

Dash wandte sich grinsend Masterson zu. »Wir müssen los, Sir. Wir kommen dann morgen wieder vorbei.«

»Guten Tag auch«, verabschiedete sich Masterson und grinste zurück. Esterbrook und seine Tochter verabschiedeten sich ebenfalls.

Dash zog Roo sanft hinaus und ergriff auch Duncans Arm. Draußen fragte er die beiden verblüfften Cousins: »Habt Ihr beide denn noch nie ein hübsches Mädchen gesehen?«

Roo kam erst spät in der Nacht nach Hause. Er hatte den halben Tag gebraucht, um die Neuigkeiten zu verdauen, die Duncan ihm gebracht hatte. Es war durchaus möglich, die Drogen zu verkaufen, aber es war gefährlich. Immerhin steckte in der Sache ein hoher Profit. Katherine hatte Duncan allerdings keinen möglichen Käufer nennen können.

Und dann mußte Roo auch noch Dash unterbringen. Roo versprach, er würde sich in den nächsten Tagen um Quartiere für Luis und Duncan kümmern, doch im Moment sollten Jason und Dash zunächst bei ihnen übernachten. Wenn der Enkel des mächtigsten Adligen des Königreichs brüskiert war, weil er in einer so behelfsmäßigen Unterkunft schlafen sollte, verbarg er es jedoch hinter seinem ausgeprägten Sinn für Humor. Roo nahm an, er habe während seines kurzen Lebens sicherlich schon schlechtere Quartiere gesehen. Zu dieser Annahme bewog ihn die Frage, die Dash seinem Großvater gestellt hatte: ob er schon wieder aus dem Palast herausgeworfen werden würde.

Jason und Roo hatte sich zusammengesetzt, um zu planen, wie sie die Juwelen aus Sarth am schnellsten zu Geld machen konnten. Sie schrieben einen Brief an einen Juwelier in Salador, der zu den Handelspartnern von Helmut Grindle gehört hatte. In allen Einzelheiten beschrieben sie, was Roo anzubieten hatte, und nachdem sie damit fertig waren, hatte sich die Nacht über die Stadt gesenkt.

Roo eilte nach Hause und ließ sich mit dem Schlüssel selbst ein. Alle waren schon zu Bett gegangen, und leise schlich er nach oben. In der Dunkelheit sah er Karli im Bett schlafen. Neben ihr lag eine kleine Gestalt, und Roo beugte sich über sie. Dann erkannte er das Kind.

In der Finsternis des Zimmers war es kaum mehr als ein in eine Decke gehüllter Klumpen, und Roo konnte nicht einmal die Nase erkennen. Er wartete, ob ihn irgendwelche väterlichen Gefühle befallen würden, doch nichts dergleichen geschah.

Dann betrachtete er sein schlafendes Weib, und wieder regte sich nur wenig in ihm. Er richtete sich wieder auf und seufzte. Seine Gedanken kreisten um die Sorgen, die mit den bevorstehenden Investitionen einhergingen. Wenn er sich töricht verhielt, würde er alles verlieren, was er sich in den letzten beiden Jahren aufgebaut hatte. Obwohl er noch jung war und wieder von vorn anfangen könnte, würde ihn ein Fehlschlag aller Möglichkeiten berauben, jemals ein reicher und wichtiger Mann zu werden.

Während er sich die Stiefel auszog, fragte eine Stimme leise: »Roo?«

Er grunzte etwas und ließ den Stiefel zu Boden fallen. »Ja«, flüsterte er. »Ich bin zurück.«

»Wie ... geht es dir?« fragte sie.

»Ich bin müde«, erwiderte er. »Ich muß dir eine Menge erzählen, aber das kann bis morgen warten.«

Das Kind rührte sich und fing dann plötzlich an zu weinen. Roo fragte: »Was ist los?«

Karli setzte sich im Dunkeln auf. »Nichts. Sie hat nur Hunger. Das ist alles. Sie muß auch nachts essen, zwei- oder dreimal.«

Roo setzte sich auf einen kleinen Stuhl, den einen Stiefel noch am Fuß, den anderen ausgezogen. »Wie lange soll das so gehen?«

»Die nächsten vier Monate, vielleicht ein wenig länger«, antwortete Karli.

Roo erhob sich, nahm den Stiefel und befand: »Ich werd in deinem alten Zimmer schlafen. Es gibt keinen Grund, weshalb ich morgen ebenfalls gerädert aufwachen sollte, wo doch eine solche Menge Arbeit vor mir liegt. Ich erzähl dir alles, wenn ich aufgestanden bin.«

Er schloß die Tür hinter sich und ging zu Karlis altem Zimmer. Dort zog er sich aus und fiel in das Bett, in dem er mit Karli ihrer beider Kind gezeugt hatte. Im Dunkeln lag er da und dachte nach. Zuerst darüber, daß er vielleicht in drei Monaten soviel verdienen konnte wie sonst in zehn Jahren. Dann über die schreckliche Aussicht, alles zu verlieren. Als nächstes träumte er davon, wie er sein Geschäft ausdehnen würde, wenn er die zu erwartenden Gewinne erst einmal eingesteckt hatte. Daraufhin kroch ihm abermals die Angst den Rücken hoch, während er sich überlegte, wie er sich bei einer möglichen Katastrophe am besten wieder erholen könnte. Langsam wurde er müde, und schließlich tauchte vor seinem inneren Auge ein wunderschönes Gesicht auf, mit großen blauen Augen und goldenem Haar und einem Lachen, bei dem ihm flau im Magen wurde. Erst in der Dämmerung fand er in den Schlaf.

Roo kam nach unten, und sein Kopf war so leer, als hätte er die ganze Nacht gezecht. Karli war in der Küche und stillte Abigail, und pflichtbewußt gab er ihr einen Kuß auf die Wange. »Wir haben dich so vermißt«, seufzte Karli.

»Es ist schön, wieder zu Hause zu sein«, erwiderte Roo, während Rendel, die Köchin, ihm dampfend heißen Kaffee einschenkte. In Barrets Kaffeehaus hatte Roo es sich angewöhnt, den Tag mit einer Tasse dieses schwarzen Getränks zu beginnen, und als er bei Karli eingezogen war, hatte er als erstes dafür gesorgt, daß es auch in diesem Haushalt Kaffee gab.

Er betrachtete das Kind. Das winzige Ding lag in den Armen seiner Mutter. Die Ärmchen fuhren in diese und in jene Richtung, die kleinen Äuglein gingen auf und zu. Von Zeit zu Zeit blickte Abigail zu Roo hin, und er fragte sich, was wohl hinter diesen blaßblauen Kügelchen vor sich ginge. »Eine solche Augenfarbe habe ich noch nie gesehen«, stellte er fest.

Karli lachte. »Die meisten kleinen Kinder haben zuerst eine

solche Farbe. Wenn sie älter werden, wechselt sie dann, zu braun oder zu blau.«

»Ach«, war alles, was er darauf antwortete.

»Ist die Reise gut verlaufen?« erkundigte sie sich.

»Sehr gut«, gab er zurück. »Ich habe vor allem etwas Wichtiges erfahren.« Er verfiel für einige Augenblicke in Schweigen, dann platzte es heraus. »Ich gründe eine Gesellschaft.«

»Vater war immer sehr vorsichtig, wenn es darum ging, seine Zukunft von anderen abhängig zu machen«, wandte Karli ein.

Roo war nicht in der Stimmung, mit seinem verstorbenen Schwiegervater verglichen zu werden, den Karli fast wie einen Heiligen verehrte, doch er nahm die Bemerkung nicht als Kritik. »Natürlich ist das Risiko geringer«, stimmte er zu. »Doch mein Ehrgeiz übertrifft den deines Vaters, Karli, und wenn ich euch in Zukunft Reichtum bieten will, dann muß ich Risiken eingehen.«

»Ist dieses Unternehmen denn so riskant?« wollte sie wissen. Sie schien nicht unbedingt besorgt zu sein, eher interessiert.

Roo zuckte wenig überzeugend mit den Schultern und antwortete schließlich: »Ja.«

»Und du glaubst, es wird alles gutgehen?«

Roo nickte. »Ich glaube, in einigen Monaten werden wir reicher sein, als du dir vorstellen kannst.«

Sie brachte ein schwaches Lächeln zustande. »Ich habe immer gedacht, wir wären reich; ich weiß, das Haus ist von außen sicherlich kein Palast, aber Vater hat diese bescheidene Erscheinung immer gepflegt, damit wir keine ungewollte Aufmerksamkeit erregen. Und wir haben immer gut gegessen, guten Wein getrunken und stets neue Kleider gehabt. Wenn ich etwas begehrte, brauchte ich Vater nur zu fragen.«

Roo war erschöpft und nervös, weshalb er ein wenig gereizt reagierte. Er trank seinen Kaffee aus und stand auf. »Ich muß ins

Geschäft.« Er küßte seine Frau abermals pflichtbewußt auf die Wange und betrachtete das nun schlafende Kind noch einmal kurz. Es erschien ihm so fremd, und Roo fragte sich, ob er jemals etwas wie Liebe für dieses Kind würde empfinden können.

»Wirst du zum Abendbrot nach Hause kommen?« fragte Karli.

»Bestimmt«, versicherte er ihr, »wieso denn auch nicht?«

Er wartete ihre Antwort nicht ab und eilte hinaus.

Duncan rief nach Roo, als dieser ins Geschäft kam. »Wo bist du denn gewesen?«

Roo wirkte gereizt. »Hab geschlafen. Weißt du, das ist, wenn man die Augen zumacht und sich lange Zeit nicht bewegt.«

Duncan grinste und meinte: »Ach, du meinst tot. Paß auf, deine neuen Geschäftspartner würden sich gern in Barrets Kaffeehaus mit dir unterhalten, am liebsten sofort.«

»Jason!« rief Roo, während er sich von seinem Cousin abwandte. »Wo steckst du?«

Jason und Dash kamen aus der kleinen Schreibstube, und Jason meinte: »Ja?«

»Wo ist unser Gold? In der Truhe?«

»Ja.«

»Wieviel besitzen wir?«

»Wir haben noch Rechnungen, die später in der Woche fällig sind, aber gegenwärtig befinden sich einundzwanzigtausendsechshundertundsiebenundvierzig Goldstücke in der Truhe, dazu ein paar Silbermünzen.«

Roo wandte sich an Dash und Duncan. »Packt die Kiste auf einen Wagen und bringt sie zum Kaffeehaus. Ich gehe schon vor.«

Er eilte durch die Vordertür des Geschäfts hinaus und ging die Straße hinunter. Qualvoll langsam, voll Ungeduld, dieses Geschäft hinter sich zu bringen, mußte er sich durch die Menge drängen.

Als er das Kaffeehaus erreichte, ging er am Empfangskellner vorbei, der ihm nur zuzwinkerte, derweil Roo sich selbst Einlaß gewährte. McKeller, der Oberkellner, kam auf ihn zu und begrüßte ihn, während sich Roo zur Treppe nach oben aufmachte: »Willkommen, Mr. Avery.«

Roo konnte nicht anders, er mußte grinsen. Er war ein Mitglied! Zwei Stufen auf einmal nehmend, stieg er hinauf. Sonst hatte er dabei ein Tablett tragen müssen. Er blickte sich um und entdeckte Mastersons Tisch, an dem seine drei neuen Partner und Lender saßen.

»Gut, daß Ihr kommt«, empfing ihn Masterson trocken.

»Ich hoffe, ich habe Euch nicht zu lange warten lassen, meine Herren«, erwiderte Roo, während er sich setzte. »Wir haben gerade Nachwuchs bekommen, und zu Hause geht alles noch ein bißchen drunter und drüber. Habe heute nacht leider nicht viel Schlaf bekommen.«

Alle vier Männer grunzten verständnisvoll und tauschten ein paar Erfahrungen mit ihren eigenen Kindern aus, dann bat Masterson um Aufmerksamkeit: »Hier ist er: der Vertrag über unsere neugegründete Genossenschaft.« Er reichte jedem eine Abschrift, und Roo betrachtete die fein säuberlich ausgeführte Schrift.

Roo las den Vertrag zweimal, glaubte, alles verstanden zu haben, war sich dennoch nicht ganz sicher. Er zeigte auf einen Absatz und meinte: »Mr. Lender, würdet Ihr mir dies bitte genauer erklären?«

Lender sah sich den Absatz an. »Dadurch haftet Ihr über das eingebrachte Gold hinaus mit Euren Wagen und anderer beweglicher Habe für jegliche Verluste, die über das Kapital hinausgehen.«

Roo blinzelte. »Wie kann das passieren?«

Masterson erklärte: »Normalerweise kommt das nicht vor, aber manchmal muß man auf der Grundlage der Partnerschaft schnell eine Entscheidung treffen. Wenn man plötzlich Bares braucht, doch keines zur Verfügung steht, muß man entweder zum Geldverleiher oder sich neue Partner suchen. Wenn man Geld leiht, muß man dafür meistens mit seinem persönlichen Vermögen haften, manchmal sogar mit dem Haus und Erbstükken. Das ist normal.«

Roo runzelte die Stirn, erwiderte jedoch nichts. Dann fragte er: »Aber niemand kann so etwas ohne unsere Zustimmung machen?«

Masterson lächelte. »Wir sind zu viert. Also bräuchte man eine Mehrheit drei zu eins.«

Roo war verunsichert, nickte jedoch. Lender fuhr fort: »Wenn jeder von euch nun eines der Dokumente unterschreibt und nach rechts weitergibt und das nächste unterschreibt, dann wäre der Vertrag abgeschlossen.«

Ein Kellner erschien, und Roo bestellte, ohne aufzusehen, Kaffee. Er unterschrieb viermal, und als alles fertig war, hielt er seine Beitrittserklärung zu den Finanzkreisen der Stadt in den Händen.

»Nun«, meinte Crowley, »zu den Zahlen.«

»Ich könnte im Moment fünfzehntausend Sovereigns beisteuern«, erklärte Hume.

»Ich ebenfalls«, meinte Crowley.

»Mr. Avery?« wandte sich Masterson an Roo.

»Einundzwanzigtausend. Vielleicht am Ende der Woche mehr.«

Masterson zog eine Augenbraue hoch. »Sehr gut. Dann haben wir bisher fünfzigtausend.« Er trommelte mit den Fingern auf den Tisch. »Ich habe heute morgen von einigen vorsichtigen

Anfragen nach Getreide aus den Freien Städten gehört, also glaube ich, die Vermutung unseres jungen Freundes wird sich bewahrheiten. Ich werde den Betrag auf hunderttausend aufstocken.« Er sah seine drei Partner an. »Falls jemand von Euch mehr einbringen will, würde ich meine Anteile bis auf ein Drittel abtreten, was jedoch vom jeweiligen Weizenpreis abhängt.«

»Meine Herren, Ihre Kreditbriefe?« bat Lender.

Die drei Männer griffen in ihre Röcke und zogen Briefe hervor. Roo blickte sie verwirrt an. »Ich lasse gerade mein Gold herbringen. Es wird in fünf Minuten dasein.«

Die drei Männer lachten. »Mr. Avery«, erläuterte ihm Lender, »gewöhnlich bringt man das Gold in eines der Kontore der Stadt, läßt sich dort ein Konto einrichten und hebt das Geld mit Kreditbriefen ab.« Er senkte die Stimme. »Ihr werdet noch sehen, hier bei Barret wird mit so großen Summen gehandelt, daß man mehrere Wagen bräuchte, um das Gold zu transportieren.«

Roo war abermals verunsichert. »Ich besitze kein solches Konto.«

»Ich werde Euch bei der Einrichtung helfen«, versprach Lender ihm, »und zwar bei einem der besser beleumundeten Geldverleiher der Stadt. Zu diesem Zwecke werde ich Euch bescheinigen, daß Ihr beabsichtigt, eine Einlage von einundzwanzigtausend Goldsovereigns zu machen.«

Roo nickte. »Obwohl, falls im Laufe der Woche noch Geld hereinkommt, könnte ich doch welche von Mr. Mastersons ... Anteilen kaufen.«

Lender nickte und notierte das.

»Dann wäre die Sache soweit abgemacht?« fragte Masterson.

Roo lehnte sich zurück. Den Vorgang, der nun folgen würde, hatte er als Kellner schon oft beobachtet. Doch die Einzelheiten hatten ihn zuvor nie so brennend interessiert wie jetzt, da er selbst beteiligt war.

Lender stand auf und ging zum Geländer, von wo man den unteren Teil des Kaffeehauses überblicken konnte. »Meine Herren, wir suchen nach Optionen für Weizen. Eine neue Gesellschaft, die Getreidehandelsgesellschaft Krondor, wurde gegründet. Unser Angebot steht bis zum Ende der Woche, und wir kaufen zu besten Preisen bis zu einer Summe von hunderttausend Sovereigns.«

Bei der Summe erhob sich ein leichtes Gemurmel, welches sich jedoch bald wieder legte. Die fünf Männer setzten sich, und nach einer halben Stunde kam ein Kellner mit einer Note. Er reichte sie Lender, der sie wiederum an Masterson weitergab. Masterson schließlich las sie und verkündete: »Ein Angebot über fünfzigtausend Scheffel zu zwei Silbermünzen pro Scheffel, auszuliefern im Hafen von Krondor in sechzig Tagen.«

Roo rechnete schnell im Kopf nach. Das machte zehntausend Goldstücke. Hume wollte wissen: »Zu wieviel Prozent?«

»Zu fünfzehn.«

Crowley lachte. »Laß mich raten. Das kommt von Amested.«

Masterson lachte ebenfalls. »Ja.«

»Er wirft die Netze aus«, befand Crowley. »Er ahnt, daß da etwas vor sich geht, und er will wissen, was.«

Er nahm den Zettel von Masterson und kritzelte etwas darauf. »Ich sage ihm, wir zahlen drei Prozent für fünfzigtausend zu vier Kupferstücken je Scheffel, bei fünfprozentiger Konventionalstrafe pro Woche verspäteter Lieferung nach sechzig Tagen.«

Masterson hätte beinahe den Schluck Kaffee, den er gerade genommen hatte, ausgespuckt, so sehr mußte er lachen. »Da wirst du ihn aber sehr neugierig machen.«

»Soll er sich ruhig ein bißchen den Kopf zerbrechen.«

Hume blickte Roo an. »Ihr werdet Amested und die anderen unten bald kennenlernen. Amested versucht stets, herauszubekommen, wer gerade was macht, ohne dabei selbst ein Risiko einzugehen zu wollen. Wenn er glaubt, er kann einen Reibach machen, wird er versuchen, jetzt schon Weizen zu kaufen, und zwar als Terminware, wie wir es nennen, und dann wird er uns diesen zu hohen Preisen anbieten, nachdem wir unsere Optionen ausgeschöpft haben. Er hat uns einen Preis angeboten, bei dem wir auf jeden Fall ablehnen müssen, aber auf unser Gegenangebot kann er genausowenig eingehen.«

»Aber wieso bieten wir ihm keinen Preis an, den er akzeptiert?« wollte Roo wissen.

»Weshalb sollten wir?« fragte Masterson zurück.

»Ich meine, seine Münzen sind wie die eines jeden anderen Mannes aus Gold, und was kümmert es uns, daß er Gewinne macht, solange wir ebenfalls Gewinn machen. Falls wir diesen Mann benutzen können, um einen Preis festzusetzen, und er etwas darüber verlauten läßt ...« Roo zuckte mit den Schultern.

Über Crowleys ledernes Gesicht zog sich ein breites Grinsen. »Ist er nicht ein scharfsinniges Bürschchen, unser junger Mr. Avery?«

Masterson strecke die Hand aus, und Crowley gab ihm die Note zurück. Masterson knüllte sie zusammen und warf sie fort. Dann gab er dem jungen Kellner ein Zeichen, er möge neues Papier und eine Feder bringen. Schließlich schrieb er: »Ich werde Euch genau sagen, was wir zu zahlen bereit sind. Zehn Prozent bei einem Preis von einem Silberstück je Scheffel, Lieferung per Hafen in sechzig Tagen. Wir haften bis zu einer Million Goldsovereigns mit einer Sicherheit von einhunderttausend.«

Die Mundwinkel des alten Hume zuckten, während er sich das Lachen verkniff. »Das ist zu köstlich. Wir begegnen ihm ganz ehrlich und meinen das Angebot ernst, nur wird der alte Amested jetzt glauben, daß wir ihn anlügen. Und er wird sich alle Mühe geben, herauszufinden, was wir wirklich vorhaben.«

Der Kellner bekam die Note und wurde angewiesen, sie zum Absender der ersten zu bringen. Einige Minuten später erschienen Duncan und Dash. Sie trugen die Goldtruhe, wobei sie die Hilfe von zwei Kellnern beanspruchten. Lender erhob sich. »Wir sollten diesen Schatz besser gleich in ein Kontor bringen, bevor wir noch überfallen und ausgeraubt werden.«

So geschah es. Das Gold wurde eingezahlt, und Roo bekam einen Kreditbrief über den Betrag von einundzwanzigtausend Goldsovereigns. Diesen überreichte er Lender. Danach kehrten sie ins Kaffeehaus zurück.

Im Verlaufe des Tages wurden weitere Angebote gebracht, die Masterson las, kommentierte und gelegentlich beantwortete. Immer wieder äußerte er jedoch auch ein glattes »Nein« und gab dem Kellner das Angebot sofort zurück.

Der Tag verging, und schließlich stand Masterson vom Tisch auf und erklärte: »Es war ein erfolgreicher Anfang, meine Herren. Wir werden uns morgen wiedersehen.«

Roo erhob sich ebenfalls und stellte fest, daß Dash und Duncan den ganzen Tag unten auf ihn gewartet hatten. Er schimpfte sich selbst einen Narren. Die Sorge um seine Investition hatte alle anderen Angelegenheiten aus seinen Gedanken verdrängt, und so hatte er vollkommen vergessen, daß er unter anderem auch noch ein Fuhrgeschäft zu leiten hatte.

»Geht zurück zum Geschäft und sagt Jason, ich wäre unterwegs«, wies er Dash an. Nachdem der junge Adlige aufgebrochen war, wandte sich Roo an Duncan. »Warum siehst du dich nicht nach Zimmern für dich und Luis um. Ich kann euch jetzt eine etwas bessere Unterkunft bezahlen.«

Duncan grinste. »Wurde ja auch schließlich Zeit.« Dann meinte er: »Wenn wir weiterhin so viel mit Leuten aus diesen gehobenen Kreisen zu tun haben, sollten wir uns zudem um unsere Garderobe kümmern.«

Mit einem Mal fühlte sich Roo in seinen Kleidern schäbig. »Morgen früh«, gab er zurück.

Während Duncan sich aufmachte, blickte sich Roo im Kaffeehaus um und sonnte sich in dem Gedanken, nun ebenfalls endlich ein richtiger Investor zu sein. Als er sich gerade zum Gehen anschickte, hörte er aus der düsteren Ecke unter der Galerie eine Stimme. »Mr. Avery, auf ein Wort, Sir.«

Avery erkannte die Stimme von Jacob Esterbrook und ging hinüber. An dem Tisch saßen zwei Gestalten, und Roos Herz begann vor Aufregung heftig zu pochen, als er in dem zweiten Mann Tim Jacoby erkannte.

Jacoby sah Roo nur an und sagte nichts. Esterbrook bemerkte: »Ich glaube, Ihr kennt meinen Kompagnon, Mr. Jacoby, bereits?«

»Wir sind uns schon mal begegnet«, erwiderte Roo.

»Ich hoffe für die Zukunft, meine Herren«, äußerte sich Esterbrook, »daß Ihr Eure Zwistigkeiten beilegt.« Er gab gar nicht erst vor, nicht zu wissen, was zu der Verstimmung zwischen Roo und Tim geführt hatte. »Ja, das würde ich wirklich sehr begrüßen.«

Jacoby erhob sich und blickte Roo ins Gesicht, sagte jedoch noch immer nichts. Er wandte sich an Esterbrook. »Ich werde dir morgen meine Aufwartung machen, Jacob.«

Nachdem er gegangen war, forderte Esterbrook Roo auf: »Setzt Euch doch bitte.«

Roo tat wie geheißen, und nachdem er sich mit einem Wink einen Kaffee bestellt hatte, begann Esterbrook: »Der Vater von Mr. Jacoby und ich sind alte Geschäftspartner und darüber hinaus

Freunde. Frederick und ich haben zusammen angefangen, hier in Krondor. Wir waren einfache Fuhrleute.«

»Mein Vater war ebenfalls Fuhrmann«, bemerkte Roo.

Zum ersten Mal, seit Roo ihn kennengelernt hatte, betrachtete Jacob Esterbrook ihn mit wirklichem Interesse. »Tatsächlich?«

Roo nickte.

»Könnt Ihr ein Gespann lenken, Mr. Avery?«

Roo lächelte. »Sechs Pferde, ohne mich anzustrengen, acht, wenn ich ein bißchen aufpasse.«

Der Mann lachte, ein ehrliches, offenes Lachen, in dem sogar eine Spur Zuneigung mitschwang. »Ein Fuhrmann. Man stelle sich das vor.« Er seufzte. »Vielleicht rührt das Interesse meiner Tochter für Euch daher.«

Bei der Erwähnung von Esterbrooks Tochter begann Roos Herz zu klopfen. Er versuchte, so ruhig wie möglich zu bleiben. »Ach wirklich?« fragte er. Jetzt durfte er sich nur nichts anmerken lassen.

»Sylvia ist ein ... schwieriges Kind«, sagte Esterbrook. »Eine junge Frau, die ihren eigenen Kopf hat. Ich weiß auch nicht, was sie immer denkt. Was mich daran erinnert, weshalb ich Euch zu mir gebeten habe. Sie läßt fragen, ob Ihr uns nicht am Wochenende zum Essen besuchen wollt?«

Roo zögerte nicht. »Aber sicherlich doch.«

»Sehr gut«, befand Esterbrook und nippte an seinem Kaffee. »Dann können wir uns auch darüber unterhalten, was wir machen sollen, falls Ihr glaubt, Mr. Jacoby töten zu müssen.«

Roo fühlte sich, als hätte man einen Eimer kalten Wassers über seinem Kopf geleert. Leise zischte er: »Ich werde ihn eines Tages töten, da gibt es keinen Zweifel. Er hat meinen Partner ermordet.«

Esterbrook zuckte mit den Schultern, als wäre das nicht von

Bedeutung. »Also, wenn wir diese Angelegenheit auf eine andere Weise regeln könnten, wäre es für mich sehr viel angenehmer.« Er setzte die Tasse ab. »Und seid gewarnt. Auch wenn Ihr im Augenblick die besten Verbindungen zum Palast habt, so seid Ihr nicht der einzige. Mein Freund Frederick Jacoby hat ebenfalls sehr einflußreiche Freunde.« Er beugte sich vor und flüsterte: »Falls Ihr seine Söhne töten müßt, tut es heimlich, ja? Und wenn Ihr mir zuvor eine Warnung zukommen lassen könntet, damit ich mich von den Jacobys distanzieren kann, wäre ich Euch sehr verbunden.« Er klopfte Roo auf die Schulter, während er aufstand und um den Tisch ging. »Ich werde Euch zum Abendessen am Fünftag erwarten.«

Roo saß noch einen Augenblick da. Diese Welt der Intrige war Neuland für ihn. Die höfliche Weise, auf die Esterbrook über Mord gesprochen hatte, bereitete ihm größere Sorgen als alles, was ihm während des Krieges begegnet war.

Dann dachte er daran, daß er am Fünftag Sylvia sehen würde, und sein Herz schien seine Brust sprengen zu wollen. Er zwang sich zur Ruhe. Ja, Duncan hatte recht. Er würde etwas für seine Garderobe tun müssen.

Er stand auf und ging, und auf dem Weg ins Geschäft konnte er an nichts als Sylvia Esterbrook denken; erst Jason gelang es, seine Aufmerksamkeit wieder auf die anstehenden Dinge zu lenken.

Im Laufe der Woche wurde es zur Routine. Er brach beim ersten Licht von zu Hause auf, blieb kurz im Geschäft und ging mit Luis, Duncan, Jason und Dash die Frachten des Tages durch, dann machte er sich zum Kaffeehaus auf. Manchmal begleiteten ihn Duncan und Dash, abhängig davon, was im Geschäft zu erledigen war. Manchmal ging er allein.

Duncan hatte ein kleines Haus gemietet, das nicht zu weit vom Geschäft entfernt war und zwei Schlafzimmer hatte. Roo sagte ihm, er solle einen Koch einstellen. Jason und Dash machten sich ihr Quartier im Geschäft ein wenig wohnlicher. Zwischen ihnen schien sich eine Freundschaft zu entwickeln. Obwohl Jason ein paar Jahre älter war, besaß Dash eine Lebenserfahrung, wie man sie bei Männern seines Alters selten fand.

Roo hielt sich an Duncans Vorschlag und ging zu einem Schneider, welcher ihm von Lender empfohlen worden war. Dort erstand er schlichte Kleidung, welche er sowohl bei Barret als auch bei Höflichkeitsbesuchen tragen konnte. Duncan suchte sich buntere Kleider aus und machte nun eher den Eindruck eines Lebemanns vom Hofe denn den eines ehemaligen Söldners.

Am dritten Tag nachdem die Gesellschaft gegründet worden war, kam Jason zu ihm. »Kann ich dich mal was fragen, ohne daß du gleich beleidigt bist?«

»Natürlich, Jason«, erwiderte Roo. »Du warst der einzige bei Barret, der mir erzählt hat, wie der Hase läuft, während die anderen mich nur ausnutzen wollten, vor allem Kurt. Ich denke doch, wir sind Freunde. Also, was hast du auf dem Herzen?«

»Was genau macht dein Cousin eigentlich?«

»Wie meinst du das?«

»Ich meine, Luis macht die Fahrpläne, kümmert sich ums Geld und erledigt Botengänge, ich mache die Buchführung und bezahle die Arbeiter, und Dash hilft Luis oder mir, je nachdem, wer ihn gerade braucht. Aber Duncan, also ... also, der sitzt irgendwie ... immer nur herum.«

Roo dachte an die Begegnung mit dem Fuhrmann von Jacoby und daran, wie Duncan ihm mit dem Schwert den Rücken freigehalten hatte, also antwortete er: »Ich verstehe deine Besorgnis. Nun, sagen wir es so: Er hilft mir. Sonst noch etwas?«

»Nein, ich wollte nur … nun, ja. Gehst du jetzt ins Kaffeehaus?«

Roo nickte. »Wenn du mich brauchst, findest du mich dort.«

Als Roo keine halbe Stunde später bei Barret eintraf, herrschte oben auf der Galerie fast tumultartige Unruhe. Masterson winkte ihn an seinen Tisch und berichtete: »Irgend etwas geht da vor sich.«

Mehrere Kellner schwärmten um den Tisch herum und nahmen Noten entgegen, die Hume und Crowley gekritzelt hatten.

»Was denn?« fragte Roo.

»Wir bekommen Angebote. Und zwar viele.«

Roo legte die Stirn in Falten. »Und woher?«

Masterson antwortete: »Von wem wohl, von anderen Mitgliedern.«

»Nein, ich meine, woher kommt das Getreide?«

Masterson blinzelte. »Ich weiß es nicht.«

Plötzlich war sich Roo sicher, die Antwort zu kennen. Er nahm einen der Kellner am Arm und trug ihm auf: »Laßt jemanden zu meinem Geschäft schicken. Mein Cousin Duncan oder mein Lehrling Dash sollen so schnell wie möglich hierherkommen.«

An die anderen gewandt fragte er: »Habt Ihr schon Angebote angenommen?«

»Bis jetzt noch nicht«, entgegnete Crowley, »aber der Preis ist gefallen, und ich möchte hoffen, daß er nicht noch niedriger wird.«

»Wie niedrig?«

»Er liegt jetzt bei zwei Silberstücken für drei Scheffel, bei acht Prozent Sicherheit.«

Roo senkte die Stimme. »Ich würde wetten, einer der Makler hat jemanden nach Osten ins Tal der Träume geschickt. Haltet

Ihr den Preis für reell, falls jemand Weizen aus Kesh durchs Tal nach Norden bringt?«

»Wieso kommt Ihr darauf?« fragte Masterson.

Roo erwiderte: »Weil ich ein hinterhältiger Schweinehund bin, dessen Vater mit seinem Wagen überall im Königreich herumgekommen ist, auch an die Grenze zum Tal der Träume.«

Kurze Zeit später erschien Duncan, und Roo wies ihn an: »Du mußt dich ein bißchen in den Gasthäusern ums Tor der Händler herum umhören. Ich will wissen, ob jemand in Kesh Getreide gekauft hat, und falls ja, wer und wieviel.«

Nachdem Duncan davongeeilt war, fragte Crowley: »Seid Ihr im Besitz irgendwelcher magischen Fähigkeiten, oder steckt nur eine Vermutung dahinter?«

»Nur eine Vermutung. Aber ich glaube, noch vor Sonnenuntergang werden wir erfahren haben, daß zweimal soviel Weizen, wie wir brauchen, vom Tal der Träume nach Westen unterwegs ist.«

»Wieso?« fragte Hume. »Wie kommt Ihr darauf?«

Roo kniff die Augen zusammen. »Weil ich genau das tun würde, wenn ich diese Gesellschaft ruinieren wollte.« Dann fragte er: »Welche Art von Sicherheit haben wir, was die Auslieferung betrifft?«

»Die Optionen sind gut versichert, denn wenn jemand sie nicht erfüllt, ist er vor dem Gesetz des Königreichs für den gesamten Preis verantwortlich und sogar für das Gold, welches wir verlieren, weil wir das Getreide nicht erhalten. Optionen anzubieten und nicht zu erfüllen würde ein ruinöses Geschäft werden, wenn nicht …«

»Wenn nicht was?«

»Wenn die Gesellschaft, die ihre Forderung vor dem Gericht des Königs einbringt, nicht bereits aus dem Geschäft ist und den

Forderungen, die an sie gestellt wurden, nicht mehr nachgegangen wird.«

»Jetzt bin ich mir allerdings ganz sicher, daß uns jemand ruinieren will«, meinte Roo. Er schwieg einen Augenblick lang. »Können wir den Weizen ablehnen, weil er von mangelnder Güte ist?«

Masterson antwortete: »Nein. Wir können die Auslieferung nur dann beanstanden, wenn das Getreide verfault oder sonst irgendwie beschädigt ist. Wieso?«

»Wenn sie die niedrigen Preise anbieten, werden sie auch den billigsten Weizen bringen.« Roo zeigte auf seine drei Partner. »Wer bietet diese Verträge an?«

»Verschiedene Gruppen«, berichtete Crowley.

»Und wer steckt hinter ihnen?«

Mastersons Blick verweilte auf dem Stapel von Angeboten, als suche er ein bestimmtes Muster zu erkennen. Schließlich sagte er: »Jacob.«

Roo spürte, wie sich seine Brust zusammenschnürte. »Esterbrook?«

Hume und Crowley fragten beide: »Warum sollte er dabei mitmischen?«

»Meine Schuld, fürchte ich«, räumte Roo ein. »Ich glaube, es würde ihm sehr gut gefallen, wenn ich so schnell wie möglich wieder dort wäre, wo ich herkomme. Euer Ruin wäre nur eine unglückliche Nebenwirkung, sicherlich nichts Persönliches.«

»Was sollen wir machen?« fragte Crowley.

»Nun, wir können keinen Weizen kaufen, den uns selbst der bestechlichste Müller nicht abnimmt.« Roo dachte eine Weile lang schweigend nach, dann sagte er plötzlich: »Ich hab's!«

»Was?«

»Ich sag es Euch, wenn Duncan zurückgekommen ist. Bis dahin tut nichts, kauft nichts.«

Roo erhob sich und ging davon. Er mußte auf eigene Faust herumschnüffeln. Kurz vor Sonnenuntergang entdeckte er Duncan in einem Gasthaus, wo er in einer Ecke mit zwei seltsam gekleideten Männern, dem Aussehen, den Waffen und der Rüstung nach Söldner, an einem Tisch saß. Duncan winkte ihn zu sich.

»Roo, diese Freunde von mir hier haben eine interessante Geschichte zu erzählen.« An diesem Tisch waren einige Bierkrüge geleert worden, doch Duncan war so nüchtern wie am Tag seiner Geburt, weil er sein Bier kaum angerührt hatte.

Roo setzte sich und wurde vorgestellt. Die beiden Söldner erzählten ihm, wie sie als Wächter für einen Kurier angeheuert worden waren, der von Shamata aus zu einem Händler nach Krondor geschickt worden war, wo er eine Nachricht über ein riesiges Geschäft mit Getreide aus Kesh abliefern sollte. Als die Geschichte zu Ende war, erhob sich Roo. Er warf einen kleinen Beutel mit Gold auf den Tisch und sagte: »Meine Herren, ich möchte Euch einladen. Eßt und trinkt, soviel Ihr mögt. Duncan, du kommst mit mir.«

Sie eilten zurück zu Barret, wo Roos Partner inzwischen fast allein auf der Galerie saßen. Er gesellte sich zu ihnen und erstattete Bericht. »Jemand bringt eine große Menge schlechten Weizens nach Krondor.«

»Seid Ihr sicher?«

Crowley wiederholte die Frage, die Roo schon früher am Tag gestellt hatte. »Warum soll man Weizen kaufen, den man nicht wieder los wird?«

»Jemand weiß, daß wir Optionen kaufen«, vermutete Roo. »Und derjenige weiß zudem, daß wir entweder den vollen Preis bezahlen müssen, oder das Geld für die Option verlieren. Also bringt er Getreide in die Stadt, genug, um die Vertragsmenge zu liefern, damit wir nicht vom Kauf zurücktreten können. Dann behalten sie das Geld von den Optionen und vernichten das Getreide.«

»Aber sie verlieren viel Geld!« sagte Crowley.

»So viel nun auch wieder nicht. Aber natürlich können sie nicht alles durch das Geld der Optionen decken. Doch wenn jemand wirklich das Ziel hat, uns das Genick zu brechen, und wenn es ihm nicht in erster Linie auf Gewinne ankommt, wird ihn dieser Verlust nicht sonderlich schmerzen.«

»Das ist ja richtiggehend räuberisch«, fuhr Hume auf.

»Ausgesprochen räuberisch sogar«, befand Masterson, »und zudem brillant.«

»Wie sollen wir darauf reagieren?« fragte Hume.

»Meine Herren«, setzte Roo an, »ich war Soldat, und ich glaube, es ist nun an der Zeit, Eure Entschlossenheit auf die Probe zu stellen. Entweder kaufen wir nichts und schreiben das, was wir bisher eingesetzt haben, als Verlust ab, oder wir können versuchen, die Sache zu unserem Vorteil zu wenden. Aber wir werden viel mehr Gold brauchen, als wir bisher eingebracht haben.«

»Was habt Ihr für einen Vorschlag zu machen?« wollte Masterson wissen.

»Wir gehen keine weiteren Verträge mehr ein. Von jetzt an lehnen wir jedes Angebot ab, und unsere Gegenangebote müssen stets ein wenig zu niedrig sein, damit sie niemand annimmt. Aber alle sollen wissen, daß wir noch im Geschäft sind.«

»Wieso?« fragte Crowley.

»Weil eine riesige Menge Getreide, sechzig Wagen, im Auftrag von Jacoby und Söhnen nach Krondor unterwegs ist.« Er blickte auf eins der Angebote, die immer noch auf dem Tisch lagen. »Und die soll in neunundvierzig Tagen im Hafen ausgeliefert werden. Mit jedem Tag, der vergeht, wird der Besitzer dieses Weizens nervöser werden, wenn er keinen Käufer findet. Denn sollte er Krondor erreichen, ehe er einen Käufer hat, wird er ihn in den Hafen kippen müssen. Vielleicht wird er ihn uns auch zu unserem Preis verkaufen, in der Annahme, der Kauf würde uns trotz allem das Genick brechen …«

»Und was sollen wir dagegen machen?« fragte Hume.

»Wir kaufen jeden Vertrag, der in Krondor zu haben ist, meine Herren. Falls wir, wenn der Weizen die Stadt erreicht, jedes Körnchen zwischen hier und Ylith besitzen, dann können wir den besseren Weizen in die Freien Städte und zur Fernen Küste verschiffen, unsere Investition herausholen und einen schönen Gewinn einstreichen.«

»Und was machen wir dann mit dem Getreide aus Kesh?« hakte Masterson nach.

»Wir verkaufen es den Bauern fürs Vieh oder der Armee oder wem auch immer, als Futter eben. Wenn wir mit dem Getreide aus Kesh nur das hereinholen können, was es kostet, werden wir mit dem anderen einen Reichtum gewinnen, den wir uns nicht erträumt haben. Eins zu zwanzig, eins zu dreißig, eins zu hundert werden wir unsere Investitionen wieder herausholen.«

Masterson schnappte sich einen Bleistift und begann zu kritzeln. Zehn Minuten lang rechnete er schweigend vor sich hin. »Nach dem, was wir bisher gesehen haben, brauchen wir noch einmal mindestens zweihunderttausend Sovereigns. Meine Herren, wir benötigen mehr Partner. Kümmert Euch darum.«

Crowley und Hume standen sofort auf und gingen davon. Masterson schüttelte den Kopf. »Roo, ich hoffe nur, Ihr habt recht.«

»Welchen Preis müssen wir erzielen, damit dieses Unternehmen nicht fehlschlagen kann?«

Jerome Masterson lachte. »Selbst wenn das Getreide umsonst wäre, könnte die Sache fehlschlagen. Wir müssen das Getreide lagern, und falls die Verknappung in den Freien Städten nicht eintreffen sollte, werden wir alle bald als Fuhrleute für Jacoby und Söhne arbeiten müssen.«

»Ich würde eher in die Hölle gehen, als das zu tun«, entgegnete Roo.

Masterson winkte einen Kellner herbei. »Bring uns etwas von meinem Branntwein für besondere Anlässe und zwei Gläser.« Er wandte sich an Roo. »Jetzt können wir nur noch abwarten.«

Der Branntwein wurde gebracht, und Roo fand ihn ausgezeichnet.

Masterson sah den Stapel von Angeboten noch einmal durch und runzelte die Stirn.

»Was gibt es?« fragte Roo.

»Das hier ergibt keinen rechten Sinn. Das muß ein Fehler sein. Wir haben zweimal das gleiche Angebot bekommen, von der gleichen Gruppe.« Dann nickte er. »Ach so. Jetzt weiß ich, warum ich mich vertan habe. Es ist gar nicht die gleiche Gruppe. Es sieht nur so aus.«

Roo neigte den Kopf zur Seite, als hätte er nicht zugehört. »Was habt Ihr gesagt?«

»Ich habe gesagt, diese Gruppe würde wie die andere aussehen«, wiederholte Masterson und zeigte auf die beiden Angebote.

»Wieso?«

»Weil sie bis auf einen Investor genau die gleichen sind.«

»Warum würde jemand das tun?«

»Vielleicht, weil sie gierig sind«, erwog Masterson. Er seufzte. »Manchmal machen die Leute Angebote, die sie gar nicht erfüllen wollen, weil sie glauben, die andere Seite wolle gar nicht kaufen. Falls sie jetzt unser Geld nehmen und wir untergehen, zukken sie nur mit den Schultern, wenn der Vertrag fällig wird. Wem sollen wir es denn ausliefern, fragen sie dann.« Er zuckte mit den Schultern. »Vielleicht hat es sich schon herumgesprochen, daß wir Schwierigkeiten haben.«

»Schwierigkeiten«, meinte Roo. Dann fiel ihm etwas ein. Und nach einer Weile formte sich in seinem Kopf ein Plan. Plötzlich platzte er heraus: »Jerome, ich hab's!«

»Was?«

»Ich weiß, wie wir nicht nur einen anständigen Gewinn erzielen, sondern auch noch die ruinieren können, die das gleiche mit uns vorhaben.« Er merkte, daß er doch ein bißchen übertrieb. »Nun, gut, vielleicht nicht ruinieren, aber es wird doch sehr schmerzhaft für sie werden.« Er grinste. »Aber ich weiß bestimmt, wie wir einen ungeheuer hohen Gewinn aus diesem Getreidegeschäft schlagen können.« Er blickte Masterson in die Augen. »Selbst dann, wenn es keine Verknappung in den Freien Städten gibt.«

Masterson wurde plötzlich sehr aufmerksam. Roo ergänzte: »Das kann ich garantieren.«

Vier

Überraschung

Der Reiter zügelte das Pferd.

Die Bauern befanden sich nach einem langen Arbeitstag auf den Weizenfeldern auf dem Heimweg und waren überrascht, als der Reiter sein Pferd auf sie zu lenkte. Ohne ein Wort zu sagen, verteilten sie sich, denn obwohl es friedliche Zeiten waren, trug der Reiter Waffen, und bei Fremden konnte man schließlich nie wissen, was man zu erwarten hatte.

Der Reiter zog seinen breitkrempigen Hut, unter dem ein junges, von lockigem braunen Haar umrahmtes Gesicht zum Vorschein kam. Er lächelte, und man sah deutlich, daß der Reiter kaum erwachsen war. »Einen guten Tag wünsche ich«, rief er.

Die Bauern erwiderten den Gruß grunzend. Sie gingen weiter, denn müde und erschöpft, wie sie waren, hatten sie keine Zeit übrig, um mit einem gelangweilten Adligen auf seinem Abendritt zu plaudern.

»Wie geht es mit der Ernte?« fragte der junge Mann.

»Gut«, antwortete einer der Bauern.

»Habt ihr schon einen Preis festgelegt?« fragte der Reiter als nächstes.

Bei dieser Frage blieben die Bauern erneut stehen. Der Junge wollte über die beiden Dinge reden, die diese Männer in ihrem Leben am meisten interessierten: Weizen und Geld.

»Noch nicht«, gab der Bauer zurück. »Die Händler aus Krondor oder Ylith werden erst in zwei oder drei Wochen kommen.«

»Wieviel wollt ihr für den Weizen?« fragte der Junge.

Plötzlich verstummten die Bauern und blickten einander an. Dann fragte einer: »Du siehst nicht gerade aus wie ein Makler. Bist du ein Müllerssohn?«

Der junge Mann lachte. »Kaum. Mein Großvater war ein Dieb, um die Wahrheit zu sagen. Mein Vater ... er steht in den Diensten des Herzogs von Krondor.«

»Was willst du von uns?« verlangte ein anderer Bauer zu wissen.

»Ich arbeite für einen Mann, der Weizen kaufen will, aber er möchte die Preise schon jetzt festlegen.«

Das mußten die Bauern erst einmal untereinander bereden. Nach einer Minute meinte der Bauer, der zuerst gesprochen hatte: »Das ist ungewöhnlich. Wir wissen doch noch gar nicht, wie die Ernte werden wird.«

Der Junge sah von Gesicht zu Gesicht. Schließlich zeigte er auf einen Mann und fragte: »Wie lange beackerst du dieses Land schon?«

Der Mann antwortete: »Mein ganzes Leben. Früher hat das Feld meinem Vater gehört.«

»Und du willst mir erzählen, du wüßtest nicht bis auf den Scheffel genau, wie groß die Ernte in diesem Jahr ausfallen wird?«

Der Mann errötete und grinste. »Nun, um die Wahrheit zu sagen, ich weiß es schon.«

»Und das trifft doch auf euch alle zu«, behauptete der junge Mann. »Also, ich mache euch folgendes Angebot: Ihr setzt uns jetzt einen Preis, und ihr werdet sofort bezahlt. Wir holen das Getreide dann nach der Ernte ab.«

Die Bauern sahen sich erstaunt an. »Wir werden sofort bezahlt?« fragte einer.

»Ja.«

Plötzlich wurden dem Reiter von allen Seite Preise zugerufen, so daß er keinen einzigen mehr verstehen konnte. Er hob die Hand und verlangte: »Aufhören!« Danach stieg er ab, reichte einem der Bauern die Zügel und zog Papier und Stift aus einer der Satteltaschen.

Der erste Bauer sagte ihm einen Preis für tausend Scheffel Weizen, und der Reiter nickte. Er machte ein Gegenangebot, und das Feilschen ging los. Als der Reiter mit allen Bauern einig war, schrieb er ihre Namen auf ein Pergament. Daneben schrieb er den jeweils ausgehandelten Preis und die Menge an Weizen und ließ jeden Bauern sein Zeichen daneben machen. Daraufhin zahlte er das Gold aus.

Und als der Reiter schon längst wieder verschwunden war, konnten die Bauern ihr Glück kaum fassen. Der Preis war vielleicht nicht der beste, aber er war anständig, und sie hielten das Geld schon jetzt in den Händen.

Während Dash nach Norden weiterritt, spürte er die Schmerzen im Rücken und in den Schultern. Er hatte in den letzten drei Tagen ein Dutzend Dörfer besucht, und er wußte, Duncan, Roo und Luis taten das gleiche. Doch wenn er jetzt scharf ritt, würde er noch vor Sonnenuntergang Sarth erreichen, und dann könnte er mit den dortigen Bauern über die Weizenpreise verhandeln und hinterher John Vinci einige Nachrichten überbringen, die ihm Roo mitgegeben hatte. Anschließend würde er in einem guten Bett übernachten und am Morgen nach Krondor zurückkehren.

Er gab seinem Pferd die Sporen und trieb das müde Tier zum Trab an, während sich im Westen die Sonne dem Horizont näherte.

Als die Woche vorüber war, kehrten vier müde Reiter nach Krondor zurück und trafen sich in Roos Lagerhaus. Dash grinste. »Falls es zwischen hier und Sarth noch Getreide gibt, das nicht uns gehört, dann befindet es sich im Futtersack eines Pferdes.«

»Für Endland gilt das gleiche«, fügte Luis hinzu.

Und Duncan meinte: »Ich weiß nicht, ob ich den ganzen Weizen zwischen hier und der Straße zum Tal der Träume gekauft habe, aber immerhin habe ich dein ganzes Gold ausgegeben.« Er reichte seinem Cousin eine Liste mit den Namen von Bauern und den Preisen, die er für das Getreide ausgehandelt hatte.

»Und ich habe das gleiche von hier bis zu den Ausläufern des Gebirges gemacht«, ergänzte Roo. Er betrachtete die Summen und meinte: »Wenn das schiefgeht, werden wir vermutlich alle darüber nachdenken müssen, ob wir als Freiwillige in die Armee des Königs eintreten.«

»Ich hätte da noch andere Möglichkeiten«, stellte Dash fest und fügte grinsend hinzu: »Das hoffe ich jedenfalls.«

»Ich muß nach Hause und mich umziehen«, verkündete Roo. »Ich bin heute abend bei Jacob Esterbrook zum Essen verabredet.«

Dash und Duncan wechselten einen Blick. Von Duncans Gesicht konnte man nicht ablesen, was er dachte, doch Dash grinste nur. Jason fragte scheinheilig: »Ob Sylvia dabei sein wird?«

Roo lächelte. »Damit rechne ich allerdings.«

Luis legte die Stirn in Falten, behielt seine Meinung jedoch für sich.

Roo verließ das Geschäft und eilte nach Hause. Karli saß im Wohnzimmer, wiegte das Kind und sang ihm ein Liedchen vor. Roo zögerte im Flur, trat dann jedoch leise ins Zimmer ein. Das Kind schlief.

Karli flüsterte. »Sie war heute den ganzen Tag unruhig.« Roo küßte seine Gemahlin auf die Wange. »Ist alles zu deiner Zufriedenheit verlaufen?«

»Das werden wir in einer Woche wissen.«

»Willst du es mir nicht beim Abendessen erzählen? Sie wird noch eine Weile schlafen.«

Roo errötete. »In dem ganzen Durcheinander habe ich vergessen, dir zu sagen, daß ich heute abend zum Essen ausgehe. Tut mir leid.«

»Du bist doch gerade erst nach Hause gekommen«, wandte Karli ein.

»Ich weiß, aber es ist wichtig. Es geht um Geschäfte.«

»Geschäfte? Jetzt am Abend?« bohrte Karli weiter.

Roos Erschöpfung, seine Sorgen und seine Ungeduld, Sylvia Esterbrook heute abend wiederzusehen, kamen zusammen, und so klang seine Stimme bei der Antwort schärfer, als er beabsichtigt hatte: »Ja! Geschäfte, und zwar heute abend! Ich werde mit einem der wichtigsten Geschäftsmänner des Königreichs zu Abend essen.«

Abigail begann bei der lauten Stimme ihres Vaters zu strampeln und zu weinen. In den Augen seiner Ehefrau blitzte Wut auf, doch beherrschte sich Karli und zischte: »Psst! Jetzt hast du deine Tocher geweckt.«

Roo hob beschwichtigend die Hände. »Tut mir leid. Kümmer du dich um sie. Ich muß mich waschen und umziehen.« Er drehte sich um und rief: »Mary! Ich brauche heißes Wasser.«

Nach diesem lauten Ruf begann seine Tocher erst richtig zu weinen. Karli riß sich zusammen, warf ihrem Mann jedoch wütende Blicke hinterher, während der zur Treppe lief, um sich oben für seine Verabredung zum Essen feinzumachen.

Roo mußte sich beeilen, und obwohl er gerade erst gebadet hatte, fühlte er sich schon wieder verschwitzt. Vor dem Tor des Anwesens der Esterbrooks blieb er stehen. Er wäre besser mit einer Mietkutsche gekommen anstatt zu Pferde, dachte er. Denn jetzt stand er nicht ruhig und entspannt vor der Tür, sondern fast atemlos.

Er klopfte, und fast augenblicklich ging eine kleine Tür im Tor auf, und ein Stallbursche trat heraus. »Ja?«

»Ich bin Rupert Avery. Ich bin zum Essen mit Mr. Esterbrook verabredet«, antwortete Roo.

»Ja, Sir«, erwiderte der Stallbursche und verschwand wieder hinter der kleinen Tür. Einen Moment später schwang das Tor weit auf.

Roo ritt in Esterbrooks Anwesen ein, und er war, wie es nicht anders zu erwarten gewesen war, äußerst beeindruckt. Das Haus stand auf einem kleinen Hügel am Ostrand der Stadt und erhob sich hoch über die umliegenden Anwesen. Man war hier schon fast auf dem Lande, obwohl Roo nur ein halbes Stündchen geritten war. Die hohe Steinmauer verbarg das Haus vor Blicken von außen und wurde nur von diesem seltsamen Türmchen überragt.

Jetzt konnte Roo erkennen, daß es sich bei diesem Türmchen um eine Aussichtsplattform mit einem kleinen Spitzdach und Fenstern in alle Richtungen handelte. Roo fragte sich, wozu dieser Aussichtspunkt wohl dienen mochte, bis ihm einfiel, daß man von dort oben wunderbar das Kommen und Gehen in den Karawansereien und im Hafen überblicken konnte. Zwei Monde waren aufgegangen, und Roo sah, als er nun abstieg und die Zügel dem Stallbuschen reichte, im Fenster des Türmchens etwas aufblitzen, und er mußte lächeln. Esterbrook schien dort oben eines dieser neumodischen Ferngläser zu haben.

Ansonsten war das Haus genauso, wie er es sich vorgestellt hatte. Mit seinen zwei Geschossen war es zwar groß, wirkte dennoch nicht wie ein Palast. Ein großer Garten umgab es, und Roo konnte in der Abendluft den Duft von Blüten riechen. Mehrere Fenster waren hell erleuchtet, und die Geräusche, die aus dem Haus drangen, verrieten Geschäftigkeit.

Roo klopfte an der Haustür, und einen Augenblick später öffnete sie sich. Da er einen Diener erwartet hatte, stockte ihm der Atem, als Sylvia Esterbrook persönlich in der Tür stand.

»Mr. Avery«, begrüßte sie ihn mit einem Lächeln, bei dem er Magenschmerzen bekam. Sie trug ein tief ausgeschnittenes Kleid, welches deutlich enthüllte, daß sie keinesfalls so mager war, wie Roo zunächst gedacht hatte. Es war aus hellblauem Stoff gemacht, der zu ihren strahlenden Augen paßte.

Außer einem Diamantenhalsband trug sie keinen weiteren Schmuck. Roo brachte nur ein »guten Abend« zustande, während er eintrat.

»Darf ich Euren Mantel nehmen?« fragte sie.

Roo nestelte am Halsband seines Umhangs herum, dann hatte er schließlich den Knoten gelöst. »Vater wartet in seinem Privatzimmer auf Euch. Den Flur entlang und dann links«, wies sie ihm den Weg. »Ich werde Euren Mantel aufhängen und nach dem Essen sehen.«

Roo blickte hinter ihr her, während sie rechts durch eine Tür verschwand, und er zwang sich, tief Luft zu holen. Nachdem ihm der Anblick des Mädchens den Atem geraubt hatte, würde die Begegnung mit ihrem Vater so gefährlich werden, als zöge er in die Schlacht.

Roo ging den Flur entlang und warf einen Blick durch zwei offene Türen, hinter denen sich bescheidene Zimmer mit Betten, Tischen und Nachttischen befanden. Ob das die Unterkünfte der Bediensteten waren? fragte er sich.

Er erreichte die große Tür am Ende des Flurs, die er im Dämmerlicht kaum erkennen konnte – nur eine einzige Kerze auf einem Tisch in der Mitte des Flurs spendete Licht. Drinnen rief eine Stimme: »Tretet doch ein.«

Roo öffnete die große Tür und trat ein. Jacob Esterbrook erhob sich hinter einem großen Schreibtisch in der Mitte seiner, wie Roo jetzt sehen konnte, Bibliothek. Er hatte im Palast des Prinzen ebenfalls einmal ein solches Zimmer zu Gesicht bekommen, und, so stellte er jetzt zu seinem Erstaunen fest, es gab nicht nur Adlige, die einen solchen Raum besaßen. Das Zimmer wurde nur von zwei Kerzen erhellt, eine auf Esterbrooks Schreibtisch, die andere auf einem Lesetisch an der Wand gegenüber der Tür.

Während er sich dem Schreibtisch näherte, entdeckte Roo im dämmerigen Licht eine weitere Gestalt, die an der Wand stand. Dann erkannte Roo, daß es sich sogar um zwei Männer handelte. Die beiden traten vor, und Roo griff unwillkürlich an die Stelle, wo gewöhnlich sein Messer hing.

»Aber, aber«, besänftigte ihn Esterbrook, als würde er mit einem Kind sprechen. Tim Jacoby trat ins Licht, und der jüngere Mann an seiner Seite konnte nur sein Bruder sein.

»Mr. Avery, ich glaube, Timothy Jacoby kennt Ihr schon. Der andere Herr ist sein Bruder, Randolph.« Er sah zur Tür. »Sie wollten gerade aufbrechen.«

Roo stand steif da, als müsse er sich zur Verteidigung bereithalten. Tim Jacoby sagte nichts, doch sein Bruder wandte sich an Roo. »Mr. Avery?« Er nickte ihm zu.

»Mr. Jacoby«, antwortete Roo und nickte zurück. Keiner der Männer bot dem anderen die Hand.

Tim drehte sich noch einmal um, während er auf die Tür zuging. »Ich werde dranbleiben, Jacob.«

»Das habe ich auch nicht anders erwartet, Timothy«, erwiderte Esterbrook. »Meine Grüße an den Vater.«

»Werde ich ausrichten«, antwortete Tim.

Esterbrook wandte sich Roo zu: »Mein Gespräch mit den Jacobys hat leider etwas länger gedauert als vorgesehen. Ich möchte mich dafür entschuldigen, sollte ich Euch mit der Anwesenheit der beiden Jacobys erschreckt haben.«

Roo erwiderte: »Ich habe nur nicht mit ihnen gerechnet.«

»Setzt Euch doch«, bot Esterbrook ihm Platz an und deutete auf einen Stuhl vor dem Schreibtisch. »Wir haben noch ein bißchen Zeit, bis Sylvia uns zum Essen holt.«

Und dann wechselte Esterbrook das Thema: »Ich habe ein paar Erkundigungen über Euch eingeholt, junger Avery.« Er lehnte sich zurück und faltete die Hände über dem Bauch. Roo hatte ihn noch nie ohne Hut gesehen. Der Mann hatte bis zu den Ohren eine Glatze, doch der Rest seines grauen Haares wuchs bis in den Nacken. Dazu trug er lange Koteletten, war ansonsten jedoch sauber rasiert. Über sein Gesicht huschte ein leicht amüsierter Ausdruck.

»Eure Idee, Wein aus Finstermoor einzuführen, war nicht schlecht. Ich halte das für ein lohnendes Unternehmen. Zu schade, daß Ihr Euch mit den Spöttern angelegt habt. Hätte ich etwas davon geahnt, hätte ich Euch den Verlust und Sam Tannerson den Tod ersparen können.«

»Ich bin beeindruckt, welche Einzelheiten Ihr darüber wißt«, äußerte sich Roo.

Esterbrook machte eine abwehrende Geste. »Es ist teuer, so etwas zu erfahren, doch nicht schwierig, wenn man die Mittel hat.« Er beugte sich vor. »Das solltet Ihr nie vergessen: Von allen Dingen, mit denen die Männer in dieser Stadt handeln, ist Wissen das wertvollste, und zwar bei weitem.«

Roo nickte. Er war nicht ganz sicher, ob er verstanden hatte, worauf Esterbrook hinauswollte, und ob er dem wirklich zustimmte. Allerdings handelte es sich bei Esterbrooks Rede nicht um ein Streitgespräch, sondern um eine Belehrung.

»Nun, ich hoffe, Ihr werdet in Zukunft Eure Zwistigkeiten mit Tim Jacoby aus dem Weg räumen können, egal, wie tief die Feindschaft sitzen mag. Denn für mich würde es schwierig werden, mit zwei Männern Geschäfte zu machen, die sich jeden Augenblick gegenseitig umbringen könnten.«

»Bis jetzt haben wir noch keine Geschäfte gemacht«, wandte Roo ein.

Esterbrook lächelte, doch in seinen Augen lag keine Wärme. »Ihr habt Euer Schicksal auf rechte Weise in die Hand genommen, junger Avery. In kürzester Zeit habt Ihr Euch eine Position erkämpft, in der man nicht mehr an Euch vorbeikommt. Die Heirat mit Helmut Grindles Tochter hat Euch einige Mittel gegeben, um die Euch jeder Mann Eures Alters beneiden würde, doch Ihr seid darüber hinausgewachsen. Und offensichtlich hat man auch im Palast eine gute Meinung von Euch. Mr. Jacobys Vater hat sich sehr darüber aufgeregt, weil Ihr den Frachtvertrag erhalten habt; er hätte sich selbst für die nächstliegende Wahl gehalten.

Und Ihr habt ihm zweimal ziemlich tief ins Fleisch geschnitten, bei Geschäften, die sich eines weniger guten Rufes erfreuen.«

Roo mußte lachen. »Eine Sache habe ich trotz meiner Jugend schon begriffen, Mr. Esterbrook: Man darf niemandem gegenüber etwas eingestehen.«

Esterbrook lachte ebenfalls, dieses Mal offensichtlich tatsächlich belustigt. »Sehr gut gesagt.« Er seufzte. »Also nun, was auch immer geschehen mag, ich hoffe, wir werden in Harmonie zusammenarbeiten können.«

»Ich habe vielleicht noch eine Rechnung mit Tim Jacoby offenstehen, aber damit habt Ihr, Mr. Esterbrook, nichts zu tun.«

»Nun, im Moment jedenfalls nicht«, schränkte Esterbrook ein.

Es klopfte an der Tür, und Roo sprang sofort auf, als die Tür aufging und Sylvia hereinspähte. »Das Essen ist aufgetragen.«

»Wir sollten die Herrin des Hauses nicht warten lassen«, meinte Esterbrook.

Roo nickte, erwiderte jedoch nichts. Er folgte seinem Gastgeber durch die Tür, und Esterbrook bedeutete ihm, er möge vorgehen. So folgte Roo also Sylvia durch den Flur, und als sie in das hellerleuchtete Empfangszimmer des Hauses traten, war er vom Spiel des Kerzenlichts auf ihrem goldenen Haar wie verzaubert.

Er folgte ihr ins Speisezimmer, und sein Herz klopfte seinem Geschmack nach viel zu heftig. Das konnte nicht von der Anstrengung des kurzen Gangs herrühren. Er bekam kaum mehr mit, wie er zu einem Stuhl an dem großen Tisch trat, an dessen Spitze sein Gastgeber sich zu seiner Linken und Sylvia sich ihm gegenüber hinsetzte. An dem Tisch wäre noch für weitere sieben Personen Platz gewesen.

»Ein Zimmer wie dieses habe ich noch nie gesehen«, bemerkte Roo.

»Ich habe die Idee der Beschreibung des Speisesaals eines fernen Hofes entnommen«, erzählte Esterbrook. »Solche Räume findet man in einem der Königreiche unten in der keshianischen Konföderation. Jener König zog es vor, in kleinem Kreis zu speisen anstatt in einem Durcheinander mit dem ganzen Hof. Und anstatt in der Mitte des Tisches zu sitzen, also zwei Stühle weiter als Ihr, setzte er sich ans Ende, während die Gäste zu beiden Seiten aufgereiht waren. Dadurch konnte er mit jedem sprechen.«

Sylvia sagte: »Früher hatten wir einen großen runden Tisch, und man mußte fast schreien, wenn man sich mit jemandem unterhalten wollte, der gegenüber saß.«

Roo lächelte. »Es gefällt mir.« Im stillen schwor er, sich ebenfalls einen solchen Tisch anfertigen zu lassen. Doch dann fiel ihm etwas ein. Bei ihm zu Hause gab es gar keinen Platz für einen Tisch von dieser Größe. Allerdings, wenn er und seine Partner ihre gegenwärtige Spekulation zu einem erfolgreichen Ende führen würden, könnte er ein ebenso großes Haus wie dieses bauen. Er verdrängte den Gedanken daran, was passieren würde, sollte die Spekulation schiefgehen.

Man gab sich der Konversation hin, und Roo konnte sich bald kaum mehr daran erinnern, über was alles gesprochen worden war. Den ganzen Abend über mußte er sich zwingen, Sylvia nicht ständig anzustarren, doch so richtig gelang ihm das nicht. Sie zog einfach ununterbrochen seinen Blick auf sich. Nach dem Essen hatte er sich ihre Züge so gut eingeprägt, als würde er sie schon ewig kennen. Er kannte jeden Schwung ihres Halses, jeden Ausdruck ihrer Lippen, die leichte Unvollkommenheit des einen Schneidezahns, der etwas verdreht war und den anderen überragte, der einzige Makel auf ihrer Schönheit, den er bislang hatte feststellen können.

Ohne es mitzubekommen, stand er plötzlich an der Tür und verabschiedete sich von seinem Gastgeber und dessen Tochter. Sylvia nahm seine Hand und hielt sie einen Moment lang fest, und dabei trat sie so dicht an ihn heran, daß seine Hand leicht über die Spitze ihrer Brüste strich. »Es war ein so schöner Abend, Mr. Avery. Ich hoffe, Ihr werdet uns bald wieder beehren.«

Roo stotterte fast, als er es versprach. Er wandte sich um, stieg auf sein Pferd und ritt langsam zum Tor. Er konnte sich über dieses zauberhafte Gefühl, das er empfand, nur wundern, und vor allem erstaunte es ihn, daß Sylvia Esterbrook seine Gegenwart offensichtlich so sehr genoß.

Noch als sich das Tor hinter ihm schloß, wunderte sich Roo über diese Tatsache, die doch eigentlich nicht sein konnte.

Sylvia wartete, bis die Tür geschlossen war, dann trat sie ans Fenster neben der Tür und sah zu, wie Roo davontritt. Sie wandte sich an ihren Vater und fragte: »Was hältst du von ihm?«

Jacob Esterbrook antwortete: »Ein vielversprechender junger Mann.«

»Er ist ganz und gar nicht attraktiv, und dennoch, er besitzt einen scharfen Verstand, wenngleich eher den einer Ratte«, konstatierte sie trocken. »Seine Hand war erstaunlich stark.« Sie tippte sich mit dem Fingernagel gegen die Zähne. »Solche Kerle sind meist ungewöhnlich ... ausdauernd.«

»Sylvia«, schimpfte ihr Vater, »du weißt, ich mag es nicht, wenn du so redest.«

Sie ging an ihrem Vater vorbei und machte sich zur Treppe nach oben auf, wo ihr Schlafzimmer lag. »Vater, du kennst mich doch. Du hast mich doch so erzogen.« Sie lächelte ihn über die Schulter an. »Wirst du ihn töten?«

Esterbrook winkte ab. »Ich hoffe, das wird nicht notwendig sein; er ist schlau, und nach allem, was ich über seine Zeit als Soldat gehört habe, muß er einen starken Lebenswillen haben. Ich sollte ihn mir besser zum Verbündeten denn zum Feind machen, glaube ich.«

Sylvia stieg die Treppe hinauf. »Aber das hält dich immer noch nicht davon zurück, ihn zu ruinieren.«

Esterbrook winkte bei dieser Bemerkung ab. »Einen Mann zu ruinieren ist etwas anders, als ihn zu töten. Falls er bei diesem Weizengeschäft Pleite macht, könnte ich ihm in einer meiner Gesellschaften eine Stellung anbieten. Dann müßte ich mir nicht länger über einen aufstrebenden Konkurrenten Gedanken machen, und er könnte mir noch dazu eine große Hilfe sein.«

Sylvia verschwand oben an der Treppe, und Jacob ging zurück zur Bibliothek, derweil er in sich hineinmurmelte: »Und wenn es denn sein muß, kann ich ihn auch von Tim Jacoby umbringen lassen.«

Roo nippte an seinem Kaffee. Es war die fünfte oder sechste Tasse, die er an diesem Tag bestellt hatte, und er trank im Augenblick eher aus Gewohnheit, und nicht weil es ihm so gut schmeckte.

Dash stürzte die Treppe hinauf zu dem Tisch, an dem Roo mit seinen Partnern saß. »Eine Botschaft für Euch.«

Er reichte Roo einen Brief. Der Juwelenhändler in Salador hatte einen niedrigeren Preis angeboten, als Roo sich erhofft hatte, doch nicht so niedrig, daß Roo sich weiter umhören würde. Rasch rechnete er und wies Dash dann an: »Antwort durch einen schnellen Reiter. Das Gold soll sofort geliefert werden.«

Dash erwiderte: »Und Duncan sagt, er hätte Gerüchte gehört, in einem der Gasthäuser. Gestern nacht hätte ein betrunkener Müller erzählt, es gäbe keinen Weizen zum Mahlen, weil die Bauern ihn nicht in die Stadt brächten.«

Roo nickte: »Halt mich auf dem laufenden.«

Dash eilte davon, und Roo meinte zu den anderen: »Es geht los.«

Masterson nickte und machte dem Kellner ein Zeichen, er möge an den Tisch kommen. Der junge Mann tat dies, und Masterson schrieb etwas auf ein Stück Papier und reichte es dem Kellner. »Bringt dies bitte nach unten. Zu Mr. Amested.«

Roo seufzte. »Wie sieht es aus?«

Masterson sagte: »Wir haben jetzt Schulden. Wir haben Optionen auf Weizen, die sechshunderttausend Goldsovereigns wert sind. Ihr habt das größte Getreidegeschäft aller Zeiten in die Wege geleitet!« Er fuhr sich mit der Hand übers Gesicht. »Ich glaube, zwischen der Fernen Küste und Malacs Kreuz gibt es kein Gran Weizen mehr, das nicht in den nächsten zwei Wochen in der Stadt auftauchen wird und uns gehört. Wir können nur hoffen, daß wir die Sache nicht falsch eingeschätzt haben, Roo.«

Roo lächelte. »Keiner von Euch hätte bei meinem Plan mitgespielt, falls Ihr an ihm gezweifelt hättet.« Er deutete mit dem Daumen nach unten. »Alles dreht sich nur um eine Sache, Jerome. Jedermann hier, Ihr und ich eingeschlossen, ist ein gieriger Hund.«

Masterson lachte. »Damit kommt Ihr der Wahrheit schon recht nahe, Roo.« Er beugte sich vor. »Als Junge habe ich mir meinen Unterhalt als Taschendieb verdient. Während der Großen Erhebung habe ich dann in der Armee die Chance bekommen, das Leben ehrlich anzugehen. Ich war kaum mehr als ein Kind, aber wie alle, die dem König dienen wollten, wurde ich begnadigt. Ich entschloß mich, in einem ehrlichen Geschäft zu arbeiten, aber ich mußte feststellen, daß der größte Unterschied zwischen einem ehrlichen und einem unehrlichen Geschäft darin liegt, wie man die ganze Sache angeht.« Er lehnte sich zurück. »Es ist nicht so, daß ich einem Kerl nicht alles abnehmen würde, was er besitzt, und wenn wir gut zusammenarbeiten, verdienen wir beide viel Geld, aber oftmals hat man schon das Gefühl, man würde jemandem den Geldbeutel abschneiden und durch das Gedränge des Marktes fliehen.«

Roo fragte: »Wie steht jetzt eigentlich der Preis?«

»Wir sind immer noch stabil bei drei Silberstücken je zehn Scheffel bei sechs Prozent Garantie.«

»Ich bin zu müde, um mit diesen ganzen Zahlen zu rechnen. Wieviel werden wir gewinnen?« erkundigte sich Roo.

Masterson konnte es nicht sagen. »Ich habe keine Ahnung. Solange die Getreidekäufer aus den Freien Städten nicht auftauchen, so lange wird auch der Preis nicht steigen.«

»Hauptsache, sie kommen noch nicht in den nächsten Tagen«, hoffte Roo. »Wir müssen noch ein paar Optionen kaufen.« Er senkte die Stimme. »Duncan hat gehört, wie sich langsam das Gerücht verbreitet, der Weizen von den Bauern würde nicht in die Stadt kommen. In ein paar Tagen wird uns niemand mehr Angebote machen. Wir müssen heute fertig werden, spätestens morgen.«

»Mir ist das Gold ausgegangen, und ich habe den Geldverleihern schon alles, was ich besitze, als Sicherheit gegeben«, stellte Masterson fest. Er lachte. »Ich sollte eigentlich vor Angst zittern, aber wenn ich ehrlich bin, fühle ich mich so aufgedreht wie damals, als mir die Stadtwache immer auf den Fersen war.«

Roo nickte. »Ich weiß, was Ihr meint. Es ist ... na ja, als würde man sein ganzes Leben auf einen Wurf setzen.«

»Ich habe mir nie viel aus dem Würfelspiel gemacht«, räumte Masterson ein. »Habe lieber Karten gespielt. Lin-lan oder Pokiir. Da spielt man Mann gegen Mann.«

»Ich bekomme noch Gold aus Salador. Noch einmal zehntausend, falls wir sie brauchen«, berichtete Roo.

»Wir werden sie bestimmt brauchen«, antwortete Hume, der an den Tisch gekommen war. »Wir haben uns so überkauft, daß wir nicht mal die paar Kupferstücke für den Kaffee übrig haben.« Er beugte sich vor. »Aber behaltet das für Euch, für den Fall, daß wir uns eilig verdrücken müssen.«

Roo lachte. »Ich glaube, dazu wird es nicht kommen. Jede Minute kann das eintreffen, worauf wir gewartet haben, und wenn es soweit ist ...« Er grinste. Er hielt die offene Hand vor sich und schloß sie plötzlich zur Faust. »... dann haben wir sie!«

Ein paar Minuten später erschien ein Kellner mit zwei Briefen. Masterson öffnete den ersten. »Amested hat zugestimmt und ist mit zehntausend dabei. Er platzt vor Neugier, was wir hier eigentlich machen.«

Crowley kam zu ihnen und setzte sich. »Was ist das? Amesteds Angebot?«

»Ja, er ist drin«, gab Masterson Auskunft.

»Was steht auf dem anderen Zettel?« fragte Roo.

Masterson faltete ihn auf und las ihn, dann grinste er. »Das ist es.«

»Was steht drin?« wollte Crowley ungeduldig wissen.

»Eine Gesellschaft bietet uns dreißigtausend Scheffel an, drei Scheffel zu zwei Silber bei zehnprozentiger Garantie.«

Roo schlug mit der Hand auf den Tisch. »Das sind sie. Sie müssen es sein. Die gierigen Schweinehunde konnten nicht widerstehen. Sie gehören uns.«

Masterson rechnete. »Noch nicht.« Er lehnte sich zurück, blähte die Wangen auf und ließ die Luft langsam entweichen. »Wir haben nicht genug Gold.«

Roo stöhnte. »Wie knapp ist es?«

Masterson rechnete. »Wir könnten die zehntausend Goldsovereigns gebrauchen, die Ihr noch aus Salador erwartet.«

»Würde das reichen?«

»Beinahe«, sagte Masterson. »Aber uns würden immer noch zweitausend fehlen.«

Roo stöhnte. »Ich muß an die frische Luft.« Er erhob sich. »Ich werde mir etwas überlegen.«

Er verließ seine Kompagnons, stieg die Treppe hinunter und schlenderte durch das Kaffeehaus hinaus. Draußen waren die Straßen wenig belebt. Sein Blick fiel auf das Haus, in dem er seinerzeit die Seide versteckt gehalten hatte, welche der Grundstein zu seinem Aufstieg gewesen war, und er überquerte die Straße, wobei er den Pfützen auswich. Es hatte in der letzten Nacht heftig geregnet, weshalb auf den Straßen nicht soviel Betrieb wie gewöhnlich war.

Als er an die Tür kam, sah er, daß niemand die alte Haspe erneuert hatte. Wem auch immer das Haus gehören mochte, glaubte scheinbar, der Anblick des Schlosses allein würde Neugierige fernhalten. Und da es drinnen nichts zu stehlen gab, dachte Roo, während er die Tür aufstieß, hatte derjenige damit wohl recht.

Er wanderte durch das Haus, und wieder zog es ihn auf seltsame Weise an. Er hatte Karli nichts davon erzählt, doch wenn er reich wäre, würde er dieses Haus kaufen. Es lockte ihn, eine Wohnung so nah bei Barret zu haben. Eins hatte er nämlich beschlossen: Das Fuhrunternehmen mochte den Mittelpunkt seines künftigen Imperiums bilden, doch es würde nur eines von vielen Unternehmen sein, an denen er sich beteiligen würde.

Die Geschäfte bei Barret waren anders als alles, was er bisher kennengelernt hatte; man spielte mit Einsätzen, von denen die Soldaten im Wirtshaus nicht einmal träumen konnten, wenn sie ihren Sold beim Pokiir durchbrachten. Es war berauschend, und Roo war trunken von den Möglichkeiten, die sich ihm boten.

Lange Zeit saß er da, lauschte dem Regen, wie er fiel, und den Geräuschen der Stadt, derweil das Licht verblaßte und der Tag seinem Ende zuging. Als er schließlich entschied, er müsse zurückkehren, hatte sich die Sonne schon fast dem Horizont genähert.

Er verließ das Haus und überquerte die Straße, wo Dash auf ihn wartete. »Luis sagt, die erste Ladung Weizen wäre eingetroffen. Eins der Dörfer draußen in Endland hat früh geerntet.«

Roo fluchte. »Haben wir dafür im Lagerhaus Platz?«

»Gerade so, wenn wir alles andere nach draußen in den Hof und auf die Straße bringen.«

»Das könnte sich zu einem Problem entwickeln. Wir haben

kein Gold, um Speicher im Hafen zu mieten, und aus den Freien Städten ist auch noch kein Schiff angekommen.«

»Doch, doch«, widersprach Dash.

»Was?« rief Roo.

»Wir haben gehört, heute mittag hätte ein Händler aus den Freien Städten angelegt. Ich habe schon stundenlang nach Euch gesucht, um es Euch mitzuteilen.«

Roo riß die Augen auf. »Nun, dann kommt mit!«

Er eilte los zum Hafen und fing fast an zu laufen, als die Straßen nicht mehr so belebt waren wie im Händlerviertel. Dash blieb dicht bei ihm. Im Hafen angekommen, fragte Roo: »Wo ist das Schiff?«

»Es liegt auf Reede. Dort.« Er zeigte auf das Schiff.

»Dann muß der Kapitän noch beim Zoll sein. Komm.«

Sie eilten zum Zollhaus, wo sie einen eifrigen Beamten vorfanden, der Dokumente durchging, während zwei Männer ungeduldig neben ihm warteten. Roo fragte über den Tresen hinweg: »War der Kapitän des Schiffs aus den Freien Städten schon hier?«

Der Beamte sah auf und fragte: »Was?«

Einer der beiden wartenden Männer wandte sich Roo zu. »Aye, der war hier, und er wartet immer noch darauf, daß dieser halsstarrige Beamte die Papiere abzeichnet, damit er seine Fracht dem Käufer übergeben kann.« Er zeigte auf den Mann neben sich.

»Ich hätte Fracht für die Freien Städte, falls Ihr noch nicht ausgebucht seid«, sprach Roo den Kapitän an.

Der Kapitän entgegnete: »Tut mir leid, aber ich bin schon gebucht. Ich habe Kreditbriefe und die Befugnis, Ladung aufzunehmen. Mein Auftraggeber war ganz versessen darauf.« Er senkte die Stimme. »Wenn es eine winzige Kleinigkeit ist, so werde ich sie wohl irgendwo dazwischenquetschen können, aber ansonsten soll ich mein Schiff mit Getreide beladen und so schnell wie möglich zurückfahren.«

Roo grinste. »Getreide?«

»Aye, junger Mann. Weizen. Ich soll Weizen von bester Güte zu einem anständigen Preis kaufen, und dann so schnell wie möglich auslaufen.« Er bedachte den Beamten mit einem finsteren Blick. »Und deshalb hätte ich diese Sache hier am liebsten so schnell wie möglich hinter mich gebracht, damit meine Jungs an Land gehen können. Sie waren drei Wochen auf See, und wir werden hier nur ein oder zwei Tage vor Anker liegen.«

»Wen habt Ihr bisher wegen des Weizens angesprochen?« fragte Roo.

»Niemanden, doch ich weiß auch nicht, was Euch das angehen könnte.«

Rupert warf sich in die Brust und entschuldigte sich: »Kapitän, ich habe meine guten Manieren vergessen. Tut mir sehr leid. Vielleicht darf ich mich und meinen Begleiter vorstellen?« Er deutete auf Dash und verkündete: »Dies ist mein Geschäftspartner, Dashel Jameson, Enkel des Herzogs von Krondor.« Er legte die Hand aufs Herz, während sich der Kapitän und sein Käufer bei der Erwähnung des Herzogs zur Ehrenbezeugung erhoben. »Und ich bin Rupert Avery von der Getreidehandelsgesellschaft Krondor.« Er konnte sich kaum mehr zusammenreißen. »Wieviel Getreide braucht Ihr?«

»Am besten das ganze Schiff voll, Mr. Avery.«

Roo wandte sich an Dash. »Würde das, was heute ankommt, ausreichen, um dieses Schiff zu beladen?«

»Ich denke doch«, schätzte Dash.

»Gut«, meinte Roo und wandte sich wieder an den Kapitän. »Was den Preis betrifft, welches Angebot würdet Ihr da machen?«

»Ihr habt Weizen, hier in Krondor?« wollte der Kapitän wissen.

»Ja, ich könnte ihn beim ersten Tageslicht im Hafen haben.«

Auf das Gesicht des Kapitäns trat ein berechnender Ausdruck. Roo wußte, was in ihm vorging; falls er sich den Weizen unter den Nagel reißen konnte, ehe sich die Nachricht von der Verknappung verbreitet hätte, würde er dem Eigner des Schiffes einen solchen Gewinn einbringen, daß seine Mannschaft eine Weile lang nicht wieder würde auslaufen müssen. Schließlich äußerte er sich. »Ich soll zwei Silberstükke von gewöhnlichem Gewicht« – diese Münzen waren im Handel zwischen den Freien Städten die gebräuchliche Währung – »für drei Scheffel Weizen anbieten, wenn diese morgen früh am Hafen warten.«

»Ich nehme ein Silberstück pro Scheffel«, gab Roo zurück.

»Drei Silberstücke für vier Scheffel«, bot der Kapitän.

»Ich nehme ein Silberstück und ein Kupferstück je Scheffel.«

»Augenblick mal!« fuhr der Kapitän auf. »Ihr habt gerade noch ein Silberstück verlangt. Und jetzt hebt Ihr den Preis?«

»Ja, genau«, konterte Roo, »und in einer Minute wird er auf ein Silberstück und zwei Kupferstücke gestiegen sein.« Er beugte sich vor und flüsterte: »Heuschrecken.«

Der Kapitän wurde puterrot und es hatte den Anschein, als hätte ihm jemand Feuer in die Hose gelegt, doch nachdem er Roo einen Moment lang angestarrt hatte, streckte er die Hand aus und sagte: »Abgemacht! Ein Silberstück und ein Kupferstück je Scheffel bei Lieferung morgen früh am Hafen.«

Roo schüttelte die Hand des Kapitäns, dann schob er Dash aus dem Zollhaus. »Es gibt Arbeit«, verkündete er, sobald sie auf der Straße waren.

Am nächsten Morgen fuhr eine lange Schlange von Wagen im Hafen vor. Getreide wurde in Kähne umgeladen, die hinaus zu dem Schiff fuhren. Der Kapitän und Roo standen da und verglichen die Frachtpapiere, während die Schauerleute die großen Getreidesäcke von den Wagen hievten und sie zu den Laufplanken der kleinen Kähne schleppten.

Gegen Mittag war die Prüfung der Fracht abgeschlossen, und die beiden Männer verglichen ihre Zahlen. Roo wußte, der Kapitän hatte sich zu seinen eigenen Gunsten verzählt, denn er kam auf sechs Scheffel weniger als Roo. Da das jedoch nicht viel mehr als ein halbes Goldstück ausmachte, ließ Roo dem Kapitän seinen kleinen Triumph. »Ich akzeptiere Eure Zahlen, Kapitän.«

Der Kapitän winkte seinen Maat herbei, und der brachte eine Truhe, aus welcher der Kapitän kleine Säckchen mit Gold hervorzog. Er ließ Roo den Inhalt überprüfen, und nachdem der jedes Säckchen nachgezählt hatte, war das Geschäft erledigt. Roo übergab das Gold Duncan, der mit einer Truhe neben ihm wartete und es zu dem Kontor bringen würde, wo Roo ein Konto eingerichtet hatte.

Dann fuhren sie die leeren Wagen davon. Roo saß mit Duncan zusammen auf dem vordersten. Eine solch freudige Erregung hatte er in seinem ganzen Leben noch nie verspürt. »Es hat geklappt«, sagte er, an niemand Bestimmten gerichtet.

»Was?« fragte Duncan.

Roo konnte sich nicht mehr beherrschen. Er lachte laut und hörte gar nicht mehr auf, bis er endlich juchzte: »Ich werde ein sehr wohlhabender Mann werden, Duncan.«

»Wie schön für dich«, erwiderte Duncan trocken. Roo bemerkte nicht, wie wenig Begeisterung sein Cousin zeigte.

Im Kaffeehaus war die Hölle los. Erwachsene Männer brüllten sich gegenseitig an, und einige Male hatten die Kellner dazwischengehen müssen. McKeller rief immer nur: »Meine Herren! Meine Herren! Bitte, reißt Euch doch zusammen!«

Ein Mann stürzte sich über einen Tisch hinweg auf Roo, dessen Kampferprobtheit dem Kerl keine Chance ließ, und so griff der Mann ins Leere, als er an die Stelle kam, wo Roo noch einen Augenblick zuvor gestanden hatte. Der Mann setzte sich selbst schachmatt, als er mit dem Kinn auf einen Stuhl aufschlug.

Roo nahm zwei Stufen auf einmal. Zwei Kellner hielten alle, die keinen Zutritt zum oberen Stockwerk hatten, zurück. Allerdings ging es oben kaum ruhiger zu als unten. Doch immerhin gab es keine Prügeleien. Erwachsene Männer standen kurz davor, in Tränen auszubrechen oder vor Verzweiflung zu schreien. Roo drängte sich zwischen zwei verärgerten Männern durch, doch um den Tisch, an dem Masterson saß, standen noch weitere herum.

»Es ist ganz egal, was Ihr sagt«, brüllte Masterson zwei Männern zu, die sich über den Tisch beugten. »Ihr habt unterschrieben, den Weizen zu liefern oder den Marktpreis zu zahlen. Ihr habt drei Tage!«

Einer der Männer war vollkommen außer sich, doch der andere schien zum Betteln bereit zu sein. »Ich kann nicht. Bitte. Ich muß alles verkaufen, was ich je erworben habe. Ich werde ohne ein Kupferstück dastehen.«

Masterson stand kurz davor, die Beherrschung zu verlieren. »Das hättet Ihr Euch überlegen sollen, ehe Ihr mir Weizen verkauft habt, auf den Ihr gar keinen Titel besitzt!«

Roo faßte Masterson am Arm und wandte sich an die anderen. »Entschuldigt uns, meine Herren, wir sind gleich zurück.«

»Was ist los?« fragte Jerome immer noch wütend.

Roo versuchte ein ernstes Gesicht zu machen, was ihm allerdings nicht gelang. Er wandte den anderen den Rücken zu, damit sie sein Grinsen nicht sehen konnten. »Wieviel?«

»Sie schulden uns zweihunderttausend Scheffel Weizen, und sie besitzen nicht einen einzigen!« berichtete Masterson. Als ihm schließlich klar wurde, daß er jetzt mit Roo und nicht den Schuldnern sprach, begann er zu kichern. Er bedeckte sein Gesicht mit dem Handrücken und täuschte ein Husten vor. »Für Meany dort drüben habe ich nicht viel übrig, und sein Cousin Meaks ist auch nicht viel besser. Sollen sie ruhig ein bißchen schwitzen.«

»Haben sie etwas mit Jacoby zu tun?« fragte Roo leise.

»Nein«, antwortete Jerome. »Zumindest nicht, soweit ich sagen kann. Wie du mir gesagt hast, habe ich jede Gesellschaft auf die Teilhaberschaft der Jacobys überprüft, doch die beiden gehören nicht zu ihnen.«

Roo sagte: »Ich habe nachgedacht. Wir dürfen nicht alle Investoren in Krondor ruinieren, dann hätten wir niemanden mehr, mit dem wir Geschäfte machen können. Womit verdienen die beiden ihr Geld?«

Masterson mußte plötzlich grinsen. »Meany hat eine hübsche kleine Mühle, die er schlecht führt, und Meaks kleine Bäckerei hier in der Nähe bringt auch nicht viel ein. Meistens spekulieren sie, aber in bescheidenem Ausmaß.« Er begann zu flüstern. »Jemand muß ihnen gesteckt haben, es würde hier einen Aderlaß geben. Und dabei haben sie sich vollkommen übernommen, ums zwei- oder dreifache.«

Roo nickte. »Also, falls wir die Getreidehandelsgesellschaft Krondor in eine ständige Gesellschaft umwandeln, würde es doch nicht schaden, wenn wir einige Unternehmen besitzen würden, die auf lange Sicht Gold einbringen. Würdest du nicht auch gern einen Anteil an einer Mühle oder eine Bäckerei besitzen?«

Masterson rieb sich das Kinn. »Keine schlechte Idee. Wir beide sollten uns mit Crowley und Hume an einen Tisch setzen und uns besprechen. Wir können die anderen Partner, die erst jüngst zu uns gestoßen sind, sicherlich übergehen, aber Brandon Crowley und Stanley Hume sind schon von Anfang an dabei.«

»Einverstanden«, sagte Roo. Er drehte sich um und ging zurück zum Tisch. »Mr. Meany?«

Der wütendere der beiden Männer sagte: »Ja?«

»So, wie ich es verstanden habe, besitzt Ihr den Weizen, den Ihr uns zum vereinbarten Preis liefern wolltet, gar nicht.«

»Ihr wißt genausogut wie ich, daß ich ihn nicht habe!« brüllte Meany. »Jemand ist durchs Land gezogen und hat alles Getreide von hier bis Kesh aufgekauft! Ich habe von allen Getreidehändlern des Herzogtums die Nachricht bekommen, man könne nirgendwo auch nur ein Gran Weizen kaufen! Wie sollen wir den Vertrag einhalten, wenn wir kein Getreide kaufen können?«

Roo erwiderte: »Die Umstände meinen es offensichtlich nicht gut mit Euch.«

Der andere Mann, Meaks, bettelte: »Bitte. Wenn wir gezwungen sind, am Fälligkeitsdatum zu zahlen, sind wir ruiniert. Ich habe Familie!«

Roo tat, als würde er darüber nachdenken. Schließlich meinte er nur: »Wir werden uns überlegen, ob wir Euren Schuldschein wirklich einlösen.«

Kaum waren diese Worte Roos Mund entschlüpft, als Meaks schon die Stimme hob: »Oh, danke, Sir!« Seine Erleichterung ließ ihm die Tränen in die Augen steigen.

Meany fragte: »Tatsächlich?«

»Wir haben ein gewisses Interesse daran, aber wir werden natürlich Euren Besitz als Sicherheit nehmen müssen. Also fertigt doch bitte eine Liste Eurer Unternehmen an und bringt sie am Fälligkeitstermin mit, und dann werden wir uns etwas überlegen. Wir können doch Eure Familien nicht einfach auf die Straße setzen, nicht?«

Die beiden Männer gingen davon, und Roo beschäftigte sich mit den anderen, die zu ihm kamen und bei denen es stets das gleiche war: Zum Fälligkeitstermin konnten sie nicht liefern, da es kein Getreide zu kaufen gab. Roo ging die Schuldscheine durch, die Masterson zur Seite gelegt hatte, damit er sie sich genauer ansehen sollte, und im Kopf machte er sich eine Liste der entsprechenden Namen. Doch von diesen war niemand dabei.

Am Ende des Tages saßen Roo, seine drei Partner und Sebastian Lender zusammen. Roo schlug vor: »Meine Herren, wir sollten eine ständige Gesellschaft gründen.«

»Fahrt fort«, forderte Crowley ihn auf.

»Laut Jerome ist es uns gelungen, den Markt im Westlichen Königreich derartig zu beeinflussen, wie es seit der Gründung von Barrets Kaffeehaus noch nie vorgekommen ist.«

Lender stimmte zu: »Ich glaube, das steht außer Frage.«

»Nun, keiner von uns hätte gedacht, daß die Dinge eine solche Wendung nehmen würden«, warf Jerome ein.

»Meiner Meinung nach ist das alles nur so gut gelaufen, weil Ihr Euch ausgesprochen standhaft gezeigt habt. Andere Männer hätten aufgegeben und wären davongelaufen«, fuhr Roo fort.

Crowley schien nicht ganz überzeugt zu sein, aber Hume gefiel die Bemerkung offensichtlich.

»Zwei schreckliche Jahre lang habe ich als Soldat gedient«, erzählte Roo. »Und ich weiß, was es bedeutet, wenn Männer hinter einem stehen, auf die man sich nicht verlassen kann.« Er blickte von Gesicht zu Gesicht. »Euch vieren vertraue ich.«

Diese Worte schienen nun auch Crowley zu bewegen.

»Nun, ich würde vorschlagen, unseren gerade erworbenen Wohlstand in einer Hand zu belassen und eine neue Gesellschaft zu gründen. Diese sollte sich mit den verschiedensten Geschäften befassen, so wie man es im Königreich noch nie gesehen hat.« Plötzlich wurde ihm bewußt, daß er genau so eine Gesellschaft vorschlug, wie seine Rivale Jacob Esterbrook sie führte.

Crowley fragte: »Und Ihr wollt dann den Vorsitz übernehmen?« In seiner Stimme schwang Mißtrauen mit.

»Nein«, widersprach Roo. »Ich bin immer noch ein Neuling, auch wenn ich bestimmt ein Händchen für diese Art von Geschäften habe. Aber ich weiß auch, daß wir diesmal nur Glück gehabt haben.« Er lachte. »Ich glaube, für lange Zeit wird im Königreich niemand mehr mit Getreide handeln, das er nicht besitzt.«

Die anderen lachten ebenfalls.

»Nein«, wiegelte Roo ab, »ich habe gedacht, Ihr solltet den Vorsitz übernehmen, Brandon.«

»Ich?« fragte Crowley zurück, allem Anschein nach überrascht.

»Nun«, fuhr Roo fort und blickte Jerome an, »Jerome und ich haben sozusagen ein etwas unrühmliches Vorleben.« Masterson lachte bei dieser Bemerkung. »Und während ich Euch, Mr. Hume, sehr respektiere, scheint Ihr mir doch das älteste Mitglied zu sein. Euer Alter und Eure Erfahrung werden uns von großem Nutzen sein. Ich würde vorschlagen, daß Ihr den Vorsitz übernehmt, Brandon, und Mr. Hume als zweiter Vorsitzender eingesetzt wird. Ich wäre damit zufrieden, einer der vier Partner zu sein. Ich werde weiterhin auch meine eigenen Geschäfte außerhalb der Gesellschaft betreiben. Und aus eben diesem Grunde brauche ich auch viel Zeit für Avery und Söhne. Und schließlich werden wir alle noch Geschäfte außerhalb unserer Gesellschaft führen. Doch zunächst werden wir uns wohl mit vielen, vielen Männern beschäftigen müssen, die die Lieferungen, die sie uns zugesagt haben, nicht einhalten können.« Er berichtete kurz über sein Gespräch mit Masterson und sein Angebot an Meaks und Meany. »Am Ende besitzen wir vielleicht Dutzende verschiedener Geschäfte rund ums Bittere Meer«, legte er dar, »und deshalb würde ich vorschlagen, heute die Bittermeer-Handelsgesellschaft zu gründen.«

Masterson schlug mit der Hand auf den Tisch. »Verdammt, Roo Avery, Ihr seid mir recht! Ich bin dabei!«

Hume äußerte sich als nächster. »Ich werde mich ebenfalls beteiligen; ja, ganz bestimmt.«

Und einen Augenblick später entschied sich Brandon Crowley. »Vorsitzender?« Er nickte. »Sehr gut. Ich bin dabei.«

»Mr. Lender, wenn Ihr so freundlich wäret und ein Dokument über diese Vereinbarung aufsetzen würdet?« wandte sich Roo an Lender.

»Mit Vergnügen, Mr. Avery.«

Masterson rieb sich die Hände. »Ich denke, meine Herren, daß es Zeit ist, darauf anzustoßen.« Er rief einen Kellner herbei und trug ihm auf, er solle Branntwein aus seinem privaten Vorrat und fünf Gläser bringen.

Als jeder ein gefülltes Glas in der Hand hielt, ergriff Masterson das Wort. »Auf Rupert Avery, ohne dessen Beharrlichkeit und Überzeugung wir keine reichen Männer geworden wären, sondern vermutlich auf der Straße betteln müßten.«

»Nein«, wehrte sich Roo. »Ich bitte Euch, meine Herren. Jedem von uns gebührt die Ehre. Ich würde vorschlagen, wir trinken lieber auf« – er hob das Glas – »die Bittermeer-Handelsgesellschaft!«

»Auf die Bittermeer-Handelsgesellschaft!« wiederholten die anderen, und dann tranken sie zusammen.

Fünf

Konsolidierung

Das Gasthaus war überfüllt.

In einer dunklen Ecke saßen fünf Männer und unterhielten sich trotz des Lärms mit gedämpfter Stimme. Einer fauchte beim Sprechen fast, so heftig war seine Wut: »Dieser verdammte Schweinehund hat den Markt erstickt und ruiniert uns alle. Du hast gesagt, es wäre ein sicheres Geschäft. Ich habe in drei verschiedenen Gesellschaften Einlagen, und die sind alle durch die gleichen Sicherheiten gedeckt! Wenn ich in mehr als einer zahlen muß, werde ich aus Krondor fliehen oder ins Gefängnis gehen müssen! Du hast gesagt, es würde keine Schwierigkeiten geben!« Er richtete den Zeigefinger auf den Mann, der ihm gegenüber am Tisch saß.

Timothy Jacoby beugte sich vor. »Ich habe gar nichts versprochen, deWitt. Ich habe nur gesagt, es gäbe eine Gelegenheit, einen guten Reibach zu machen.« Er war genauso wütend wie seine Gefährten. »Aber ich habe nichts garantiert.«

Ein dritter Mann warf ein: »Streit hilft uns jetzt auch nicht weiter. Die Frage ist, was sollen wir tun?«

»Ich werde zu Esterbrook gehen«, antwortete Jacoby und stand so abrupt auf, daß sein Stuhl umkippte und auf einen Betrunkenen fiel, der am Nebentisch zusammengesackt war. Der Betrunkene regte sich kaum. Jacoby betrachtete den fast bewußtlosen Mann. »Wir treffen uns hier in zwei Stunden wieder. Dann werde ich eine Antwort auf deine Fragen haben.«

Die fünf Männer erhoben sich und gingen, und nach einer weiteren Minute erhob sich der Betrunkene ebenfalls. Es war ein junger Mann von durchschnittlicher Größe, an dem nur das hellblonde Haar auffiel, welches im Sonnenlicht fast weiß wirkte. Doch die wollene Seemütze, die er trug, verbarg dieses auffällige Merkmal. Zielstrebig verließ er den Schankraum und folgte den fünf Männern nach draußen.

Dort blickte sich der blonde Mann um, bis er eine Gestalt in einem Hauseingang entdeckte. Er wartete, bis die Gestalt zu ihm gekommen war. »Also?« fragte Dash den falschen Betrunkenen.

»Geh zurück und sag deinem Arbeitgeber, er hätte in ein Wespennest gestochen. Sag ihm, Jacoby hätte sich zu Esterbrook aufgemacht. Ich werde Jacoby folgen und versuchen, sein Gespräch mit Esterbrook zu belauschen. Vielleicht können wir etwas über ihren Plan in Erfahrung bringen.«

»Nun, du solltest allerdings nicht versuchen, über die Dächer zu klettern und dich draußen vor ein Fenster zu hängen«, warnte ihn Dash. »Darin warst du noch nie gut.«

Jimmy lächelte seinen jüngeren Bruder an. »Und du warst noch nie ein guter Taschendieb.« Er nahm seinen Bruder am Arm. »Bist du sicher, daß Vater glaubt, ich wäre mit dir irgendwo zum Essen gegangen?«

Dash zuckte mit den Achseln. »Das habe ich ihm jedenfalls gesagt. Mach dir keine Sorgen. Solange du dich nicht umbringen läßt, wird Großvater es schon wieder in Ordnung bringen, wenn wir irgendwelche Schwierigkeiten bekommen. Das hat er bisher noch immer getan.«

»Gut, beeil dich. Sie wollen sich in zwei Stunden wieder treffen. Es wäre gut, wenn dann jemand anderes auf sie warten würde, nur für den Fall, daß ich nicht vor Jacoby eintreffe.« Er tätschelte seinem Bruder den Arm. »Wir sehen uns dann später.«

Dash verschwand in der Dunkelheit, und Jimmy ging dorthin, wo er sein Pferd versteckt hatte. Er stieg auf und ritt zum Osttor, wobei er sich versicherte, daß ihn niemand gesehen hatte oder verfolgte.

Als er das Stadttor hinter sich gelassen hatte, entdeckte er Jacoby vor sich auf der Straße. Seine Gestalt hob sich gegen den großen Mond ab, der genau über ihm stand. Jimmy ließ das Pferd langsamer gehen, damit er zu dem Reiter ausreichenden Abstand hielt.

Es würde leicht werden, hineinzugelangen, dachte Jimmy, als er das Anwesen der Esterbrooks erreichte. Herauszukommen könnte schon schwieriger werden.

Wie sein Bruder war Jimmy im Palast in Rillanon aufgewachsen, wo ihr Vater, Arutha, zusammen mit ihrem Großvater gedient hatte, welcher damals Herzog von Rillanon gewesen war. Arutha, der seinen Namen zu Ehren des letzten Prinzen von Krondor trug, war in wesentlich vornehmerer Umgebung aufgewachsen als sein Vater. Dieser war in seiner Jugend ein Dieb gewesen, bis Prinz Arutha ihn in seine Dienste gestellt hatte.

Doch die Enkelsöhne hatten immer zu gern den Geschichten ihres Großvaters James gelauscht, und als Jimmy sieben und Dash fünf war, hatte es im Palast ständig Aufruhr gegeben, wenn die beiden Jungen mal wieder an Mauern hochkletterten, über Dächer schlichen, Schlösser aufbrachen, bei Staatsgeschäften lauschten und sich sonstige Unartigkeiten ausdachten, die man von zwei Jungen ihres Alters kaum erwartet hätte.

Als sie elf und neun waren, hatte ihr Vater beschlossen, daß das Leben an der Grenze ihnen den Kopf ein wenig zurechtrükken sollte. So waren Jimmy und Dash also nach Crydee aufgebrochen, wo Herzog Marcus, der Cousin des Königs, zu Hause war.

Ihr Besuch hatte zwei Jahre gedauert, und dann waren die beiden Brüder sonnengebräunt, noch zäher, noch selbstsicherer und als gute Spurenleser und noch bessere Jäger nach Rillanon zurückgekehrt. Und zu erziehen waren sie nun überhaupt nicht mehr. In den folgenden fünf Jahren waren sie mehrere Male aus dem Palast geworfen worden, weil sowohl Vater wie Großvater gehofft hatten, sie würden dadurch entdecken, wie glücklich sie sich schätzen mußten, zur besten Gesellschaft des Königreichs zu gehören.

Jedes Mal hatten sich die Jungen mit ihrem Scharfsinn und ihrer List durchgeschlagen. Die Fähigkeiten, die sie einst entwikkelt hatten, als ihr vornehmliches Ziel noch darin bestand, das Personal des Palastes in den Wahnsinn zu treiben, hatten ihnen dabei gute Dienste geleistet. Sie hatten sich sogar mit der Gilde der Diebe in Rillanon angelegt und die Sache überlebt.

Beim letzen Mal, als sie aus dem Palast verbannt worden waren, hatte sich ihr Vater nach drei Wochen erweichen lassen und nach ihnen gesucht. Er hatte sie in einem heruntergekommenen Bordell am Hafen aufgetrieben, in dem sie die Führung übernommen hatten. Es war ihnen beim Kartenspielen in die Hände gefallen.

Jimmy band sein Pferd außer Sichtweite der Straße fest, wo Jacoby es vermutlich nicht entdecken würde, wenn er vor Jimmy zurückkäme und hier entlangritt. Der junge Mann eilte zum Tor und sah es sich rasch an. Schnell hatte er sich daran hochgezogen und spähte hinüber. Ein Diener führte Jacobys Pferd gerade zum Stall, und sonst war niemand zu sehen. Er hörte, wie die Tür des Hauses geschlossen wurde, und nahm an, daß Jacoby gerade eingetreten war.

Jimmy kletterte über die Mauer und lief auf das Haus zu, wobei er sich vom Weg fernhielt und geduckt an Ziersträuchern entlanghastete. Beim Haus blickte er sich um. Er wußte nicht genau, wo sich die Esterbrooksche Bibliothek befand. Doch sollte sie, wie Dash erwähnt hatte, im Erdgeschoß liegen.

Leise verfluchte er sich, weil er Dash nicht über alles ausgefragt hatte, was der wußte. Na gut, dachte er, gute Vorbereitung war noch nie meine starke Seite. Dash war derjenige, der immer um Ecken dachte.

Er blickte in einige Fenster hinein und sah keine Bewegung. Endlich fand er ein Zimmer, das von zwei Kerzen dämmrig beleuchtet war, und zudem konnte er erhobene Stimmen hören.

»Du brauchst gar nicht hier anzukommen und irgend etwas von mir zu verlangen, Timothy!«

Jimmy riskierte einen Blick, der sich jedoch lohnte: Timothy Jacoby hatte sich über einen Schreibtisch gebeugt, die zu Fäusten geballten Hände auf die Platte gestemmt, während er Jacob Esterbrook anbrüllte.

»Ich brauche Gold!« schrie er. »Und zwar viel!«

Esterbrook machte eine Handbewegung, als wollte er einen schlechten Geruch vertreiben. »Und ich soll es dir geben, wie?«

»Leih es mir, verdammt!«

»Wieviel?« fragte Esterbrook.

»Ich halte Optionen für sechzigtausend Sovereigns, Jacob. Falls ich die nicht erfüllen kann, verlieren wir alles, was wir besitzen, außer es würde in den nächsten drei Tagen noch Getreide auf den Markt kommen.«

»Du besitzt doch mehr als sechzigtausend, Timothy, viel mehr.«

»Das ist aber nicht der Preis!« Jacoby brüllte fast wieder. »Es ist die Strafe, die ich bezahlen muß, wenn ich das Getreide nicht liefere. Bei den Göttern, Weizen kostet inzwischen drei Silberstücke der Scheffel! Und man kann nirgends welchen bekommen. Jeder Müller im Königreich ist hier in Krondor und wettert gegen die Makler. Jemand hat alle Verträge aufgekauft.«

»Was ist mit dem billigen Weizen, den du dir aus Kesh hast kommen lassen?«

»Den liefern wir morgen aus, aber der deckt nur die Hälfte unserer Verträge. Als ich das Getreide garantiert habe, wie sollte ich da wissen, daß diese kleine Kröte und seine Partner die fünffache Menge bestellen würden? Und statt ihn fertigzumachen, machen wir ihn jetzt reich. Der Marktpreis ist jetzt doppelt so hoch wie der, den ich mit ihnen vereinbart habe.«

Jacob richtete den Zeigefinger auf Timothy. »Du wirst gierig, und das ist schlimm. Aber zudem warst du auch noch dumm, und das ist noch schlimmer. Nur weil dir Roo Averys Nase nicht paßt, hast du dich zu einem krassen Fehlurteil hinreißen lassen. Und noch schlimmer: Du hast einen vollkommen unschuldigen Mann umgebracht, nur weil er der Geschäftspartner von Avery war. Du bist der einzige Mann in Krondor, der keine Chance bekommen wird, sich durch Verhandlungen aus dieser Misere herauszuziehen.«

»Unschuldig?« fuhr Jacoby auf. »Frag doch meinen Vater mal nach Helmut Grindle. Der wußte schon, daß sich die Kehle eines Mannes unter dem Kinn befindet und auf welcher Seite eines Dolches die Schneide ist. Er war mir halt einfach im Weg. Avery hat den Bogen raus, wie er mir Waren abjagen kann, die nicht so einfach zu ersetzen sind, und meine Kunden, die mir solche Waren abnehmen, sind nicht besonders versöhnlich.«

»Hast du wieder Rauschgift für die Spötter geschmuggelt, Tim?« Esterbrook verbarg seinen Abscheu nicht. »Du hast dir das Bettchen gemacht, also leg dich auch hinein.«

»Wirst du mir das Gold jetzt leihen oder nicht?« wollte Jacoby wissen.

»Wieviel?«

»Wenn innerhalb der nächsten zwei Tage Getreide auf den Markt kommt, komme ich mit sechzigtausend Goldsovereigns zurecht. Damit kann ich erst einmal deWitt und die anderen beschwichtigen, die mitgemacht haben, weil ich sie überredet habe. Falls das Getreide nicht kommt, hast du sowieso nicht genug Gold, um meine Gesellschaft freizukaufen. DeWitt wird nicht der einzige sein, der dann fliehen muß, um dem Gefängnis zu entgehen.« Er senkte die Stimme, und Jimmy konnte ihn kaum verstehen, als er Jacob warnte: »Aber wenn sie mich schnappen, Jacob, werde ich dem Magistrat alles erzählen, was meine Strafe mindern könnte. Ich werde ein paar Jahre im Gefängnis überstehen, Jacob, aber du bist kein junger Mann mehr. Vergiß das nicht.«

Esterbrook dachte darüber nach. Er blickte aus dem Fenster, und Jimmy duckte sich. Dann näherten sich Schritte, und Jimmy kroch, soweit es ging, in den Schatten und bewegte sich nicht. »Ich dachte, ich hätte etwas gesehen«, hörte er Esterbrook sagen.

»Wirst du dir eingebildet haben«, erwiderte Jacoby.

Jimmy hörte, wie ein Federkiel über Pergament kratzte. »Hier ist ein Brief an mein Kontor«, erklärte Esterbrook. »Es wird dir den Betrag gutschreiben. Aber sei gewarnt, ich werde mich bei deinem Vater melden, wenn du es nicht zurückzahlst, egal, wie alt unsere Freundschaft sein mag.«

»Ich danke dir, Jacob«, gab Timothy in eiskaltem Ton zurück.

Jimmy hörte die Tür knallen und überlegte sich, wie er am günstigsten zurück über die Mauer kommen könnte: Jacobys Pferd war im Stall, und wenn er sich beeilte, konnte er zu seinem eigenen Tier gelangen, ehe Jacoby zum Tor hinaus wäre.

Er wollte gerade los, als jemand die Bibliothek betrat. »Vater?«

Er wagte einen Blick und sah eine bezaubernde junge Frau.

Für dieses Mal mußte er einräumen, daß Dash nicht übertrieben hatte, was die Schönheit der Frau betraf. Jetzt konnte er verstehen, warum Avery ihr verfallen war, und nicht nur der, sondern auch noch Roos Cousin und der junge Jason, wie Dash berichtet hatte. Dash und Jimmy waren im Mittelpunkt der Macht des Königreichs aufgewachsen, und den Enkelsöhnen des Herzogs von Rillanon hatten viele schöne Frauen ihre Aufmerksamkeit geschenkt, nachdem die beiden ins rechte Alter gekommen waren. Sie hatten es genossen und kannten sich so viel besser als ihre Altersgenossen mit Frauen und den mit ihnen verbundenen Freuden aus, aber sie betrachteten sie auch mit weitaus mehr Mißtrauen. Jimmy schätzte, wie schon sein Bruder zuvor, Sylvia Esterbrook sofort als ein sehr gefährliches Geschöpf ein. Diese Frau fand immer einen mächtigen Verbündeten.

»Was war dann los? Wollte Tim mal wieder einen Schwächeren schikanieren?« erkundigte sie sich.

»Er hat es versucht«, antwortete ihr Vater. »Doch der junge Avery hat nicht nur Jacobys Versuch, ihn zu beerdigen, überlebt, nein, er hat den Spieß auch noch umgedreht, wie man hört. Ich mußte Jacoby viel Geld leihen, um seinen Ruin abzuwenden.«

»Dann wird Timothy also versuchen, Rupert zu töten?«

»Mit Sicherheit.«

»Wirst du das zulassen?« fragte Sylvia weiter.

Jacob erhob sich und kam um den Schreibtisch. »Ich meine, es wäre besser, wenn ich mich aus diesem Streit heraushielte. Vielleicht sollten wir uns für ein paar Wochen in unser Landhaus zurückziehen. Wenn wir wieder hier sind, wird sich die Aufregung gelegt haben.«

»Nun, wenn schon jemand sterben muß, dann erledige es bald, Vater. Außerhalb der Stadt ist es so langweilig.«

Jimmy hatte schon etliche berechnende Frauen an den Höfen

im Osten kennengelernt, doch Sylvia Esterbrook war mit Abstand die kaltblütigste. So gern er dem Gespräch weiter gelauscht hätte, wußte er doch, daß er Jacoby nicht zu viel Vorsprung lassen durfte. Er machte sich zurück zur Mauer auf und fragte sich, ob es nützlich wäre, Avery vor ihr zu warnen. Dann bedachte er ihre Schönheit und wie unwahrscheinlich es wäre, daß Sylvia Esterbrook ihre Aufmerksamkeit auf jemanden wie Avery richten würde, und damit verbannte er diese Idee aus seinen Gedanken.

In der Dunkelheit konnte er sehen, wie Tim Jacoby die Straße hinunterritt, während das Tor geschlossen wurde. Jimmy duckte sich an die Mauer, während der Diener zum Haus zurückkehrte, und als er die Haustür hörte, erhob er sich, lief zur Mauer und kletterte rasch hinüber.

Kurze Zeit später saß er wieder auf seinem Pferd und machte sich auf den Rückweg nach Krondor. Fieberhaft hoffte er, Dash wäre bereits in dem Gasthaus, denn er selbst würde Jacoby nicht mehr überholen und seinen Posten als Betrunkener am Nebentisch einnehmen können.

Im Inneren des Hauses schloß Jacob Esterbrook die Tür der Bibliothek hinter sich und meinte: »Um die Gesundheit des alten Frederick steht es nicht zum Besten, und ich vermute, Timothy wird bald jegliche Selbstbeherrschung verloren haben. Für uns wäre es besser, wenn einer von beiden von der Bildfläche verschwinden würde. Entweder dieser junge Mann, der eines Tages gefährlich viel Macht besitzen könnte, oder ein unzuverlässiger Verbündeter – was vielleicht noch gefährlicher ist. Jedenfalls wird einer von beiden verschwinden. Und egal wer, wir werden dabei gewinnen.«

»Falls Roo Tim tötet, was gewinnst du daran? Er ist nicht dein Partner, und wenn er durchschaut, in wie vielen schmutzigen

Geschäften, die in den letzten Monaten in der Stadt abgezogen wurden, du deine Finger hattest, wird er nicht besonders geneigt sein, Geschäfte mit dir zu machen, nicht?«

»Falls Tim ihn tötet, ist diese Frage hinfällig. Falls er Tim tötet, wird er ein junger Mann mit großem Einfluß sein, und dann werde ich ihn mir heranholen, damit er uns nützlich ist. Wobei ich allerdings auf deinen Charme zähle. Dann wird er bestimmt gerne Geschäfte mit uns machen.«

»Soll ich ihn heiraten?«

»Nein, er ist bereits verheiratet.«

Sie lachte, und so lieblich dieses Lachen auch klang, ließ es einem doch gleichermaßen einen Schauer über den Rücken laufen. »Dieser kleine Halunke. Das hat er nie erwähnt. Also gut, ich soll den häßlichen Trottel also verführen und seine Geliebte werden.«

»Nur wenn Tim ihn nicht umbringt, meine Tochter.«

»Ja, Vater. So, möchtest du nun essen?«

Roo saß starr da, während Tim Jacoby vorstolzierte und Papiere auf den Tisch warf. Masterson nahm sie und fragte: »Ihr habt das Getreide also?«

»Ja«, schnauzte Jacoby. Seine Wut verwandelte sich in dunkle, kalte Verärgerung. »Heute morgen ist ein Händler in die Stadt gekommen, und ich konnte die Menge kaufen, die ich brauchte, um den Vertrag zu erfüllen.«

Roo mußte sich arg anstrengen, nicht zu grinsen. Er hatte Luis losgeschickt, diesen Händler zu spielen, und er hatte Jacoby dieses Getreide für mehr Geld verkauft, als er diesem nun dafür bezahlte. Auf diese Weise hatte er das Getreide nicht nur zweimal verkauft, sondern auch beide Male Gewinn gemacht.

Jacoby wandte sich Roo zu. »Avery«, sagte er ruhig, »ich weiß nicht, wie Ihr das hinbekommen habt, aber etwas an dieser Sache stinkt wie eine tote Katze. Und wenn ich herausfinde, was Ihr gemacht habt, werde ich mit Euch abrechnen.«

Roo erhob sich, langsam, damit sein Gegner das nicht für einen Angriff halten und so auf der Galerie bei Barret einen Kampf anzetteln würde. Er ging um den Tisch herum und blickte seinem Gegner offen ins Gesicht. »Ich habe es Euch schon einmal gesagt, damals, als ich Euch das Messer aus der Hand gewunden habe: Ihr wäret nicht der erste Feind, den ich mir gemacht habe. Aber Ihr seid zu weit gegangen, als Ihr einen alten Mann bestraft habt, nur weil Ihr wütend auf mich wart, Jacoby. Falls Ihr bereit seid zu sterben, können wir hinunter auf die Straße gehen.«

Jacoby blinzelte und schob das Kinn vor, doch einen Augenblick lang tat er nichts; dann drehte er sich um und stolzierte davon, drängte sich durch die anderen, die gekommen waren, weil sie bei der Getreidegesellschaft Krondor hoch verschuldet waren.

Roo ging zu seinem Stuhl zurück, und Masterson meinte zu seinem Partner: »Vielleicht haben wir ein bißchen mehr Gold verdient, als du ihm unser Getreide verkauft hast, aber wir würden alle besser schlafen können, wenn wir Jacoby und Söhne aus dem Geschäft geworfen hätten.«

»Wenn wir das getan hätten, wäre jetzt Blut geflossen.« Roo blickte Masterson an und fügte hinzu: »Ich habe das Innere der Todeszelle einmal zu sehen bekommen; ich habe kein Verlangen, sie ein zweites Mal zu sehen.« Dann lächelte er. »Kannst du dir Jacobys Reaktion vorstellen, wenn er herausfindet, daß wir diejenigen waren, die ihm das Getreide verkauft haben, und er es uns mit Verlusten zurückliefern muß?«

Masterson nickte und lächelte. »Er wird platzen vor Wut.«

Weitere Männer erschienen, manche mit Getreide, das sie nun

zu einem Bruchteil des auf dem freien Markt verlangten Preises liefern mußten. Andere kamen und flehten um Aufschub oder um einen Vergleich.

Wie sie untereinander vereinbart hatten, nahmen die Partner jedes Vergleichsangebot an, und in den meisten Fällen bekamen sie dadurch Anteile oder sogar ganze Gesellschaften in die Hand. Am Ende des Tages kontrollierte die Bittermeer-Gesellschaft zwei Mühlen, sechzehn Schiffe, ein halbes Dutzend Geschäfte in der Stadt sowie Beteiligungen an Gesellschaften in fernen Städten wie Ylith, Carse und Malacs Kreuz.

Während der Tag dem Ende zuging, rieb sich Roo das Gesicht. »Wieviel haben wir gemacht?«

Masterson sah Lender an, der befragte den Schreiber, den sie eingestellt hatten, um die Bücher zu führen. »In den letzten vier Tagen habt Ihr ein Vermögen erworben, welches man, vorsichtig geschätzt, mit einer Million vierhunderttausend Goldsovereigns beziffern kann, meine Herren. Die Bittermeer-Gesellschaft hat gegenwärtig einen Wert von zwei Millionen in Gold. Wenn wir das Getreide ausgeliefert haben, welches wir auf eigene Faust nach Bordon und Natalhaven verschiffen, wird diese Zahl weit über drei Millionen in Gold betragen.«

Roo konnte nicht anders, er mußte trotz der Eschöpfung, die ihm in den Knochen steckte, grinsen. »Verdammt noch mal«, flüsterte er.

»Wann wird gefeiert?« wollte Masterson wissen.

»Was?« fragte Roo zurück.

»Es ist Tradition, daß das neueste Mitglied einer Gesellschaft für seine Partner und für jene, die mit ihm Geschäfte machen, ein Fest ausrichtet. Und da du im Moment mit so gut wie jedem Handelskonzern im Königreich und der Hälfte jener aus Kesh und Queg Geschäfte machst, hoffe ich nur, du hast ein großes Haus.«

»Ein Fest?« fragte Roo. Dann dachte er an das Haus auf der anderen Seite der Straße. »Bald, glaube ich.«

Er wandte sich um und beugte sich zu Lender vor. »Könntet Ihr herausfinden, wem das Haus auf der anderen Straßenseite gehört und wieviel es kosten würde?« fragte er leise.

Lender erhob sich. »Ich werde mich sofort darum kümmern.«

Roo stand ebenfalls auf. »Ich muß nach Hause, meine Herren. Meine Frau hat mich kaum noch zu Gesicht bekommen, seit wir mit diesem Geschäft begonnen haben. Ich sollte mich doch einmal wieder um sie und meine Tochter kümmern.«

An der Tür hinterließ er die Nachricht, daß jeder, der ihn erreichen müßte, dies über das Geschäft von Avery und Söhne tun könnte. Und dann ging er nach Hause.

Karli sah auf, als Roo das Speisezimmer betrat. Er lächelte und meinte: »Ich muß dir etwas erzählen.«

Das Kind lag in Karlis Armen. Karli fragte: »Und?«

Roo zog sich einen Stuhl heran und setzte sich. Er legte seiner Frau den Arm um die Schulter. »Du bist mit einem der reichsten Männer des Königreichs verheiratet.« Er konnte ein Kichern nicht unterdrücken.

Karli wich zurück. »Bist du betrunken?«

Roo wirkte verletzt. »Frau! Ich bin nicht betrunken.« Er stand auf. »Ich bin zwar sehr müde und sehr hungrig, aber nicht betrunken. Ich werde ein Bad nehmen, und sage Rendel, daß ich gern so bald essen würde, wie sie es einrichten kann.«

Karli fragte: »Willst du deiner Tochter denn gar nicht guten Tag sagen?«

Roo war verwirrt. »Aber sie ist doch noch ein kleines Kind! Wie soll sie den Unterschied bemerken, ob ich ihr guten Tag sage oder nicht?«

Karli wirkte schmerzerfüllt. »Sie muß doch ihren Vater kennenlernen, Roo.« Sie hob das Kind hoch. »Sie hat mich heute angelächelt.«

Roo schüttelte den Kopf. »Ich weiß nicht, was du meinst. Ich brauche ein Bad.« Während er sich zur Tür wandte, fügte er noch hinzu: »Habe ich dir gesagt, daß ich plane, ein neues Haus zu kaufen?«

»Warum?«

Roo drehte sich zu seiner Frau um, und Wut stieg in ihm auf. Sein Gesicht war wie versteinert. »Warum?« schrie er. Das Kind begann bei seiner lauten Stimme zu brüllen. »Glaubst du, ich möchte den Rest meines Lebens in dieser winzigen Bruchbude verbringen, mit der dein Vater zufrieden war? Ich werde uns das Stadthaus gegenüber von Barrets Kaffeehaus kaufen! Es hat drei Stockwerke und Platz für einen großen Garten …« Er schüttelte den Kopf und holte tief Luft. »Und ein Landhaus werde ich ebenfalls kaufen. Ich werde meine eigenen Pferde und Hunde haben und mit dem Adel auf die Jagd gehen.«

Während er redete, verrauchte sein Groll, und ein seltsames Schwindelgefühl überkam ihn. Er streckte die Hand aus und griff nach dem Türpfosten. »Ich muß etwas essen.«

Er stieg die Treppe hinauf, während Karli versuchte, die weinende Abigail zu beruhigen. »Mary!« rief Roo. »Ich brauche eine Wanne heißes Wasser, und zwar sofort!«

Roo verschwand nach oben. Karli rannen die Tränen über die Wangen, doch sie achtete nicht darauf. »Psst, mein Liebes. Dein Vater liebt dich. Bestimmt.«

Musik erfüllte die Nacht. Roo stand an der Tür und trug die feinsten Kleider, die er hatte finden können. Er begrüßte jeden Gast, der eintraf, persönlich und war der Mann des Tages.

Jeder bedeutende Händler hatte seine Aufwartung gemacht, und zudem viele Adlige, die als Freunde von Freunden gekommen waren. Das neue Haus war renoviert und mit den edelsten Möbeln ausgestattet worden, die für Geld zu kaufen waren. Für jeden Gast war offensichtlich, welch bedeutender Mann hier gegenüber von Barrets Kaffeehaus seine Residenz eingerichtet hatte.

Karli stand neben ihrem Gemahl und trug ein Kleid, welches mehr Geld gekostet hatte, als sie zu glauben vermochte, doch gab sie sich alle Mühe, so zu wirken, als würde sie solche Gewänder jeden Tag tragen. Sie blickte zur Treppe und fragte sich, wie es wohl ihrer Tochter ging. Das Kind schlief oben in dem lauten Haus. Es bekam gerade die ersten Zähne. Mary war bei Abigail, aber wenn es um ihre Tochter ging, vertraute Karli niemandem so recht.

Es hatte Monate gedauert, bis der Besitzer des Hauses gefunden worden, ein Preis ausgehandelt, die Renovierung beendet und der Umzug vonstatten gegangen war. Karli hatte darauf bestanden, das alte Haus, in dem sie aufgewachsen war, zu behalten, und Roo hatte nicht mit ihr streiten wollen. Nachdem sich erst einmal der erste Staub über seine Manipulation des Getreidemarktes in der Stadt gesenkt hatte, war er ein weitaus reicherer Mann gewesen, als er es sich je erträumt hatte. Als das letzte Schiff aus den Freien Städten zurückgekommen war, hatte die Bittermeer-Gesellschaft nicht einen Wert von über drei Millionen, sondern von fast sieben Millionen in Gold gehabt – denn die Heuschrecken hatten sich bis zur Fernen Küste und nach Yabon ausgebreitet, und die Getreidepreise waren auf Rekordhöhe geschnellt. Zudem erwiesen sich verschiedene der Geschäfte, die sie erworben hatten, als durchaus einträglich und warfen, nachdem Roo und seine Partner sie übernommen hatten, rasch Gewinne ab.

Und nun wußte es Roo ganz gewiß: Er war ein bedeutender

Mann, denn die Großen und die Beinahe-Großen der Stadt kamen in sein Haus und zollten ihm ihren Respekt. Roo meinte, er müsse vor Stolz platzen, als ein Trupp Reiter vor einer Kutsche aufritt und aus dem Wagen Dash, sein jüngerer Bruder Jimmy sowie deren Eltern stiegen. Hinter ihnen hielt eine weitere Kutsche mit dem Wappen von Krondor. Selbst der Herzog und die Herzogin machten ihm in seinem Heim ihre Aufwartung. Nun, indem der mächtigste Adlige nach dem König erschien, waren auch jene beeindruckt, die nur aus Neugier gekommen waren und Roo für eine Sternschnuppe hielten, die zwar hell leuchtete, aber bald wieder vom Himmel verschwunden sein würde.

Dash trat ein und lächelte Roo an, als er seine Hand nahm und danach Karli küßte. »Darf ich meinen Bruder James vorstellen? Wir nennen ihn Jimmy, damit wir ihn nicht mit Großvater verwechseln.«

Roo grinste, während er Dashs älterem Bruder die Hand schüttelte. Sie wollten die Tatsache, daß sie sich bereits früher kennengelernt hatten, verheimlichen. Jimmy hatte Roo schließlich dabei geholfen, zu einem so mächtigen Manne aufzusteigen. Hinter ihnen folgte ein Mann, den man wegen der großen Ähnlichkeit sofort als ihren Vater erkannte. Dash stellte vor: »Und dies ist mein Vater, Arutha, Graf am Hofe.«

Roo verneigte sich leicht und erwiderte: »Mein Lord, es ist mir eine Ehre, Euch in meinem Haus willkommen zu heißen. Darf ich Euch meine Gemahlin vorstellen?« Er stellte Karli vor und wurde im Gegenzug mit Elena bekannt gemacht, der Mutter von Dash und Jimmy. Die gutaussehende Frau sagte: »Wir freuen uns über Eure Einladung, Mr. Avery. Und noch mehr freuen wir uns, daß unser Sohn ein tiefgehendes Interesse daran entdeckt hat« – sie warf Dash einen Blick zu – »seinen Lebenswandel zu verändern.« Ihr leichter Akzent verriet ihre Herkunft aus Roldem.

Nach ihnen kamen Herzog James und Herzogin Gamina, welche Roo herzlich begrüßte. »Ich bin von der Umgebung, in der ich Euch wiedersehen darf«, bemerkte sie, »mehr angetan, als Ihr annehmen mögt, wenn man die Umstände unserer letzten Begegnung bedenkt.«

»Da kann ich Euch nur beipflichten, meine Dame«, erwiderte Roo.

James beugte sich vor und flüsterte Roo ins Ohr: »Vergeßt nicht, Ihr bleibt dennoch ein Sterblicher.«

Roo kniff leicht verwirrt die Augen zusammen, doch der Herzog ging an ihm vorbei und betrat den großen Raum vor der Treppe. Andere Gäste warteten bereits draußen im Garten. Dort stand alles in Blüte, denn Roo hatte eine große Summe ausgegeben, um ausgewachsene Pflanzen setzen zu lassen, und kurze Zeit lang hatte Karli sich über die Größe ihres neuen Gartens gefreut. Doch es war Roo keinesfalls entgangen, wie wenig sie das neue Haus ansonsten mochte.

Jerome Masterson kam aus dem großen Raum zu ihm und flüsterte ihm von hinten ins Ohr: »Der Herzog von Krondor persönlich! Ihr seid wirklich ein erfolgreicher Mann.« Er klopfte Roo auf die Schulter. »Bald werdet Ihr mehr Einladungen zu Festessen bekommen, als Ihr in einem ganzen Jahr annehmen könntet. Nehmt nur die besten an, und entschuldigt Euch höflich beim Rest.« Er klopfte Roo abermals auf die Schulter und mischte sich wieder unter die Gäste.

»Ich werde mal nach Abigail sehen«, wollte sich Karli entschuldigen.

Roo nahm ihre Hand und tätschelte sie. »Der wird es sicherlich gutgehen. Mary ist oben, und falls etwas ist, wird sie dich schon holen.«

Karli wirkte zwar nicht beruhigt, blieb jedoch.

Hufschlag verkündete die Ankunft von Jadow Shati und verschiedenen Soldaten aus dem Palast. Roo begrüßte ihn und schüttelte ihm die Hand. »Wie geht es dem Bein?«

Jadow grinste und enthüllte dabei seine erstaunlich weißen Zähne. »Gut, obwohl ich immer genau sagen kann, wann es Regen gibt.« Er klopfte auf sein linkes Bein. »Es ist fast wieder so kräftig wie früher.«

Roo stellte den ehemaligen Gefährten seiner Frau vor, und Jadow führte die Soldaten ins Innere. Roo kannte keinen von ihnen und mußte im stillen lachen; sicherlich waren es neue Gefährten von Jadow, die der Verlockung von freiem Essen und Trinken nicht hatten widerstehen können.

Der Abend zog sich dahin, und zuletzt hatte Karli Roo überzeugt, daß sie unbedingt nach ihrer Tochter sehen müsse. Nachdem sie gegangen war, fuhr eine große Kutsche vor, und Roos Herz begann heftig zu klopfen, als er sah, wer darin saß.

Jacob Esterbrook und seine Tochter stiegen aus. Sylvia reichte dem Diener ihren Mantel, und Roo bemerkte, daß sie nach der neuesten Mode gekleidet war. Ihr Abendkleid war tief ausgeschnitten, und den konservativen Maßstäben des Hofes nach war es ein Skandal. Ihr Vater trug einen teuren, doch keinesfalls aus dem Rahmen fallenden Anzug: ein kurzes Jackett über einem Rüschenhemd, eine schwarze Hose und schwarze Lederschuhe mit silberner Schnalle. Dazu trug er keinen Hut, hielt jedoch einen Gehstock mit Elfenbeingriff in der Hand.

Roo nahm Sylvias Hand und ließ sie nur ungern los, um ihren Vater zu begrüßen. »Roo«, sagte Jacob, und die beiden Männer schüttelten sich die Hände. »Ich muß gestehen, Ihr habt bemerkenswerte Dinge geleistet, junger Mann. Wir müssen uns bald treffen und einige Geschäfte besprechen, die mir im Augenblick durch den Kopf gehen.«

Er ging weiter, doch Sylvia blieb noch. »Wir sind gerade erst vom Lande zurückgekehrt, und ich würde Euch gern bald wieder einmal zum Abendessen bei uns sehen, Roo.« Ihr Blick hing an seinen Augen, und die Art, wie sie seinen Namen sagte, ließ ihm die Knie weich werden.

Dann beugte sie sich vor und flüsterte ihm ins Ohr: »Sehr bald.«

Und indem sie weiterging, streiften ihre Brüste seinen Arm. Er sah hinter ihr her, als sie im belebten Haus verschwand.

»Und wer war das?« hörte er Karlis Stimme.

Er wandte sich um und sah seine Frau, die von oben heruntergekommen war. Roo blinzelte und antwortete: »Das war Jacob Esterbrook mit seiner Tochter.«

Karli grunzte mißbilligend in sich hinein. »Sie sollte sich schämen, so halbnackt in der Öffentlichkeit herumzulaufen. Und sieh dir nur an, wie die Männer sie angaffen.«

Roo runzelte die Stirn, denn einer der Männer, die sie angafften, war Duncan, der jeden anderen jungen Mann daran zu hindern suchte, in Sylvias Nähe zu kommen. Roo begrüßte den nächsten Gast und wandte sich danach wieder an seine Frau: »Nun, sie ist hübsch, und ihr Vater ist einer der reichsten Männer des Königreichs, und er hat keinen Sohn. Für einen Junggesellen ist sie eine gute Partie.«

»Was dich und die anderen verheirateten Männer kaum davon abhält, über ihr Kleid in Verzückung zu geraten«, versetzte Karli. Sie nahm besitzergreifend Roos Arm und stand da, bis sie sicher war, daß keine weiteren Gäste mehr eintreffen würden.

Das Fest dauerte bis nach Mitternacht, und Roo konnte sich kaum noch an all die Gespräche erinnern, die er geführt hatte. Wenn es um Geschäfte gegangen war, hatte er sich zurückgehalten und die Leute an Jerome verwiesen oder gesagt, sie sollten ihn bei Barret aufsuchen.

Er mischte sich so gut es ging unter die Gäste und versuchte sich einzuprägen, mit wem er über welche Angelegenheit gesprochen hatte, doch in Wahrheit war er vom Wein und vom Erfolg viel zu trunken. Natürlich war er nur einer der Partner der Bittermeer-Gesellschaft, doch den Gerüchten zufolge hielt man ihn für die treibende Kraft hinter dem kometenhaften Aufstieg dieser mächtigen neuen Gesellschaft. Frauen himmelten ihn an, und Männer wollten ihn in Unterhaltungen verwickeln, doch den ganzen Abend lang hatte er nur zwei Dinge im Kopf: seinen Triumph und Sylvia Esterbrook.

Jedesmal, wenn er sie irgendwo erblickte, stockte ihm der Atem, und wenn sich ihr ein anderer Mann näherte, stieg Wut in ihm auf. Karli führte ihn durch die Schar der Gäste und blieb nur stehen, um sich mit dem Herzog und seiner Familie zu unterhalten, wobei sie für einige Zeit vergaß, daß sie über Roos Benehmen Sylvia gegenüber verärgert war. Zweimal ging sie nach oben, um Abigail zu stillen, und wenn sie zurückkehrte, fand sie ihren Mann stets Esterbrooks Tochter angaffend vor.

Dann brachen die ersten Gäste auf und verabschiedeten sich von den Gastgebern. Während Roo und Karli wieder an der Tür standen, kam Jacob und nahm Roos Hand. »Meinen Dank für die Einladung, Rupert.« Er lächelte Karli an. »Mrs. Avery, es war mir ein Vergnügen, Euch kennengelernt zu haben.«

Karli lächelte, blickte sich um und fragte: »Wo ist Eure Tochter, Mr. Esterbrook?«

Jacob lächelte immer noch. »Oh, sie wird irgendwo da drinnen sein.« Er nahm seinen Mantel, den ihm der Diener reichte, legte ihn über den Arm und wartete auf seine Kutsche. »Ich glaube, mindestens ein halbes Dutzend dieser jungen Kerle werden sich bereit erklären, sie nach Hause zu begleiten. In meinem Alter hingegen möchte man nicht mehr so lange aufbleiben.«

»Natürlich«, erwiderte Karli kühl. Die Kutsche fuhr vor, und Esterbrook brach auf. Kurze Zeit später gingen auch der Herzog, seine Frau, sein Sohn und seine Schwiegertochter. Und abermals glühte Karli vor Stolz. Denn obwohl noch zu Zeiten ihres Vaters viele reiche Männer ihr Haus besucht hatten, waren nie Adlige über ihre Schwelle getreten. Und beim ersten Empfang im neuen Haus war gleich der mächtigste Mann nach der königlichen Familie erschienen.

Da sich weder Jimmy noch Dash mit ihren Eltern verabschiedet hatten, sagte Roo zu seiner Frau: »Entschuldige mich einen Augenblick.«

Jimmy sprach gerade mit der äußerst hübschen Tochter eines Müllers, welcher mittlerweile für die Bittermeer-Gesellschaft arbeitete, und Roo nahm ihn am Ellbogen und zog ihn ohne Entschuldigung zur Seite. »Wo ist Dash?«

Jimmy sah über die Schulter und warf der jungen Frau einen entschuldigenden Blick zu. »Er ist dort drüben.« Jimmy zeigte quer durch den Raum.

Sylvia Esterbrook stand im Mittelpunkt einer Gruppe im Salon, von Bewunderern umringt. An ihrer Seite stand Duncan, der sein verführerischstes Lächeln aufgesetzt hatte und zu Sylvias Vergnügen und zum Ärger der anderen jungen Männer einige seiner Abenteuer zum Besten gab. Dash stand in der Nähe und sah aufmerksam zu.

»Er ist an der Reihe«, erklärte Jimmy.

»An der Reihe womit?« fragte Roo.

Jimmy flüsterte: »Wir passen abwechselnd auf, daß niemand seine Hände an Euer junges Fräulein Esterbrook legt.« Er blickte zurück zu der jungen Frau, mit der er sich gerade unterhalten hatte. »Denn diese junge Dame ist … sehr interessant, und da ich eigentlich nicht bei Euch angestellt bin, er hingegen schon, dachte er sich brüderlich, er sollte Eure Freundin an Eurer Stelle ein bißchen überwachen, während ich … die Gelegenheit ausnutze, die sich heute abend bietet, um … das süße Mädchen hier ein bißchen besser kennenzulernen.«

»*Euer* junges Fräulein Esterbrook? *Eure* Freundin überwachen?« wiederholte Roo mit finsterer Miene.

Jimmy flüsterte: »Es wäre doch nicht schön, wenn sich einer dieser jungen Herren zu sehr betrinkt und in Gegenwart dieser ungewöhnlich schönen Frau zum Narren macht, nicht? Ich meine nur, weil Mr. Esterbrook doch so ein wichtiger Mann ist.«

»Ich verstehe nicht recht«, gab Roo zurück. »Will Dash sie nach Hause begleiten?«

»Entweder er oder Duncan«, antwortete Jimmy.

Roo nickte. »Geht wieder zu Eurer jungen Dame.« Er schob sich durch die Gäste, bis er Luis fand, der die versehrte Hand in die große Tasche seiner neuen Jacke gesteckt hatte und dasaß, als wäre er hier zu Hause.

Luis hob seine gesunde Hand, in der er sein Glas hielt. »Senor«, begrüßte er Roo mit seinem rodesischen Akzent. »Du bist ja ein richtig bedeutender Mann, wie es scheint.«

»Danke«, erwiderte Roo. »Wer ist im Geschäft?«

»Bruno, Jack und, wie ich glaube, Manuel. Warum?«

»Hab nur gerade dran gedacht.« Er blickte sich um. »Könntest du nicht mit Duncan auf dem Heimweg kurz vorbeigehen? Nur um mal nach dem Rechten zu sehen.«

Luis sah an Roo vorbei und entdeckte Duncan und Sylvia. Einen Moment später meinte er: »Ich verstehe.« Er stand auf. »Aber da fällt mir etwas anderes ein.«

»Was denn?« fragte Roo, immer noch abgelenkt.

»Ich würde mir gern ein anderes Quartier suchen.«

»Warum?« fragte Roo und wandte Luis plötzlich seine volle Aufmerksamkeit zu.

Luis zuckte mit den Schultern. »Ich habe keine großen Ansprüche, doch dein Cousin, also ... Duncan hat viel Besuch. Ich mag meine Arbeit, aber ich finde in letzter Zeit nur noch wenig Ruhe, wegen Duncans ... späten Besuchen.«

Roo dachte einen Augenblick nach. Bei dem Geld, welches er Duncan nun bezahlte, brachte dieser vermutlich jede Nacht eine andere Kellnerin oder Hure mit nach Hause. Luis und sein Cousin teilten sich ein winziges Haus, und das mochte für den einzelgängerischen Mann aus Rodez gewisse Unannehmlichkeiten bergen. »Such dir morgen eine neue Wohnung. Ich werde dein Gehalt erhöhen, damit du sie bezahlen kannst. Such dir was Nettes, Ruhiges.«

Luis bedankte sich und lächelte Roo an, was selten genug vorkam. »So, dann will ich Duncan mal erklären, daß wir auf unserem Heimweg noch im Geschäft nach dem Rechten sehen müssen.«

Roo nickte und kehrte zur Tür zurück, wo Karli die Gäste verabschiedete. »Da bist du ja«, empfing sie ihn und warf ihm einen vorwurfsvollen Blick zu. »Wo hast du gesteckt?«

»Bei Luis.« Er stellte sich neben sie und wünschte dem nächsten aufbrechenden Gast eine gute Nacht, dann erklärte er Karli: »Er will eine eigene Wohnung, also habe ich ihm die Erlaubnis gegeben, bei Duncan auszuziehen.«

»Ich kann ihn gut verstehen«, bemerkte Karli dazu nur.

Roo seufzte. Er wußte, sie und Duncan waren bei den wenigen Gelegenheiten, bei denen sein Cousin sie zu Hause besucht hatte, nie gut miteinander ausgekommen. Etwas an ihm stieß sie einfach ab, und je stärker Duncan versuchte, sie mit seinem bezaubernden Unsinn zu gewinnen, desto mehr war ihr seine Gesellschaft zuwider. Sie hatte versucht, diese Abneigung für sich zu behalten, doch Roo war sie nicht entgangen, und auf seine Frage hin hatte sie es auch zugegeben.

Eine Weile später kamen Luis und Duncan zur Tür, und während sich Luis von Karli verabschiedete, beugte sich Duncan zu seinem Cousin vor und flüsterte ihm zu: »Ich wäre ja zu gern noch ein bißchen geblieben.«

»Ich kann ruhiger schlafen, wenn ihr noch einmal im Geschäft nach dem Rechten seht«, erwiderte Roo.

Duncans Gesicht umwölkte sich. »Das kann ich mir wohl vorstellen.«

Roo nahm ihn am Ellbogen und führte ihn ein paar Schritte beiseite. »Ich habe Luis gesagt, er solle aus dem Haus ausziehen.«

Das traf Duncan vollkommen unerwartet. »Was?« fragte er.

»Also«, fuhr Roo mit verschwörerischer Stimme fort, »du steigst doch mit mir zusammen auf, und …« Er ließ seinen Blick dorthin schweifen, wo Sylvia mit den Töchtern verschiedener wohlhabender Männer stand und sich mit einer Anzahl junger Kerle unterhielt. »Und ich dachte, du würdest es willkommen heißen, wenn du ein bißchen mehr Ruhe für deine … Vergnügungen hast. Luis soll sich ein neues Quartier suchen.«

Duncan wußte immer noch nicht recht, was er davon halten sollte, doch er lächelte und bedankte sich. »Sehr großzügig von dir, Cousin.«

Roo führte Duncan zur Tür zurück, wo sich Karli von seinem Cousin verabschiedete. Kurze Zeit später kam Dash zu ihm. »Ich werde Miss Esterbrook nach Hause begleiten.«

Roo nickte und gab sich alle Mühe, uninteressiert zu erscheinen. Doch er bemerkte, daß Karlis Blick auf ihm lag. Er lächelte sie an. »Das dauert doch länger, als ich wollte. Warum siehst du nicht noch einmal nach Abigail, während ich die Gäste hinausscheuche? Ich komme bald nach.«

Karli schien nicht überzeugt zu sein, nickte jedoch, hob den Saum ihres Kleides und stieg die Treppe zum ersten Stock hinauf.

Roo drehte rasch eine Runde, wobei er jedem Gast höflich zu verstehen gab, daß das Fest nun seinem Ende zuging. Jerome Masterson schlief in einem Sessel in einem kleinen Zimmer neben dem großen Wohnzimmer, und in seinen Armen lag eine leere Flasche sehr teueren Branntweins aus Kesh. Roo zog seinen Partner am Arm hoch und schleppte ihn in den Salon, wo sein Buchhalter sich angelegentlich mit einem anderen jungen Mann unterhielt. Er machte Jason ein Zeichen, er möge herüberkommen, und übergab Masterson seiner Obhut, damit dieser wohlbehalten nach Hause käme.

Als er wieder an der Tür war, verabschiedeten sich die letzten Gäste, unter ihnen auch Sylvia und Dash. Nachdem alle gegangen waren, hielt Dashs Mietkutsche noch einmal vor der Tür. Sylvia wünschte Roo eine gute Nacht, täuschte ein Stolpern vor und fiel ihm in die Arme. Er fing sie auf und spürte ihren Körper an seinem. Sie hauchte: »Meine Göttin! Ich muß ein wenig zuviel Wein getrunken haben!« Ihr Gesicht war nur wenige Zoll von seinem entfernt, und sie blickte ihm tief in die Augen und fragte: »Was müßt Ihr jetzt von mir denken?«

Dann, wie aus einem plötzlichen Impuls heraus, küßte sie ihn auf die Wange und flüsterte: »Bitte, kommt bald.« Sie trat zurück, wandte sich noch einmal um und fügte hinzu: »Ich muß mich abermals bei Euch bedanken. Und vergebt mir meine ... Ungeschicklichkeit.«

Sie ging rasch die Stufen hinunter und stieg in die Kutsche, deren Tür Dash für sie aufhielt. Der warf seinem Arbeitgeber einen Blick zu, stieg dann ebenfalls ein, und die Kutsche fuhr davon.

Roo sah dem Wagen nach, bis er verschwunden war. Er ging ins Haus, wo die drei für diesen Abend eingestellten Diener warteten. Er dankte ihnen für die gute Arbeit, entlohnte sie großzügig und schickte sie nach Hause. Er wußte, Mary würde bereits schlafen, Rendel ebenfalls, denn sie mußten morgen bei Tagesanbruch bereits wieder auf den Beinen sein. Er zog seine Jacke aus und warf sie über den Geländerpfosten, zu müde, sie an die Garderobe zu hängen, die seine Frau für ihn gekauft hatte.

Vor seinem inneren Auge sah er nur noch Sylvia Esterbrook, und er konnte ihre Berührung, ihren Geruch, ihre Wärme und ihre Lippen auf seiner Wange nicht vergessen. Sein Körper sehnte sich nach ihr, als er das dunkle Schlafzimmer betrat, welches er mit Karli teilte. Abigail schlief in ihrer Wiege. Hätte sie bei ihrer Mutter im Bett gelegen, wäre Roo in eines der Gästezimmer gegangen, um nicht zu riskieren, sie zu wecken.

Rasch zog er sich aus und schlüpfte unter die Decke. In der Dunkelheit hörte er Karli fragen: »Sind sie endlich alle gegangen?«

Noch immer leicht berauscht, lachte er. »Nein, ein paar habe ich im Garten eingesperrt; die lasse ich erst morgen wieder frei.«

Karli seufzte. »War es ein gelungenes Fest?«

Er wälzte sich zu ihr herum. »Du warst doch selbst dabei; was denkst du?«

»Ich glaube, du fühlst dich wohl, zwischen all diesen mächtigen Männern … und schönen Frauen.«

Roo streckte die Hand aus und spürte die Schulter seiner Frau durch das dünne Nachthemd. »Ich sehe sie mir gern an«, versuchte er leichthin zu sagen. »Welcher Mann würde das nicht. Aber ich weiß, wo ich hingehöre.«

»Wirklich, Roo?« wollte sie wissen und drehte sich zu ihm um. »Meinst du das ehrlich?«

»Natürlich.« Er zog sie zu sich heran und küßte sie. Einen Augenblick später war seine Lust voll erwacht, und er zog ihr das Nachthemd über den Kopf.

Er nahm sie schnell und hart und dachte keine Sekunde an sie. In diesen fünf der Leidenschaft gewidmeten Minuten waren seine Gedanken von einer anderen Frau erfüllt. Als er keuchend dem Höhepunkt näher kam, konnte er nur an Sylvias Geruch und ihre Berührung denken. Nachdem er fertig war, wälzte er sich zur Seite, lag auf dem Rücken, starrte an die Decke und fragte sich, ob Sylvias Kutsche wohl bereits beim Anwesen der Esterbrooks angekommen wäre.

Sie hatten bisher die ganze Fahrt über geschwiegen. Dash hatte abgewartet, ob sie zu sprechen beginnen würde, doch erst nachdem sie den halben Weg bis zum Anwesen zurückgelegt hatten, meinte sie: »Es tut mir leid, aber ich habe Euren Namen vergessen.«

»Dashel«, erwiderte er grinsend. »Jameson. Ihr habt meinen Vater und meinen Bruder kennengelernt.«

Sie runzelte die Stirn. »Euren Vater?«

»Arutha, Graf am Hofe.«

Sie hielt vor Verlegenheit den Atem an. »Ach, du meine Güte! Dann ist Euer Großvater der …«

»Herzog von Krondor«, beendete er ihren Satz. »Ja, das ist er.«

Sie betrachtete ihn in neuem Lichte. »Ich habe Euch mit diesem anderen Kerl verwechselt, mit dem, der nie etwas sagt, wenn ich in der Nähe bin.«

»Das dürfte Jason sein«, vermutete Dash. »Er ist sehr von Euch eingenommen.«

»Und Ihr nicht?« fragte sie mit neckischem Unterton in der Stimme.

Dash grinste noch breiter: »Nicht besonders.«

»Ich wette, das könnte ich ändern«, behauptete sie und beugte sich vor, bis ihr Gesicht nur noch wenige Zoll von seinem entfernt war. Ihr Kleid erlaubte es Dash, ihren üppigen Busen in voller Pracht zu bewundern.

Er beugte sich ebenfalls vor, bis seine Nase die ihre bald berührte. Verschwörerisch erwiderte er: »Die Wette würde ich nicht halten.«

Dann lehnte er sich zurück. »Aber ich bin unglücklicherweise schon einer anderen versprochen.«

Sie zog sich gleichfalls zurück, tippte sich ans Kinn und lachte. »Und wer ist die Glückliche?«

»Ich weiß es nicht«, antwortete er. »Aber sie ist die Tochter irgendeines Adligen. Mein Großvater wird es mir mitteilen, wenn es an der Zeit ist.«

Sie zog einen Schmollmund. »Das ist aber schade.«

Dash zuckte mit den Schultern, als würde ihn dieses Thema langweilen. »Bei meiner Mutter und meinem Vater hat das gut geklappt. Wie es scheint, lieben sie sich sehr.«

Schweigend brachten sie den Rest der Fahrt hinter sich. Als sie auf das Anwesen einfuhren, lief der Torwächter neben der Kutsche her und öffnete schließlich die Tür für Sylvia. Dash stieg aus, reichte ihr die Hand und half ihr heraus. Er begleitete sie zur Haustür, die sie öffnete. Dann drehte sie sich um und fragte: »Seid Ihr sicher, daß ich Euch nicht überreden kann, noch ein wenig hereinzukommen?« Sie näherte sich ihm und strich mit der Hand über seine Brust bis unter den Gürtel.

Dash erduldete das Streicheln einen Augenblick lang und trat dann einen Schritt zurück. »Es tut mir sehr leid, mein Fräulein.«

Er wandte sich um, eilte zur Kutsche und stieg ein, während Sylvia mit boshaftem Lächeln und kaum verhohlenem Lachen ins Haus ging.

Die Kutsche rollte durch das Tor und fuhr zurück in Richtung Stadt. Sein Arbeitgeber steckte wirklich in größten Schwierigkeiten, dachte Dash. Jetzt bedauerte er, Jimmy gegenüber so großzügig gewesen zu sein und ihm erlaubt zu haben, der Müllerstochter nachzusteigen. Einen Augenblick später steckte Dash den Kopf aus dem Fenster und rief: »Kutscher!«

»Ja, Sir?«

»Bring mich zum Schild des Weißen Flügels!«

»Jawohl, Sir!« kam als Antwort.

Dash lehnte sich zurück und seufzte. Nachdem er eine Weile lang sinniert hatte, murmelte er: »Miststück!«

Sechs

Freunde

Karli legte die Stirn in Falten.

Roo zog sich in aller Eile für seine Verabredung zum Abendessen um und schien ihr überhaupt nicht zuzuhören. Als er ihren Gesichtsausdruck sah, fragte er: »Es tut mir leid, Liebste. Was hast du gesagt?«

»Ich habe gesagt, ich hätte gehofft, du würdest heute abend zu Hause essen. Ich habe etwas mit dir zu besprechen.«

Er strich sich mit einer Bürste das Haar zurück, blickte in den Spiegel und runzelte leicht die Stirn. Egal, wie teuer seine Kleider sein mochten, wieviel Geld er auch für den Friseur ausgab, noch immer war er mit seinem Aussehen nicht recht zufrieden.

Ein leiser Freudenruf lenkte seinen Blick nach unten. Seine Tochter krabbelte zur Tür hinein. Mit entzücktem Kreischen griff sie nach dem Türrahmen und zog sich auf die Beinchen. Richtig laufen konnte sie noch nicht, obwohl sie es dauernd versuchte, doch sie konnte schon stehen, wenn sie etwas fand, an dem sie sich festhalten konnte. Karli drehte sich um. Ihr Gesicht zeigte Ungeduld. »Mary!« rief sie.

»Ja, Herrin?« kam die Antwort aus dem Zimmer nebenan.

»Du hast schon wieder nicht auf Abigail aufgepaßt, und jetzt krabbelt sie an der Treppe herum«, schimpfte Karli. Mary schien der seltsamen Ansicht zu sein, sie könnte das Kind auf den Boden setzen und allein lassen und würde es, wenn sie zurückkäme, an der gleichen Stelle vorfinden. Doch das war schon seit drei

Monaten nicht mehr der Fall. »Was, wenn sie die Treppe heruntergefallen wäre?« fragte Karli.

Roo sah, wie ihn seine Tochter angrinste, während ihr der Speichel übers Kinn lief. Sie bekam die ersten Zähne, und oft brüllte sie die ganze Nacht durch, dennoch mußte er sich eingestehen, wie sehr er das Kind inzwischen liebgewonnen hatte.

Er bückte sich und hob das Kind auf, welches ihn skeptisch beäugte. Es streckte die Hand aus, als wollte es möglichst viele Finger in seinen Mund stecken. Dann drang Roo plötzlich ein strenger Geruch in die Nase.

»O nein«, rief er und hielt das Kind auf Armeslänge von sich, während er seinen neuen Rock nach Flecken absuchte. Da er keine fand, trug er das Kind – immer noch auf Armeslänge von sich – ins Zimmer nebenan. »Liebste, sie hat die Windeln schon wieder vollgemacht.«

Karli nahm das Mädchen und schnupperte. »Ich glaube, du hast recht.«

Roo küßte Karli flüchtig auf die Wange. »Ich versuche, nicht allzu spät wieder nach Hause zu kommen, aber wenn das Gespräch bis in die Nacht dauert ... bleib nicht wegen mir auf.«

Noch ehe sie etwas sagen konnte, war er schon zur Tür hinaus. Seine Kutsche war vom Hof hinter dem Haus her vorgefahren. Er hatte sie im vergangenen Monat gekauft und fuhr gelegentlich darin in der Stadt herum, um gesehen zu werden.

Die Bittermeer-Gesellschaft festigte ihre Stellung rasch, und der Name Roo Avery würde bald in Krondor und im ganzen Westlichen Reich bekannt sein. Während Roo in die Kutsche stieg, dachte er darüber nach, wie er seine Finanzgeschäfte noch weiter ausdehnen konnte. Die Blaustern-Frachtgesellschaft steckte Gerüchten zufolge in finanziellen Schwierigkeiten, und Roo dachte, daß die Bittermeer-Gesellschaft bald weitere Schiffe gebrauchen könnte. Vielleicht sollte er Duncan losschicken, damit er sich am Hafen nach den neuesten Gerüchten umhörte, während er Dash und Jason ihre Verbindungen ausnutzen ließ. Roo wünschte, er könnte Dashs Bruder Jimmy ebenfalls überzeugen, für ihn zu arbeiten, denn er hatte sich während des großen Getreidegeschäfts als sehr hilfreich erwiesen. Doch während Dash mit dem Segen seines Großvaters für Roo arbeitete, schien der Herzog entschlossen, seinen anderen Enkelsohn im Palast zu behalten.

Roo lehnte sich in der Kutsche zurück und klopfte mit seinem goldbeschlagenen Spazierstock an die Decke, das Zeichen für den Kutscher, loszufahren. Eine andere Sache ging Roo im Kopf herum, während er durch die Straßen von Krondor fuhr. Wie konnte er sich denn nun an Timothy Jacoby rächen? Der Schlag, den er ihm beim Getreideschwindel versetzt hatte, war nicht ausreichend gewesen. Zweimal hatten Jacoby und Söhne seitdem Geschäfte zum Nachteil der Bittermeer-Gesellschaft abgewickelt. Und andere Gesellschaften gingen lockere Bündnisse mit den Jacobys ein, weil man sich vor der wachsenden Macht der Bittermeer-Gesellschaft fürchtete. Einfach nur erfolgreicher als Jacoby und Söhne zu sein genügte Roo nicht. Solange Tim nicht tot zu seinen Füßen lag, war die Schuld für Helmuts Tod nicht beglichen.

Er überlegte sich ein halbes Dutzend Pläne und verwarf sie alle. Wenn es schließlich zur Auseinandersetzung käme, würde alles so erscheinen müssen, als hätte nicht Roo die Fäden gezogen; denn in diesem Fall würde er sich abermals in der Todeszelle wiederfinden, und heute hatte er viel, viel mehr zu verlieren als damals.

Reichtum schien wie ein Magnet zu sein, er zog weiteren Reichtum an, und nach der erfolgreichen Gründung der Bittermeer-Gesellschaft hatten sich Roo weitere gute Gelegenheiten geboten. Unterdessen kontrollierte er fast das gesamte Frachtgeschäft zwischen Krondor und dem Norden und einen großen Teil der Frachten zwischen Krondor und dem Östlichen Reich. Lediglich was den Handel zwischen Kesh und dem Königreich anbetraf, hatte er noch nicht recht Fuß fassen können. Die meisten dieser Geschäfte hatten sich Jacoby und Söhne gesichert, und diese Verträge waren offensichtlich sehr fest. Und noch immer schienen Jacoby und Söhne zu wachsen, wenn man die zunehmende Zahl von Karawanen aus dem Süden betrachtete.

Jeder Gedanke ans Geschäft verflüchtigte sich, als die Kutsche sich dem Tor des Esterbrookschen Anwesens näherte. Der Diener fragte, wer Einlaß begehre, und Roos Kutscher rief den Namen seines Herrn. Rasch öffnete sich das Tor. Es war das vierte Mal seit dem großen Fest, daß Roo den Esterbrooks einen Besuch abstattete. Beim ersten Mal war Sylvia kokett und bezaubernd gewesen. Beim zweiten Mal war sie noch geblieben, nachdem ihr Vater Roo einen schönen Abend gewünscht hatte. Abermals hatte sie ihn zum Abschied auf die Wange geküßt und ihren Leib an den seinen gedrängt, und abermals war sie errötet und hatte es dem Wein zugeschrieben. Beim letzten Mal war der Kuß leidenschaftlich ausgefallen und hatte nicht auf die Wange gezielt, und sie hatte auch nichts mehr über den Wein gesagt, sondern nur, daß er sie bald wieder besuchen möge. Die Einladung zum Abendessen war zwei Wochen später eingetroffen.

Trotz seiner Ungeduld, Sylvia zu sehen, wartete Roo auf den Diener, welcher, nachdem die Kutsche zum Stehen gekommen war, die Tür öffnete. Roo stieg aus und wies den Kutscher an: »Kehr zur Stadt zurück und iß etwas. Später kommst du wieder hierher. Warte auf mich. Ich weiß nicht, wie spät es werden wird.«

Der Kutscher nickte und fuhr davon, während Roo die Stufen zur Haustür hinaufstieg. Der Diener öffnete die Tür, und Roo trat ein, wo er von Sylvia begrüßt wurde, die ihn strahlend anlächelte. »Rupert!« rief sie, als hätte sie ihn gar nicht erwartet. Beim Klang seines Namens aus ihrem Mund erschauerte er, und der Anblick der Frau, abermals in einem dieser skandalös tief ausgeschnittenen Kleider, ließ ihn vor Aufregung erröten. Sie hakte sich bei ihm unter und küßte ihn auf die Wange, wobei sie ihren Busen fest an ihn drückte. »Ihr seht sehr gut aus heute abend«, flüsterte sie ihm ins Ohr. Er hätte schwören können, daß sie die Worte fast geschnurrt hatte.

Sie führte ihn ins Eßzimmer, und er fand nur zwei Gedecke auf dem Tisch vor. »Wo ist Euer Vater?« fragte er, plötzlich gleichermaßen alarmiert wie aufgeregt.

Sie lächelte. »Er ist wegen eines Geschäftes in der Stadt. Ich dachte, Ihr hättet das gewußt. Ich möchte schwören, daß ich so etwas auf die Einladung geschrieben habe. Oder nicht?«

Roo setze sich, nachdem sie Platz genommen hatte, und erwiderte: »Nein, ich dachte, die Einladung wäre von Jacob gekommen.«

»Sie kam von mir. Ich hoffe, Ihr seid mir deswegen nicht böse.«

Roo spürte, wie ihm die Röte ins Gesicht stieg. »Nein«, beschwichtigte er sie sanft. »Ich bin Euch bestimmt nicht böse.«

Er konnte kaum essen und griff statt dessen immer wieder nach dem Weinglas. Als Sylvia das Essen für beendet erklärte, war er schon halb betrunken. Er erhob sich und begleitete sie in die Eingangshalle. Kaum ein Wort von dem, worüber sie sich unterhalten hatten, war ihm im Gedächtnis haftengeblieben. Nachdem sie aus dem Eßzimmer traten, wandte sich Sylvia an die Diener. »Das war alles. Ich werde euch heute abend nicht mehr benötigen.«

Anstatt Roo zur Haustür zu geleiten, lenkte sie ihn die Treppe hinauf. Er hatte Angst zu sprechen, weil er fürchtete, sie aus einem Traum aufwecken zu können. Sie gingen einen langen Flur entlang, und dann öffnete sie eine Tür. Sie trat über die Schwelle und zog ihn sanft mit sich. Dann stieß sie die Tür zu, während er reglos dastand und auf das riesige Himmelbett starrte, welches das Zimmer beherrschte.

Sie schlang ihm die Arme um den Hals und küßte ihn. Und in diesem Augenblick verflüchtigten sich auch die letzten Reste vernünftigen Denkens, zu welchem Roo noch fähig gewesen war.

Im Dunkeln starrte Roo auf den Baldachin über ihm. Er konnte Sylvias ruhigen und gleichmäßigen Atem hören und nahm daher an, daß sie schlief. Roo war erschöpft und dennoch zu erregt, um schlafen zu können. Sie war die unglaublichste Frau, die er je kennengelernt hatte. Und zudem war sie auch die schönste Frau, die er je gesehen hatte, doch für die Tochter eines Händlers, die aus einem anständigen Haus stammte, bot sie eine erstaunliche Mischung aus verspielter Kindlichkeit und lüsterner Sinnlichkeit. Im Bett war sie, als hätte sie ihre Jahre im Schild des Weißen Flügels verbracht; sie war willig – nein, begierig darauf –, Dinge zu tun, die Karli abgestoßen hätten.

Er dachte an seine Frau und schob die Schuldgefühle beiseite. Inzwischen wußte er, daß er Karli nicht liebte; er hatte sie aus Mitleid geheiratet. Er sah zu Sylvia hinüber und seufzte. Das war die Frau, die an seiner Seite hätte stehen sollen, dachte er, nicht diese unansehnliche Person, die nur zu Hause im Bett lag und guten Glaubens war, er würde mit einem Frachtmagnaten übers Geschäft reden. Sylvia hätte es sein sollen, die er dem Adel präsentierte, und Sylvia hätte es sein sollen, die ihm seine Kinder schenkte.

Sein Herz klopfte wild, und seine Liebe zu Sylvia versetzte ihm einen bittersüßen Stich. Er lag auf der Seite und konnte den Blick nicht von ihrem in der Dunkelheit kaum zu erkennenden Umriß abwenden. In seinen kühnsten Jugendträumen hätte er sich nicht vorstellen können, daß aus ihm je der Mann werden würde, der er im Moment war, noch daß eine so umwerfend schöne und bezaubernde Frau wie Sylvia Esterbrook ihr Bett mit ihm teilen würde.

Er wälzte sich auf den Rücken, starrte auf das dunkle Tuch des Baldachins und bedachte den wundersamen Wandel, den er erlebt hatte, seit er und Erik in jener Nacht vor den Hunden des Barons von Finstermoor aus Ravensburg davongerannt waren.

Wo mochte sein Freund wohl jetzt sein, und was mochte er gerade tun? Er wußte, Erik war irgendwo jenseits des Meeres, zusammen mit Calis, de Loungville und einigen anderen Männern, die er nicht kannte. Roo hatte keine Ahnung, was sie planten – mit Gewißheit handelte es sich um etwas Schreckenerregendes –, doch den Grund ihrer Mission kannte er nur zu genau.

Mit diesen Gedanken im Sinn fand er keine Ruhe, und so streckte er die Hand aus und streichelte die erstaunlich weiche Haut der Frau neben ihm. Augenblicklich regte sie sich und bewegte sich träge. Ohne ein Wort zu sagen, drehte sie sich um, kam zu ihm und schloß ihn in die Arme. Verwundert darüber, wie sie sofort erriet, wonach ihm der Sinn stand, hatte er seinen alten Freund bereits wieder vergessen.

Erik zeigte auf die Felsen. »Nach Backbord! Nach Backbord!«

Im tosenden Sturm kämpfte der Steuermann mit der Ruderpinne und drehte das Schiff nach Backbord, vom sicheren Tode durch Zerschellen fort. Erik stand seit Stunden am Bug des Drachenschiffs und hielt im trüben Dämmerlicht des frühen Morgens, noch trüber durch wirbelnden Schnee und Nebel, Ausschau, damit das Schiff nicht auf Grund lief.

Sie hatten die Südspitze von Groß-Kesh passiert und jene Meeresströmung erwischt, von der man ihnen gesagt hatte, sie würde sie rasch über das Meer nach Novindus bringen. Die Tage waren verstrichen, und das Drachenboot mit seinen vierundsechzig Passagieren – Calis, de Loungville, Erik, Miranda und sechzig Soldaten von Calis' Adlern – war über den Ozean geschossen.

Die Ruderer arbeiteten Tag und Nacht in Schichten und ließen das Boot durch ihre Muskelkraft noch schneller über die scheinbar endlose Weite des Ozeans schießen. Miranda machte gelegentlich von ihren magischen Fähigkeiten Gebrauch und bestimmte die Position des Schiffes. Ihren Worten nach befanden sie sich auf dem richtigen Weg.

Es war bitterkalt geworden, und manchmal kam ein Eisberg in Sicht, der nach Norden trieb. Miranda hatte Erik eines Nachts erzählt, daß der südliche Pol das ganze Jahr über von einer Eismasse bedeckt war, die zu groß war, um sie sich vorstellen zu können, und daß von dieser Masse manchmal Stücke von der Größe einer Stadt abbrächen, ins Meer fielen und nach Norden trieben, wo sie in der warmen Luft des Blauen oder des Grünen Meeres schmolzen.

Erik war mißtrauisch geblieben, bis er eines Tages am Horizont etwas entdeckt hatte, was ihm zunächst wie ein Segel erschien, das sich jedoch später am Tage als einer dieser riesigen Eisberge herausstellte, vor denen Miranda gewarnt hatte. Von da an hatten zusätzliche Wachen Ausschau halten müssen, und die Ruderer hatten das Schiff rund um die Uhr vorangetrieben.

Vor ihnen war schließlich eine Halbinsel dieses eisbedeckten Landes aufgetaucht, und unglücklicherweise hatten sie sich ihr zu schnell genähert. Nun versuchten sie verzweifelt, das Schiff davor zu bewahren, an dieser Küste zu zerschellen. Calis hatte davor gewarnt, daß sie, falls sie dort strandeten, vor Hunger und Kälte sterben würden und nichts mehr zu ihrer Rettung unternehmen könnten.

»Rudert, verdammt!« rief Bobby de Loungville über das Dröhnen der Brandung und das Ächzen des Holzes hinweg, während das Schiff sich gegen den Willen der Naturkräfte drehte.

Erik spürte, wie sie seitlich abtrieben, als die starke Strömung sie mitten in die Brandung schob. »Mehr nach Backbord!« schrie er, und die beiden Männer am Steuer gehorchten. Calis stand am Heck des Schiffes und setzte seine ganze, mehr als menschliche Kraft ein, wobei das Steuer alarmierend stöhnte. Wenn die langen Ruderpinnen dieser brijanischen Drachenschiffe brachen, konnte man das Schiff nur noch durch die Ruderer steuern, was selbst einer erfahrenen Mannschaft von Brijanern nur unter Schwierigkeiten gelingen würde. Auf diesem Schiff hatte jedoch keiner ausreichend Erfahrung, noch war jemand Brijaner.

Miranda erschien auf Deck und schrie, unterstrichen von einer ausladenen Geste ihrer Arme, ein Wort, welches Erik, der am Bug stand und ihr zusah, kaum hören konnte. Plötzlich wurde das Schiff von einer Kraft am Heck gepackt, und Erik mußte sich an der Reling festhalten, um nicht über Bord zu gehen. Das Boot jagte nicht länger auf die drohende Zerstörung zu, sondern verharrte einen Augenblick im Wasser.

Dann gehorchte es wieder den Ruderern und dem Steuer, drehte sich, kam aus der Brandung frei und bewegte sich auf einem Kurs parallel zur Küste. Miranda ließ die Hände fallen und holte tief Luft. Sie kam zum Bug, und Erik sah sie neugierig an. Die Frau teilte sich die Kabine am Heck des Schiffes mit dem

Hauptmann, und nach Eriks Meinung handelte es sich dabei um mehr als bloße Höflichkeit. Zwischen den beiden spielte sich etwas ab, obwohl Erik sich nicht recht vorstellen konnte, was das sein mochte. De Loungville benahm sich wie der Wachhund des Hauptmanns, wenn Calis und Miranda in der Kabine waren, und nur in Fällen von äußerster Wichtigkeit durfte es jemand von der Mannschaft wagen, die beiden zu stören.

Miranda war sicherlich sehr anziehend, dachte Erik, während sie sich ihm näherte, doch etwas an ihr beunruhigte ihn noch immer, so daß sich Vertraulichkeiten mit dieser Frau fast seiner Vorstellungskraft entzogen. Jedoch nur fast, weil er, wie die anderen Männer an Bord, seit Monaten nicht mehr mit einer Frau zusammengewesen war.

Sie trat an seine Seite und deutete mit dem Kopf in das trübe Wetter. »Ich kann es einige Tage lang nicht wagen, einen weiteren Zauber einzusetzen, vor allem nicht einen so mächtigen, denn sonst würden wir ungewollte Aufmerksamkeit auf uns lenken. Also gib gut acht: Wenn du durch diese Suppe hindurchsehen könntest, würdest du eine kleine Gruppe von drei Sternen sehen, die ein nahezu gleichseitiges Dreieck bilden und eine Stunde nach Sonnenuntergang zwei Spannen über dem Horizont stehen. Wenn du auf diesen Punkt zusteuerst, kommst du schließlich zur Küste von Novindus, und zwar einen Tag von Ispar entfernt. Dann fährst du an der Küste entlang in Richtung Nordosten bis zur Mündung des Dee. Wir müssen unser Ziel ohne die Hilfe von Magie finden.«

Miranda hatte es offensichtlich erschöpft, das Schiff mit magischen Mitteln von den Felsen ferngehalten zu haben, und doch hatte sie in den letzten Minuten mehr zu ihm gesagt als auf der ganzen bisherigen Fahrt. Erik überlegte, ob das mit der Anwendung von Magie oder mit etwas anderem zusammenhängen könnte, doch er wollte sie nicht fragen, ob alles seine Ordnung hätte. Dann dachte er, daß nichts, was mit der Reise zusammenhing, wirklich seine Ordnung hatte. Miranda kannte die Wahrheit über ihre Mission viel besser als Erik, und Erik wußte bereits genug, um nicht mit einer Rückkehr in die Heimat zu rechnen. Sie mußte vermutlich noch größere Sorgen als er mit sich herumtragen. Schließlich fragte er: »Geht es Euch gut?«

Sie betrachtete ihn mit unverhohlener Überraschung, und ihr Gesicht erstarrte einen Augenblick lang, bevor sie lachte. Erik war unsicher, was dieses Lachen ausgelöst haben mochte, doch sie faßte ihn am Arm, an dem schweren Pelzumhang, den er trug, und erwiderte: »Ja, es geht mir gut.« Sie seufzte. »Die Zaubersprüche, mit denen ich unsere Position festgestellt habe, waren wie ein Flüstern auf einem Markt zur Mittagszeit. Dagegen war der Zauber, den ich gerade eingesetzt habe, um uns von den Felsen fernzuhalten, ein Schrei in der Nacht. Falls jemand nach uns sucht oder falls Wachen aufgestellt wurden, Magie aufzuspüren ...« Sie schüttelte den Kopf und wandte sich ab.

»Miranda?« rief Erik hinter ihr her.

Sie blieb stehen und blickte über die Schulter zurück. »Ja, Erik?«

»Werden wir nach Hause zurückkehren?«

Was immer sie einen Augenblick zuvor noch an Fröhlichkeit gezeigt hatte, verschwand aus ihrem Gesicht. Sie zögerte kurz und antwortete dann: »Vermutlich nicht.«

Daraufhin nahm Erik wieder seinen Posten ein und suchte die trübe Dunkelheit nach unerwartet auftauchenden Gefahren ab. Einige Stunden später kam Alfred, der frühere Korporal aus Finstermoor, zu ihm. »Ich löse Euch ab, Feldwebel.«

»Sehr gut«, meinte Erik und kehrte zu den Ruderbänken zurück. Nachdem er Alfreds Starrsinn erst einmal gebrochen hatte und dem Mann seinen Rang genommen und ihm seine rüpelhaften Allüren abgewöhnt hatte, hatte er sich zu einem erstklassigen Soldaten entwickelt. Wahrscheinlich würde er zu den ersten gehören, die bei der Rückkehr nach Krondor zum Korporal ernannt werden würden … falls sie je nach Krondor zurückkehrten.

Abgesehen von der winzigen Kabine, in der Miranda und der Hauptmann wohnten, gab es an Bord nur noch zwei Möglichkeiten zu schlafen: Entweder legte man sich wie ein Galeerensklave über die Reserveruder hinter der letzten Ruderbank, oder man legte sich auf Deck zwischen die Ruderer. Geschlafen wurde in Schichten. Unter schlechter ausgebildeten Männern wäre es längst zu Handgreiflichkeiten gekommen, wenn man das enge Quartier, die Monate auf See und die bevorstehende Gefahr bedachte, doch de Loungville und Calis hatten die sechzig diszipliniertesten Männer der Kompanie ausgesucht. Jegliche Wutausbrüche wurden unterdrückt, und alle behielten ihre Beschwerden für sich.

Erik legte sich hin und schlief sofort ein. Die Erschöpfung war ihr steter Begleiter, und nach Jahren als Soldat nahm Erik jede Gelegenheit zum Ausruhen wahr und ließ sich nicht von Gedanken an ihr ungewisses Schicksal um den Schlaf bringen. Doch kurz bevor er zu schlummern begann, fragte er sich, wie es wohl seinen Freunden zu Hause ergehen mochte. Er fragte sich, ob Roo bei seinem Bestreben, ein reicher Mann zu werden, Fortschritte machte, ob Jadows Bein verheilt war und wie die Ausbildung der anderen Männer ihrer Kompanie verlief. Er wünschte, er könnte sich mit Greylock unterhalten, und dann dachte er an Nakor. Dieser lustige kleine Mann und Sho Pi waren nicht mit dem Hauptmann zusammen aus Stardock zurückgekommen, und während Erik darüber grübelte, welchen Grund das wohl haben mochte, übermannte ihn der Schlaf.

Ein Dutzend junger Männer und Frauen lachte, während eine doppelt so große Anzahl ein finsteres Gesicht zog, murmelte oder johlte.

»Es ist wahr!« beharrte Nakor.

Sho Pi stand neben dem Mann, den er als seinen Meister bezeichnete, und war bereit, ihn zu verteidigen, falls sich einer der verärgerten Schüler entschloß, die Streitfrage mit handfesteren Mitteln zu lösen. Er machte sich keine Sorgen, daß Nakor sich nicht gegen ein halbes Dutzend von ihnen selbst verteidigen könnte, denn er wußte, wie geschickt Nakor im Faustkampf war – im Stil der Isalani, wie er im Tempel der Dala gelehrt wurde –, doch gegen ein ganzes Dutzend Angreifer würde er Hilfe benötigen.

»Setz dich«, schrie einer derjenigen, die gelacht hatten, einem der Johlenden zu.

»Warum sollte ich?« wollte der Angesprochene wissen.

Nakor mischte sich ein. »Einen Augenblick mal.« Er ging zu den beiden jungen Männern, die sich gegenüberstanden, und packte beide am Ohr.

Es war ein wunderschöner Morgen in Stardock, und Nakor hatte sich beim Frühstück noch vor der Dämmerung in ein Streitgespräch mit einem der Schüler verwickeln lassen. Als die Sonne im Osten aufgegangen war, hatte Nakor entschieden, die Klasse nach draußen zu führen, fort aus den muffigen dunklen Räumen, in denen der Unterricht sonst stattfand. Während er jetzt die beiden heulenden jungen Männer in die Mitte des Kreises zerrte, begannen alle drei Gruppen der Schüler zu lachen.

Sho Pi blickte zu dem hohen Fenster hinauf, von dem aus man den Rasen überblicken konnte, auf welchem der Unterricht abgehalten wurde, und sah die Gesichter hinter dem Glas. Nachdem Nakor die Aufsicht über die Akademie übertragen worden war, hatte er die Stundenpläne so belassen, wie er sie vorgefunden hatte, von Zeit zu Zeit aber gab er den Schülern eine Lektion über das eine oder andere Thema.

Meistens beschäftigte er sich jedoch mit dem namenlosen, schwachsinnigen Bettler, der mittlerweile fest zum Inventar der Insel gehörte. Jeden Morgen wurden zwei Schüler beauftragt, ihn in einen See zu stoßen in der nahezu aussichtslosen Anstrengung, den Mann zu säubern. Manchmal versuchte einer der ehrgeizigeren Schüler, den Mann mit Seife in Berührung zu bringen, wofür es dann als Belohnung eine blutige Nase oder ein blaues Auge gab.

Wenn er nicht gerade tropfnaß war, huschte der Mann von Ort zu Ort, beobachtete, was die anderen machten, schlief oder spukte in der Küche herum und versuchte Essen zu stehlen. Gab man ihm Essen, stieß er den Teller um, wie es ein Kind getan hätte, kauerte sich hin und aß mit den Fingern vom Boden.

Seine restliche Zeit verbrachte Nakor in der Bibliothek mit Lesen, wobei er sich viele Notizen machte. Sho Pi durfte ihm manchmal Fragen stellen oder um Belehrung in Dingen bitten, die er besser zu verstehen wünschte. Nakor gab ihm gelegentlich seltsame Aufgaben oder stellte ihm scheinbar unlösbare Rätsel. Wenn er die Aufgabe oder das Rätsel gelöst hatte oder das zumindest glaubte, reagierte Nakor jedoch stets mit Gleichgültigkeit.

Jetzt ließ Nakor die beiden heulenden Schüler los. »Ich danke euch, weil ihr euch zur Verfügung gestellt habt, damit ich die Wahrheit meiner Behauptung beweisen kann.«

Den Schüler aus jener Fraktion, die die Blauen Reiter hieß, nach Nakors früherem Titel an der Akademie, fragte er: »Du glaubst, ich sei ehrlich, wenn ich sage, die Energien, die wir Magie nennen, könne man auch ohne all das ganze Hokuspokus beeinflussen, ja?«

»Natürlich, Meister«, antwortete der Schüler.

Nakor seufzte. Alle Blauen Reiter nannten ihn Meister, obwohl er es ihnen ständig verbot, aber das hatten sie einfach von Sho Pi übernommen.

Den anderen Schüler, der zu der Fraktion gehörte, die sich der Stab des Watoom nannte, fragte er nun: »Und du hältst das für unmöglich, richtig?«

»Natürlich ist das nicht möglich. Fingerfertigkeit, Mummenschanz, ja, aber keine wahre Beeinflussung der Kräfte der Magie.«

Nakor hob den Finger. »Dann paßt gut auf. « Während er hinter den beiden Schülern Position bezog, drängte sich der namenlose Bettler durch den Kreis der Schüler. Dann und wann zeigte dieser Mann, den alle außer Nakor für verrückt hielten, Interesse an den Geschehnissen um ihn herum. Er kauerte sich in einigen Metern Entfernung hin und sah zu.

Nakor erkundigte sich bei dem Schüler, hinter dem er stand: »Hast du Reiki geübt, wie ich es euch letzten Monat beigebracht habe?«

»Natürlich«, antwortete der Schüler.

»Sehr gut«, gab Nakor zurück. »Denn das hier ist fast das gleiche. Balle die Hand zur Faust.« Er nahm den Arm des Schülers und bog ihn zurück, dann schob er die Füße des jungen Mannes zur Kampfhaltung auseinander. Zum anderen Schüler meinte er: »Wenn es dir nichts ausmacht, steh einfach nur so da.«

Dann forderte er den anderen auf: »Zieh den Arm zurück und spüre die Energie, die in dir steckt. Schließ die Augen, wenn es dir hilft.«

Der Schüler tat wie geheißen. »So«, fuhr Nakor fort, »spüre die Energie, die dich durchfließt und um dich herum ist. Fühle ihren Fluß. Wenn du bereit bist, möchte ich, daß du dem jungen

Mann hier in den Magen schlägst, aber nicht einfach nur so, sondern du sollst diese Energie durch die Knöchel deiner Hand freilassen.«

Den Schüler, der geschlagen werden sollte, forderte er auf: »Mach dich bereit. Spann deine Bauchmuskeln an. Es könnte weh tun.«

Der zweifelnde Schüler grinste, spannte den Bauch jedoch an. Der erste Schüler schlug zu, doch der Getroffene zuckte kaum zusammen.

»Du mußt noch daran arbeiten«, stellte Nakor fest, »du fühlst die Energie noch nicht.«

Plötzlich sprang der Bettler auf und schob den ersten Schüler zur Seite. Er balancierte auf den Fußballen und schloß die Augen. Nakor trat zurück, als er das Knistern der Energie in der Luft um ihn herum spürte. Dann holte der Bettler mit der Hand aus, ließ sie vorwärts schießen und stieß die Luft aus, währenddessen er etwas sagte, das wie »Scha« klang. Als der Zweifler getroffen wurde, schien er rückwärts zu fliegen, und die Luft wurde ihm hörbar aus den Lungen getrieben. Er segelte zwei Meter durch die Luft und landete auf zwei anderen Schülern, die kaum Zeit hatten, zu reagieren und ihn aufzufangen.

Der getroffene Schüler krümmte sich, hielt sich den Bauch und rang nach Atem. Nakor lief zu ihm hin, wälzte den Jungen auf den Rücken, hob ihn an der Hüfte hoch und zwang ihn so durchzuatmen. Der Schüler schnappte nach Luft, die Tränen rannen ihm übers Gesicht, und mit aufgerissenen Augen starrte er Nakor an. Kaum fähig zu sprechen, krächzte er: »Ich hatte unrecht.«

»Ja, das ist richtig«, stimmte Nakor zu. Er winkte zwei andere Schüler zu sich. »Bringt ihn zum Heiler, der soll ihn untersuchen, ob er vielleicht innere Verletzungen davongetragen hat.«

Der Bettler hatte sich wieder hingehockt und betrachtete die ganze Szene mit leerem Blick. Sho Pi kam herüber und fragte: »Meister, was war das?«

Leise antwortete Nakor: »Ich wünschte, ich wüßte es.«

Dann wandte er sich an die anderen Schüler. »Habt ihr es gesehen? Selbst dieses arme Geschöpf weiß, wie man die Kraft benutzt, die schon vorhanden ist, um euch herum, überall.« Er entdeckte die erstaunte Verwirrung auf den Gesichtern, zeigte auf das Hauptgebäude und fuhr fort: »Sehr gut. Die Stunde ist vorbei. Geht und macht das, was für diese Zeit auf eurem Plan steht.«

Während die Schüler davongingen, trat Nakor zu dem Bettler und hockte sich vor ihm hin, damit er dem Mann in die Augen blicken konnte. Wo einen Augenblick zuvor noch Kraft und Weisheit aufgeblitzt waren, war nun nur noch Leere zu sehen. Nakor seufzte. »Mein Freund«, fragte er, »wer bist du bloß?«

Dann stand er wieder auf, drehte sich um und fand hinter sich wie erwartet Sho Pi vor. »Ich wünschte, ich wäre ein weiserer Mann«, gestand er seinem selbsternannten Schüler. »Ich wünschte, ich würde besser über diese Dinge Bescheid wissen.«

»Meister?« erwiderte Sho Pi nur.

Nakor zuckte mit den Schultern. »Ich wünschte, ich wüßte auch, wie es Calis ergangen ist. Mir wird hier langsam langweilig, und außerdem« – er blickte zum blauen Himmel im Westen auf, während die Sonne hinter ihm über den Horizont stieg – »geht da irgend etwas vor. Wir müssen bald aufbrechen, ob nun jemand aus Krondor kommt, um die Führung hier zu übernehmen, oder nicht.«

»Wann?« fragte Sho Pi.

Nakor zuckte abermals mit den Schultern. »Ich weiß es nicht. Bald. Vielleicht noch in dieser Woche. Vielleicht im nächsten

Monat. Wir werden schon erfahren, wann die Zeit gekommen ist. So, und jetzt wollen wir uns etwas zu essen besorgen.«

Bei der Erwähnung von Essen sprang der namenlose Bettler auf und schlurfte grunzend und johlend auf den Speisesaal zu. Nakor zeigte auf ihn. »Siehst du, unser Freund hier versteht die relative Wichtigkeit der Dinge.«

Er wechselte in die Sprache der Isalani und fügte hinzu: »Und er schlägt zu wie ein Großmeister vom Orden der Dala.«

Sho Pi antwortete in der gleichen Sprache. »Nein, Meister. Härter. Wie auch immer, dieser Mann besitzt mehr *Cha*« – er benutzte das uralte Wort für Willenskraft – »als jeder Priester, dem ich je begegnet bin, als ich noch Mönch im Tempel war.« Er senkte die Stimme. »Er hätte den Jungen töten können, glaube ich.«

»Wenn er gewollt hätte, mit Sicherheit«, stimmte Nakor zu.

Als sie den Speisesaal betraten, kreisten die Gedanken der beiden Männer noch immer um das Phänomen, dessen Zeugen sie gerade geworden waren.

Roo erwachte, als sich am Fenster das graue Licht der frühen Dämmerung zeigte. Ihm wurde klar, daß er es kaum mehr nach Hause schaffen würde, bevor Karli aufstand. Möglicherweise hatte das Kind die Nacht durchgeschlafen, und Karli würde vielleicht glauben, er sei schon früher nach Hause gekommen, aber dann würde er sich jetzt sehr beeilen müssen.

So leise es ging, stieg er aus dem Bett und bedauerte es, gehen zu müssen. Die Erinnerung an Sylvias Körper und an ihr Verlangen erregte ihn, seiner Erschöpfung ungeachtet. Er zog sich an, verließ das Zimmer, ging die Treppe hinunter, trat nach draußen und näherte sich der Kutsche. Der Kutscher döste, und Roo weckte den Mann und sagte ihm, er solle nach Hause fahren.

Sylvia lag indessen im Inneren des Hauses wach und lächelte

vor sich hin. Im Dunkeln dachte sie: Dieser kleine Troll war nicht schwer zu nehmen. Er ist jung, verliebt und wesentlich kräftiger, als er aussieht.

Eins wußte sie jedoch mit Sicherheit: Wenn dieser Kerl auch glauben mochte, er habe sich in sie verliebt, hatte er doch keine Ahnung, welche Besessenheit sie ihm einimpfen würde. In einem Monat würde er bei kleineren Geschäften auf ihr Bitten Kompromisse eingehen. Und in einem Jahr würde er seine Geschäftspartner betrügen.

Sie gähnte und räkelte sich zufrieden. Ihr Vater würde im Laufe der nächsten Tage noch nicht zurückkehren, und sie wußte, von Roo würde sie noch vor Mittag eine Nachricht erhalten. Sie würde ihn einen oder zwei Tage lang schmoren lassen und ihn dann erneut einladen. Schläfrig fragte sie sich, wie lange sie warten sollte, bis sie ihm die Reumütige vorspielen würde, bis sie ihm verkünden würde, daß sie sich nicht länger mit einem verheirateten Mann treffen könne, egal, wie sehr sie ihn auch lieben mochte. Während sie wieder einschlummerte, dachte sie an diese beiden jungen Männer in der Stadt, die sie ebenfalls unbedingt einladen sollte, bevor ihr Vater zurückgekommen wäre.

Roo schlich auf Zehenspitzen die Treppe hinauf und schlüpfte ins Schlafzimmer. Im Licht der Dämmerung konnte er Karli schlafen sehen. Er zog sich aus und legte sich neben sie ins Bett.

Weniger als eine halbe Stunde später erwachte sie, und Roo gab vor, noch zu schlafen. Sie stand auf und zog sich an, dann ging sie zu dem Kind, das leise vor sich hin sang. Nachdem Roo eine Weile gewartet hatte, stand er ebenfalls auf und ging hinunter ins Eßzimmer.

»Guten Morgen« begrüßte Karli ihn, während sie das Kind fütterte.

Abigail kicherte und rief: »Da!«, als sie Roo entdeckte.

Roo gähnte.

»Hast du ausgeschlafen?« fragte Karli und sah ihn unbeteiligt an.

Roo zog einen Stuhl vom Tisch und setzte sich, während Mary aus der Küche kam und ihm einen großen Becher Kaffee brachte. »Ich fühle mich, als hätte ich nur fünf Minuten Schlaf bekommen«, antwortete er.

Karli fragte: »Ist es spät geworden heute nacht?«

»Sehr. Ich weiß nicht einmal mehr, wann wir ein Ende gefunden haben.«

Karli grunzte etwas Unverbindliches, während sie dem hungrigen Kind einen Löffel Gemüsebrei in den Mund schob.

Nach einer Weile begann sie: »Ich habe dir etwas mitzuteilen.«

Roo fühlte, wie sich seine Brust zusammenschnürte. Einen panischen Moment lang fragte er sich, ob sie wußte, daß er sie betrogen hatte, doch dann schob er den Gedanken beiseite. Sie hatte ihn auch nicht verdächtigt, als er aus Ravensburg zurückgekehrt war, wo er sich mit Gwen eingelassen hatte, wieso sollte sie ihn also jetzt verdächtigen? Ruhig verlangte er zu wissen: »Ja, und?«

»Ich wollte es dir schon gestern abend erzählen, aber du hattest es so eilig ...« setzte sie an.

»Ja und?« wiederholte Roo.

»Wir bekommen noch ein Kind.«

Roo sah Karli an und bemerkte, wie ihre Augen in seinem Gesicht nach einer Reaktion suchten. Und er spürte, wieviel Angst sie vor dieser Reaktion hatte.

»Wunderbar!« Er zwang sich, erfreut zu klingen. Dann stand er auf und trat um den Tisch herum. »Und dieses Mal einen Jungen.« Er küßte sie auf die Wange.

»Vielleicht«, erwiderte Karli leise.

Roo versuchte, freundlich zu klingen. »Es muß ein Junge werden. Sonst muß ich alle Schilder in ›Avery und Töchter‹ ändern, und das wäre doch was, nicht?«

Sie lächelte schwach. »Wenn dich ein Sohn glücklich macht, hoffe ich, daß es einer wird.«

»Wenn das Kind nur genauso hübsch wird wie dieses, dann wäre ich schon glücklich.«

Seine Worte schienen Karli nicht recht zu überzeugen, und als Roo Anstalten machte, das Zimmer zu verlassen und den halbvollen Becher Kaffee auf den Tisch stellte, fragte sie: »Willst du nichts essen?«

»Nein« antwortete er und nahm seinen Mantel von dem Haken neben der Haustür. »Ich muß schnell ins Geschäft und einen wichtigen Brief schreiben, dann habe ich in Barrets Kaffeehaus eine Verabredung.«

Ohne ihre Antwort abzuwarten, ging er hinaus, und Karli hörte die Tür zuschlagen. Sie seufzte und fütterte das Kind weiter, wobei sie aufpassen mußte, daß nicht die Hälfte des Breis auf dem Boden landete.

Die Zeit ging dahin, und das Leben nahm seinen seltsamen, doch steten Lauf. Und während er genauso viele Abende mit seinen Geschäftspartnern verbrachte, gelang es Roo, sich ein- oder zweimal in der Woche mit Sylvia zu treffen. Es hatte eine schreckliche Szene gegeben, als sie ihn aus Reue, weil er verheiratet war, nicht mehr hatte sehen wollen, und er hatte sie wochenlang anflehen müssen. Zuletzt hatte sie sich erweichen lassen, als er ihr einen Diamanten und ein Smaragdhalsband geschickt hatte. Der Schmuck hatte ihn einen Batzen Gold gekostet, von dem er vor zwei Jahren noch nicht zu träumen gewagt hätte. Schließlich hatte Sylvia ihm ihre Liebe gestanden, und Roo hatte sich an die Heimlichkeiten und die Lügen seiner Frau gegenüber gewöhnt.

Seine Fähigkeiten als Geschäftsmann bildeten sich rasch weiter aus, und er ließ sich nur selten auf einen schlechten Handel ein, und die wenigen, in die er verstrickt wurde, bescherten ihm nur kleine finanzielle Unannehmlichkeiten. Im Verlauf der Monate wuchs und gedieh die Bittermeer-Gesellschaft.

Roo lernte ebenfalls, wie er die Fähigkeiten seiner Angestellten am besten einzusetzen hatte. Duncan konnte zum Beispiel sehr gut durch die Wirtshäuser und Tavernen in der Nähe der Karawansereien und des Hafens ziehen, wo er dann wichtige Gerüchte aufschnappte. Jason war äußerst geschickt in der einzigen Sache, die für Roo beim Geschäftemachen vollkommen unverständlich war: der Buchführung. Um ein richtiger Handelsherr zu sein, mußte man mehr tun als nur zu kaufen und zu verkaufen. Man mußte wissen, wo man das Gold, welches man gerade nicht benötigte, am besten investierte, und wann man es besser in der Sicherheit des Kontors beließ – all das waren Bereiche, in denen sich Jason hervorragend auskannte, während Roo seinen Erklärungen kaum folgen konnte. Sechs Monate nachdem Roo zum ersten Mal das Bett mit Sylvia geteilt hatte, übernahm die Gesellschaft ein Kontor und besaß somit nun eine eigene Bank.

Luis war für Roo ein richtiges Juwel. Er konnte die wütendste Kundin besänftigen und gleichermaßen gnadenlos mit dem härtesten Fuhrmann umgehen. Zweimal hatte er einem der kampflustigeren Kutscher beweisen müssen, daß auch ein Mann mit einer verkrüppelten Hand in der Lage war, seinen Befehlen Geltung zu verschaffen.

Dash hingegen war für Roo ein Buch mit sieben Siegeln. Persönlicher Gewinn war ihm gleichgültig, doch bereitete ihm der Aufstieg der Bittermeer-Gesellschaft genausoviel Freude wie Roo. Es war, als diente er der Gesellschaft aus reinem Vergnügen daran, sie wachsen und gedeihen zu sehen, und weniger seiner eigenen Vorteile wegen. Und bei Gelegenheit konnte er auch seinen Bruder dazu überreden, mitzumischen. Die beiden, Jimmy und Dash, bildeten ein gefährliches Paar, gegen das selbst Roo nicht gern hätte antreten mögen.

Während in Karli sein – wie er hoffte – Sohn heranwuchs, hätte das Leben für Roo nicht schöner sein können, von zwei Einschränkungen abgesehen: der Existenz von Tim Jacoby und der Abwesenheit seiner alten Freunde.

Sieben

Katastrophen

Roo seufzte.

Das Kind strampelte in seinen Armen, derweil der Priester Segenswünsche intonierte und dem Kind duftendes Öl auf die Stirn strich. Roo mochte noch so begeistert sein, endlich einen Sohn zu haben, die Zeremonie der Namensgebung fand er unerträglich.

»Ich gebe dir den Namen Helmut Avery«, schloß der Priester seine Litanei ab.

Roo reichte das Kind Karli und küßte sie auf die Wange. Dann küßte er die kleine Abigail, die sich in Marys Armen wand. »Ich muß noch einmal schnell ins Geschäft, aber ich bin in spätestens zwei Stunden zu Hause.«

Karli sah ihn unschlüssig an, wußte sie doch, daß ihr Mann oft sehr lange arbeitete, manchmal sogar die ganze Nacht und den nächsten Tag durch, ehe er nach Hause kam. »Wir haben Gäste eingeladen«, erinnerte sie ihn.

»Ich werde es schon nicht vergessen«, versprach er, während die Familie aus dem Tempel trat. Er eilte die Treppe hinunter und ließ Karli hinter sich stehen. »Nimm du die Kutsche. Ich gehe zu Fuß.«

Roo drängte sich durch die Straßen, bis er den Tempelvorplatz weit hinter sich gelassen hatte, dann suchte er sich eine Mietkutsche und stieg ein. Innerhalb weniger Minuten war er auf dem Weg aus der Stadt, hinaus zum Anwesen der Esterbrooks. Er wunderte sich über seine schlechte Laune. Sylvia war für ihn zu einer Quelle der Freude geworden, und aller Ärger und alle Niedergeschlagenheit fielen gewöhnlich von ihm ab, wenn er zu ihr fuhr. Und aus Gründen, denen er lieber nicht nachgehen wollte, war ihr Vater in letzter Zeit nie zu Hause, und so würde er schon kurze Zeit nach seiner Ankunft zum Abendessen – oder wie heute, zu einem überraschenden Mittagsbesuch – von ihr nach oben geführt werden und in ihren Armen liegen. Roo war erstaunt und entzückt zugleich, daß ihr Verlangen genauso groß war wie das seine. Gelegentlich fragte er sich, wer diese junge Dame aus gutem Hause in die phantasievolle Kunst der Liebe eingeführt hatte, doch weder gab sie aus freien Stücken etwas über sich preis, noch hatte sie ihn je über seine früheren Erfahrungen ausgefragt.

Während die Kutsche auf das Anwesen der Esterbrooks zurollte, wurde Roo klar, worin der Grund für seine schlechte Laune bestand. Denn unter den Gästen, die der Zeremonie der Namensgebung heute beigewohnt hatten oder die zu der Feier am Abend eingeladen waren, würde derjenige fehlen, dessen Anwesenheit Roo sich am sehnlichsten gewünscht hätte.

Erik gab das Zeichen, und die Kolonne der Reiter kam zum Stillstand. Mit Handzeichen wurde der Befehl zum Absteigen weitergegeben. Erik ritt an der Spitze der Kolonne neben Miranda und Bobby de Loungville, während Calis und ein Mann namens Renaldo vor ihnen auf Kundschaft waren.

Das Boot war an der Stelle angelandet, wo Calis es geplant hatte, und der Hauptmann war sichtlich erleichtert gewesen, als innerhalb von Tagen die eigenen Spione aus der Stadt am Schlangenfluß eingetroffen waren. Die Nachrichten von der Front waren niederschmetternd.

Eine riesige Flotte war fast zur Hälfte fertiggestellt, und die Armeen der Smaragdkönigin beherrschten nun den ganzen Kontinent, abgesehen von einem kleinen Bereich südlich des Ratn'gary Gebirges und einem Gebiet an der Westküste. Ansonsten waren die Berichte alle gleichermaßen entsetzlich. Das Heer der Smaragdkönigin verwüstete den gesamten Kontinent. Es durchstreifte das Land auf der Suche nach allem, was dem Bau der großen Flotte – die es brauchte, um den Ozean zu überqueren und das Königreich anzugreifen – dienlich war. Bei diesem Unternehmen wurde selbst der Tod Tausender von Sklaven, die während des Krieges in Gefangenschaft geraten waren, in Kauf genommen.

Mehrere kleinere Rebellionen im Heer der früheren Söldner waren gnadenlos niedergeschlagen worden, und die Rebellen waren von der Armee gekreuzigt oder gepfählt worden. Als weitere Strafmaßnahme war jeweils ein Mann von tausend durch Los bestimmt worden, um vor den Augen seiner Kameraden bei lebendigem Leibe verbrannt zu werden, eine Warnung, daß jeglicher Ungehorsam die vollkommene Vernichtung nach sich ziehen würde.

Erik mußte an die Zeit zurückdenken, als jeder Mann aus seiner Gruppe für die anderen fünf mitverantwortlich gewesen war. Jeder hatte sich darum gekümmert, daß kein anderer einen Fehler machte, weil dann alle gehängt worden wären.

Dennoch fand sich unter all den schlechten eine gute Nachricht: Die Smaragdkönigin hatte ihre ganze Aufmerksamkeit auf die unmittelbare Umgebung der Stadt am Schlangenfluß, auf Maharta und die Flußlande gerichtet. In dem Gebiet, in dem Calis und seine Kompanie tätig werden sollten, war von ihrer Armee keine Spur zu sehen.

Doch damit würde es vermutlich vorbei sein, wenn sie sich ihrem Ziel näherten, wie Calis anmerkte. Pferde waren beschafft und zum Boot gebracht worden. Die Kleidung der Brijaner wurde gegen die Tracht von Einheimischen getauscht, und sechs von Calis' Spionen übernahmen das brijanische Langschiff und fuhren es die Küste entlang zu einem Fischerdorf, wo es in einem großen Trockenschuppen versteckt gehalten werden sollte, bis die Zeit zur Flucht gekommen war.

Niemand sprach darüber, daß nur die wenigsten diese Möglichkeit für wahrscheinlich hielten.

Nun waren sie nach einer Woche Marsch durch die Ausläufer im eigentlichen Gebirge angekommen, und die erste Begegnung mit dem Feind stand noch aus. Erik war seinerzeit dabeigewesen, als sie vor den Saaur durch den Tunnel der Pantathianer geflohen waren, und er wußte in etwa, was vor ihnen lag, denn nachdem bemerkt worden war, daß Calis' Adler – die man seinerzeit für eine aufständische Söldnerkompanie gehalten hatte – in die Berge eingedrungen waren, hatten die Saaur sich in diesem Gebiet ausgebreitet. Nur indem sich Calis' Truppe kühn als eine derjenigen Kompanien ausgegeben hatte, die von den Saaur abgelöst werden sollten, und danach geradewegs zur Front aufgebrochen war, also genau entgegengesetzt aller Logik, hatten sie sich auf der letzten Reise retten können.

Renaldo kam angerannt und erstattete de Loungville schnaufend Bericht. »Der Hauptmann hat einen sicheren Lagerplatz gefunden und sagt, wir würden dort für heute Rast machen.«

Erik blickte sich um. Es würde noch mehrere Stunden lang hell sein. De Loungville bemerkte das ebenfalls und fragte: »Sind wir nah dran?«

Renaldo nickte. Er deutete zwischen die Bäume. »Dort liegt eine Bergkuppe, und von der aus kann man sowohl die Schlucht des Flusses als auch die Brücke sehen. Was die letztere betrifft, hat der Hauptmann es jedenfalls gesagt.«

Erik verstand. Calis' Augen waren wesentlich schärfer als die eines Menschen. Aber wenn man die Schlucht schon sehen konnte, waren sie nur noch einen Tagesritt von der Brücke und vom Eingang der Minen entfernt. Falls sie sich entschieden, die Pferde hier laufenzulassen, würden sie zu Fuß von der Brücke bis zu den Höhlen zwei Tage lang unterwegs sein.

Mit gemischten Gefühlen stieg Erik ab; falls sie zu Pferde weiterzögen, würde es für die Männer leichter sein, aber die Pferde in der Nähe der Minen laufenzulassen kam einem Todesurteil für die Tiere gleich. Höchstwahrscheinlich würden sie die Brücke nicht selbständig überqueren können, und auf der anderen Seite gab es nichts zu fressen für sie. Einige würden vielleicht sogar zu Tode stürzen. Erik dachte einen Augenblick lang, wie verrückt es doch war, sich über das Schicksal der Pferde mehr Sorgen zu machen denn über sein eigenes.

Er zuckte mit den Schultern und verscheuchte den Gedanken, während die Befehle zum Errichten des Lagers ausgegeben wurden. Die Männer gingen der Aufgabe mit jener Disziplin nach, die man ihnen eingebleut hatte und die man von ihnen verlangte. Alfred war erst kürzlich zum Korporal befördert wurden und erinnerte Erik jeden Tag mehr an Charlie Foster, den Korporal, der ihm einst ganz nach Bobby de Loungvilles Launen das Leben zur Hölle gemacht hatte. Jetzt, Jahre später, verstand Erik, daß diese Männer durch bedingungslosen Gehorsam eine größere Überlebenschance hatten und, was weit wichtiger war, das Ziel ihrer Mission am ehesten erfüllen konnten.

Als das Lager aufgeschlagen war, wurden die Wachen eingeteilt, und alle gingen zum Essen – Marschrationen und ein Lager ohne Feuer, damit niemand sie entdeckte. Es ging auf den Winter zu, und daher würde es für alle eine unbehaglich kalte Nacht werden.

Während die anderen aßen, untersuchte Erik die Pferde und versicherte sich ihres guten Zustandes. Dann stellte er fest, ob sich jede Wache auf ihrem Posten befand, und gesellte sich schließlich zu de Loungville, Calis und Miranda.

Calis machte Erik ein Zeichen, er solle sich setzen. »Mit den Pferden ist alles in Ordnung«, berichtete Erik.

Calis erwiderte: »Gut. Wir werden einen Platz suchen müssen, wo wir sie lassen können.«

Miranda fragte: »Warum sollten wir uns darum kümmern?«

Calis zuckte mit den Schultern. »Ich wollte die kleine Chance, daß wir lebend aus dieser Sache herauskommen und dann schnell durch die Berge fliehen müssen, nicht vollkommen außer acht lassen. Falls es hier irgendwo einen Cañon gibt, in dem sie ein oder zwei Wochen weiden können, würde ich sie gern dort zurücklassen. Der Winter und die ersten Schneestürme sind noch fern, und die Pferde könnten uns später noch sehr nützlich werden.«

»Als wir gegen Mittag die Spitze passiert haben, habe ich ein kleines Tal unter uns gesehen«, fuhr Erik fort und zeigte in die ungefähre Richtung. »Ich bin mir natürlich nicht sicher, aber ich glaube, es muß einen Weg hinunter geben. Zumindest einen Ziegenpfad.«

»Wir werden uns hier zwei Tage ausruhen, also können wir das morgen herausfinden. Falls es einen Weg hinunter gibt, lassen wir die Pferde dort«, beschloß Calis.

Erik war der Hauptmann noch immer ein wenig unheimlich, er hatte jedoch genug Zeit mit Bobby verbracht, um seine Gedanken offen auszusprechen, wenn er es für notwendig hielt. Und der Hauptmann seinerseits zog ein offenes Wort vor, wenn es die Mission betraf. »Hauptmann, warum warten wir? Wir laufen jeden Tag, den wir länger verweilen, Gefahr, entdeckt zu werden.«

»Wir warten auf jemanden«, erklärte Calis.

Und Miranda fügte hinzu: »Ich habe einen Spion losgeschickt, der versucht, einige der Einheimischen zu finden, mit denen wir uns unterhalten müssen.«

Mehr wurde Erik nicht verraten, also mußte er wohl abwarten, um zu erfahren, wer Mirandas geheimnisvoller Spion und wer diese Einheimischen waren. Er entschuldigte sich und erhob sich, um nach den Männern zu sehen.

Es überraschte Erik nicht, daß jeder Mann seine Aufgaben erfüllte und er niemandem mehr Anweisungen zu erteilen hatte. Dieser Haufen war die erlesenste Truppe von Soldaten, die es in der Geschichte des Königreichs je gegeben hatte, wenn man Lord William und Bobby de Loungville Glauben schenken durfte, und Erik war stolz darauf, zu ihr zu gehören. Er spielte seine eigene Rolle beim Aufbau dieser Einheit zwar stets herunter, daß er persönlich ein guter Soldat geworden war, rechnete er sich jedoch hoch an.

Viele Stunden lang hatte er jedes Buch über Kriegführung und Strategie gelesen und sich bei jeder Gelegenheit, die sich ihm bot, mit jedem im Palast über die verschiedensten militärischen Themen unterhalten. Selbst mit Adligen, die dem Palast einen Besuch abstatteten, hatte man ihm Gespräche erlaubt. Manchmal hatten diese beim Essen in der einfachen Messe der Soldaten stattgefunden, manchmal bei einem Staatsdiner im Palast des Prinzen, und gelegentlich auch auf dem Kasernenhof, wenn Grenzbarone oder Herzöge aus dem Osten den Drill von Calis' Blutroten Adlern begutachtet hatten.

Erik hielt sich nicht für besonders begabt, was Strategie, Nachschub oder Gefechtsformationen anging, doch er hatte den Bogen raus, wie man Männer zu führen hatte, oder wie man sie zumindest dazu brachte, das zu tun, was zu tun war, ohne sie mit

Prügeln und Drohungen anzutreiben, wie es von anderen Offizieren praktiziert wurde. Er genoß das Gefühl, daß andere Männer ihm folgten, wenn er sie anführte, obwohl er nicht hätte sagen können, wieso er sich dabei so gut fühlte; es war eben nun einmal so.

Nachdem er seine Runde beendet hatte, setzte er sich und holte seine Ration aus den Satteltaschen. Vorsichtig öffnete er das wachsgetränkte Tuch, wobei er darauf achtete, daß alle abblätternden Wachsteilchen auf ein zweites Tuch fielen. Wenn sie das Lager abbrechen würden, müßte er den Platz absuchen, damit kein Wachsstückchen zurückbliebe, das ihre Anwesenheit hier verraten könnte, denn falls er es nicht täte, würde de Loungville es tun. Doch sosehr sich ihr Verhältnis seit jenem schicksalhaften Tag, an dem Bobby den Befehl zum Hängen gegeben hatte, verändert hatte, würde ihm der Hauptfeldwebel vor versammelter Mannschaft eine Standpauke halten, wenn er glaubte, Erik würde seine Pflichten vernachlässigen.

Calis und Miranda kamen vorbei, und Erik fragte: »Hauptmann?«

»Wir machen einen kleinen Spaziergang« erwiderte Calis. »Stell die Wachen auf und sag ihnen, die Parole wäre zweimal mit den Fingern schnippen und ›Elster‹. Verstanden?«

Erik nickte. »Verstanden.«

Wer auch immer versehentlich in dieses Lager tappte, würde vom Wachposten mit zweimaligen Fingerschnippen gewarnt werden. Falls er dann nicht augenblicklich mit ›Elster‹ antwortete, würde ihn eine tödliche Attacke begrüßen. Erik hoffte, daß in den nächsten Tagen keine reisenden Händler oder Bettelmönche dieses Wegs kamen.

Während Calis sich zum Gehen anschickte, fragte Erik noch: »Hauptmann?«

Calis hielt inne. »Ja?«

»Warum ›Elster‹?«

Calis deutete mit dem Kopf auf Miranda.

»Weil mein Spion diese Parole hat, und außerdem gibt es auf diesem Kontinent keine Elstern, weshalb niemand aus purem Zufall auf die Parole kommen kann«, antwortete Miranda.

Erik zuckte mit den Schultern und wandte sich wieder seinem Essen zu.

»Wir müssen uns über einige Dinge unterhalten«, meinte Calis.

Miranda setzte sich auf einen umgekippten Baumstamm. »Und die wären?«

Calis nahm neben ihr Platz. »Falls wir überleben, wie geht es dann weiter? Mit dir und mir, meine ich.«

Miranda ergriff seine Hände. »Das ist schwer zu sagen.« Sie seufzte. »Nein, es ist sogar fast unmöglich, darüber auch nur nachzudenken.« Sie beugte sich zu ihm hinüber und küßte ihn. »Wir sind etwas Besonderes füreinander gewesen, seit wir uns kennengelernt haben, Calis.« Er erwiderte nichts. »Und wir haben Gefühle füreinander entdeckt, wie andere auch.« Nach einem zweiten Moment des Schweigens fuhr sie fort: »Aber die Zukunft? Ich weiß nicht einmal, ob wir nächste Woche noch am Leben sind.«

»Denk darüber nach. Ich bin jedenfalls fest entschlossen zu überleben.«

Miranda betrachtete sein Gesicht im goldenen Licht der späten Nachmittagssonne, die durch die Bäume schien. Sie lachte.

»Was ist daran so lustig?« wollte er wissen, und seine Lippen verzogen sich zu einem zurückhaltenden Lächeln.

»Ich«, antwortete sie, erhob sich und langte auf den Rücken, um die Bänder ihres Kleides zu lösen. »Ich bin schon immer auf jeden halbwegs blonden Jungen hereingefallen. So, und jetzt wärme mich ein wenig. Es ist ein kalter Tag.«

Ihr Kleid rutschte zu den Knöcheln herab, und er stand auf, nahm sie in die Arme und legte die Hände auf ihren Po; er hob sie hoch, so mühelos, als wäre sie ein Kind. Er küßte sie zwischen die Brüste und drehte sich dabei im Kreis, dann legte er sie sanft auf den Boden. »Junge? Ich bin mehr als ein halbes Jahrhundert alt, Frau.«

Miranda lachte. »Meine Mutter hat immer gesagt, jüngere Männer wären leidenschaftliche Liebhaber, würden sich aber stets zu ernst nehmen.«

Calis zögerte einen Augenblick lang und betrachtete Mirandas Gesicht. »Du hast noch nie über deine Mutter gesprochen«, bemerkte er leise.

Miranda sagte lange Zeit nichts und lachte schließlich. »Los, raus aus den Kleidern, Junge!« forderte sie ihn dann in spöttischem Befehlston auf. »Die Erde ist kalt!«

Calis lächelte breit. »Mein Vater hat mir immer gesagt, ich sollte den Alten gegenüber Respekt zeigen.«

Rasch liebten sie sich und vergaßen bei diesem Akt ihre Angst vor dem, was der nächste Tag bringen mochte. Eine kurze Weile lang verscheuchte die geteilte Freude jeden Gedanken an Tod, Furcht und Elend.

Zweimaligem Fingerschnippen folgte rasch das Wort ›Elster‹, welches mit einem seltsamen Akzent ausgesprochen wurde. Erik war nur wenige Augenblicke vor de Loungville und Calis beim Wachposten.

Sie hatten drei Tage gewartet, und Calis wollte weiterziehen, ob Mirandas Spion nun eintraf oder nicht. Die Pferde waren in ein üppig bewachsenes Tal gebracht worden, wo sie wochenlang weiden konnten. Zudem würden sie, falls keiner der Männer überlebte, einen Weg aus dem Tal heraus finden und zu tiefergelegenen Wiesen ziehen, wenn der Winter nahte. Auch wenn die Berge von Finstermoor nicht so beeindruckend waren wie jene, in die sie nun hineinmarschierten, erkannte Erik die ersten Anzeichen für den bevorstehenden Wechsel der Jahreszeiten. Nachts würde es bald Frost geben, und der nächste Sturm würde Schnee bringen. Der Winter war fast da.

Der Mann, der nun vor ihnen erschien, war sehr eigentümlich gekleidet, trug eine weißliche Rüstung, die, wie Erik sofort feststellte, aus keinem Metall bestehen konnte, welches ihm bekannt war. Zum einen hätte sie nämlich laut scheppern müssen, was sie nicht tat, zum anderen hätte sie ihn zu einem schwerfälligen Gang zwingen müssen, doch der Mann ging leichten Fußes. Sein Kopf war vollständig von einem Helm umschlossen, der zwei schmale Schlitze für die Augen besaß. Auf dem Rücken trug der Mann eine Armbrust fremdartiger Machart. Ansonsten strotzte er nur so von Schwertern, Dolchen und Messern.

Die beiden Männer, die ihm folgten, kannte Erik, und er begrüßte sie leise. »Praji! Vaja! Wie schön, euch wiederzusehen.«

Die beiden alten Haudegen erwiderten den Gruß, und Praji meinte: »Wir haben gehört, du hättest aus Maharta fliehen können, von Finstermoor.«

Obschon die beiden alten Männer wie Söldner bewaffnet waren, fragte sich Erik, wie gut sie wohl noch kämpfen konnten, wenn man ihr fortgeschrittenes Alter in Betracht zog. Allerdings hatte er noch vor zwei Jahren aus erster Hand erfahren, wie zäh Praji und Vaja waren, und jetzt deutete nichts darauf hin, daß sich daran etwas geändert hatte – im Augenblick waren sie einfach nur müde.

Prajichitas war der häßlichste Mann, dem Erik je begegnet

war, doch war er freundlich und zudem ausgesprochen klug. Vajasia hingegen war ein Pfau von einem Mann, trotz seines Alters unverändert eitel, und die beiden so unterschiedlichen Freunde waren einander treu ergeben wie Brüder.

»Boldar, hat es irgendwelche Schwierigkeiten gegeben?« erkundigte sich Miranda.

Das wandelnde Waffenarsenal nahm den Helm ab und enthüllte ein jugendliches, sommersprossiges und blasses Gesicht, rotbraunes Haar und blaue Augen. Ein leichter Schimmer von Schweiß war das einzige Anzeichen für Anstrengung, während Praji und Vaja sofort ins Lager traten und sich erschöpft zu Boden sinken ließen.

Der Mann mit dem Namen Boldar antwortete: »Nein. Ich habe nur eine Weile gebraucht, bis ich Eure beiden Freunde aufgetrieben habe, Calis.«

Calis blickte Miranda an, und die erklärte: »Ich habe ihm eine Beschreibung von dir gegeben. Er sollte dich auch dann finden, wenn ich nicht mehr bei dir wäre.«

Bei den Worten »wenn ich nicht mehr bei dir wäre« wirkte Calis nicht gerade erfreut. Er wandte sich an Praji: »Und wie sieht es im Osten aus?«

»Schlecht. Schlechter, als wir es uns je vorgestellt hätten. Diese Hündin von Smaragdkönigin ist viel, viel heimtückischer, als wir von Hamsa und den anderen Städten in Erinnerung hatten.« Er zog seine Stiefel aus und bewegte die Zehen. »Kannst du dich noch an General Gapi erinnern? Vom Treffpunkt der Söldner her, bevor sie Lanada angegriffen haben? Sie haben ihn in die nördliche Steppe geschickt, gegen die Jeshandi – ein großer Fehler, so wie ich dieses Reitervolk kenne –, und die haben ihm die Seele aus dem Leib geprügelt. Ein Mann von zehn, die in die Steppe geschickt wurden, kam zurück. Und die Smaragdkönigin hat das sehr persönlich genommen; sie hat Gapi über einem Ameisenhügel an einen Pfahl binden und seine Eier mit Honig einstreichen lassen. Und alle ihre Generäle mußten zusehen, bis er schließlich aufhörte zu schreien.«

Vaja schüttelte den Kopf. »In ihrer Armee darf man sich kein Versagen leisten.« Der alte Haudegen lächelte. »Gibt dem alten Sprichwort ›Friß oder stirb‹ einen ganz neuen Sinn.«

»Also halten sich die Jeshandi immer noch?« wollte Calis wissen.

»Nein«, antwortete Praji mit trauriger Stimme. »Nach Gapis Versagen haben sie fünftausend Saaur auf die Steppe losgelassen. Die Jeshandi haben sich tapfer geschlagen – sie haben die Eidechsenmenschen bluten lassen, wie noch niemand zuvor –, aber schlußendlich wurden sie niedergemacht.«

Erik nickte schweigend. Er hatte den Saaur und ihren riesigen Pferden bereits gegenübergestanden, und ihrer Größe zum Trotz gehörten die Saaur zu den besten Reitern, die er je gesehen hatte. Kein Mensch konnte es Mann gegen Mann mit ihnen aufnehmen; man brauchte schon drei oder vier menschliche Reiter, um einen Saaur in Schach zu halten. In seinen Mußestunden hatte Erik immer wieder versucht, einen Plan zu schmieden, wie man die Saaur in der offenen Schlacht besiegen könnte, doch bisher war ihm noch keine Strategie in den Sinn gekommen, die sich halbwegs ausführbar anhörte.

Praji setzte seinen Bericht fort: »In den Ausläufern der Berge sind immer noch einige Nachzügler unterwegs, die hier und da ein Lager überfallen, aber als Streitmacht gibt es das Freie Volk nicht mehr.«

Calis schwieg einen Augenblick lang. Von allen Völkern dieses fernen Kontinents hatten die Jeshandi die größte Anzahl von Elben in ihren Reihen beherbergt. Und jeder Elb, der getötet wurde, war ein Verlust, den ein Mensch nicht nachvollziehen konnte. Das Volk seiner Mutter würde bei Erhalt dieser Nachricht jahrzehntelang trauern. Er schüttelte den Gedanken ab und fragte: »Was ist mit den Clans des Südens?«

Praji zeigte auf Boldar. »Dort hat er uns gefunden. Gestern abend noch haben wir mit Hatonis im Lager zusammengesessen –«

Erik platzte dazwischen: »Ihr wart gestern noch in den Ostlanden?«

Praji nickte: »Wir sind erst heute morgen aufgebrochen. Dieser Kerl hier besitzt etwas, mit dem man ziemlich schnell reisen kann.«

Boldar zeigte einen Gegenstand und drehte ihn ein wenig in den Händen. Es war eine Kugel, aus der eine Reihe kleiner Schalter hervorragten. »Ein Lidschlag, und wir waren hier«, fuhr Praji fort. »Den größten Teil des Tages sind wir durch diese verdammten Berge gezogen, um euch zu finden.«

Praji wandte sich wieder an Calis. »Wir stehen so ziemlich ohne jede Hilfe da, alter Freund. Die Smaragdkönigin hat ihre Armee entlang des Flusses aufgestellt. Man kommt kaum so nah an die Kähne heran, um einen Pfeil auf sie abschießen zu können. Alles, was wir tun können, sind Überfälle aus dem Hinterhalt, um dann zu versuchen, die Kähne auf Grund zu setzen. Als wir die Stadt am Schlangenfluß zum letzten Mal angegriffen haben, ist die Hälfte unserer Soldaten dabei draufgegangen, ohne daß wir nennenswerten Schaden angerichtet hätten.« Er seufzte und blickte Calis geradewegs ins Gesicht. »Der Krieg hier ist vorbei, Calis. Was auch immer du hier in den Westlanden vorhast, es muß schon etwas Besonderes sein, denn diese Flotte, die sie bauen läßt, wird nächstes Jahr fertig sein, spätestens im übernächsten. Wir haben geglaubt, wir könnten zehn Jahre für euch herausschlagen, aber es werden wohl nur drei oder vier.«

Calis nickte. »Und zwei davon sind bereits vergangen.« Er sah die beiden müden alten Männer an. »Holt euch etwas zu essen.«

Während Praji und Vaja kalte Rationen bekamen, wandte sich Miranda an Boldar. »Habt Ihr es mitgebracht?«

Boldar nahm seine Tasche von der Schulter und griff hinein. Er brachte ein kleines Amulett zum Vorschein. »Hat einiges gekostet, doch nicht so viel, wie ich dachte. Ich rechne es zu dem, was Ihr mir schon schuldet.«

»Was ist das?« fragte Calis.

Miranda reichte es ihm, und Erik betrachtete das Amulett, als Calis es hochhielt. Äußerlich erschien es wie ein einfacher goldener Halsschmuck. Miranda erläuterte: »Es ist ein Schutz gegen Suchzauber. Von diesem Moment an kann dich und jeden, der sich näher als ein Dutzend Schritte bei dir befindet, kein Magier mehr aufspüren. Vielleicht wird es uns das Leben retten, wenn die Zeit zur Flucht gekommen ist.«

Calis nickte. Er wollte es Miranda zurückgeben, doch sie hob abwehrend die Hand. »Ich brauche es nicht.« Sie schob seine Hand zurück. »Aber du.«

Calis zögerte, dann nickte er und legte sich das Amulett um den Hals. Er wandte sich an Bobby de Loungville und verkündete: »Wir brechen beim ersten Licht auf.«

Erik erhob sich, um eine Runde durchs Lager zu drehen. De Loungville mußte ihm nicht erst sagen, was er zu tun hatte.

Jason kam in Barrets Kaffeehaus gerannt, in den Händen ein Bündel Papiere und Pergamente, und sah sich um. Als er Roo auf der Treppe entdeckte, rief er seinen Namen und lief an zwei erschrockenen Kellnern vorbei.

»Was gibt es?« fragte Roo. Er hatte dunkle Ringe unter den Augen, da er seit zwei Tagen kaum mehr geschlafen hatte. Eigentlich hatte er sich vorgenommen, Sylvia für einige Tage nicht mehr zu sehen. Er hatte ein bißchen Zeit mit seiner Frau und seinen Kindern verbringen und im großen Schlafzimmer etwas Schlaf nachholen wollen, während Karli mit dem Kleinen im Kinderzimmer nächtigte, doch an jedem der beiden vergangenen Abende hatte er, als besäße er keinen eigenen Willen mehr, dem Kutscher gesagt, er solle ihn zum Anwesen der Esterbrooks fahren.

Jason senkte die Stimme. »Jemand hat Jurgens eingeredet, er solle unseren Schuldschein einlösen.«

Augenblicklich war alle Erschöpfung vergessen. Roo nahm Jason beim Arm und zog ihn zu dem Tisch, der stets für die Bittermeer-Gesellschaft reserviert war, und an dem Masterson, Hume und Crowley saßen. Roo ließ sich nieder und verkündete den anderen die schlechte Nachricht. »Jurgens will unseren Schuldschein einlösen.«

»Wie?« fragte Masterson. »Er hat der Verlängerung doch zugestimmt.« Er sah Jason an. »Was ist geschehen?«

Jason setzte sich ebenfalls und breitete die Papiere vor sich aus. »Es ist weitaus schlimmer, als würde nur jemand zu ungelegener Zeit seinen Schuldschein einlösen wollen, meine Herren.« Er zeigte auf ein Blatt Papier. »Jemand in unserem Kontor hat ... mir fehlen die rechten Worte ... Gelder unterschlagen.«

Hume und Crowley fuhren hoch. »Wie bitte?« fragte Crowley.

Jason begann die Sache höflich und geduldig zu erklären, wobei er mehrfach unterbrochen wurde. Jemand hatte nicht nur Zehntausende Goldsovereigns durch geschickte Überweisungen verschwinden lassen, sondern der Schwindel war zudem über

Monate nicht entdeckt worden. Und nun war fast eine Viertelmillion Sovereigns verschwunden. Und Jason hatte den Betrug nur deshalb entdeckt, weil Jurgens den Schuldschein hatte einfordern wollen. »Am schlimmsten ist jedoch«, meinte Jason, »daß diese Forderung in einem der kritischsten Augenblicke seit Bestehen der Bittermeer-Gesellschaft kommt. Wenn wir die Forderung nicht erfüllen können, verlieren wir die Optionen auf die Blaustern-Frachtgesellschaft, und ohne deren Schiffe stehen ein halbes Dutzend anderer Verträge auf dem Spiel.«

»Was kann schlimmstenfalls passieren?« fragte Roo.

»Schlimmstenfalls? Falls diese Schuld nicht beglichen wird, verlierst du alles.«

Plötzlich brauste Crowley auf: »Das ist allein Eure Schuld, Avery! Ich habe Euch gesagt, daß Ihr zu schnell vorgeht. Wir hätten Zeit gebraucht, um uns zu konsolidieren, um Kapitalreserven aufzubauen, aber Ihr habt darauf bestanden, weitere Positionen zu erwerben. Das Glück ist nicht beständig, Rupert! Und im Moment hat es uns offensichtlich verlassen!«

»Über welche Summe ist der Schuldschein ausgeschrieben?« erkundigte sich Masterson.

»Sechshunderttausend Goldsovereigns«, gab Jason Auskunft.

»Und wieviel fehlt uns?«

Jason lachte bitter. »Genau das, was veruntreut wurde. Wenn wir ein paar Anteile verkaufen, kommen wir auf vierhunderttausend. Aber dann fehlen uns immer noch zweihunderttausend.«

»Wer war das bloß?« wollte Hume wissen.

»Daran muß mehr als nur ein einziger Schreiber beteiligt sein«, mutmaßte Jason, lehnte sich zurück und kratzte sich am Kinn. »Ich sage das nicht gern, aber es scheint, als hätten alle Angestellten des Kontors zusammen die Bittermeer-Gesellschaft ruinieren wollen.«

Roo schwieg kurz, dann meinte er: »Genau das muß passiert sein. Dieses Kontor war einfach eine zu reife Pflaume, als daß einer von uns hätte nein sagen können.« Er zeigte mit dem Finger auf Crowley. »Und da beziehe ich auch dich mit ein, Brandon.«

Crowley nickte widerwillig. »Da habt Ihr allerdings recht.«

»Jemand hat uns eins ausgewischt, meine Herren. Aber wer?«

»Esterbrook«, schlug Masterson vor. »Zumindest gehört er zu den wenigen, die die Möglichkeit dazu in der Hand hatten.«

»Aber er schneidet sich ins eigene Fleisch«, gab Roo zurück. »Schließlich macht er Geschäfte mit der Bittermeer-Gesellschaft.«

»Dennoch, wir sind groß genug, um ihm Sorgen zu bereiten«, entgegnete Hume.

Masterson warf ein: »Es könnte auch jemand anderes gewesen sein. Die Wendel-Brüder, die Jalanki-Händler, zum Teufel, die großen Handelshäuser in den Freien Städten, Kilraine und die anderen, sie alle haben guten Grund, sich vor uns zu fürchten.«

Roo wandte sich an Jason: »Geh ins Geschäft und hole Luis, Duncan und alle, denen wir trauen können und die wissen, wie man mit einem Schwert umgeht. Dann macht ihr euch zum Kontor auf und stellt es unter Bewachung. Wir müssen herausbekommen, wer da gegen uns arbeitet, bevor derjenige Wind davon bekommt, daß wir Bescheid wissen.«

Jason erhob sich. »Ich mache mich sofort auf.«

Masterson meinte: »Wenn dieser Betrug geplant war, wird er das Kontor leer vorfinden, darauf möchte ich wetten.«

Roo schob seinen Stuhl zurück und schüttelte den Kopf. »Die Wette würde ich nicht eingehen.« Das flaue Gefühl im Magen, das ihm diese Angelegenheit bereitete, wollte sich zu Bauchschmerzen entwickeln. Die Vorstellung, er könnte genauso schnell, wie er eine Berühmtheit geworden war, wieder zu einem mittellosen Niemand werden, ließ das blanke Entsetzen in ihm aufsteigen. Er holte tief Luft. »Also, Sorgen machen die Pferde nicht satt, wie mein Vater immer gesagt hat. Ich würde vorschlagen, daß wir unser Augenmerk darauf richten, wie wir rasch eine Viertelmillion Goldsovereigns auftreiben« – er blickte auf die Forderung, die Jason auf dem Tisch hatte liegenlassen – »und zwar in nächsten zwei Tagen.«

Die anderen Männer am Tisch schwiegen.

Duncan blickte sich im Gasthaus um und deutete dann mit dem Kopf auf einen Mann. Roo ging zu dessen Tisch und setzte sich dem Mann gegenüber, derweil Luis und Duncan sich zu beiden Seiten aufbauten.

»Was ...?« fuhr der Mann auf und wollte sich erheben.

Duncan und Luis legten ihm jeder eine Hand auf die Schultern und drückten ihn zurück auf seinen Stuhl. »Du bist doch Rob McCraken?« fragte Roo.

»Wer will das wissen?« schnauzte der Mann, der allerdings offensichtlich nicht so tapfer war, wie er sich gab. Sein Gesicht war blaß geworden, und seine Augen schweiften auf der Suche nach einem Fluchtweg durch den Raum.

»Du hast doch einen Cousin namens Herbert McCraken, nicht?«

Der Mann wollte abermals aufstehen, doch die zwei neben ihm drückten ihn wieder zurück. »Könnte schon sein.«

Plötzlich hielt ihm Luis ein Messer an die Kehle. »Man hat dir eine Frage gestellt, mein Freund, und es wird eine klare Antwort erwartet. Entweder ›Ja, er ist mein Cousin‹ oder ›Nein, er ist es nicht‹. Und sei versichert, solltest du die falsche Antwort geben, wird dir das einige Schmerzen bereiten.«

Leise ließ sich der Mann vernehmen: »Ja, Herbert ist mein Cousin.«

»Wann hast du ihn zum letzten Mal gesehen?« bohrte Roo weiter.

»Vor ein paar Tagen. Da hat er bei uns zu Abend gegessen. Er ist doch Junggeselle, und daher kommt er alle zwei, drei Wochen mal zum Essen vorbei.«

»Hat er irgend etwas darüber erwähnt, daß er zu einer Reise aufbrechen würde?«

»Nein«, entgegnete McCraken. »Aber er hat sich so seltsam von uns verabschiedet.«

»Inwiefern?«

Der Mann blickte sich um. »Nun, als wir an der Tür standen, fand er kein rechtes Ende ... also, er hat mich umarmt und fest gedrückt, und das hat er nicht mehr getan, seit wir Jungens waren. Fast, als wollte er mir Lebewohl sagen.«

»Höchstwahrscheinlich. Wenn er sich entschließen würde, Krondor zu verlassen und irgendwo anders zu leben, wohin würde er gehen?« wollte Roo wissen.

McCraken antwortete: »Ich weiß es nicht. Hab ich noch gar nicht drüber nachgedacht. Also, wir haben zwar Verwandte im Osten, aber nur entfernte. Ein Cousin in Salador. Doch den habe ich seit zehn Jahren nicht mehr gesehen.«

Roo zögerte und trommelte mit den Fingern auf den Tisch. »Wenn dein Cousin ganz unverhofft an einen Haufen Gold kommen würde, was denkst du, wohin er gehen würde?«

Der Mann kniff die Augen zusammen. »Genug Gold, um einen queganischen Titel zu kaufen?«

Roo sah Luis fragend an. Der meinte: »Für einen niedrigen Titel würde es schon reichen, wenn er alles genommen hat.«

Roo erhob sich. »Sarth.« Er wandte sich an Duncan. »Du läßt

dir eine möglichst gute Beschreibung von diesem Herbert McCraken geben und schickst ein Dutzend Reiter nach Sarth. Wenn sie Pferde zum Wechseln mitnehmen, werden sie ihn innerhalb von zehn Stunden eingeholt haben.«

An Luis gerichtet fuhr er fort: »Du gehst zum Hafen und hörst dich dort um. Schnüffle ein bißchen herum, ob jemand, auf den McCrakens Beschreibung paßt, versucht hat, die Stadt mit einem Schiff zu verlassen. Da unten haben wir genug Augen und Ohren, die für uns arbeiten, also sollten wir ihn doch finden können.«

An beide Männer gewandt, fuhr er fort: »Ich habe noch etwas zu erledigen, aber ich werde beim ersten Tageslicht wieder im Geschäft sein. Sollten wir den Kerl bis morgen mittag nicht aufgestöbert haben, sind wir ruiniert.«

Duncan setzte sich auf den Stuhl, von dem Roo gerade aufgestanden war. »Und du, Rob, wirst mir den Kerl jetzt so gut beschreiben, daß ich hinterher glaube, ich hätte ein Bild von ihm gesehen. Und laß nichts aus. Wie sieht Herbert aus?«

»Nun, er sieht ganz gewöhnlich aus, hat etwa meine Größe.«

Ohne weiter abzuwarten, brach Roo auf und ging hinaus zu seiner Kutsche. Nachdem er eingestiegen war, wies er den Kutscher an, zum Anwesen der Esterbrooks zu fahren.

In der Dunkelheit machte Calis ein Zeichen, und Erik drehte sich um und gab es nach hinten weiter. Sie waren siebenundsechzig Männer und zogen fast blind in einer langen Zweierkolonne voran. Calis hatte die Führung übernommen, da er die Fähigkeit besaß, selbst im schwächsten Licht noch etwas erkennen zu können. Boldar Blut bildete das Ende der Kolonne. Er behauptete, ebenfalls im Dunkeln sehen zu können, was Erik jedoch für unwahrscheinlich hielt, wenngleich der seltsame Söldner bisher tatsächlich keinen einzigen Fehltritt getan hatte. Erik glaubte, es müsse sich dabei um eine magische Eigenschaft seines Helmes handeln.

Miranda blieb dicht an Calis' Seite, da ihre Sehfähigkeit fast ebenso gut wie die seine war. Der Rest mußte so gut vorankommen, wie es eben ging, denn es brannte nur eine einzige Fackel in der Mitte der Kolonne. Wie Erik aus Erfahrung wußte, waren jene in der Nähe der Fackel vom Licht mehr oder weniger geblendet, wenn sie in das umgebende Dunkel blickten, während jene an den Enden wenigstens die geringe Chance hatten, mit Hilfe des schwachen Lichtes etwas zu sehen.

Die Mitteilung, daß vor ihnen eine Gefahr lag, wurde durchgegeben. Jeder Mann in der Reihe zog leise seine Waffe, derweil Bobby de Loungville seinen Platz auf halbem Weg zwischen Boldar und der Fackel verließ und nach vorn kam. Praji und Vaja folgten ihm. Erik wünschte sich, die beiden alten Söldner wären nicht mitgekommen, aber andererseits hätten die beiden den Weg aus diesen Bergen zurück in die Zivilisation oder zu dem, was man in diesem rauhen Land so nennen konnte, kaum alleine gefunden.

Erik trat nach vorn und spürte einen leichten Hauch an seiner Wange. Als er den Hauptmann erreichte, flüsterte dieser: »Da unten ist jemand.«

›Da unten‹ bezeichnete einen runden Schacht, der wie eine senkrechte Straße von hier, der obersten Ebene, bis tief hinunter ins Innere der Berge führte. Erik und die Überlebenden von Calis' Söldnertruppe waren vor gut zwei Jahren die spiralförmige Rampe, welche sich in dem riesigen Schacht nach oben wand, hinaufmarschiert, und jetzt machten sie sich bereit, auf ihr wieder hinabzusteigen. Erik lauschte in die Dunkelheit, doch wie stets übertraf das Hörvermögen des Hauptmanns das seine.

Dann, ganz schwach, ein Geräusch.

Es klang, als striche eine Hand über Stein. Ein paar Sekunden später wiederholte es sich. Dann Stille.

Reglos standen sie fünf Minuten da, ehe Calis ein Zeichen gab, daß ihn die ersten fünf Männer begleiten sollten. Erik blickte sich um, wählte die vier Soldaten an der Spitze der Kolonne aus und zog das Schwert.

Eine abgeblendete Laterne wurde angezündet, und ihr schmaler Lichtstrahl erlaubte es den Männern, wenigstens ein wenig zu sehen, während sie selbst, wie sie hofften, nicht bemerkt werden würden.

Die sechs gingen los, und Erik trug die Laterne. Sie zogen den Tunnel hinunter, welcher sich leicht abwärts neigte, und schließlich betraten sie den riesigen Schacht. Wie es in den meisten Tunneln üblich war, wurde auch hier der Weg an der Kreuzung breiter, damit diejeingen auf der Rampe den Einbiegenden ausweichen konnten.

Sie blieben stehen und lauschten, und abermals hörten sie von unten ein schwaches Schaben. Langsam stiegen sie die Rampe hinunter, blieben jeweils stehen, nachdem sie den Schacht zu einem Viertel umrundet hatten, und lauschten erneut, bis sie das Geräusch wieder gehört hatten. Schließlich blieb das Schaben aus, und sie zogen weiter. Mit jeder Runde um den Schacht kamen sie etwa zwanzig Fuß weiter nach unten, schätzte Erik. Drei Runden hatten sie bereits hinter sich gebracht, als sie die Leiche fanden.

Calis forderte seine Leute mit einem Handzeichen zu äußerster Wachsamkeit auf, und die vier Männer, die Calis und Erik begleiteten, stellten sich mit dem Rücken zum Licht auf. Zwei hielten nach oben und die anderen beiden nach unten Ausschau. Da sie nicht ins Licht sahen, würden sie auch nicht geblendet sein, wenn sich ihnen etwas aus der Dunkelheit näherte.

Die Gestalt war in einen Mantel gehüllt, und als Calis die Kapuze zurückzog, stockte Erik hörbar der Atem. Es handelte sich um einen Pantathianer.

Noch nie war Erik einem so nahe gekommen. Er hatte sie einmal aus der Ferne gesehen, hier in diesen Gängen, und vorher einmal beim Treffpunkt der Söldner, als einer die Truppen inspiziert hatte.

»Dreh ihn um«, flüsterte Calis. Erik bückte sich und wälzte die Leiche auf den Rücken. Aus einer klaffenden Wunde hingen Eingeweide heraus, und ein großes Stück des Darms ragte durch das zerfetzte Gewand.

Calis deutete auf einen Gegenstand, den der Tote in der Hand hielt. »Nimm das.«

Erik tat wie geheißen, doch sobald er den Gegenstand berührt hatte, wünschte er, es unterlassen zu haben. Eine seltsame Energie strömte in seine Arme und rief auf seiner Haut ein Kribbeln hervor. Plötzlich wollte er sich die Kleider vom Leib reißen und sich kratzen, bis ihm die Haut zu bluten anfinge und die Haare ausfielen.

Auf Calis schien der Gegenstand ebenfalls eine starke Wirkung auszuüben, obwohl Erik es war, der ihn berührt hatte. Erik drehte ihn in den Händen; es war ein Helm. Erik hatte ihn sich schon halb aufgesetzt, als Calis ihn zurückriß: »Nein.«

Erik hielt inne, als ihm bewußt wurde, daß er sich den Helm hatte aufsetzen wollen. »Was mache ich hier eigentlich?«

»Leg ihn hin«, wies Calis ihn an. Er wandte sich an einen der Soldaten. »Hol die anderen her.«

Der Soldat brach auf und nahm die Laterne mit. So mußte Erik einige der eigentümlichsten Augenblicke seines Lebens ertragen. Während er dastand, erfüllten ihn Bilder von finsteren Männern in fremdartigen Rüstungen, Bilder von unglaublich schönen Frauen, von denen jedoch keine menschlicher Abstammung war. Er schüttelte den Kopf, und als er sich endlich von diesen Bildern befreit hatte, traf die Kolonne ein.

Miranda trat zu ihnen. »Was ist los?«

Calis zeigte auf die Leiche. Miranda kniete sich hin und untersuchte sowohl den Toten als auch den Helm. Sie hob den Helm hoch, und falls er irgendeine Wirkung auf sie ausübte, zeigte sie das nach außen hin nicht. Schließlich ließ sie sich vernehmen: »Ich brauche eine Tasche.«

Einer der Soldaten in der Nähe holte eine Stofftasche hervor, und Miranda verstaute den Helm darin. Danach wandte sie sich an Boldar. »Trag du das. Von uns allen hier wird es dir die wenigsten Beschwerden bereiten.«

Der merkwürdige Söldner zuckte nur mit den Schultern, nahm die Tasche und stopfte sie in seinen riesigen Rucksack.

Miranda betrachtete nun die Leiche und bemerkte einen Augenblick später: »Die Ereignisse scheinen eine unerwartete Wendung zu nehmen.«

Calis erwiderte: »Er sieht aus, als hätte er sich auf der Flucht befunden und den Helm schützen wollen.«

Miranda ergänzte: »Oder er hat ihn gestohlen.« Niedergeschlagen schüttelte sie den Kopf. »Mutmaßungen helfen uns nicht weiter. Wir sollten unseren Marsch fortsetzen.«

Calis nickte nur und gab das Zeichen zum Aufbruch.

Immer im Kreis ging es weiter den Schacht hinunter. Dann ließ Calis sie in einen Tunnel abbiegen, der sich in nichts von dem anderen unterschied.

Die Kolonne trat in den Gang, welcher in steilem Winkel nach unten führte. Während sie tiefer und tiefer in den Tunnel eindrangen, stieg die Temperatur enorm. In den Bergen war es des Nachts bitterkalt gewesen, und in den Tunneln weiter oben ebenfalls, doch nun schienen sie mit jedem Schritt großer Hitze entgegenzugehen. Und während es wärmer und wärmer wurde, nahm ein unangenehmer Geruch stetig zu. Es stank nach Schwefel und süßlich, nach verrottendem Fleisch.

Sie betraten einen breiteren Gang, und Calis gab ein Zeichen; sofort zog jeder Mann die Waffen. Diesen Teil ihrer Mission waren sie immer wieder durchgegangen, so lange, bis jedes Mitglied der Kompanie die Befehle im Schlaf aufsagen konnte.

Es war die erste der pantathianischen Höhlen, und darin würden sie Schlangenpriester und Weibchen mit Nachwuchs vorfinden. Eier und Junge waren in einer Art Bruthöhle untergebracht, und der Befehl war einfach und eindeutig: Eindringen und alles töten, was lebt.

Calis gab das Zeichen, und der Überfall begann.

Und endete genauso rasch, wie er begonnen hatte.

In der Höhle war der Gestank wesentlich stärker als in den Gängen. Mehr als ein Mann krümmte sich und mußte würgen. Überall, wohin man blickte, lagen Leichen. Die meisten waren Pantathianer, manche Junge, während andere Fremde waren, Saaur. Doch niemand war unversehrt. Der einzelne Pantathianer, den sie gefunden hatten, war im Vergleich zu jenen in dieser Halle nahezu unverletzt. Körperteile lagen überall verstreut, und die verfaulenden Leichen erfüllten die Luft mit einem unerträglichen Gestank.

Calis zeigte auf den Thron. Zu dessen Füßen lag eine Gestalt, die einst darauf gesessen hatte. Es war die mumifizierte, nunmehr zerfetzte Leiche eines Pantathianers.

»Dort!« Calis würgte und riß sich unter Mühen zusammen, während sich andere Männer nicht mehr beherrschen konnten und sich übergaben.

Miranda und Boldar schien der Gestank nichts auszumachen, sie gingen zu der Leiche am Thron hinüber. Miranda untersuchte die Mumie, dann kehrte sie zu Calis zurück. »Die Artefakte?«

»Harnisch, Schwert, Schild und was sonst noch dazugehört«, antwortete Calis.

»Nun, da ist uns wohl jemand zuvorgekommen.« Sie blickte sich in der Höhle um und betrachtete das Gemetzel, derweil einer der Soldaten eine Laterne anzündete und die riesige Halle damit erhellte. »Sie sind bei der Verteidigung gestorben und haben ihren Preis bezahlt. Der, den wir draußen gefunden haben, muß tagelang gelitten haben, ehe er gestorben ist.«

Erik nahm zwei Männer und sah sich in den benachbarten Höhlen um. In einem großen Tümpel voll heißen Wassers lag ein halbes Dutzend zerbrochener Eier, und einige halbausgebildete Föten trieben im schäumenden Wasserbecken. In einer der anderen Höhlen entdeckten sie ein Dutzend winziger Gestalten, der Größe nach Kleinkinder der Pantathianer, und dazwischen Knochen verschiedenster Kreaturen, auch von Menschen.

Nachdem sie alles durchsucht hatten, erstattete Erik Calis Bericht. »Hauptmann, es ist überall das gleiche.« Er senkte die Stimme. »Und doch habe ich keine einzige Wunde gesehen, die von einer Waffe herzurühren scheint.« Er zeigte auf den Torso eines toten Saaurkriegers. »Es sieht nicht so aus, als hätte man ihn entzweigeschlagen, eher, als hätte man ihn zerrissen, Hauptmann.«

Boldar Blut meldete sich. »Ich habe schon einige Wesen gesehen, die das zustande bringen könnten.« Er warf Erik und Calis einen Blick zu, doch der fremdartige Helm, den er trug, verbarg sein Gesicht, und hinter den schwarzen Schlitzen waren seine Augen nicht zu erkennen. »Allerdings nur wenige, und die stammten nicht von dieser Welt.«

Calis und Miranda blickten sich um. »Hier ist etwas wie ein Steppenbrand durchs Sommergras gezogen und hat alle umgebracht«, stellte Calis fest.

»Also hat uns jemand wenigstens die Metzelei abgenommen.«

Zum ersten Mal, seit Erik ihn kennengelernt hatte, sah Calis besorgt aus. »Bobby, hier ist jemand mit Insignien der Macht von dannen gezogen, wie sie auf dieser Welt nicht mehr gesehen wurden, seit mein Vater die weiß-goldene Rüstung angelegt hat.«

»Es ist also noch jemand Drittes im Spiel«, überlegte de Loungville laut.

»So wie es scheint, ja«, stimmte Miranda zu.

»Und jetzt?« fragte de Loungville.

»Wir ziehen weiter nach unten«, entschied Calis, ohne zu zögern. »Wir müssen denjenigen finden, der diese Brutstätte überfallen hat, und wir müssen uns vergewissern, ob die anderen Brutstätten ebenfalls zerstört wurden.« Er wandte sich an die versammelte Kompanie. »Es gibt neue Befehle.« Augenblicklich richtete jeder Mann seine Aufmerksamkeit auf Calis. »Wir sind auf neue ungelöste Fragen gestoßen. Wir werden tiefer in den Berg vorstoßen, und falls wir auf lebende Pantathianer treffen, werden wir sie bis zum letzten Mann niedermachen.« Er machte eine kurze Pause. »Jedoch: Derjenige, der diese hier getötet hat, ist zwar der Feind unseres Feindes, was hingegen nicht bedeutet, daß er unser Freund ist; wir müssen herausfinden, wer es ist.« Er senkte die Stimme. »Dieser neue Feind ist mächtig, und nun besitzt er zudem einige der mächtigsten Hinterlassenschaften der Valheru – der Drachenlords. Wir müssen uns vor ihm in acht nehmen.«

Er wandte sich um und gab der Truppe das Zeichen, in den Tunnel und von dort aus in den Schacht zurückzukehren. Dort angekommen, ließ Calis Rast machen, damit die Männer essen und sich ausruhen konnten. Schließlich war es an der Zeit zum Aufbruch, und die Kolonne formierte sich neu und marschierte weiter, tiefer in den Schacht hinab.

Acht

Erkenntnisse

Roo nickte.

Duncan holte mit der Faust aus und versetzte dem Mann auf dem Stuhl einen Schlag. Dessen Kopf zuckte nach hinten, und aus seiner Nase begann Blut zu strömen. »Das war die falsche Antwort«, stellte Duncan fest.

Herbert McCraken beschwor: »Ich weiß es aber nicht.«

Duncan schlug erneut zu.

Roo wandte sich an McCraken. »Es ist ganz einfach, McCraken. Du erzählst mir, wer dich angeheuert hat, mein Gold zu veruntreuen, und wer es jetzt hat, und wir lassen dich dafür laufen.«

»Die bringen mich um, wenn ich es verrate«, kam als Antwort.

»Und wir bringen dich um, wenn du es nicht verrätst«, erwiderte Roo.

McCraken jammerte: »Wenn ich es Euch verrate, habe ich aber nichts mehr in der Hand. Was sollte Euch dann davon abhalten, mir sofort die Gurgel durchzuschneiden?«

»Weil mir das keinen Gewinn einbringt«, räumte Roo den Einwand aus. »Das Gold gehört mir; und wir wollen doch nicht die Gesetze des Königs brechen, nur um es zurückzubekommen. Wenn ich dich zur Stadtwache bringe und vor Gericht stellen lasse, und wenn der Richter erst einmal durchschaut hat, was für ein Durcheinander du in meiner Buchführung angerichtet hast, wirst du die nächsten fünfzehn Jahre im Hafen Zwangsarbeit leisten.«

»Und wenn ich es Euch verrate?«

»Dann darfst du die Stadt verlassen ... und zwar lebend.«

Der Mann dachte einen Augenblick lang nach. »Der Kerl heißt Newton Briggs. Er hat für die Verschiebung der Gelder gesorgt.«

Roo warf Jason einen Blick zu, und der erhob sich aus dem Schatten hinter McCraken, wo der ihn nicht hatte sehen können. Jason flüsterte: »Der war Gesellschafter des Kontors, bevor wir es gekauft haben.«

McCraken fügte hinzu: »Und er war nicht gerade glücklich, daß er die Zügel aus der Hand geben mußte. Ich glaube, jemand hat ihn bezahlt, damit er Euch bestiehlt. Mir hat er genug Gold versprochen, um einen queganischen Titel und ein Landhaus kaufen zu können.«

»Warum einen queganischen Titel?«

Luis, der hinter dem Mann stand und ihn auf dem Stuhl festhielt, erklärte: »Im Königreich träumen viele Männer davon, ein reicher queganischer Adliger zu sein, in einem Landhaus zu sitzen und sich mit einem Dutzend junger Sklavinnen zu umgeben« – er zuckte mit den Schultern – »oder mit jungen Sklaven.«

Roo lachte. »Du bist ein Narr. Sie haben dich reingelegt. In dem Moment, wo du auch nur einen Fuß in den Hafen von Queg gesetzt hättest, hätten sie dich gleich geschnappt und zum Galgen geschleppt. Und egal, wieviel Gold du gehabt hättest, es wäre an den Staat gefallen. Solange man in Queg keine mächtigen Freunde hat, besitzt man als Nichtbürger keinerlei Rechte.«

McCraken zwinkerte. »Aber sie haben mir versprochen ...«

Roo befahl: »Laß ihn los.«

»Sollen wir ihn einfach ziehen lassen?« wollte Duncan wissen.

»Und wo geht er dann hin?«

Luis hatte McCraken vor knapp vier Stunden in einem Lagerhaus aufgetrieben, wo er mit jemandem verabredet gewesen war – jetzt wußten sie, daß es sich um diesen Briggs handelte. Duncan hatte bereits einen Boten losgeschickt, der die Männer, die auf dem Weg nach Sarth waren, zurückholen sollte; wenn alles nach Plan verliefe, würden sie innerhalb der nächsten Stunde in Roos Hauptquartier erscheinen.

Der Mann erhob sich. »Was soll ich jetzt tun?«

»Geh nach Queg und versuche, dir einen Adelstitel zu kaufen«, erwiderte Roo. »Aber nicht mit meinem Geld. Solltest du dich morgen bei Sonnenuntergang noch in der Stadt herumtreiben, werden es nicht nur deine Kumpels auf dich abgesehen haben.«

Der Mann wischte sich mit dem Handrücken über die blutende Lippe und taumelte zur Tür hinaus.

»Warte einen Moment«, beauftragte Roo Duncan, »und folge ihm dann. Er ist zu verängstigt, um auf eigene Faust abzuhauen. Falls noch jemand im Spiel ist, wird er uns vielleicht zu ihm führen. Und laß ihn ja nicht entkommen; womöglich brauchen wir ihn noch als Zeugen vor Gericht. Er ist der einzige, der uns eine Anklage wegen Raubes vom Halse halten kann.«

Duncan nickte. »Wo werde ich dich finden?«

»Im Hafen«, antwortete Roo. »Schließlich könnte ja mit der Morgenflut doch ein Schiff nach Queg auslaufen. Such da nach uns.«

Duncan nickte erneut und machte sich auf.

»Jason, du gehst zurück ins Geschäft und wartest dort. Luis und ich werden dir Bescheid sagen lassen, wenn wir dich brauchen.«

Jason ging. Luis sagte zu Roo: »Wir lassen ein Schiff klarmachen, sobald du uns Bescheid gibst.«

»Gut«, meinte Roo. »Wenn wir herausbekommen, daß unser Golddieb aus der Stadt verschwinden will, soll er erst hinter den Wellenbrechern eingeholt werden. Und falls sich ein fürstliches Kriegsschiff zeigt, muß die Sache bereits erledigt sein. In dem Moment, wo sich ein Zollboot nähert, sollte sich das Gold wieder in unserem Besitz befinden. Dann wird es viel einfacher sein, die Sache zu erklären.«

Luis schüttelte den Kopf. »Warum sollen wir das Gold überhaupt bewegen? Warum verstecken wir es nicht einfach irgendwo und warten, bis die Bittermeer-Gesellschaft zusammenbricht?«

Roo entgegnete: »Weil das zwar klug wäre, aber ebenso riskant. Wenn man wüßte, daß diese Jungs aus der Stadt verschwinden und kein Sterbenswörtchen verraten, wäre es tatsächlich das klügste. Aber falls sie erwischt und zum Reden gezwungen werden, nun, dann könnte die Spur uns vielleicht zum Kopf führen, der hinter diesen ganzen Betrügereien steckt, und in jedem Fall« – er schnippte mit den Fingern – »kommen wir mit jedem Söldner, den wir anheuern können, und mischen sie richtig auf.« Er seufzte. »Nur sollte das Gold dann bereits unterwegs sein, auf dem Weg zu irgendeinem Hafen oder auf einem Wagen über alle Berge ...« Er zuckte mit den Schultern.

»Wer auch immer die Sache geplant hat, er hat es nicht schlecht gemacht«, befand Luis.

»Und genau das bereitet mir solche Sorgen. Die Schweinehunde im Kontor müssen einiges über die Bittermeer-Gesellschaft gewußt haben, das McCraken und Briggs nicht wissen konnten.« Roo zählte an den Fingern ab: »Erstens müssen sie gewußt haben, daß Jason kurz davorstand, den Betrug zu entdecken. Zweitens mußten sie wissen, daß wir den Verlust erst in einigen Wochen wieder decken können.« Niedergeschlagen schüttelte er den Kopf: »Aus dem Osten sind Karawanen hierher unterwegs, und aus Ylith muß heute eine Ladung Getreide ankommen. Unsere Flotte von der Fernen Küste müßte längst in Carse sein oder sich von dort aus schon wieder auf dem Weg nach Hause befinden. Und jede dieser Lieferungen würde das Loch in unserer Kasse decken« – er schlug sich mit der Faust in die Hand – »nur heute noch nicht.«

»Ein Spion?«

»So etwas in der Art«, stimmte Roo zu. Er machte sich zur Tür auf. »Neben Duncan bist du der einzige Mensch, dem ich voll und ganz vertraue, Luis. Wir haben zusammen in der Todeszelle gesessen, und wir haben zusammen die Vedra durchschwommen. Gemeinsam haben wir dem Tod ins Angesicht geblickt, und abgesehen von Jadow und Greylock kann ich mir keinen Mann in Krondor vorstellen, der mir wie du den Rücken freihalten würde.«

Luis zeigte milde Belustigung. »Selbst wenn ich nur eine Hand habe?«

Roo machte die Tür auf. »Du bist mit einem Messer in deiner einen Hand gefährlicher als die meisten Männer mit einem Schwert und zwei gesunden Händen. Komm jetzt, wir wollen den Hafen durchsuchen.«

Luis klopfte seinem Arbeitgeber auf die Schulter, folgte ihm durch die Tür hinaus und zog sie hinter sich zu. Der Schuppen war nur einer von vielen, die der Bittermeer-Gesellschaft im Händlerviertel gehörten. Rasch machten sie sich zum Hafen auf.

Nachdem sie gegangen waren, erhob sich auf dem Dach des Schuppen eine Gestalt. Leichtfüßig sprang sie hinunter aufs Pflaster und blickte Luis und Roo nach, während die beiden in der Dunkelheit verschwanden. Dann drehte sich die Gestalt um, pfiff leise und zeigte hinter den beiden her. Zwei weitere Gestalten traten einen Block weiter auf die Straße und näherten sich eilig der ersten. Kurz besprachen sie sich, dann ging die eine dorthin zurück, von wo sie gekommen war. Die anderen beiden folgten Roo und Luis zum Hafen.

»Überfall!« brüllte Renaldo.

»Keil bilden!« rief Calis, und augenblicklich schwärmten alle Mann aus. Die Kolonne befand sich in einer der größeren Höhlen, deren Durchmesser gut über fünfzig Meter maß und die sechs Eingänge hatte. Wie ihnen immer wieder eingedrillt worden war, bildeten vierzig Männer mit den Schilden einen Keil, die Schwerter bereit, sie auf jeden Angreifer niedersausen zu lassen. Die anderen zwanzig Männer nahmen die Kurzbögen von den Schultern und legten gelassen Pfeile auf.

Ein nichtmenschliches Fauchen und Schreien erfüllte die Höhle. Aus drei Gängen strömten Pantathianer vorwärts und griffen Calis' Blutrote Adler an. Erik versuchte, die Stärke des Gegners abzuschätzen, gab das Zählen jedoch auf, als die erste Welle der Angreifer im Pfeilhagel fiel. Dann erreichten sie den Wall aus Schilden.

Erik schlug wild um sich. Zweimal hörte er, wie unter seinen Hieben Stahl zerbrach, als die pantathianischen Soldaten seine Schläge mit ihren Waffen abwehren wollten. Die Gegner waren offensichtlich nicht besonders geübt im Umgang mit dem Schwert. Ohne auf Calis' Anweisung zu warten, rief er: »Die zweite Reihe! Zieht eure Schwerter und folgt mir!«

Die zwanzig Schützen ließen die Bögen fallen und zogen die Schwerter. Erik umrundete seine Reihe zur Rechten und fiel den Pantathianern in die Flanke. Wie er erwartet hatte, brach ihre Front bald in völliger Verwirrung zusammen.

Doch anstatt zu fliehen, warfen sie sich bis zum letzten Mann auf die Soldaten des Königreichs, und schließlich, als alle Pantathianer gefallen waren, kehrte plötzlich Stille ein. Boldar Blut stellte zutreffend fest: »Als würde man Feuerholz hacken.«

Erik betrachtete den seltsamen Söldner, dessen Harnisch mit Blut besudelt war, welches jedoch von der Rüstung abtroff, als könne es auf der eigentümlichen weißen Oberfläche nicht antrocknen. Erik holte tief Luft und meinte: »Sie waren zwar tapfer, aber keine Krieger.« Er machte ein Zeichen, daß sich jeweils zwei Männer an den Eingängen aufstellen sollten, falls weitere Pantathianer hierher unterwegs waren.

»Nicht tapfer«, widersprach Boldar. »Fanatisch.«

Calis warf Miranda einen Blick zu, die daraufhin erklärte: »Über Kämpfe Mann gegen Mann haben wir bei den Pantathianern noch nie etwas gehört. Sie führen Krieg lieber mit List und Tücke aus dem Hinterhalt.«

Erik wälzte einen der Gefallenen mit der Stiefelspitze auf den Rücken. »Dieser hier ist sehr klein.«

»Sie sind alle so klein«, ergänzte Calis. »»Kleiner als der, den wir gestern gefunden haben.«

Erik sah de Loungville an. »Setzen sie jetzt ihre Jungen gegen uns ein?«

»Könnte sein«, stimmte der Hauptfeldwebel zu. »Wenn sie in anderen Teilen dieses Baus genauso vernichtend geschlagen wurden wie in dem Nest, welches wir gestern entdeckt haben, dann versuchen sie vielleicht mit allen Mitteln, das zu beschützen, was sie noch haben.«

Erik inspizierte schnell seine eigenen Männer, während Calis und Miranda die toten Pantathianer untersuchten. Keiner von Calis' Kommando hatte eine ernsthafte Verwundung davongetragen. »Nur ein paar Schnitte und blaue Flecken«, erstattete Erik Bericht.

»Ein paar Minuten Rast, dann ziehen wir weiter«, verkündete de Loungville.

Erik nickte. »Durch welchen Gang?«

De Loungville gab die Frage an Calis weiter.

»Durch den mittleren, denke ich. Falls es notwendig wird, können wir zurückweichen«, entschied der Hauptmann.

Erik hoffte, daß das stimmen würde, behielt jedoch seine Vorbehalte für sich.

Roo hockte geduckt hinter einem Ballen, während vor ihm ein Trupp bewaffneter Männer wachsam durch die Dunkelheit zog. Nebel hatte sich gesenkt, und trotz des grauenden Morgens konnte man kaum die Hand vor Augen sehen.

Roo und Luis hatten gerade den Hafen durchsucht, als einer von Roos Männern einen großen Trupp Wachen entdeckt hatte, die einen Wagen zum Hafen begleiteten. Roo hatte Luis losgeschickt, um Verstärkung zu holen, während er selbst den Wachen gefolgt war.

Plötzlich fuhr Roo herum, weil er hinter sich ein leises Geräusch gehört hatte. Angesichts Roos gezogenem Schwert hob Duncan die Hände und flüsterte: »Ich bin's!« Roo senkte die Schwertspitze und wandte sich wieder dem Wagen zu, der gerade auf den Kai fuhr. Duncan kniete sich neben seinem Cousin nieder. »McCraken hat sich hierher aufgemacht. Ich habe ihn gerade im Nebel verloren, habe dann jemanden gesehen, der durch die Gasse da geschlichen ist – dich« – er zeigte hinter Roo – »und bin dir gefolgt. Ich denke, Herbert muß sich hier jeden Augenblick zeigen.«

Roo nickte. »In dem Wagen da befindet sich ohne Zweifel unser Gold.«

»Werden wir sie noch im Hafen angreifen?«

Roo überlegte. »Nur wenn Luis mit unseren Leuten hier eintrifft, bevor das Boot dort zu Wasser gelassen wurde«, flüsterte er. »Alle unsere Männer sind entweder auf der *Königin des Bitteren Meeres* oder im Lagerhaus, wo sie auf Befehle warten.«

Der Wagen blieb stehen, und eine Stimme schnitt durch die Dunkelheit. »Zu dem Beiboot dort.« Eine Laterne wurde aufgeblendet. Jetzt konnte man den Wagen und die Männer um ihn herum als deutliche Silhouetten erkennen.

Die hintere Klappe des Wagens wurde heruntergelassen, und kleine Truhen wurden abgeladen. Plötzlich trat aus der Dunkelheit eine Gestalt ins Licht der Laterne. Schwerter wurden gezogen, und eine eingeschüchterte Stimme ließ sich vernehmen: »Ich bin's! McCraken!«

Vom Kutschbock sprang ein Mann herunter und schnappte sich die Laterne, während zwei Männer Herbert an den Armen packten. Der Mann hielt die Laterne hoch und trat vor.

Roo stockte der Atem. Es war Tim Jacoby. Dann konnte er neben ihm Tims Bruder Randolph erkennen. Tim fragte: »Was hast du hier zu suchen?«

»Briggs ist nicht gekommen«, gab McCraken zurück.

»Narr«, fluchte Tim Jacoby. »Habe ich dir nicht gesagt, du sollst warten, bis er kommt, egal, wann er auftaucht? Womöglich sucht er genau in diesem Augenblick im Lagerhaus nach dir.«

Randolph erkundigte sich: »Was ist denn mit deinem Gesicht passiert?«

Herbert hob die Hand ans Gesicht und erwiderte: »Bin im Dunkeln gefallen und hab mir die Lippe an einer Kiste gestoßen.«

»Sieht aus, als hätte dich jemand geschlagen«, setzte Tim Jacoby nach.

»Mich hat keiner geschlagen«, widersprach McCraken, zu laut für Tim Jacobys Geschmack. »Ich schwör's!«

»Schrei nicht so rum«, befahl Tim. »Ist dir jemand gefolgt?«

»In diesem Nebel?« antwortete McCraken. Er holte tief Luft. »Du mußt mich mitnehmen. Briggs sollte bei Sonnenaufgang mit meinem Gold erscheinen, er ist aber nicht aufgetaucht. Mir wurde ein Anteil von fünfzigtausend versprochen. Darum mußt du dich jetzt kümmern.«

»Oder?« wollte Tim wissen.

Plötzlich bekam es McCraken mit der Angst zu tun. »Ich ...«

Roo stellte fest, daß sich keiner der Männer auf dem Wagen mehr gerührt hatte, seit McCraken erschienen war. Das Beiboot unten am Kai schaukelte leise gegen die Steine. »Los, unterhaltet euch noch ein bißchen«, beschwor Roo die Männer leise, denn jede Minute, die verstrich, brachte Luis und seine Männer näher. Jacoby und seine Leute hier zu überraschen wäre viel einfacher als ein Kampf auf See. Und Roo hatte nur noch bis Sonnenuntergang Zeit, die ausstehende Forderung zu begleichen.

Er zischte Duncan zu: »Wenn Luis nicht bald kommt, müssen wir sie aufhalten. Kannst du um sie herumschleichen?«

»Was?« flüsterte Duncan zurück. »Wir zwei allein sollen sie aufhalten?«

»Nur ein bißchen. Schleich dich hinter sie und mach einfach das gleiche wie ich.«

Duncan richtete den Blick gen Himmel. »Hoffentlich wollen die Götter uns nicht jetzt schon zu sich rufen, Cousin.« Dann drehte er sich um und verschwand im Nebel.

McCraken drohte: »Wenn du mich nicht auszahlst, werde ich vor Gericht gegen dich aussagen. Ich werde behaupten, du und Briggs, ihr hättet mich gezwungen, die Konten zu fälschen.«

Tim schüttelte den Kopf. »Du bist wirklich zu dumm, McCraken. Wir hätten uns niemals treffen sollen. Briggs hätte sich um dich gekümmert.«

»Er ist aber nicht aufgetaucht«, hielt McCraken aufgeregt dagegen.

Tim nickte, und sofort verstärkten die beiden Männer, die McCraken festhielten, ihren Griff, so daß er sich nicht mehr bewegen konntc. Jacoby zog einen Dolch aus dem Gürtel und stach ihn McCraken in den Bauch. »Du hättest besser im Lagerhaus bleiben sollen, McCraken. Briggs ist tot, und jetzt« – der Buchhalter sackte in sich zusammen – »bist du es auch.« Mit einer Bewegung des Kopfes bedeutete er den beiden Männern, sie sollten die Leiche ins Wasser werfen. Die zwei stiegen die Treppe zum Beiboot zwei Stufen hinunter und ließen den Toten knapp vor den Bug des Bootes fallen. Eine Leiche, die im Hafenbecken trieb, erregte in Krondor kaum Aufsehen.

Roo wartete, bis, wie er vermeinte, das meiste Gold bereits auf das Boot geladen worden war, dann trat er vor und rief mit soviel Autorität in der Stimme, wie er nur aufbringen konnte: »Keine Bewegung! Ihr seid umstellt.«

Wie er gehofft hatte, konnten ihn die Leute beim Wagen oder beim Boot im Nebel nicht sehen, und ihr Zögern verhalf Roo zu dem entscheidenden Vorteil, auf den er gehofft hatte; wären sie ihm augenblicklich gegenübergetreten, hätten sie ihn überwältigt, mochte er noch so ein guter Fechter sein.

Ein abgewürgter Schrei ertönte hinter dem Wagen, und ein Mann brach auf den Pflastersteinen zusammen. Roo fragte sich, was das zu bedeuten hatte, dann hörte er Duncan rufen: »Wir haben gesagt, ihr sollt euch nicht bewegen!«

Einer, der nahe bei dem Toten stand, meldete: »Es ist ein Dolch! Das ist nicht die Stadtwache!«

Er wollte einen Schritt machen, als ihn ein zweiter Dolch traf, und eine andere Stimme rief: »Wir haben auch nie behauptet, daß wir die Stadtwache wären.« Am anderen Ende des Hauses, hinter dem Roo sich verborgen hielt, trat eine Gestalt vor, die man kaum erkennen konnte. Roo meinte, die Stimme wiederzuerkennen, und dann kam ihm auch die Gestalt bekannt vor. Dashel Jameson spazierte gemächlich nach vorn, bis er von beiden Seiten zu sehen war.

In der Ferne hörte man Hufschlag, und Dash verkündete: »Und Verstärkung ist auch schon unterwegs. Legt die Waffen nieder.«

Einige der Männer zögerten, doch dann kam aus der Dunkelheit, von dort, wo Dashel vorgetreten war, ein dritter Dolch angeflogen und blieb zitternd im Holz des Wagens stecken. »Er hat gesagt, ihr sollt die Waffen strecken!« rief eine merkwürdig klingende Stimme.

Roo schickte ein Gebet an Ruthia, die Göttin des Schicksals, daß es Luis und seine Männer wären, die der durch den frühen Morgen hallende Hufschlag ankündigte. Jacobys Leute bückten sich und legten ihre Waffen aufs Pflaster.

Roo wartete noch einen Augenblick, dann zeigte er sich. »Guten Morgen, Timothy, Randolph.« Er gab sich alle Mühe, lässig zu klingen.

Jacoby schrie auf: »Du!«

In diesem Moment kam Luis mit einem Dutzend Reiter angeritten, die sofort ausschwärmten und die Männer umstellten. Einige von ihnen richteten ihre Armbrüste auf den Wagen und das Boot.

»Hast du geglaubt, ich würde dich mit meinem Gold davonziehen lassen?«

Jacoby fauchte fast vor Wut. »Was soll das heißen: dein Gold?«

Roo rief: »Komm schon, Tim. McCraken und Briggs haben uns alles erzählt.«

Jacoby fragte: »Briggs? Wie soll er es das denn gemacht haben? Wir –«

»Halt's Maul, du Narr!« fuhr ihn Randolph an.

Roo deutete dorthin, wo McCraken im Wasser trieb. »Und Herbert hast du Briggs gleich hinterhergeschickt, nicht?«

»Warte nur, gleich wirst du mit ihnen gemeinsam in der Hölle schmoren!« fauchte Timothy Jacoby und zog trotz der auf ihn gerichteten Armbrüste das Schwert.

»Nein«, schrie Randolph und stieß seinen Bruder zur Seite. Im gleichen Augenblick zischten drei Bolzen durch die Luft.

Zwei erwischten Randolph in der Brust, der dritte am Hals. Blut spritzte auf die Männer, die hinter ihm standen. Randolph ging zu Boden wie eine Fliege, die von einer Klatsche getroffen wurde.

Tim Jacoby richtete sich auf, in der einen Hand das Schwert, in der anderen den Dolch. In seinen Augen loderten Zorn und Wahnsinn. Luis wollte einen Dolch auf ihn werfen, doch Roo hielt ihn zurück: »Nein! Laß ihn kommen. Es ist Zeit, daß wir diese Sache unter uns ausmachen und zum Ende bringen.«

»Du warst mir seit dem Tag, an dem wir uns kennengelernt haben, ein Dorn im Auge«, knurrte Tim Jacoby. »Und jetzt hast du auch noch meinen Bruder umgebracht!«

Roo richtete die Schwertspitze auf ihn und hielt ihm entgegen: »Und an deinen Händen klebt Helmuts Blut!« Er winkte Jacoby zu sich her. »Na los! Worauf wartest du noch?«

Die Männer traten zurück, und Jacoby stürzte sich auf Roo. Während Roo ein erfahrener Soldat war, stellte Jacoby nur einen mordenden Tyrannen dar, einen mordenden Tyrannen allerdings, der nun von Haß und Rachegelüsten angestachelt wurde.

Er ging sofort auf Roo los, was dieser nicht erwartet hatte, und Roo mußte zurückweichen, um den tödlichen Angriff abwehren zu können.

»Licht!« forderte Duncan, und eilig öffnete jemand die Blende der einzigen Laterne, die den Nebel unheimlich aufglühen ließ. Einer der Reiter sprang ab und holte aus seiner Satteltasche ein Bündel kurzer Fackeln. Während Roo und Jacoby abwechselnd zuschlugen und parierten, zündete er mit dem Feuerzeug eine an. Rasch brannten auch die anderen, und Luis' Männer bildeten einen Kreis um die beiden Kämpfenden.

Luis befahl seinen Männern, die Waffen von Jacobys Leuten einzusammeln und die Gefangenen zum Wagen zu bringen. Derweil kämpfte Roo um sein Leben.

Hin und her ging es zwischen den beiden Männern, jeder lauerte darauf, daß der andere einen Fehler machte. Langsam ermüdete Jacoby, seine Blindwütigkeit ließ nach, während Roo sich schwor, niemals wieder so lange mit seinen Fechtübungen auszusetzen. Das Klirren des Stahls hallte durch den Hafen. Selbst auf Schiffen, die weit draußen vor Anker lagen, zündeten die Wachen Laternen an und fragten sich, was da wohl los sein mochte.

Ein Mitglied der Stadtwache erschien zwischen zwei Gebäuden, sah Randolph in seinem Blut liegen, sah die beiden Kämpfer und die beiden Gruppen von Männern und zog sich hastig zurück. Als er die Gefahr weit genug hinter sich gelassen hatte, stieß er in seine Trillerpfeife. Kurze Zeit später meldeten sich drei andere Stadtwachen bei ihm, und der Mann berichtete, was er gesehen hatte. Der älteste Wachmann schickte einen der Männer zurück, um weitere Leute zu holen, dann begleitete er den ersten zum Hafen zurück.

Roo spürte, wie sein Arm langsam zu schmerzen begann. Was Jacoby an Geschick mangelte, glich er dadurch aus, daß er zwei Waffen benutzte, ein Fechtstil, gegen den man sich mit nur einer Klinge schwer verteidigen konnte.

Jacoby schob sich mit ausgestrecktem Schwert vor und ließ

dann einen Hieb mit seiner Linken folgen. Ein Gegner, der eine Riposte wagte, sollte von dem Dolch in die Brust getroffen werden. Als Jacoby ihn so zum ersten Mal angegriffen hatte, war Roo mit einem Schnitt durchs Hemd gerade noch einmal davongekommen.

Roo wischte sich mit der Linken den Schweiß von der Stirn, hielt die Schwertspitze jedoch auf Jacoby gerichtet. Jacoby trat mit dem rechten Fuß vor, stieß zu und ließ wieder einen Hieb mit der Linken folgen. Roo sprang zurück. Er riskierte einen Blick über die Schulter. Jacoby hatte ihn bis zu einem großen Stapel Kisten zurückgetrieben, und bald würde Roo keinen Platz zum Ausweichen mehr haben.

Er hörte, wie Jacobys Stiefel auf dem Pflaster klackten, und ohne nach vorn zu sehen, trat er abermals zurück, was ihm das Leben rettete, da Jacobys Dolch ihn nur knapp verfehlte. Roo ging in die Hocke.

Wie erwartet, schob Jacoby erneut den rechten Fuß vor, und ohne zu zögern beugte sich Roo nach vorn. Er drückte Jacobys ausgestreckte Klinge zur Seite, doch anstatt gleich zurückzuschlagen, senkte er sein Schwert, stützte sich mit der Linken auf die Steine und duckte sich unter dem teuflischen Dolchstoß hinweg. Einen Augenblick lang war er ohne Deckung, doch Jacoby hielt seine Waffen so, daß er diesen Vorteil nicht nutzen konnte. Ein erfahrener Fechter hätte mit dem Fuß zugetreten und Roo so zu Boden geworfen, doch Roo bezweifelte, ob Jacoby auf diesen Zug vorbereitet war. Mit der Rechten stieß Roo jetzt aufwärts zu und erwischte Jacoby genau unter den Rippen. In seiner Aufwärtsbewegung durchbohrte das Schwert Lunge und Herz.

Jacoby riß die Augen auf, und von seinen Lippen löste sich ein merkwürdiger Laut wie der eines Kindes, während aus seinen Händen alle Kraft wich. Schwert und Dolch fielen zu Boden.

Dann begannen seine Knie zu zittern, und als Roo seine Klinge zurückzog, brach Jacoby auf dem Pflaster zusammen.

»Keiner bewegt sich«, rief eine Stimme.

Roo blickte über die Schulter und sah den Stadtwachtmeister mit einer Hellebarde in den Händen näher treten. Nach Atem ringend mußte sich Roo seine Bewunderung für diesen Mann der Stadtwache des Prinzen eingestehen, der, lediglich mit dem Abzeichen seines Amtes und einer Lanze ausgerüstet, zwei Dutzend bewaffneten Männern gegenübertrat.

Roo erwiderte: »Ich würde nicht im Traum daran denken.«

Hufschlag verkündete die Ankunft weiterer Reiter. Der Wachtmeister fragte: »Also, was ist hier los?«

Roo begann zu erklären. »Ganz einfach. Diese beiden toten Kerle sind Diebe. Die Männer da drüben« – er zeigte auf die entwaffneten Gefolgsleute von Jacoby – »sind ihre angeheuerten Spießgesellen. Und auf dem Wagen und dem Boot da unten befindet sich mein Gold.«

Da offensichtlich niemand Ärger machen wollte, klemmte sich der Wachtmeister die Pike unter den Arm und rieb sich das Kinn. »Und wer ist der Kerl, der da unten im Hafenbecken treibt, was?«

Roo seufzte tief. »Der heißt Herbert McCraken. Er hat als Buchhalter in meinem Kontor gearbeitet. Und er hat diesen beiden hier geholfen, mein Gold zu stehlen.«

»Hm«, machte der Wachtmeister, von den Auskünften offenbar nicht befriedigt. »Und wer seid Ihr, Sir, wenn Ihr ein Kontor, einen Buchhalter und große Mengen Gold besitzt?« Er betrachtete die Jacoby-Brüder und fügte hinzu: »Und ein Übermaß an Leichen.«

Roo lächelte. »Ich bin Rupert Avery. Ich bin Teilhaber der Bittermeer-Gesellschaft.«

Der Wachtmeister nickte. Während die Reiter um die letzte Ecke in Sicht kamen, erwiderte er: »Den Namen haben wohl die meisten Bürger von Krondor im letzten Jahr gehört. Gibt es hier jemanden, der Eure Auskünfte bestätigen könnte?«

Dash trat vor. »Ich. Er ist mein Arbeitgeber.«

»Und wer bist du?« wollte der Wachtmeister wissen.

»Er ist mein Enkel«, rief der Anführer der Reiter.

Indem er versuchte, die Gestalten auf den Pferden in der Dunkelheit zu erkennen, fragte der Wachtmeister: »Und wer wäret Ihr dann?«

Lord James ritt in den Kreis der Fackeln hinein. »Mein Name ist James. Und in gewisser Weise bin ich Euer Arbeitgeber.«

Dann erschienen die anderen Reiter im Licht, Soldaten in der Uniform der Leibwache des Prinzen, und Marschall William fragte: »Warum verhaftet Ihr nicht diese Männer dort« – er zeigte auf die Leute von Jacoby. »Wir kümmern uns dann um diese anderen Herren hier, Wachtmeister.«

Der Wachtmeister bekam angesichts der Gegenwart des Herzogs von Krondor und des Marschalls kein Wort heraus. Es dauerte eine Weile, bis er antwortete: »Jawohl, Sir! Titus!«

Aus dem Schatten trat ein zweiter, junger Wachtmeister, dem Anschein nach gerade zwanzig Jahre alt. Er trug eine Armbrust. »Ja, Hauptwachtmeister?«

»Verhafte den Haufen da drüben.«

»Jawohl, Sir!« sagte der junge Wachtmeister und richtete seine Armbrust drohend auf die Bezeichneten. »Auf geht's, Männer, und keine krummen Dinger.«

Weitere Wachtmeister erschienen, und der Hauptwachtmeister ließ sie das Dutzend Verhaftete umstellen und abführen.

Roo wandte sich an Lord James. »Ich glaube kaum, daß Ihr zufällig auf Eurem Morgenritt unterwegs wart, mein Lord?«

»Nein. Wir haben Euch beobachten lassen.«

Katherine und Jimmy traten aus der Dunkelheit ins Licht.

»Beobachten lassen?« wunderte sich Roo. »Aus welchem Grund?«

»Wir müssen uns unterhalten«, lautete James' Antwort. Er wendete sein Pferd und fuhr fort: »Bringt Euer Gold in Sicherheit und macht Euch frisch, dann erwarte ich Euch zum Frühstück im Palast.«

Roo nickte. »Sofort, mein Lord.« Er rief Luis und Duncan zu sich. »Ihr holt das Gold vom Boot und bringt es zurück ins Geschäft.« Dann wandte er sich an Dash: »Und Ihr sagt mir, für wen Ihr eigentlich arbeitet. Für mich oder für Euren Großvater?«

Dash grinste und zuckte mit den Schultern. »In gewisser Weise wohl für beide.«

Roo wartete einen Augenblick mit seiner Erwiderung. »Ihr seid entlassen.«

Dash entgegnete: »Ach, ich fürchte, das geht nicht so einfach.«

»Wieso nicht?« verlangte Roo zu wissen.

»Großvater wird es Euch erklären.«

Roo tat die Antwort schulterzuckend ab. Plötzlich fühlte er sich zu müde zum Nachdenken. »Ich könnte etwas zu essen und Kaffee vertragen.« Er seufzte. »Sehr viel Kaffee.«

Die Männer machten sich daran, das Gold zurück auf Jacobys Wagen zu laden, und zwei hoben die Leichen der Jacoby-Brüder auf und packten sie neben das Gold. Roo steckte sein Schwert zurück in die Scheide und fragte sich, was wohl als nächstes kommen würde. Zumindest konnte er jetzt die anstehende Forderung begleichen und so seine Gesellschaft vor dem Ruin retten. Niemals, das schwor er sich, würde er deren Zukunft je wieder so leichtfertig aufs Spiel setzen.

Roo nippte an seinem Kaffee und seufzte. »Der ist wirklich vorzüglich.«

James nickte. »Jimmy kauft ihn für mich bei Barret.«

Roo lächelte. »Dort gibt es den besten Kaffee in der ganzen Stadt.«

Der Herzog von Krondor schüttelte den Kopf. »Was soll ich bloß mit Euch machen?«

»Ich verstehe nicht ganz, worauf Ihr hinauswollt, mein Lord.«

Sie saßen an einem großen Tisch in den Gemächern des Herzogs, außer Roo und Lord James noch Marschall William, Jimmy, Dash und Katherine. Owen Greylock betrat das Zimmer und gesellte sich zu ihnen.

»Guten Morgen, mein Lord, Marschall, Roo«, grüßte er lächelnd.

»Hauptmann Greylock, wie ich gerade Eurem alten Freund hier erklären wollte, weiß ich nicht recht, was ich mit ihm machen soll«, wandte sich James an Greylock.

Greylock zeigte sich verwirrt. »Mit ihm machen?«

»Nun, unten am Hafen haben wir mehrere Leichen gefunden, und dazu einen Haufen Gold, von dem ich nicht genau weiß, wie er dort hingekommen ist.«

»Mein Lord, bei allem gehörigen Respekt, ich habe Euch doch alles erklärt«, wandte Roo ein.

»Ihr habt mir sehr wohl eine absonderliche Geschichte erzählt«, entgegnete James. Er beugte sich vor und zeigte mit dem Finger auf Roo. »Aber Ihr seid ein verurteilter Mörder, und einige Eurer Geschäfte in der jüngsten Vergangenheit grenzten an verbrecherische Machenschaften.«

Roos Müdigkeit machte ihn reizbar. »Wenn meine Geschäfte vielleicht auch an ›verbrecherische Machenschaften‹ grenzen mögen, so haben sie noch lange nicht gegen das Gesetz verstoßen … mein Lord.«

»Nun, wir könnten das Gold beschlagnahmen und eine Verhandlung anberaumen«, schlug Marschall William vor.

Roo fuhr auf. »Das geht nicht! Wenn ich das Gold nicht bis heute abend bei meinen Gläubigern abgeliefert habe, bin ich ruiniert. Und genau das wollte Jacoby erreichen.«

»Wenn Ihr mich und Mr. Avery bitte allein lassen würdet, meine Herrschaften«, bat James. »Das Frühstück ist beendet.«

Greylock blickte bedauernd auf den gedeckten Tisch, erhob sich jedoch und verließ das Zimmer mit den anderen.

James stand auf und setzte sich auf den Stuhl neben Roo. »So sieht es aus«, begann er. »Ihr habt Euch wacker geschlagen. Außergewöhnlich wacker, und selbst das beschreibt Euren Aufstieg noch nicht zur Genüge, junger Freund Avery. Einmal glaubte ich, wir müßten eingreifen, damit Ihr die Angriffe Eurer Feinde übersteht, doch Ihr habt unserer Hilfe nicht bedurft. Soweit meine Anerkennung für Euch.

Dennoch entbehrten meine Sorgen nicht einer Grundlage; Ihr sollt eine Sache begreifen, daß Ihr nämlich, ganz egal, wie mächtig Ihr werdet, nicht weiter über dem Gesetz steht, als damals, nach dem Mord an Stefan von Finstermoor.«

Roo erwiderte nichts.

»Ich werde Euer Gold nicht beschlagnahmen, Rupert. Zahlt Eure Gläubiger aus und mehrt weiter Euren Reichtum, nur vergeßt eins nicht: Ihr könnt immer noch genauso schnell wie beim ersten Mal in der Todeszelle landen.«

»Warum erzählt Ihr mir das?« wollte Roo wissen.

»Weil Ihr noch nicht aus unseren Diensten entlassen wurdet, mein junger Freund.« James erhob sich und begann, auf und ab zu schreiten. »Die Nachrichten, die uns von jenseits des Ozeans erreichen, sind schlechter, als wir erwartet haben – viel schlechter. Euer Freund Erik könnte, nach allem, was wir wissen, längst tot sein. Wie jeder, der mit Calis aufgebrochen ist.« Er blieb stehen und blickte Roo an. »Doch selbst wenn sie ihre gesetzten Ziele erreichen sollten, auf eines könnt Ihr Euch verlassen: Das Heer der Smaragdkönigin wird kommen, und Ihr wißt so gut wie ich, daß Eure harterarbeiteten Reichtümer nichts mehr wert sind, wenn sie an unserer Küste landet. Sie wird Euch und Eure Gemahlin und Eure Kinder wie nichts beiseite fegen, auf dem Marsch zu ihrem großen Ziel: der Vernichtung allen Lebens auf dieser Welt.«

»Was wollt Ihr, daß ich für Euch tue?«

»Ihr?« fragte James zurück. »Warum glaubt Ihr, ich wollte, daß Ihr etwas für mich tut?«

»Weil wir nicht zusammen gefrühstückt hätten, wenn Ihr mich nur an die schrecklichen Dinge erinnern wolltet, die ich unter Calis mitansehen mußte, oder daran, daß Ihr mich jederzeit wieder an den Galgen bringen könnt.« Mit vor Wut erhobener Stimme fuhr er fort: »Ich kenne die Tatsachen verdammt noch mal sehr gut!« Er schlug mit der Faust so fest auf den Tisch, daß das Geschirr klapperte, und fügte hinzu: »Mein Lord.«

»Ich sage Euch, was ich von Euch will«, beschwichtigte ihn Lord James. Er stützte sich mit einer Hand auf die Lehne eines Stuhls, mit der anderen auf den Tisch, beugte sich weit zu Roo vor, bis sich ihre Gesichter in Augenhöhe voreinander befanden. »Ich brauche Gold.«

Roo blinzelte irritiert. »Gold?«

»Mehr Gold, als sich ein kleiner gieriger Hundesohn wie Ihr überhaupt vorstellen kann, Rupert.« Er erhob sich. »An unserer Küste wird der größte Krieg in der Geschichte dieser Welt stattfinden.« Er ging zu einem Fenster, von wo aus man den Hafen überblicken konnte, und machte eine umfassende Geste. »Solange nicht jemand erscheint, der sehr viel mehr Macht und sehr viel mehr Weisheit als alle herrschenden Lords des Königreichs besitzt und uns eine Lösung vorschlägt, auf die wir noch nicht gekommen sind, werden wir wohl in weniger als drei Jahren die größte Flotte der Geschichte in diesen Haufen einlaufen sehen. Und diese Flotte wird die größte Armee befördern, die es je gegeben hat.«

Er drehte sich um und sah Roo an. »Und alles, was Ihr jetzt noch von diesem Fenster aus erblicken könnt, wird sich in Asche verwandeln. Das schließt Euer Haus, Euer Geschäft, Barrets Kaffeehaus, Euren Kai, Eure Lagerhäuser, Eure Schiffe, Eure Gemahlin, Eure Kinder und Eure Geliebte mit ein.«

Bei der Erwähnung seiner Geliebten mußte Roo heftig schlucken. Er hatte geglaubt, niemand wisse über seine Affäre mit Sylvia Bescheid. Obzwar James mit aller Ruhe gesprochen hatte, verriet seine Haltung, wie mühsam er seinen Zorn beherrschte. »Ihr werdet die Liebe, die ich für diese Stadt empfinde, niemals verstehen, Rupert. Oder weshalb mir dieser Palast teurer ist als alle anderen Orte auf dieser Welt. Ein sehr außergewöhnlicher Mann hat in mir etwas gesehen, was sonst niemand zuvor gesehen hatte, und er hat mich in eine Stellung gehoben, die sich bei meiner Geburt kein Mensch auch nur hätte vorstellen können.« Roo entdeckte einen feuchten Schimmer in Lord James' Augen. »Ihm zu Ehren habe ich meinen Sohn nach ihm benannt.« Der Herzog wandte Roo den Rücken zu und blickte abermals aus dem Fenster. »Und Ihr habt keine Ahnung, wie sehr ich mir wünsche, daß wir diesen Mann jetzt hier an unserer Seite hätten, damit er uns sagt, was wir tun sollen, während dieser Tag des Grauens immer näher rückt.«

Indem er tief Luft holte, fand der alte Herzog die Beherrschung wieder. »Aber er ist nicht bei uns. Er ist tot, und er wäre der erste, der mir sagen würde, daß solche Träume nur Zeitvergeudung sind.« Erneut blickte er Roo in die Augen. »Und Zeit ist etwas, von dem uns weit weniger zur Verfügung steht, als wir gehofft haben. Ich habe gesagt, die Flotte würde in weniger als drei Jahren hier einlaufen. Doch vielleicht kommt sie auch schon in zwei Jahren. Ich weiß es nicht eher, als bis ein Schiff von Novindus zurückkehrt.«

»Zwei oder drei Jahre?« fragte Roo nach.

»Ja«, bestätigte James. »Aus diesem Grund brauche ich Gold. Ich muß den größten Krieg in der Geschichte des Königreichs finanzieren, einen Krieg, der jeden anderen, den wir geführt haben, als Scharmützel dastehen läßt. Hier im Fürstentum haben wir ein stehendes Heer von kaum fünftausend Mann. Wenn wir unter dem Banner des Königreichs alle Truppen – die des Ostens und die des Westens – aufbieten, so können wir vielleicht vierzigtausend Mann, erfahrene Veteranen und Rekruten, ins Feld schicken. Doch wie viele Mann wird die Smaragdkönigin gegen uns aufbieten?«

Roo lehnte sich zurück und hielt sich allein das riesige Heer vor Augen, welches sich am Treffpunkt der Söldner versammelt hatte. »Zweihundert-, zweihundertfünfzigtausend, falls sie die alle übers Meer bringen kann.«

»Unseren letzten Berichten zufolge besitzt sie mehr als sechshundert Schiffe. Jede Woche werden zwei weitere Schiffe fertiggestellt. Sie plündert dafür den gesamten Kontinent aus. Unter ihrem Würgegriff erstickt die Bevölkerung, doch die Arbeit an den Schiffen geht voran.«

Roo rechnete. »Fünfzig Wochen braucht sie mindestens noch für weitere hundert Schiffe, die die Versorgung für so viele Männer übernehmen. Und falls sie umsichtig ist, wird sie noch weitere hundert Schiffe bauen.«

»Habt Ihr bei ihr vielleicht irgendeinen Hinweis auf Umsicht entdeckt?«

»Nein«, gestand Roo ein, »doch selbst jemand, der gewillt ist, jeden seiner Untergebenen sterben zu lassen, muß eine Ahnung davon haben, was er braucht, um sein Ziel zu erreichen.«

James nickte. »Zwei, höchstens drei Jahre, dann wird sie diesen Hafen erreicht haben.«

»Und welche Rolle habt Ihr mir dabei zugedacht, Lord James?«

»Ich könnte Euch besteuern und ausbluten lassen, um diesen Krieg zu bezahlen, aber selbst wenn ich die Armee ausschicke, um jede Kupfermünze zwischen den Zähnen der Welt und Kesh, zwischen den Inseln des Sonnenuntergangs und Roldem sammeln zu lassen, es würde nicht ausreichen.« James beugte sich vor und sprach leise, als fürchte er, sie könnten belauscht werden. »Aber Ihr könntet, mit der entsprechenden Hilfe, in zwei oder drei Jahren in der Lage sein, diesen Krieg zu finanzieren.«

Roo machte den Eindruck, als habe er nicht recht verstanden. »Mein Lord?«

»Ihr werdet in den nächsten beiden Jahren soviel Gewinn machen, daß Ihr der Krone leihen könnt, was sie für den bevorstehenden Krieg braucht.«

Roo seufzte tief. »Nun, das kommt etwas unerwartet. Ich soll so reich werden, wie ich es mir nicht einmal erträumen kann, damit ich der Krone Geld für einen Krieg leihen kann, von dem wir nicht wissen, ob wir ihn gewinnen.«

»Im Grunde stellt es sich so dar.«

»Nach allem, was Ihr mir erzählt habt, Lord James, wird die Krone vielleicht nicht in der Lage sein, mir das Geld zurückzuzahlen, sollten wir diese Prüfung überstehen.«

»Bedenkt Eure Wahlmöglichkeiten«, schlug James ihm vor.

Roo nickte. »Das wäre es dann wohl.« Er erhob sich. »Nun, wenn ich in drei Jahren als reichster Mann auf dem großen Aschehaufen sitzen will, dann sollte ich besser sofort damit anfangen, Geld zu verdienen. Um das zu tun, muß ich allerdings meine Gläubiger bis Sonnenuntergang ausgezahlt haben.«

»Eine Sache noch«, hielt ihn James zurück.

»Ja, mein Lord?«

»Die Geschichte mit den Jacobys. Da ist immer noch ihr Vater.«

»Muß ich mich vor ihm noch fürchten?«

»Möglicherweise«, zog James in Betracht. »Das Vernünftigste wäre, jetzt gleich zu ihm zu gehen, ehe er erfährt, daß Ihr seine Söhne getötet habt. Schließt Frieden mit ihm, Rupert, denn Ihr braucht in den nächsten Jahren Verbündete, keine Feinde, und ich werde Euch nicht in allen Belangen zur Seite stehen können; selbst mein Einfluß hat Grenzen.«

»Nachdem ich mich mit Frederick Jacoby geeinigt habe, werde ich meinen Partnern alles erzählen müssen«, gab Roo zu bedenken.

»Warum kauft Ihr ihnen ihre Anteile nicht ab?« schlug James vor. »Oder übernehmt zumindest die Führung der Bittermeer-Gesellschaft.« Dann grinste James, und in diesem Grinsen spiegelten sich gleichermaßen der junge Dieb, der einst durch die Straßen von Krondor gestrichen war, als auch seine Enkelsöhne wider. »Ihr habt darüber selbst schon nachgedacht, nicht wahr?«

Roo lachte. »Gelegentlich.«

»Je früher, desto besser. Falls Ihr eine kleine Summe Goldes benötigt, um das zu erreichen, wird sie Euch die Krone leihen; wir werden es ja bestimmt zurückerhalten, und noch einiges dazu.«

Roo versprach, den Herzog gegebenenfalls in Kenntnis zu setzen, und verabschiedete sich. Nachdem er den Palast verlassen hatte, dachte er darüber nach, wie sehr sein eigenes Schicksal abermals mit dem der Krone verbunden war, und ganz gleich, wie sehr er es auch versuchte, aus dem harten Griff dieses Schicksals – welches ihn seit dem Moment verfolgte, in dem er und Erik Stefan getötet hatten – konnte er sich nicht befreien.

Am Tor fand er weder Pferd noch Wagen auf sich warten. Während eines kleinen Spaziergangs zurück zum Geschäft, so entschied er, würde er sich darüber klarwerden können, was er Frederick Jacoby sagen sollte.

Erik schickte die Kundschafter in die Höhlen über ihnen. Seit zehn Minuten waren schwache Geräusche zu hören, deren Herkunft sie nicht kannten. Gänge und Höhlen gab es hier in Hülle und Fülle, und weil die Geräusche von überall her widerhallten, konnte man sie kaum orten.

Kurze Zeit später kehrten die Kundschafter zurück. »Es wimmelt nur so von Eidechsen«, flüsterte der eine. Erik bedeutete den Männern, sie sollten ihm zurück zu Calis und den anderen folgen, und dort skizzierten sie rasch, wie die große Höhle vor ihnen angelegt war.

Sie bildete einen nahezu perfekten Halbkreis, an dessen rechter Seite eine lange Rampe vom Eingang aus nach unten führte, während sich zur linken ein flaches Podest erstreckte. Die Schwertfechter würden über die Rampe angreifen, die Bogenschützen hingegen zur Linken ausschwärmen und ihre Pfeile auf die Schlangen herabhageln lassen.

Calis erteilte die entsprechenden Befehle, und Erik und de Loungville gaben sie an die Männer weiter. Erik hörte, wie Calis Boldar anwies, in Mirandas Nähe zu bleiben und sie zu beschützen, dann ging der Halbelb an der Kolonne vorbei, da er darauf bestanden hatte, persönlich die Führung zu übernehmen.

Wie zuvor tat jeder Mann das, was ihm befohlen war, ohne jedes Zögern und ohne jedes Durcheinander, und als sie in die große Höhle eindrangen, brach der Kampf sofort los. Und wie Erik aus eigener Erfahrung und aus den Büchern von William wußte, waren Schlachtpläne in jenem Moment, in dem der Kampf begann, nur noch Schall und Rauch.

Dieses Mal traten ihnen ausgewachsene Pantathianer entgegen, um die Hälfte größer als die jungen Krieger, mit denen sie früher am Tage gekämpft hatten. Der größte von ihnen reichte Erik bis knapp ans Kinn, und ihr bester Krieger konnte sich gerade mit Calis' schlechtestem Mann vergleichen, doch zahlenmäßig waren sie überlegen.

In der großen Höhle hatten sich zweihundert oder mehr von ihnen versammelt, und flüchtig bemerkte Erik, daß einige von ihnen frische Wunden trugen. Allerdings fehlte ihm die Zeit, lange darüber nachzudenken, wo und gegen wen die Pantathianer wohl gekämpft haben mochten. Er nahm an, es müsse sich um den Dritten im Spiel handeln, von dem Calis gesprochen hatte.

Der Überraschungseffekt brachte nur einen leichten Vorteil mit sich, wie alle Männer der Truppe wußten, und sie mußten diesen Vorteil ausnutzen, um so viele Pantathianer wie möglich zu töten. Von einer Seite der Halle zur anderen wurden Befehle weitergegeben, die zischende Sprache der Schlangenpriester verstand jedoch niemand. Erik setzte seine Kräfte so gut es nur ging ein; in den ersten Minuten des Kampfes starb unter jedem seiner Hiebe ein Schlangenmensch.

Aber schließlich hatten die Verteidiger ihre Reihen geordnet und drängten die Angreifer zurück. Das Blatt wollte sich schon wenden, bis die Bogenschützen auf dem Podest ihre Stellung eingenommen hatten und ihre Pfeile auf die Pantathianer niedergehen ließen.

»Vorwärts!« rief Erik und trat den sterbenden Widersachern entgegen. Hinter ihm wiederholten andere seinen Befehl. Wie zuvor wichen die Pantathianer keinen Zoll zurück und gaben nicht nach und starben so entweder durch Pfeil oder Schwert.

Dann war es plötzlich still.

Erik blickte sich um und sah überall zuckende Körper. Einige gehörten seinen Männern, doch die meisten waren grünhäutig. In Gedanken machte er eine Bestandsaufnahme und entdeckte schließlich de Loungville, der keuchend ganz in seiner Nähe stand. »Sieben Mann sind verwundet oder tot, Hauptfeldwebel.«

De Loungville nickte. Erik wies einige Männer an, die Verwundeten zu holen und auf das Podest zu bringen, wo die Bogenschützen warteten. Anschließend inspizierte Erik zusammen mit de Loungville, Calis und Miranda die Halle. In die benachbarten Höhlen, die im schwachen Licht kaum sichtbar waren, wurden Kundschafter ausgesandt.

Die Luft war feucht und heiß. Das Atmen fiel schwer. Aus einem Riß quer über den Boden stieg stetig Dampf auf. Manche Pantathianer waren noch am Leben, dem jedoch machten Calis' Männer rasch ein Ende. Die Befehle waren eindeutig: Jeder Pantathianer mußte getötet werden. Kein Schlangenmensch, ob Mann, Frau oder Kind, wurde geschont. Erik hatte über den Befehl nicht weiter nachgedacht, während er unter den Männern jedoch ausgiebig besprochen worden war. Nach einem Gefecht, in dem Kameraden gefallen waren, konnte man einen solchen Befehl allerdings mit leichterem Herzen ausführen.

Einer der Kundschafter rief: »Feldwebel! Hier!«

Erik wandte sich um und lief hinüber. »Was gibt's?«

»Seht, Sir.«

Erik sah in die bezeichnete Höhle und entdeckte in der Mitte des Raums einen Tümpel, in dem heißes Wasser brodelte. Offensichtlich hatten die Schlagenpriester diese Höhle gebaut, denn an den Felsen waren Spuren von Werkzeugen zu erkennen. Mehr als ein Dutzend großer Eier lagen um den Tümpel herum, nahe genug, um bebrütet zu werden, weit genug entfernt, damit der Nachwuchs durch die Hitze keinen Schaden nahm.

Eins der Eier bewegte sich.

Erik trat hinzu, derweil sich ein Riß in der Schale zeigte, die daraufhin mit lautem Knacken platzte. Der kleine Körper, der herausfiel, war kaum größer als ein Hund. Das Junge blinzelte, als wäre es verwirrt, und veranstaltete ein Geschrei, welches schauerlich an jenes menschlicher Säuglinge erinnerte.

Erik hob das Schwert, zögerte jedoch, während das winzige Geschöpf neugierig brüllte. Dann wandte der kleine Pantathianer seinen Blick Erik zu.

Das Neugeschlüpfte kniff die Augen zusammen, und Erik entdeckte in diesem Blick tödlichen Haß. Mit an Raserei grenzender Feindseligkeit zischte das Junge und stürzte sich auf Erik.

Unwillkürlich schlug Erik zu und trennte dem gerade Geschlüpften den Kopf von den Schultern.

Erik wurde übel, und er mußte heftig schlucken. »Brecht sie auf!« rief er.

Der Kundschafter gesellte sich zu ihm, und gemeinsam zerschlugen sie die anderen Eier. Winzige Körper kamen zum Vorschein und Erik wünschte sich überallhin, nur weg von diesem Ort. Der Gestank, den die Kreaturen freisetzten, war ekelerregender als alles, was er je zuvor gerochen hatte.

Nachdem sie ihre grausige Arbeit erledigt hatten, verließen Erik und der Kundschafter die Kammer. In anderen Höhlen in der Nähe hatten die Kameraden das gleiche tun müssen. Und mehr als einer kam würgend aus den Kammern heraus.

Nach einer Weile bemerkte Miranda: »Ich spüre etwas ...«

»Was?« fragte Calis.

»Ich weiß nicht ... aber es ist in der Nähe.«

Calis stand regungslos da und stellte schließlich fest: »Ich glaube, ich weiß, was es ist.« Er ging auf einen der Tunnel zu, die nach unten führten. »Hier entlang.«

De Loungville erstattete Bericht. »Zwei Tote, fünf Verwundete, einer davon ist nicht in der Lage weiterzuziehen.«

Allein ein kurzes Zucken des Kinns verriet, wie schmerzlich Calis diesen Bericht aufnahm. Er wollte sich gerade zu der Stelle aufmachen, wo die Verwundeten versorgt wurden, als de Loungville ihn zurückhielt. »Ich werde ihn fragen.«

Erik wußte, Bobby würde den Mann nun vor die Wahl stellen, ob er einen raschen Tod durch die Hände seiner Kameraden bevorzugte oder ob er hier allein zurückbleiben wollte, dem Schicksal ausgesetzt, mit der kargen Hoffnung, daß Calis' Truppe auf diesem Weg zurückkäme und ihn dann mitnehmen würde. Erik wußte, welche Entscheidung er persönlich treffen würde, zumindest glaubte er das. Doch wie konnte de Loungville diese schwere Aufgabe freiwillig auf sich nehmen?

Als die anderen Verwundeten und die Bogenschützen die Rampe herunterstiegen, wurde Erik klar, was Bobby dazu in die Lage versetzte. Denn er hatte die Greuel der Pantathianer und ihrer Verbündeten mit eigenen Augen gesehen. Ein gezielter Messerstich und ein kurzer Moment des Schmerzes waren für den Kameraden das bessere Ende als die langen Todesqualen, die er im Fall einer Gefangennahme würde erleiden müssen.

Als Erik ein ersticktes Röcheln hörte, wußte er, wie der Mann sich entschieden hatte. De Loungville kehrte zu den anderen zurück, das Gesicht zu einer undeutbaren Maske erstarrt. »In Zweierreihe aufstellen«, befahl er.

Erik gab den Befehl an die Männer weiter, die sich zum Abmarsch bereitmachten.

Neun

Enthüllungen

Roo seufzte.

Auf dem ganzen Weg vom Palast nach Hause hatte er darüber nachgedacht, wie er Frederick Jacoby gegenübertreten sollte. Falls der alte Mann eher dem besonnenen Randolph ähnelte, könnte man vielleicht zu einer gütlichen Einigung kommen. Falls er so wie der launische Timothy war, würde die Fehde mit an Sicherheit grenzender Wahrscheinlichkeit so lange andauern, bis eines der beiden Häuser ruiniert wäre.

So erreichte Roo sein Haus gegenüber von Barrets Kaffeehaus. Einzig aus der Küche, wo Rendel und Mary mit der Zubereitung der Speisen beschäftigt waren, waren Geräusche zu hören. Im Flur oben war es still, und Roo würde seine Frau und seine Kinder wohl noch schlafend vorfinden. Er fragte sich, wie spät es wohl war, konnte die Uhrzeit jedoch kaum schätzen. Der Helligkeit draußen nach konnte es nicht später als acht Uhr sein.

Er schob die Tür zu Karlis Zimmer auf. Sie und der Säugling schliefen noch. Er überlegte, ob er sie wecken sollte, entschloß sich jedoch, zu warten, bis der Kleine zu schreien beginnen würde. Leise trat Roo zu seiner Frau ans Bett und betrachtete sie und den Jungen in dem dämmerigen Licht, das durch die Vorhänge drang.

In diesem Licht wirkte Karli sehr jung. Mit einem Mal fühlte sich Roo schrecklich alt und setzte sich auf den Schaukelstuhl, in dem Karli den Kleinen wiegte, wenn er unruhig war. Der Junge schlief nicht so gut wie seine Schwester, und er brüllte viel öfter.

Roo fuhr sich mit der Hand übers Gesicht. Die Müdigkeit steckte ihm in den Knochen. Die Augen waren voller Schlaf, und im Mund hatte er einen bitteren Geschmack: von zu viel Kaffee und vom Töten.

Roo schloß die Augen.

Einige Zeit später weckte ihn das Brüllen des Kindes. Karli setzte sich auf und fragte: »Was ist?« Dann entdeckte sie ihren Ehemann. »Roo?«

»Ich muß eingeschlafen sein.«

»Warum bist du nicht ins Bett gegangen?«

»Ich muß dir etwas erzählen«, erwiderte er, während sie Anstalten machte, das hungrige Kind zu stillen.

»Und?«

»Die Männer, die deinen Vater getötet haben, sind tot.«

Sie zeigte keinerlei Regung.

Einen Augenblick später fuhr er fort: »Sie wollten mich in den Ruin treiben, doch ich habe es noch rechtzeitig bemerkt. Wir haben gekämpft … und jetzt sind sie tot. Ich komme gerade aus dem Palast, wo ich den Vorfall mit dem Herzog besprochen habe.«

»Dann ist es also vorüber?« erkundigte sie sich.

»Noch nicht ganz«, antwortete Roo.

Karli blickte ihn einen Moment starr an. »Wieso nicht?«

»Weil die beiden Männer einen Vater haben.« Er holte tief Luft. »Dein Vater hatte doch diesen alten Rivalen, Frederick Jacoby.«

Sie nickte. »Sie sind zusammen aufgewachsen, oben in Tannerus, in dem advarianischen Dorf.« Ihre Stimme wurde leise. »Ich glaube, sie waren einst Freunde. Warum? Hat er Vater umbringen lassen?«

»Nein, das hat sein Sohn Timothy getan. Sein Bruder Randolph mag dabei geholfen haben, hat es aber zumindest gewußt und ihn nicht daran gehindert.«

»Und diese Männer sind jetzt tot?«

»Ja.«

»Doch Frederick lebt noch«, stellte Karli fest. Sie wirkte traurig, als würde sie im nächsten Augenblick in Tränen ausbrechen. »Also mußt du ihn ebenfalls töten?«

»Ich weiß es nicht. Lieber würde ich Frieden mit ihm schließen, falls das möglich ist.« Er erhob sich. »Und ich sollte besser jetzt gleich gehen. Der Herzog hat darauf bestanden.«

Roo ging ums Bett herum, hielt inne und drehte sich noch einmal um. Er beugte sich zu dem Säugling hinunter und küßte ihn auf den Kopf, dann gab er Karli einen Kuß auf die Wange. »Ich werde bis zum Abendessen vermutlich noch nicht zurück sein. Und was ich dann brauche, ist Schlaf.«

Sie streckte die linke Hand aus und ergriff seine rechte. »Gib auf dich acht.«

Er drückte ihre Hand und verließ das Zimmer.

Noch von oben rief er Mary zu, sie solle die Kutsche vorfahren lassen, dann betrat er sein Zimmer und wechselte die Kleidung. Schließlich ging er nach unten. Vor der Haustür wartete seine Kutsche, und als er einstieg, fand er eine Gestalt darin vor.

Dash nickte zum Gruß. »Fühlt Ihr Euch besser?«

»Müde«, erwiderte Roo. »Was bringt Euch hierher?«

»Großvater hielt es für ratsam, daß ich mich Euch anschließe. Einige der Mitglieder oder Dienstboten von Mr. Jacobys Haushalt könnten bei der Nachricht vom Tod der Brüder außer sich geraten.« Er deutete auf das Schwert, welches auf seinen Knien lag.

Roo nickte. »Wißt Ihr, wie man damit umzugehen hat?«

»Besser als die meisten anderen«, gab Dash zurück, ohne aufzuschneiden.

Schweigend fuhren sie, bis die Kutsche vor dem Wohnsitz der Jacobys hielt. Dash stieg hinter Roo aus und folgte ihm zur Tür. Roo zögerte einen Augenblick lang und klopfte schließlich. Eine junge Frau öffnete wenig später die Tür. Sie war hübsch, wenn auch keine außergewöhnliche Schönheit – dunkles Haar und dunkle Augen, kräftiges Kinn und gerade Nase. »Ja? Kann ich Euch irgendwie behilflich sein?«

Roo konnte kaum ein Wort herausbekommen. Er wußte nicht, was er sagen sollte. Nachdem er einen Augenblick so dagestanden hatte, stellte er sich vor: »Mein Name ist Rupert Avery.«

Die Frau kniff die Augen zusammen. »Euren Namen kenne ich, Mr. Avery, doch wird er in diesem Hause keineswegs mit Wohlwollen genannt.«

»Das kann ich mir denken.« Roo holte tief Luft. »Und vermutlich wird sich das kaum ändern, wenn Ihr erst den Grund meines Besuchs erfahren habt. Wäre es möglich, daß ich mit Frederick Jacoby spreche?«

»Ich fürchte, das ist unmöglich«, lehnte die junge Frau sein Begehr ab. »Er empfängt keine Besucher.« Irgend etwas in Roos Miene erschien der Frau verdächtig, denn gleich darauf fragte sie: »Worum handelt es sich?«

Dash mischte sich ein. »Verzeiht die Frage, meine Dame. Wer seid Ihr?«

»Ich bin Helen, die Frau von Randolph.«

Roo schloß die Augen und seufzte. »Ich fürchte, ich bringe Euch und Eurem Schwiegervater schlechte Nachrichten.«

Die Frau hielt die Tür so fest, daß sich die Knöchel ihrer Finger weiß färbten. »Randy ist tot, nicht wahr?«

Roo nickte. »Wenn ich bitte eintreten dürfte?«

Die Frau wich zurück. Deutlich schien sie einer Ohnmacht nahe zu sein. Dash nahm ihren Arm und stützte sie. In diesem Moment kamen zwei Kinder in die Eingangshalle gelaufen und beklagten sich übereinander. Die Frau trennte die beiden, einen Jungen und ein Mädchen, die Roo auf vier und sechs Jahre schätzte. »Kinder, geht auf euer Zimmer und streitet euch nicht.«

»Aber Mutter«, widersprach der Junge eingeschnappt, weil seine Klage nicht gehört wurde.

»Geht auf euer Zimmer!« fuhr sie ihn scharf an.

Der Junge sah sie verletzt an, doch das Mädchen hüpfte einfach los und nahm die Verschlossenheit der Mutter dem Jammern des Bruder gegenüber als Sieg im immerwährenden Krieg zwischen den Kindern.

Als die Kinder verschwunden waren, blickte die Frau Roo an. »Wie ist Randy gestorben?«

»Wir hatten Randolph und Timothy am Hafen in die Enge getrieben – die beiden versuchten gerade, sich mit Gold davonzumachen, welches sie mir gestohlen hatten – und Timothy wollte mich angreifen. Randolph stieß ihn zur Seite und wurde von einem Armbrustbolzen getötet, der eigentlich Timothy hätte treffen sollen.« Nachdem er kurz überlegt hatte, was er sagen könnte, um den Schmerz der Frau zu mindern, fuhr er fort: »Es war sofort vorbei. Er wollte nur seinen Bruder beschützen.«

Helens Augen füllten sich mit Tränen, doch in ihrer Stimme schwang Wut mit. »Er wollte immer nur seinen Bruder beschützen! Was ist mit Tim? Lebt er?«

»Nein«, antwortete Roo leise. Abermals holte er tief Luft. »Ich habe ihn getötet.«

Als die Frau sich umdrehte, fügte Dash hinzu: »Es war ein fairer Kampf, meine Dame. Timothy ist mit der Waffe in der Hand gestorben, während er versuchte, Mr. Avery zu töten.«

»Warum seid Ihr gekommen?« verlangte die Frau zu wissen. »Wollt Ihr Euch am Untergang des Hauses Jacoby weiden?«

»Nein«, entgegnete Roo. »Herzog James hat mir angetragen, Euch aufzusuchen.« Er seufzte. So müde hatte er sich in seinem ganzen Leben noch nicht gefühlt. »Ich hatte persönlich nichts gegen Euren Gemahl oder gegen Euch oder Euren Schwiegervater. Allein mit Tim hatte ich einen Handel auszutragen. Tim hat den Tod meines Partners – und Schwiegervaters – arrangiert. Und er wollte mich geschäftlich ruinieren.«

Helen wandte ihnen den Rücken zu. »Daran habe ich keinen Zweifel, Mr. Avery. Bitte folgt mir.«

Sie führte die beiden durch die große Eingangshalle. Das Haus war viel größer, als man von außen meinen mochte, bemerkte Roo. Sie betraten einen Garten an der Rückseite des Hauses, der von einer hohen Steinmauer umgeben war. Auf einem Stuhl, eingehüllt in einen schweren Mantel und eine große Decke über den Knien, saß da ein alter Mann. Als sie näher kamen, erkannte Roo, daß seine Augen vom grauen Star erblindet waren und ein Teil seines Gesichts Lähmungen zeigte. »Ja? Wer ist da?« fragte er kaum verständlich und schwach.

Helen hob die Stimme. »Ich bin es, Vater!« Sie wandte sich an Roo. »Er kann kaum noch hören. Vor zwei Jahren hatte er einen Schlaganfall. Und seitdem ist er in diesem Zustand.«

Sie blickte Roo offen ins Gesicht. »Das ist Eure Chance, Mr. Avery. Von dem einstmals so großen Handelshaus Jacoby ist lediglich ein blinder, halbtauber, verrückter alter Mann geblieben, dazu eine Frau und zwei Kinder. Ihr könnt uns genausogut gleich auf der Stelle umbringen und die Fehde damit ein für allemal beenden.«

Roo hob die Hand. Auf seinem Gesicht spiegelte sich Hilflosigkeit. »Bitte. Ich ... ich wünschte, das Leid unserer Familien würde endlich ein Ende nehmen.«

»Das Leid soll ein Ende haben?« fragte sie, derweil ihr die Tränen in die Augen stiegen. »Wie kann ich das bewerkstelligen? Wer soll das Geschäft führen? Wer wird für uns sorgen? Es wäre wahrlich gnädiger von Euch, wenn Ihr unsere Misere jetzt mit dem Schwert beenden würdet.« Sie begann heftig zu weinen, und Dash trat vor und nahm die schluchzende Frau an seine Brust.

»Helen?« fragte der alte Mann stammelnd. »Ist etwas nicht in Ordnung?«

Roo kniete sich neben ihm hin. »Mr. Jacoby?«

»Wer ist da?« wollte er wissen und streckte den linken Arm tastend aus. Roo sah die rechte Hand reglos im Schoß des alten Mannes liegen. Er ergriff die gesunde Hand. »Mein Name ist Rupert Avery«, stellte er sich mit lauter Stimme vor.

»Avery? Kenne ich Euch, Sir?« fragte der alte Mann weiter. »Ich habe da mal einen Klaus Avery gekannt, als ... ach, nein, der hieß Klaus Klamer.«

»Nein, ich glaube, ich habe noch nicht die Ehre gehabt, Euch kennenzulernen. Aber ich ... ich habe einen alten Freund von Euch gekannt. Helmut Grindle.«

»Helmut!« strahlte der alte Mann. Speichel troff aus seinen Mundwinkeln.

Helen hatte die Fassung wiedergewonnen, bedankte sich bei Dash mit einem Schulterklopfen und wischte dem alten Mann mit einem Taschentuch den Speichel vom Kinn.

»Wir beide sind in der gleichen Stadt aufgewachsen, wußtet Ihr das?« erzählte der alte Mann. »Wie geht's ihm?«

Roo erwiderte. »Er ist jüngst gestorben.«

»Ach«, meinte der alte Mann. »Zu schade. Habe ihn schon

eine ganze Weile nicht mehr gesehen. Habe ich Euch erzählt, daß wir in der gleichen Stadt aufgewachsen sind?«

»Ja, das habt Ihr«, antwortete Roo.

Freudig wollte der alte Mann wissen: »Ihr kennt nicht zufällig meine beiden Jungen? Tim und Randy?«

»Doch, Sir.«

Der alte Mann hob Roos Hand leicht in die Höhe, als wollte er seinen Worten mehr Nachdruck verleihen. »Wenn Ihr einer von diesen Spitzbuben seid, die immer unsere Äpfel stehlen, gebt es besser nicht zu«, riet er Roo lachend. »Ich habe Tim gesagt, er solle dafür sorgen, daß die Jungs aus dem Baum bleiben! Wir brauchen die Äpfel doch für die Pastete. Im Herbst bäckt meine Eva immer Apfelpastete.«

Roo sah Helen an, und die flüsterte ihm zu: »Er ist verwirrt. Manchmal glaubt er, seine Söhne wären immer noch Kinder. Eva war seine Frau; doch sie ist schon vor dreizehn Jahren gestorben.«

Roo schüttelte den Kopf und ließ die Hand des alten Mannes los. »Ich kann es nicht.«

»Es ihm erzählen?« fragte Helen.

Roo nickte.

»Randy?« rief der alte Mann und winkte nach Roo. Roo beugte sich zu ihm vor. Der alte Mann wisperte ihm ins Ohr: »Randy, du bist ein guter Junge. Paß gut auf Tim auf; er ist immer so wild. Aber daß die anderen Jungs keine Äpfel stehlen!« Er streckte die gesunde Hand aus und klopfte Roo auf die Schulter.

Roo richtete sich auf, und einige Sekunden lang betrachtete er den alten Mann, der sich in seinen Träumen und Erinnerungen verloren hatte. Roo trat zur Seite. »Welchen Sinn hätte es schon? Warum sollte er nicht um der Götter Gnade willen glauben, seine Söhne seien noch am Leben?«

Er dachte an die Flotte, die in einigen Jahren vor Krondor stehen würde, und an die Zerstörung, die sie mit sich bringen würde. »Wir sollten alle ein paar Jahre mit schönen Träumen leben.«

Helen führte sie aus dem Garten. »Ich danke Euch für diese Geste, Sir.«

»Was werdet Ihr jetzt tun?« erkundigte sich Roo.

»Ich werde das Haus und das Geschäft verkaufen.« Sie begann abermals zu weinen. »In Tannerus habe ich noch Familie. Vermutlich werde ich dorthin gehen. Das wird schwierig sein, aber wir werden es überleben.«

»Nein.« Er dachte an das Mädchen und den Jungen und dann an seine eigenen zwei Kinder. »Die Kinder sollen nicht unter den ... Fehlern ihrer Väter leiden.«

»Hättet Ihr denn einen anderen Vorschlag?« wollte Helen wissen.

»Laßt mich die Geschäfte von Jacoby und Söhne führen. Bestimmt werde ich kein Kupferstück des Gewinnes für mich beanspruchen. Ich werde alles so machen, als wäre es meine eigene Gesellschaft, und wenn Euer Sohn alt genug ist, wird sie in seine Hände übergehen.« Roo sah sich im Hause um, während sie zur Eingangstür unterwegs waren. »Ich habe mit Randolph kaum je ein Wort gewechselt, aber mir scheint, der einzige Fehler Eures Gemahls war, daß er seinen Bruder zu sehr geliebt hat. Streit hatte ich allein mit Tim.« Er ergriff die Hand der Frau. »Wir wollen die Sache jetzt beenden, ein für allemal.«

»Ihr seid zu großzügig«, bedankte sich Helen.

»Nein. Das Ganze tut mir ausgesprochen leid. Mehr, als Ihr Euch vielleicht vorstellen könnt. Ich werde von meinem Anwalt einen Vertrag aufsetzen lassen, demzufolge die Bittermeer-Gesellschaft die Geschäfte von Jacoby und Söhne in Stellvertretung für Euch, die Witwe von Randolph Jacoby, führen soll, bis Ihr

Euch entweder entscheidet, die Gesellschaft zu verkaufen, oder bis Euer Sohn die Leitung übernimmt.

Falls Ihr irgend etwas braucht, sei es, was es wolle, wendet Euch an mich.« Er deutete auf Dash. »Mein Angestellter wird Euch heute nachmittag abholen und zum Tempel bringen. Habt Ihr noch weitere Verwandte, die mit Euch kommen sollen?«

»Nein, die wohnen nicht hier in der Stadt.«

»Ich würde Euch gern einen guten Tag wünschen, Mrs. Jacoby, doch erschiene mir das im Augenblick nicht angemessen. Statt dessen möchte ich sagen, daß ich Euch lieber unter anderen Umständen kennengelernt hätte.«

Indes sie erneut mit den Tränen kämpfen mußte, erwiderte Helen Jacoby: »Ich ganz sicherlich auch, Mr. Avery. Ich möchte sogar vermuten, hättet Ihr meinen Randolph unter anderen Umständen kennengelernt, wäret Ihr sicherlich sein Freund geworden.«

Die beiden Männer verließen das Haus und stiegen in die Kutsche. Dash schwieg, und Roo bedeckte das Gesicht mit der Hand. Und einen Augenblick später begann er zu weinen.

Auf Calis' Zeichen hin kam die Kolonne zum Stillstand. In den vergangenen drei Tagen waren sie immer wieder in Gefechte mit kleineren Abteilungen der Pantathianer verwickelt worden. Calis schätzte die Entfernung, die sie seit dem großen Schacht zurückgelegt hatten, auf etwa zwanzig Meilen. Mehrfach waren sie auf weitere Zeichen von Kampf und Zerstörung gestoßen. Gelegentlich fanden sie auch die Leichen von Saaur, doch bislang war ihnen noch kein lebender Eidechsenkrieger begegnet. Und für diesen kleinen Segen war Erik, der sie ja schon kennengelernt hatte, sehr dankbar.

Statt dessen mußte Erik gegen ein wachsendes Gefühl der Vergeblichkeit ankämpfen. Die Höhlen schienen sich endlos unter dem Berg zu erstrecken; er konnte sich erinnern, daheim im Palast Karten gesehen zu haben, denen zufolge die Minen eine Ausdehnung von über tausend Meilen besaßen. Wenn das Gebiet der Pantathianer nicht so eng begrenzt war, wie Calis meinte, wären sie alle vielleicht längst tot, bevor sie noch den Zufluchtsort der Schlangenmenschen zerstören konnten.

Noch aus einem anderen Grund waren die Männer angespannt; denn in ihrer Phantasie spukte das Schreckgespenst des geheimnisvollen dritten Mitspielers in dieser Partie herum. Die Toten, die sie bisher gefunden hatten, waren entweder Saaur oder Pantathianer gewesen. Die einzigen menschlichen Reste hatten zu jenen bedauernswerten Gefangenen gehört, die als Futter für die Brut der Pantathianer unter den Berg verschleppt worden waren. Wer oder was auch immer gegen die Pantathianer zu Felde zog – dahinter schienen die gleichen Absichten wie die von Calis und seinen Männern zu stecken: Dreimal waren sie schon auf zerstörte Nester der Pantathianer mit ihrer in Stücke gerissenen Brut gestoßen.

Je mehr Anhaltspunkte er beobachtete, desto mehr war Erik davon überzeugt, daß es sich nicht um Soldaten handelte, die hier eingefallen waren. Manche Leichen sahen aus, als wären sie regelrecht zerfetzt worden, und die jungen Pantathianer erweckten manchmal den Eindruck, als wären sie in der Mitte schlicht durchgebissen worden. Immer wieder stellte sich Erik schreckliche Bestien aus uralten Legenden vor, die von der Hand eines Magiers herbefohlen worden waren, um den Feind zu vernichten.

Doch wenn er solche Gedanken laut aussprach, antwortete Miranda darauf nur: »Und wo sind dann die Magier der Pantathianer?«

Erik hatte während des Marsches einige von Mirandas Vermutungen zu diesem Punkt mitangehört: Die pantathianischen

Schlangenpriester waren vielleicht allesamt ausgezogen, um der Smaragdkönigin auf dem Schlachtfeld zu dienen. Überzeugt klang sie dabei allerdings auch nicht.

Einer der vorausgeschickten Kundschafter meldete sich zurück: »Vor uns scheint nichts zu sein, aber wir haben einige merkwürdige Geräusche gehört, Feldwebel.«

Erik nickte und fragte nach: »Was meinst du mit merkwürdig?«

»Mir fehlen die rechten Worte dafür, doch irgendwo vor uns, vielleicht in großer Entfernung, muß etwas sein, und es machte solchen Lärm, daß wir uns sehr dicht annähern konnten, ohne gehört zu werden.«

Nachdem Calis Bericht erstattet worden war, meinte der Halbelb: »Wir stehen kurz vorm Zusammenbruch.«

Miranda wischte sich über die Stirn. »Die Hitze hier unten ist genauso schlimm wie die in den Grünen Weiten von Kesh.«

Das stand außer Frage. Die Männer trugen gerade das notwendigste der Rüstung, und es hatte große Mühe gekostet, sie davon zu überzeugen, die Fellmäntel nicht einfach irgendwo liegenzulassen, sondern in den Rucksäcken zu verstauen und mitzuschleppen. Erik nahm sich die Zeit, jeden daran zu erinnern, daß es Winter sein würde, wenn sie nach oben in die Berge zurückkehrten, und dann würden sie so frieren, wie sie jetzt schwitzten.

Calis ordnete eine Rast an, und Erik teilte die Wachen ein, derweil die anderen die Gelegenheit zum Schlafen nutzten, so gut es ging. Erik hingegen ließ sich alles, was ihnen begegnet war, noch einmal durch den Kopf gehen. De Loungville winkte ihn zu sich in einen abgelegeneren Teil der Höhle.

»Der Gestank ist schlimm«, begann er.

Erik nickte. »Manchmal brennen mir von den Schwefeldämpfen die Augen.«

»Was denkst du?«

Erik wirkte verwirrt. »Worüber?«

»Über das alles hier.« Bobby machte eine umfassende Handbewegung.

Erik zuckte mit den Schultern. »Ich werde nicht fürs Denken bezahlt.«

Bobby grinste. »Richtig.« Das Lächeln verschwand von seinem Gesicht. »Also, sag schon, was denkst du?«

Erik zuckte erneut mit den Schultern. »Ich weiß nicht recht. Manchmal scheint mir, wir würden das Tageslicht niemals wiedersehen, aber ansonsten setze ich einfach einen Fuß vor den anderen, tue, was man mir sagt und denke nicht an den nächsten Tag.«

De Loungville nickte. »Verstehe. Aber genau das ist das Schwierigste. Ein einfacher Soldat kann einen Fuß vor den anderen setzen, du hingegen trägst Verantwortung.«

»Ich weiß.«

»Nein, du glaubst nur, es zu wissen«, widersprach de Loungville. Er sah sich um und vergewisserte sich, daß ihnen niemand zuhörte. »Miranda hat die Möglichkeit, sich selbst und eine zweite Person hier herauszubringen.«

Erik nickte. An den Gedanken, daß Miranda eine Art Zauberin sein mußte, hatte er sich längst gewöhnt, von daher überraschte ihn diese Mitteilung nicht.

»Falls mir etwas zustößt, ist es deine Aufgabe, den Hauptmann mit Miranda hier herauszubringen, verstanden?«

»Ich weiß nicht recht.«

»Er ist etwas Besonderes«, fuhr de Loungville fort. »Das Königreich braucht ihn dringender als ein paar Rindviecher wie dich und mich. Wenn es sein muß, schlägst du ihn nieder und schleppst ihn bewußtlos zu Miranda, aber laß sie auf keinen Fall ohne ihn verschwinden.«

Erik mußte sich zusammenreißen, um nicht laut loszulachen. In der Truppe gab es nur einen, der stärker war als Erik, und das war der Hauptmann. Und nach dem, was Erik in den letzten Jahren gesehen hatte, war Calis sogar erheblich stärker als Erik. Selbst mit einem kräftigen Hieb auf den Kopf würde er den Halbelb vermutlich kaum außer Gefecht setzen können.

»Ich werde sehen, was ich tun kann«, gab er unverbindlich zurück.

Zwei Stunden später brachen sie wieder auf, und Erik behielt das, was de Loungville ihm gesagt hatte, im Gedächtnis. Dennoch nahm er die Ermahnung nicht ganz ernst, da er sich nicht vorstellen wollte, daß eine Situation kommen könnte, in der de Loungville nicht mehr da wäre und ihm sagte, was er zu tun habe.

Sie marschierten einen langen, schmalen Gang entlang, der leicht nach unten führte. Die Hitze ließ zwar nicht nach, doch wenigstens schien sie auch nicht weiter zuzunehmen.

Zweimal legten sie Rast ein, und Kundschafter wurden vorausgeschickt. Beide Male berichteten sie von jenen fernen Geräuschen, deren Herkunft sie sich nicht zu erklären wußten.

Zwei Stunden später konnte Erik die Geräusche dann selbst hören. Aus großer Entfernung war ein Grummeln wie von leisem Donner zu hören, begleitet von einem hohen Pfeifen, zumindest erschien es Erik so.

Abermals erreichten sie eine große Höhle und stießen erneut auf die Spuren eines Kampfes. Doch anders als jene, die sie früher am Tage entdeckt hatten, waren diese vergleichsweise frisch. »Der Kampf hat erst gestern stattgefunden«, stellte Calis fest. Er zeigte auf Blutlachen, die noch nicht ausgetrocknet waren. Einer der Soldaten rief Calis zu einem der Nester, und Erik folgte dem Hauptmann.

»Götter!« rief Erik angesichts des Schlachtfeldes. Um einen Tümpel herum hatte sich das größte Nest befunden, auf das sie bislang gestoßen waren. Dotter und Albumen von zerschlagenen Eiern trieben auf dem Wasser. Der Gestank verfaulter Eier nahm Erik den Atem, dann fiel ihm etwas auf. »Wo sind die Leichen der Jungen?«

Ein Arm trieb auf dem brodelnden, rosafarbenen Wasser, und die Blutspritzer um den Tümpel herum waren eindeutig. Calis war es schließlich, der es aussprach. »Hier hat etwas gefressen.«

Erik hatte keine Lust, sich ein Wesen vorzustellen, das die Eier der Pantathianer aufbrach und die Jungen verschlang, daher wandte er sich ab und ging hinaus. »Wir sollten weiterziehen«, entschied Calis.

Erik brachte die Männer in Marschordnung und führte sie voran.

Die Zeremonie dauerte nicht länger als jene, die für Helmut abgehalten worden war. Karli stand an Roos Seite. Die Kinder waren zu Hause bei Mary geblieben.

Helen und ihre beiden Kinder standen schweigend da, während der Priester von Lims-Kragma den Segen für den Toten sprach und den Scheiterhaufen entzündete. Das Mädchen spielte mit seiner Puppe, der Junge hingegen schaute dem Ganzen verwirrt zu.

Als die Zeremonie zu Ende war, fragte Karli: »Ist es jetzt vorüber?«

Roo tätschelte ihre Hand. »Ja. Die Witwe ist eine bemerkenswert starke Frau, doch ist sie nicht verbittert. Hauptsächlich sorgt sie sich um die Kinder.«

Karli betrachtete die Kinder. »Die Ärmsten.« Sie ging hinüber zu Helen. »Ich möchte Euch sagen, daß mir all diese Ereignisse keine Freude bereiten; falls ich Euch helfen kann, seid so frei und teilt es mir mit.«

Helen nickte nur. Ihr Gesicht war müde und blaß, doch die Tränen hielt sie für später zurück, für den Abend, wenn sie wieder allein sein würde.

Karli kam zu Roo zurück. »Gehen wir jetzt nach Hause?«

Roo schüttelte den Kopf. »So gern ich das täte, aber ich muß mich noch um einige geschäftliche Angelegenheiten kümmern.« Er warf einen Blick auf die Nachmittagssonne. »Noch vor Sonnenuntergang muß ich diese Schulden bezahlen. Und danach ... ich weiß nicht.«

Karli nickte. »Ich muß zu den Kindern zurück.«

Roo gab ihr pflichtschuldig einen Kuß auf die Wange. »Ich komme nach Hause, sobald ich kann.«

Während Karli aufbrach, ging Roo hinüber zu Helen. Er betrachtete die Witwe und dachte, was für eine edle und tapfere Frau sie war. Keineswegs die Schönheit, die Sylvia darstellte, doch zweifellos war sie eine Frau, die ihn anzog.

Sie bemerkte, wie er sie anstarrte, und er senkte den Blick. »Ich wollte nur noch einmal wiederholen, was ich heute morgen bereits gesagt habe. Was auch immer Ihr braucht, es sei Euer.«

Ruhig erwiderte sie: »Ich danke Euch.«

Ohne zu wissen, weshalb, fügte er noch hinzu: »Ihr braucht Euch niemals bei mir zu bedanken.« Und aus einem Impuls heraus nahm er ihre Hand und hielt sie kurz. »Niemals.«

Er wartete ihre Antwort nicht ab, sondern wandte sich um und ging.

Vom Tempel fuhr er zu Barrets Kaffeehaus, wobei er nicht in der Lage war, einen klaren Gedanken zu fassen. Die Erschöpfung und Gefühle, die ihm neu waren, verwirrten ihn. Er dachte an den Kampf und den Tod, dann sah er plötzlich das Gesicht von Helen

Jacoby vor sich. Gedanken an ihre Kinder schossen ihm durch den Kopf, und schließlich fielen ihm seine eigenen ein.

Sein Kutscher mußte ihn darauf aufmerksam machen, daß sie vor dem Kaffeehaus standen, und müde machte sich Roo zu seinem Tisch auf, wo seine drei Partner auf ihn warteten. Er ließ sich auf einen Stuhl fallen und winkte dem Kellner zu, er möge ihm eine große Tasse Kaffee bringen.

»Wie ist es verlaufen?« fragte Masterson.

»Ich habe das Gold«, berichtete Roo. Mit Absicht hatte er seine Partner davon nicht unterrichten lassen. Er hatte nicht vergessen, was Herzog James von ihm verlangt hatte, deshalb mußte er mit seinen Partnern sprechen, solange diese vor Sorge noch verzweifelt genug waren.

»Die Götter seien gelobt!« rief Hume, derweil Crowley nur einen tiefen Seufzer von sich gab.

»Wo ist das Gold?« wollte Masterson wissen.

»Auf dem Weg zu unserem Gläubiger.«

»Gut, sehr gut«, befand Crowley.

Roo zögerte einen Augenblick lang, bis er verkündete: »Ich möchte, daß Ihr mich auszahlt.«

»Wie bitte?« fuhr Masterson auf.

Roo erläuterte: »Dies alles geht zu schnell. Wir sind in einer prekären Lage, ich arbeite fast nur noch für die Bittermeer-Gesellschaft, finde kaum Zeit für die Geschäfte von Avery und Sohn.«

»Aus welchem Grunde sollten wir Euch ausbezahlen?« wollte Crowley wissen.

»Weil ich mir dieses Recht verdient habe«, erwiderte Roo. Um seine Aussage zu bekräftigen, schlug er mit der Hand auf den Tisch. »Denn schließlich war ich es, der heute morgen ein Duell ausgefochten hat, um unsere gemeinsamen Rücklagen wiederzubeschaffen. Doch von Euch, meine Herren, habe ich heute morgen in der Dunkelheit niemanden gesehen, der ein Schwert in der Hand hatte und um sein Leben gekämpft hat.«

»Nun, ich meine, hätten wir es gewußt ...« wollte Hume dagegenhalten.

Crowley begehrte auf: »Dieser Sachverhalt allein überzeugt mich keineswegs davon, daß wir Euch so schnell aus diesem Geschäft entlassen sollten, Mr. Avery.«

Masterson hatte sich bislang nicht dazu geäußert. »Ihr wollt unsere Partnerschaft also auflösen?«

»Zumindest möchte ich sie neu ordnen.«

Masterson lächelte schwach. »Wie?«

»Falls Ihr mich nicht auszahlt«, forderte Roo, »möchte ich einen Anteil, mit dem ich über Geschäfte allein entscheiden kann. So oder so, es ist mir egal, doch wenn ich mein Leben aufs Spiel setzen muß, dann nur für mein Eigentum.«

Masterson stöhnte. »Ihr seid schnell bei der Sache, Roo Avery. Ich vermute, Ihr würdet auch ohne uns glänzend zurechtkommen. Bevor Ihr mit uns brecht, werde ich eher an Euch verkaufen.«

»Das kommt doch alles sehr überraschend«, meldete sich Hume zu Wort. »Ich weiß nicht recht ...«

»Ach! Das alles ist doch nur ein Trick, damit ich von meinem Amt als Vorsitzender der Bittermeer-Gesellschaft zurücktrete«, wetterte Crowley.

»Verkauft mir jeder die Hälfte Eurer Anteile«, schlug Roo vor, »und ich werde Euch reich machen. Aber keinesfalls werde ich nochmals mein Leben riskieren und die Zukunft meiner Familie aufs Spiel setzen, um Euer Gold zu retten.«

Masterson lachte. »Das ist allerdings richtig, Avery. Ich sag Euch was: Ich verkaufe, falls die anderen mitmachen, gerade so viel, daß Ihr die Mehrheit bekommt, aber keinesfalls werde ich Euch alles geben. Vielleicht war es Eure Begabung fürs Geschäft und Euer verdammtes Glück, daß wir so reich geworden sind; dennoch, dabei haben auch wir eine Menge Gold riskiert.«

»Ich werde mich Euch anschließen«, verkündete Hume. »Ich habe schon genug Zeit für die Bittermeer-Gesellschaft aufgebracht und meine anderen Geschäfte vernachlässigt.«

Crowley schüttelte den Kopf. »Nun, ich werde mich nicht anschließen. Zahlt mich aus oder verkauft mir Eure Anteile, mir ist beides recht.«

Roo sah Crowley an. »Zu welchem Preis?«

»Verkaufen oder kaufen?«

Die anderen drei Männer lachten, und einen Augenblick später fiel Crowley mit ein. »Gut, gut«, brummte er, »ich mache Euch einen Preis.« Er nahm eine Feder und schrieb eine Summe auf einen Zettel, den er dann Roo zuschob.

Roo nahm den Zettel, sah, daß die geforderte Summe lächerlich überhöht war, und schüttelte den Kopf. Er nahm die Feder, strich die Zahl durch und schrieb eine neue darunter, woraufhin er den Zettel zu Brandon Crowley zurückschob.

Crowley sah sich die Zahl an. »Das ist Diebstahl!«

»Dann nehme ich die erste Zahl als Euer Angebot, meine Anteile zu verkaufen«, versetzte Roo.

Masterson lachte. »Er hat Euch in der Zwickmühle, Brandon.«

»Ich nehme die Mitte zwischen den beiden Zahlen«, bot Crowley an.

»Abgemacht!« stimmte Roo zu. Er wandte sich an Hume und Masterson. »Ihr seid Zeugen, meine Herren.«

Bald hatten sie sich über die Einzelheiten des Verkaufs geeinigt, und ehe alle noch so recht wußten, was geschehen war, ließ

Masterson bereits seinen Branntwein für besondere Anlässe bringen. Nach den Ereignissen der letzten beiden Tage war Roo sowohl gefühlsmäßig als auch körperlich ausgelaugt. Nach einem einzigen Gläschen Branntwein fühlte er sich schon wie im Vollrausch.

Er torkelte die Treppe hinunter nach unten, wo Duncan an der Tür auf ihn wartete. »Luis läßt ausrichten, das Gold wäre überbracht worden, und alles hätte seine Ordnung.« Er lächelte.

Roo erwiderte das Lächeln. »Du bist nicht nur mein Cousin, du bist auch ein echter Freund.« Einem plötzlichen Impuls folgend, nahm er seinen Cousin in den Arm und drückte ihn. »Hätte ich dir längst mal sagen sollen.«

Duncan lachte. »Hast du was getrunken?«

Roo nickte. »Ja. Und weißt du, mit wem du gerade sprichst? Mit dem Eigner der Bittermeer-Handelsgesellschaft.« Er winkte nach seiner Kutsche. »Ich glaube, damit gehöre ich zu den reichsten Männern von Krondor.«

Immer noch lachend, meinte Duncan: »Nun, wenn du es sagst.«

Die Kutsche fuhr vor, und Duncan machte die Tür auf und half Roo beim Einsteigen. »Wohin soll es gehen, Sir?« fragte der Kutscher.

Roo lehnte sich aus dem offenen Fenster. »Duncan, könntest du mir einen Gefallen tun? Ich hatte heute abend eine Verabredung mit Sylvia Esterbrook zum Essen, aber ich bin einfach zu erschöpft. Wärst du so lieb und würdest ihr meine Entschuldigung überbringen?«

Duncan grinste. »Das sollte ich wohl hinbekommen.«

»Du bist ein echter Freund, Duncan. Habe ich dir das schon einmal gesagt?«

Duncan lachte erneut. »Ja.« Er schloß die Tür der Kutsche. »Ab mit dir nach Hause.«

Die Kutsche rollte an, und Duncan ging zu seinem Pferd. Er stieg auf und machte sich auf den Weg zum Anwesen der Esterbrooks. Nach ein paar Straßen wendete er sein Tier und ritt zu dem kleinen Haus, welches er nun, nachdem Luis ausgezogen war, mit einer Hure teilte, die er im Hafen kennengelernt hatte.

Die Frau lag noch im Bett, wo sie den Tag verschlafen hatte. Duncan riß ihr die Decke fort. »Such deine Sachen zusammen und verschwinde!« fuhr er sie an.

»Was?« fragte die wie aus heiterem Himmel getroffene Frau und setzte sich auf.

»Verschwinde, habe ich gesagt!« schrie er. Um seinen Worten Nachdruck zu verleihen, schlug er ihr hart ins Gesicht. »Ich muß jetzt baden. Wenn ich damit fertig bin, bist du verschwunden. Verstanden?«

Er ließ die schockierte, heulende Frau im Schlafzimmer allein zurück und ging zum anderen Ende des Flures, wo eine Waschbütte neben einem kleinen Ofen stand. Er erhitzte Wasser und betrachtete sein Gesicht in dem Spiegel aus poliertem Metall.

Während er sein Rasiermesser am Riemen schärfte, summte er vor sich hin. Derweil suchte die Hure, an deren Namen er sich kaum erinnern konnte, im Nebenzimmer ihre Sachen zusammen und verfluchte ihn still.

Die Schreie hallten durch die Gänge, und Erik, Calis sowie der Rest der Truppe schritten vorsichtig voran. Vor sich sahen sie helles Licht, von dort, wo ein Kampf stattzufinden schien. Gelegentlich hörte der Lärm auf, bis das Klirren von Stahl auf Stahl und die Schreie wieder begannen. Das zischelnde Geschrei der Pantathianer wurde dann und wann vom Kampfgebrüll der Saaur unterbrochen, an welches Erik sich nur zu gut erinnern konnte. Doch da war noch etwas anderes, etwas, daß ihm die Nackenhaare sträubte.

Trotz des Lärms vor ihnen benutzte Erik Handzeichen, auf die vage Möglichkeit hin, jemand könnte sie kommen hören. Renaldo kam zu Erik an die Spitze der Kolonne, und die beiden schlichen weiter, um zu erkunden, was vor ihnen lag.

Sie entdeckten eine riesige Höhle, größer als alle, auf die sie bisher gestoßen waren, einen runden Schacht, ähnlich jenem, durch welchen sie in die Unterwelt der Berge eingedrungen waren. Der Schacht führte so weit in die Höhe, daß Erik das Ende nicht erahnen konnte, sie selbst befanden sich jedoch in der Nähe des Grundes.

Unter ihnen, eine spiralförmige Windung der Rampe, die sich an den Wänden des Schachtes entlangzog, tiefer, bot sich ihnen ein entsetzliches Bild. Die bisher größte Ansammlung von Eiern lag in einem Tümpel voll schäumenden Wassers. Es rann von den Wänden in den Tümpel, und Erik hielt es für kaltes, denn ansonsten wären die Eier gekocht worden. Das Schmelzwasser von oben und das heiße Wasser von unten mischten sich und mußten zusammen eine Temperatur haben, die für das Ausbrüten der Eier gerade richtig war.

Der Tümpel hatte einen Durchmesser von sicherlich zwanzig Metern, und in der Mitte kauerte eine Kreatur, die so fremdartig war, daß Erik nicht hätte sagen können, um was es sich handelte. Er winkte die anderen herbei, und die schwärmten bis an den Rand der Rampe aus. Erik spürte plötzlich einen Schmerz in der Schulter. Calis hatte seine Hand dort hingelegt und fest zugedrückt. Erik flüsterte: »Hauptmann?«

Calis blinzelte und zog die Hand zurück. »Entschuldigung.«

Erik wußte, der Hauptmann war wie die anderen entsetzt, doch es überraschte ihn, wie sehr.

Die Kreatur in dem Tümpel war fast sechs Meter groß und trug auf dem Rücken lederartige Flügel. Das Wesen schillerte in Schwarztönen und besaß smaragdgrüne Augen. Abwechselnd wandte es seine Aufmerksamkeit den Eiern – es zerbrach sie und verschlang die winzigen Pantathianer darin – und den überlebenden Verteidigern zu. Die Kreatur erinnerte entfernt an ein Pferd, nur daß auf dem Kopf weitgeschwungene Hörner saßen, wie die einer Ziege, und die Arme endeten in menschenähnlichen Händen mit fünf Fingern und scharfen Krallen.

»Was ist denn das?« fragte de Loungville.

»Mantrecoe«, erwiderte Boldar. »Ihr würdet es wohl einen Dämon nennen, schätze ich. Es ist ein Wesen aus einer anderen Ebene der Wirklichkeit. Ich habe noch nie eins zu Gesicht bekommen, aber ich habe von ihnen gehört.« Er wandte sich an Miranda. »Habt Ihr das gewußt?«

Sie schüttelte den Kopf. »Ich habe gedacht, wir hätten es mit etwas vollkommen anderem zu tun.«

»Wie ist es hierher gekommen?« fragte Boldar. »Die Siegel zwischen dem fünften Zirkel und diesem Reich sind seit Jahrhunderten unversehrt. Und falls eine dieser Kreaturen durch den Gang gekommen wäre, hätten wir davon erfahren.«

»Es scheint nicht durch den Gang zwischen den Welten gekommen zu sein«, stellte Miranda fest und beobachtete das Wesen angestrengt. »Jetzt wissen wir allerdings wenigstens, wo sich die Magier der Pantathianer aufhalten.«

Im gleichen Augenblick erfüllte ein Heulen die Höhle, als die Kreatur vor Schmerz kreischte. Sie richtete ihre Aufmerksamkeit auf eine Gruppe von Schlangenmenschen, die einen Zauber gegen den Dämon heraufbeschworen.

»Dort drüben!« Calis zeigte auf einen Tunnel hinter dem Kampfgetümmel.

Erik blickte hinüber. »Was?«

»Das ist unser Ziel.«

»Seid Ihr verrückt?« fragte Erik, ehe ihm bewußt wurde, mit wem er sprach.

»Unglücklicherweise nicht«, erwiderte Calis und wandte sich an Bobby. »Die Männer sollen die Rampe entlang bis über die Tür gehen und ein Seil herunterlassen. Und vor allem dürfen sie keine Aufmerksamkeit auf sich lenken. Mir wäre es lieb, wenn wir es jetzt weder mit dem einen noch mit dem anderen Gegner zu tun bekämen, falls sich das vermeiden läßt.«

De Loungville machte Erik ein Zeichen, und der übernahm die Führung. So dicht wie möglich an die Wand gedrückt, schlichen sie die Rampe entlang auf die andere Seite, und Erik konnte nur noch den Kopf der Kreatur sehen, die sich gelegentlich duckte oder wand, um den magischen Angriffen und Blitzen auszuweichen. Zweimal blendeten ihn die Lichtblitze so sehr, daß er die Augen zukneifen mußte, und jedesmal wallte daraufhin eine Welle sengender Hitze zu ihnen herauf.

Er erreichte die Stelle über dem Eingang des Tunnels, den Calis gemeint hatte, und wandte sich an den Mann, der hinter ihm kam, der daraufhin ein Seil aus Eriks Rucksack holte. Erik fand nichts, wo er das Seil hätte festbinden können, daher schlang er es sich um den Körper und nickte dem Soldaten zu, er solle hinunterklettern und in den Tunnel eindringen.

Mann für Mann folgten die Soldaten seinem Befehl, ohne zu zögern oder nachzudenken. Zwei Bogenschützen hatten sich schußbereit gemacht, um nötigenfalls entweder die pantathianischen Magier oder den Dämon aufs Korn zu nehmen, doch beide Seiten hatten nur Augen für einander.

Nachdem der zehnte Mann hinuntergeklettert war, kam Calis zu Erik. »Alles in Ordnung mit dir?«

»Meine Arme tun weh, aber sonst ist alles bestens«, erwiderte Erik.

»Ich werde das Seil mal eine Weile halten.« Calis ergriff es mit einer Hand, und abermals war Erik beeindruckt, um wieviel stärker der Hauptmann war, als man vermuten mochte.

Die nächsten Männer hangelten sich nach unten und versteckten sich sofort im Tunnel. Erik hätte seine Hand nicht dafür ins Feuer gelegt, aber er glaubte zu erkennen, daß sich das Blatt unten zugunsten des Dämons wendete. Jedesmal, wenn die pantathianischen Magier angriffen, schlug er wilder zurück. Die Magier schienen zu ermüden, falls Erik das richtig einschätzte.

Dann ließ sich Miranda an dem Seil nach unten, und Calis forderte Erik auf: »Erik, jetzt du!«

Erik gehorchte, und nach ihm kam de Loungville, daraufhin fiel das Seil nach unten. Calis sprang die sieben Meter – vielleicht auch mehr – hinunter und landete, als wäre er nur einen Meter tief gefallen. Seine Kompanie war in den Tunnel eingedrungen und wartete, den Rücken zur Wand. Calis ging an seinen Männern vorbei, und als er die Spitze erreicht hatte, befahl er: »Folgt mir.«

Als nächstes traten sie in eine kleine Höhle, die kaum groß genug war, um die ganze Truppe aufzunehmen. Calis wandte sich an die Männer: »Hört jetzt alle gut zu. Etwas hat unseren Feind vollkommen aus dem Gleichgewicht geworfen, und wir müssen herausbekommen, wer oder was dieser neue Mitspieler eigentlich ist.« Er blickte sich um. »Boldar?«

»Ja?« meldete sich der Söldner.

»Ihr habt das Geschöpf beim Namen genannt. Was wißt Ihr darüber?«

Boldars Helm wandte sich in Mirandas Richtung. Sie nickte. »Erzähl ihnen alles.«

Boldar nahm den Helm ab. »Es ist ein *mantrecoe*, wie er in der Sprache der Priester von Ast'hap'ut heißt, einer Welt, die ich einmal besucht habe. Mit eigenen Augen habe ich noch nie einen gesehen, nur auf den Malereien im Tempel auf Ast'hap'ut.«

Boldar hielt inne, als würde er über seine nächsten Worte nachdenken. »In anderen Welten gelten andere Gesetze«, setzte er an. »Auf Ast'hap'ut hatten sie einen besonderen ... Umgang mit diesen Kreaturen. Rituelle Opfer und Anrufungen, eine Art Verehrung eben.

Auf wieder anderen Planeten glaubt man, diese Kreaturen stammten aus einer anderen Ebene der Energie.«

»Ebene der Energie?« fragte Calis nach.

Miranda antwortete. »Draußen im Universum gibt es viele Wesen an vielen Orten, an denen andere Gesetze gelten als auf dieser Welt, Calis. Hat dir dein Vater von den Schreckenslords erzählt?«

Calis nickte, und eine ganze Anzahl der Männer malten ein Zeichen des Schutzes in die Luft. »Er mußte einst gegen einen Schreckenslord kämpfen«, berichtete Calis. Die Schreckenslords waren Wesen der Legenden, so wie auch die Drachenlords. Die Schreckenlords wurden für die mächtigsten Wesen des Nichts gehalten, für Seelenfänger und Lebensdiebe. Unter ihren Fußsohlen verwelkte das Gras, und nur mächtigste Magie konnte etwas gegen sie ausrichten.

»Nun«, fuhr Miranda fort, »diese Kreatur, dieser Dämon, ist ihm ähnlich; das Universum, in dem das Wesen lebt, wird von anderen Gesetzen beherrscht.« Sie warf einen Blick zurück in Richtung Schacht. »Für uns ist es vielleicht nicht ganz so fremdartig wie ein Schreckenslord, doch allein seine Gegenwart bedeutet, daß harte Zeiten vor uns liegen.«

»Wie ist der Dämon hierhergekommen?« wollte Calis wissen.

»Ich weiß es nicht«, erwiderte Miranda. »Vielleicht werden wir vor uns« – sie zeigte den Tunnel entlang in die entgegengesetzte Richtung – »die Antwort auf diese Frage finden.«

Calis nickte. »Gehen wir also!«

Er führte sie an, dann folgten Erik, Boldar, de Loungville und der Rest der Truppe. »Zumindest wissen wir jetzt, warum wir hin und wieder unversehrte Nester gefunden haben«, stellte de Loungville fest.

Erik nickte. »Dieses Ding ist einfach zu groß für einige der Höhlen.«

Boldar widersprach jedoch. »Es muß nicht immer so groß gewesen sein.«

»Wie meint Ihr das?« erkundigte sich Calis, ohne die Schritte in den finsteren Tunnel hinein zu verlangsamen. Wieder brannte nur eine einzige Fackel in der Mitte der Reihe, und in Eriks Ohren klang die Stimme des Hauptmanns in der Dunkelheit anders als sonst.

»Es könnte sein, daß diese Kreatur durch einen Riß in den Dimensionen geschlüpft ist.«

»Einen Riß?« fragte Calis nach.

»Einen Spalt«, erklärte Miranda. »Das ergibt einen Sinn. Wenn ein winziger Dämon unbemerkt hindurchgekommen ist und sich von den Unachtsamen in diesen Tunnels ernährt hat, bis er groß und stark genug war, um die Brutstätten zu überfallen …«

»Damit wissen wir jedoch immer noch nicht, wie er hierhergekommen ist und warum«, wandte Calis ein.

Eilig zogen sie durch den Tunnel, bis dieser plötzlich in einer großen Höhle endete. Ein weiteres halbes Dutzend Gänge endete ebenfalls hier, und vor ihnen erhob sich ein riesiges Portal aus uraltem Holz.

Die beiden Flügel der Tür standen offen, und die Kolonne betrat die größte unterirdische Halle, auf die sie bislang gestoßen waren. Erik wollte seinen Augen nicht trauen. Es war ein Tempel, doch ähnelte er in nichts den Tempeln von Menschen, die er jemals besucht hatte. »Bei der Mutter aller Götter«, entfuhr es einem der Männer, die die Halle hinter Erik betraten.

Über hundert Meter hinweg erstreckte sich der Raum vor ihnen, und überall, wohin man sah, lagen verstümmelte Leichen und abgerissene Gliedmaßen verstreut. Der Gestank hier war nicht auszuhalten, selbst für Männer nicht, die schon seit Tagen den Geruch von Leichen hatten ertragen müssen.

Einst mußte der unterirdische Saal von tausend Fackeln hell erleuchtet und in Licht getaucht worden sein, doch jetzt brannte nur noch jede zehnte Fackel. So lag die Halle in dämmerigem Licht, wobei überall zuckende Schatten tanzten, was den Saal noch schauriger erscheinen ließ, als er ohnehin schon war.

Und schaurig wäre es hier selbst dann gewesen, wenn die hellste Mittagssonne hereingeschienen hätte.

An der hinteren Wand war eine riesige Statue in den Stein geschlagen worden. Auf einem Thron saß eine majestätitsche Frau, deren Körper von Krone bis Fuß über dreißig Meter maß. Von ihren Schultern floß ein Umhang, der die Brüste unbedeckt ließ. In den Händen hielt sie zwei lebensgroße Figuren, von denen die eine offensichtlich einen Pantathianer darstellte. Die zweite erinnerte Erik an einen Saaur, obwohl er von kleinerer Statur war als alle Saaur, die er bislang gesehen hatte. Die gesamte Statue war grün, als wäre sie aus dem größten Stück Jade des Universums gehauen worden.

Vor der Statue klaffte eine riesige Grube. Erik suchte sich durch die am Boden liegenden Leichen einen Weg und sah hinab. »Bei den Göttern!« flüsterte er.

Er konnte nicht im mindesten abschätzen, wie viele Menschen

in diese Grube gestoßen worden waren, um sie zu füllen, da er keine Ahnung hatte, wie tief sie sein mochte. Doch so wie es aussah, mußten es erschreckend viele gewesen sein. Dann bemerkte er, daß das Geländer nicht von Farbe oder Rost braun war, sondern von menschlichem Blut, das immer und immer wieder darüber vergossen worden war.

Boldar trat neben ihn. »Das verlangt nach Rache. Ich habe Euch für eine außergewöhnlich kaltblütige Truppe gehalten, als Miranda mir sagte, welches Ziel wir hätten und wieso wir dorthin müßten, doch jetzt verstehe ich, weshalb man diese Kreaturen vernichten muß.«

»Doch das ist nur die eine Hälfte der Wahrheit«, mischte sich Calis von hinten ein. Er zeigte auf Schaukästen, die benutzt wurden, um Artefakte zu beiden Seiten der riesigen Statue auszustellen. »Dort! Dort müssen wir hin.«

Erik blickte sich um. Die Idee, über den Berg von Knochen hinwegklettern zu müssen, behagte ihm gar nicht. Dann entdeckte er einen Eingang in der Wand. »Vielleicht da lang?«

Calis nickte. »Du, Boldar, Miranda, mit mir.« Er wandte sich an de Loungville. »Laß die Männer ausschwärmen und alles durchsuchen. Jedes Stück, das nur im mindesten wichtig aussieht, soll hierhergebracht werden.«

Miranda fügte hinzu: »Aber vorsichtig. Die gefundenen Gegenstände sollten auf keinen Fall miteinander in Berührung kommen.«

De Loungville gab den Befehl an die Männer weiter. Fackeln wurden verteilt, und schließlich waren alle unterwegs, um die Ruinen dieses Tempels zu untersuchen. Calis führte die drei anderen zu der kleinen Tür, die Erik entdeckt hatte und die tatsächlich zum Altar führte. So erreichten sie die riesige Figur, ohne durch die Grube klettern zu müssen.

Am Podest, auf dem die Statue stand, ließ Calis Boldar und Erik warten, während er sich mit Miranda dem ersten Schaukasten näherte. Auf den ersten Blick ähnelte der Schaukasten einem Bücherregal, dachte Erik, nur war er aus Stein gefertigt und schwarz von getrocknetem menschlichen Blut, welches seit Jahrhunderten darüber vergossen worden war. Miranda und Calis interessierten sich nicht für die Schaukästen. Sie betrachteten die Gegenstände, die darin lagen.

Erik fand nichts Außergewöhnliches an ihnen; die meisten waren Schmuck, einige Waffen, und manche waren einfach nicht näher zu beschreiben. Doch Calis und Miranda näherten sich ihnen so zaghaft, als verkörperten sie das Böse an sich.

Schweigend gingen sie von einem Schaukasten zum anderen. Schließlich stellte Calis fest: »Es sind Fälschungen!«

Miranda fragte: »Bist du dir ganz sicher?«

»So sicher, wie ich mein Erbe kenne!« Er nahm einen Dolch. »Dieser Helm, den wir gefunden haben, ruft Geräusche hervor und uralte Visionen. Diese Gegenstände hier nicht.«

Miranda nahm ebenfalls eine der Waffen zur Hand, untersuchte sie und warf sie dann, Heft voran, Erik zu. »Von Finstermoor, schlagt damit auf etwas Hartes.«

Erik sah sich um. Nichts in der Nähe schien ein geeignetes Ziel abzugeben. Er ging auf die andere Seite der riesigen Statue und schlug auf die Kante eines der großen, steinernen Schaukästen. Das Schwert zerbrach, als wäre es aus unedlem Metall geschmiedet.

»Keine gute Arbeit«, befand Erik, derweil er das Heft in seiner Hand begutachtete. »Die Klinge war nicht einmal aus Stahl«

Calis kniete sich hin und hob ein Stück der zerbrochenen Waffe auf. »Es sollte auch kein Stahl sein. Es sollte etwas ... noch Tödlicheres sein.«

Erik warf das Heft fort.

Calis ging um das riesige Götzenbild herum und betrachtete es genau. »Das soll wohl die Grüne Mutter der Welt darstellen«, vermutete er. »In gewisser Weise ist sie meine Tante.«

Eriks Augenwinkel zuckten, und er blickte zu Miranda und Boldar hinüber. Miranda beobachtete Calis genau, als würde sie sich über etwas Sorgen machen. Boldar erwiderte Eriks fragenden Blick mit einem Schulterzucken.

»Es sind ... nur Theaterrequisiten«, äußerte er sich über die Reliquien in den Schaukästen. »Als hätte eine Schauspielertruppe dies alles in Szene gesetzt.« Sie blickte sich in der weiten Halle um. »Scheint eher ein Theater denn ein Tempel zu sein.«

Boldar ließ seinen Blick über das Gemetzel auf dem Boden und die Knochen in der Grube schweifen. »Die Toten hier sind aber sehr echt.«

Calis rief: »Seht mal.«

Erik ging zu ihm und entdeckte einen feinen Riß im Rücken des riesigen Götzenbildes. Er legte die Hand darauf und spürte einen leichten Luftzug. »Das muß eine Tür sein.«

Gemeinsam stemmten sich Calis und Erik mit der Schulter gegen die Statue. Der erwartete Widerstand blieb aus, statt dessen rollte die massive Figur einige Fuß vor. Eine mannsgroße Öffnung zeigte sich in der Wand hinter dem Götzenbild und gewährte Zugang zu einer Treppe, die nach unten führte.

Miranda kniete sich hin und untersuchte den Sockel der riesigen Statue von hinten. »Unglaubliche Handwerkskunst«, staunte sie.

Boldar sah sich die Metallvorrichtung ebenfalls an. »Etwas Derartiges wurde nicht auf Midkemia geschmiedet.«

Nachdem Erik sich die wundersamen Räder, Walzen und Scharniere ebenfalls angesehen hatte, konnte er nur zustimmen. Wie gern hätte er sich die Zeit genommen und diese Vorrichtung ausgiebig untersucht – die Schmiedekunst faszinierte ihn nach wie vor –, doch Calis stieg bereits die Treppe hinunter.

Erik nahm die Fackel in die linke, das Schwert in die rechte Hand, und rief nach hinten: »Feldwebel?«

De Loungville rief zurück: »Ja?«

»Wir haben einen Gang nach unten gefunden. Der Hauptmann steigt schon hinab.«

»Verstanden!« erwiderte de Loungville und wandte sich wieder seinen Männern zu, die zwischen den Leichen nach etwas suchten, das Aufschluß darüber geben mochte, was in dieser so befremdlichen unterirdischen Stadt der Schlangenmenschen vor sich gegangen sein mochte.

Erik trat auf die oberste Stufe und folgte den anderen nach unten.

Duncan pochte an das Tor. Sofort meldete sich ein Diener; offensichtlich hatte er auf Roos Ankunft gewartet.

»Ja?« fragte der Diener.

»Ich habe eine Nachricht für Lady Sylvia, von Rupert Avery.«

Da der Reiter edle Kleider trug, öffnete der Diener das Tor und fragte: »Und wer seid Ihr, Sir, wenn ich fragen darf?«

»Ich bin Duncan Avery.«

»Sehr wohl, Sir«, erwiderte der Diener und schloß das Tor hinter Duncan, der bereits zum Haus ritt.

Dort stieg Roos Cousin ab, übergab die Zügel einem zweiten Diener und ging zur Tür, wo er abermals klopfte.

Augenblicke später ging die Tür auf, und darin stand Sylvia. Sie trug wieder eines ihrer atemberaubenden Abendkleider, in denen sich nur die kühnsten jungen Damen von Krondor zeigten; und sie gehörte zu den wenigen, die sich in einem solchen Kleid richtig zur Geltung bringen konnten.

Duncan setzte sein liebreizendstes Lächeln auf.

»Ich hatte eigentlich Rupert erwartet.«

»Er läßt sich entschuldigen. Ich hielt es für höflicher, seine Nachricht persönlich zu überbringen.«

Sie trat zur Seite. »Kommt herein.«

Er trat ins Haus. »Er bedauert sehr, doch aus geschäftlichen Gründen und wegen familiärer Angelegenheiten kann er heute abend nicht kommen. Er ist untröstlich.«

Sylvia gestattete sich ein schwaches Lächeln. »Ich kann mir schwer vorstellen, daß Roo es mit diesen Worten gesagt hat.«

Duncan zuckte mit den Schultern. »Ich habe mir gedacht, wenn Ihr nichts dagegen einzuwenden hättet, würde ich Euch statt dessen meine bescheidene Gesellschaft anbieten.«

Sie lachte. Während sie seinen Arm nahm, drückte sie ihren Busen fest an seinen Körper und führte ihn ins Speisezimmer. »Ich möchte bezweifeln, ob die Damen Eure Gesellschaft wirklich bescheiden finden, mein lieber ... Duncan, nicht wahr?«

»In der Tat, Sylvia, wenn ich mir erlauben darf?«

Im Speisezimmer angelangt, bemerkte sie: »Ihr dürft Euch auch noch einiges mehr erlauben, glaube ich.« Sie führte ihn zu dem Stuhl am Kopf des Tisches und gebot ihm mit einer Geste, sich zu setzen, während ein Diener ihr den Stuhl zurechtschob. »Wir haben uns damals auf dem Empfang kennengelernt; jetzt erinnere ich mich wieder.«

Duncan lächelte, und eine Weile lang betrachtete sie sein Gesicht.

»Nun, wir wollen essen«, meinte Sylvia. »Und trinken. Ja, heute abend bin ich in der Stimmung, sehr viel Wein zu trinken.« Sie deutete auf Duncans Kelch und wandte sich an den Diener. »Von Vaters Bestem.«

Der Diener verschwand, um eine Flasche Wein zu holen. Sylvia fixierte Duncan mit durchdringendem Blick. »Der gute Cousin Duncan. Ja. Roo hat mir viel von Euch erzählt.« Erneut lächelte sie. »Wir wollen viel trinken, mein lieber Duncan. Ja, wir wollen richtig betrunken werden. Und dann, später, können wir uns überlegen, ob wir nicht noch ein paar andere Dinge tun wollen.«

Duncans Lächeln wurde breiter. »Was immer Euer Begehr sein mag, ich bin stets zu Euren Diensten.«

Sie langte hinüber und kratzte ihm über den Handrücken. »Begehren und Dienst; nein, was für ein Schatz Ihr seid!«

Der Diener kehrte zurück und schenkte Wein ein. Das Abendessen begann.

Zehn

Entdeckung

Roo lächelte.

Er hatte lange geschlafen und war schließlich vom Lärm im Haus aufgewacht. Doch statt ihn zu stören, erfreuten ihn die Geräusche. Der Kleine kreischte und gurrte, während Abigail in ihrer Kindersprache vor sich hin plapperte.

Karli schien wie gewöhnlich gedämpfter Stimmung zu sein, lächelte jedoch stets, wenn Roo etwas sagte. Nach dem Frühstück blieb er noch eine Weile lang sitzen, und als er schließlich ins Geschäft aufbrach, begleitete sie ihn an die Tür.

»Würdest du eigentlich gern auf dem Land leben?« fragte er.

»Ich habe noch nie darüber nachgedacht«, erwiderte Karli.

Er blickte hinaus, auf die Straße, auf Barrets Kaffeehaus, und fuhr fort: »Als ich ein Kind war, bin ich stundenlang – zumindest kam es mir so vor – gerannt, ohne einer Menschenseele zu begegnen. Die Luft auf dem Land ist sauber, und in der Nacht ist es ruhig. Ich glaube, ich würde uns gern außerhalb der Stadt ein Haus bauen – wo die Kleinen herumlaufen und spielen und stark werden können.«

Sie lächelte, weil er an die Kinder dachte, was er sonst selten tat. »Würdest du von dort aus denn deine Geschäfte führen können?«

Er lachte. »Die Leitung der Gesellschaft liegt jetzt in meinen Händen. Die tagtäglichen Geschäfte kann ich Dash, Jason und Luis überlassen.«

»Und Duncan?«

»Natürlich auch Duncan«, bestätigte er. »Er ist schließlich mein Cousin.«

Sie nickte.

»Ich bräuchte dann nur noch von Zeit zu Zeit vorbeizuschauen, und du und die Kinder, ihr würdet an Feiertagen mitkommen, und auch den Winter würden wir in der Stadt verbringen. Doch in der warmen Jahreszeit würde mir ein Haus, einen Tagesritt von der Stadt entfernt, keine großen Unannehmlichkeiten bereiten.«

»Wenn du es für das beste hältst«, gab sie darauf zurück und senkte den Blick.

Er legte ihr die Hand ans Kinn und hob es sanft. »Ich möchte dich glücklich sehen, Karli. Wenn du lieber nicht außerhalb der Stadt wohnen willst, bleiben wir hier. Wenn es dir gefällt, bauen wir noch ein Haus. Aber das sollst du entscheiden.«

Sie war überrascht. »Ich?«

»Ja«, erwiderte er lächelnd. »Denke darüber nach. Ich bin drüben, falls du mich suchst.«

Er überquerte die Straße und betrat das Kaffeehaus. Kurt stolperte fast über seine eigenen Beine, als er herbeieilte, um ihm die Tür aufzuhalten. »Guten Morgen, Mr. Avery.«

Was ist denn mit dem los, grübelte Roo über die plötzliche Höflichkeit des sonst so mürrischen Kellners. Er wandte sich um und sah, wie sich Männer, die ihn bislang kaum beachtet hatten, von ihren Plätzen erhoben und ihn begrüßten. »Guten Morgen, Mr. Avery«, schallte es ihm von allen Seiten entgegen.

Als er die Treppe hinaufgegangen war, entdeckte er ein neues Geländer, welches das hintere Drittel des Balkons absperrte, und dahinter saßen Luis, Jason und Dash. Dash sprang auf und hielt ihm das kleine Tor auf.

»Was ist denn hier los?«

Dash grinste. »Ich habe mit Mr. McKeller abgesprochen, daß dieser Bereich des Balkons in Zukunft ständig für uns reserviert bleibt. Und falls wir mehr Platz brauchen, können wir den Rest noch hinzunehmen.«

»Tatsächlich?« fragte Roo und bedachte Dash mit einem unheilverkündenden Blick. »Und was hat es mit dem Getue der Leute unten auf sich?«

Dash gab sich alle Mühe, unschuldig zu wirken. »Nun, ich habe nur gestern nachmittag, nachdem Ihr gegangen wart, kundwerden lassen, daß Ihr von jetzt an der Mehrheitseigner der Bittermeer-Gesellschaft seid.« Mit gesenkter Stimme fügte er hinzu: »Heute morgen seid Ihr vermutlich der reichste Mann von Krondor, Rupert.«

Dash streckte die Hand aus, und Jason drückte ihm einen Stapel Papiere hinein. Dash gab sie an Roo weiter. »Die Handelsflotte aus den Freien Städten ist mit der Abendflut eingelaufen.«

Roo nahm die Papiere entgegen und blätterte sie durch. »Das ist ja phantastisch.« Die jüngsten Getreidelieferungen waren nicht nur weit über dem erwarteten Preis verkauft worden – die Heuschreckenplage hatte die Grauen Türme überrollt und die Ferne Küste erreicht –, die Schiffe waren zudem mit auserlesener Fracht zurückgekommen, deren Verkauf hohen Gewinn versprach. Eigentlich hatten die Schiffe leer zurückkommen sollen, doch auf diese Weise war Rupert ein weitaus wohlhabenderer Mann, als er es sich hatte träumen lassen.

»Da seid Ihr ja!« rief Crowley und stürmte die Treppe hinauf.

Roo begrüßte ihn. »Guten Morgen, Brandon.«

»Dies ist überhaupt kein guter Morgen, Ihr Dieb.«

»Wie bitte?« fragte Roo, und seine gute Laune verflüchtigte sich augenblicklich.

»Ihr habt gewußt, daß die Flotte einlaufen würde, und trotzdem habt Ihr hier gesessen und uns mit all diesem Gerede über Risiko und so weiter betrogen und –«

»Betrogen!« fuhr Roo auf. Er erhob sich. »Brandon, ich habe Euch gleichzeitig angeboten, meinen Anteil der Bittermeer-Gesellschaft zu kaufen!«

»Das war doch ganz offensichtlich Teil Eurer Taktik.«

»O nein, Gnade.« Roo wandte sich Dash zu.

»Jetzt leugnet es nicht«, forderte ihn Crowley heraus.

Roo wandte sich ihm wieder zu. »Brandon, zum Leugnen fehlt mir die Geduld.« Er blickte seinem früheren Partner in die Augen. »Also, ich werde folgendes tun. Und Ihr habt die Wahl. Ich werde Jason sagen, er möge den Gewinn berechnen, den uns die Fracht der Flotte beschert, und dann werde ich Euch den Teil auszahlen lassen, der Euch zugestanden hätte, falls Ihr nicht an mich verkauft hättet.

Wenn Ihr das annehmt, erwartet nicht von mir, daß ich jemals wieder irgendein Geschäft mit Euch mache. Das Gold, das Ihr heute bekämt, wäre das letzte, das Ihr von der Bittermeer-Gesellschaft sähet. Und sollte uns das Schicksal eines Tages auf gegnerische Seiten verschlagen, so seid gewiß, ich werde alles tun, um Euch zu ruinieren.« Bei diesen Worten lächelte er. »Oder Ihr nehmt es einfach mit Fassung hin. Falls Ihr das tut, werde ich sicherlich immer an Euch denken, wenn die Bittermeer-Gesellschaft zukünftig Geschäftspartner sucht. Also entscheidet Euch.«

Crowley stand einen Augenblick lang da und schwieg. Schließlich verkündete er: »Pah! Ich bin nicht gekommen, um etwas zu erbetteln. Ich will nichts von Euren erschwindelten Gewinnen, Roo Avery. Ein Geschäft ist ein Geschäft, und von Brandon Crowley werdet Ihr niemals etwas anderes zu hören bekommen.« Er drehte sich um und stieg vor sich hin murmelnd die Treppe hinunter.

Nachdem er gegangen war, brach Dash in schallendes Gelächter aus. Jason vermeinte: »Wenn er nur einen Tag über dein Angebot nachgedacht hätte, wäre er ein weitaus reicherer Mann geworden.«

Roo nickte bestätigend. »Aber das ist ja der springende Punkt bei seiner Beschwerde. Er ist auf sich selbst wütend.«

»Glaubst du, wir haben jetzt einen Feind mehr?« fragte Luis.

»Nein«, entgegnete Roo. »Brandon jammert nur gern. Sobald ich ihn dazu einlade, wird er sofort wieder mit von der Partie sein, damit ihm keine guten Geschäfte entgehen. Aber er wird sich weiterhin bei jeder Gelegenheit darüber beklagen.«

Im Verlauf des Morgens erschienen auch die beiden anderen Teilhaber, doch anders als Crowley beglückwünschten sie Roo zu seinem Erfolg und sich selbst zu ihren unerwarteten Gewinnen.

Die nächste Stunde widmete Roo dem Austausch von Höflichkeiten mit den Männern von Rang im Kaffeehaus. Am späten Vormittag, als der letzte Besucher gegangen war, fragte Roo: »Wo ist eigentlich Duncan?«

»Ich habe ihn seit gestern nicht mehr gesehen«, antwortete Dash.

Roo zuckte mit den Schultern. »Ich habe ihn mit einem Botengang geschickt, nachdem ich hier aufgebrochen bin. Und so, wie ich Duncan kenne, ist er danach ausgegangen und hat irgendwo mit einer Frau angebändelt.« Roo blickte sich um und vergewisserte sich, ob niemand in der Nähe war, dann winkte er seine drei Gefährten zu sich heran und sprach ganz leise. »Jemand hat uns verraten.«

Jason blickte erst Luis, dann Dash an. »Woher weißt du das?«

»Jemand hat mehr über uns gewußt, als man nur mit Einblick von außen über die Gesellschaft hätte wissen können; und dieser Jemand hat die Jacobys über alles in Kenntnis gesetzt.«

Er erzählte ihnen, daß er sich bereit erklärt habe, Jacoby und Söhne für Helen und ihre Kinder weiterzuführen. »Jason, geh doch zu ihnen rüber in ihr Geschäft und stell dich allen vor, die da sind; die meisten von Tims Männern sind vermutlich noch im Gefängnis, also wirst du wohl nur den einen oder anderen Angestellten vorfinden. Falls sie dir nicht glauben, sollen sie bei Helen Jacoby nachfragen und eine Bestätigung für unsere Abmachung einholen.

Dann gehst du die Bücher durch und prüfst, welche Fälligkeiten bestehen und was sonst erledigt werden muß. Aber gleichzeitig kannst du auch ein Auge auf Hinweise werfen, wer dieser Verräter sein könnte.«

Jason nickte. »Ich mache mich sofort auf.«

Nachdem er aufgebrochen war, fragte Roo: »Sehr gut, meine Herren, und was steht heute des weiteren an?« Er setzte sich und begann, sich um die Erfüllung jener Pflichten zu kümmern, die mit dem Rang des reichsten Mannes von Krondor verbunden waren.

Duncan stand in der Tür, und Sylvia küßte ihn leidenschaftlich. »Hör jetzt auf«, hauchte er ihr zu, »sonst komme ich gleich wieder mit dir nach oben.«

Sie lächelte und schloß den Morgenrock, der auseinandergefallen war und unter dem sie so war, wie die Götter sie geschaffen hatten. »Nein, leider geht das nicht. Ich muß noch ein bißchen schlafen, und der Vormittag ist schon halb um.«

Sie schob die Tür hinter ihm zu und wartete, während er zu seinem Pferd ging, welches ein Stalljunge gebracht hatte. Als sie hörte, daß sich Hufschlag entfernte, ging sie den Flur links hinunter zum Arbeitszimmer ihres Vaters. Ohne anzuklopfen, trat sie ein.

Jacob Esterbrook sah auf und bemerkte den offenen Morgenrock. »Lauf doch nicht so rum, Sylvia. Was sollen denn die Dienstboten denken?«

»Sollen sie denken, was sie wollen«, ignorierte Sylvia die Aufforderung ihres Vaters und ließ den Morgenrock offen. Es machte ihr Spaß, ihren Vater zu brüskieren. Sie setzte sich auf die Kante des Schreibtisches. »Die haben mich doch alle schon einmal nackt gesehen.« Dabei erwähnte sie nicht, daß sie auch mit dem einen oder anderen bereits das Bett geteilt hatte. Weder sie selbst noch Jacob brachten ihre Ausschweifungen je offen zur Sprache.

»War das der junge Avery?«

Sie grinste. »Das war ein anderer junger Avery. Gestern abend ist Duncan anstelle seines Cousins gekommen. Also habe ich entschieden, er könne genausogut Roos Pflichten übernehmen.«

Jacob seufzte. »Damit könntest du uns in ziemliche Schwierigkeiten bringen, Sylvia.«

Sie lachte und lehnte sich zurück, wobei ihr Morgenrock noch weiter auseinanderfiel. »Ich bereite immer irgendwelche Schwierigkeiten, so bin ich eben. Aber dieser Duncan ist so korrupt wie kein Mann, dem ich je begegnet bin, ob man ihn nun mit Sinnesfreuden oder Geld besticht. Ich glaube, er könnte uns sehr nützlich werden, besonders wenn wir ihm sowohl Geld als auch Sinnenfreuden anbieten.«

»Tatsächlich?« erwiderte Jacob nur, wobei er nicht weiter auf den schamlosen Versuch seiner Tochter, ihn verlegen zu machen, einging.

»Davon bin ich überzeugt.«

Jacob nickte. »Ja, wenn wir einen Verbündeten in der Bittermeer-Gesellschaft hätten, wäre das in der Tat sehr nützlich. Und zwei wären noch nützlicher. Aber so, wie die Dinge stehen, möchte ich dich doch daran erinnern, welch eine Katastrophe über uns hereinbrechen würde, wenn die beiden voneinander erführen.«

Sie erhob sich und reckte sich wie eine Katze. »Habe ich je einen Fehler begangen, wenn es um Männer ging, Vater?«

Er lehnte sich in seinem Stuhl zurück. »Bislang nicht, meine Tochter, aber du bist noch jung.«

»Ich fühle mich allerdings nicht mehr jung«, entgegnete sie, drehte sich um und verließ das Arbeitszimmer. Jacob versank einen Augenblick lang in Grübeleien darüber, was für ein Wesen seine Tochter nur sein mochte. Frauen waren einfach nicht zu durchschauen, nicht Sylvia, nicht ihre verstorbene Mutter, und auch die Mädchen nicht, die er gelegentlich im Schild des Weißen Flügels aufsuchte. Für ihn gab es nur zwei Möglichkeiten: Entweder benutzte man Frauen, oder man ignorierte sie. Dann dachte er wieder an seine Tochter. Es konnte leicht tödlich werden, wenn man auf eine Frau wie sie nicht entsprechend achtgab. Bei dem Gedanken daran, was aus ihr geworden war, seufzte er, doch die Schuld dafür wollte er nicht auf sich nehmen; es hatte nie in seinen Absichten gelegen, sie zu einer solchen Frau zu machen, und abgesehen davon diente sie dem Wohl von Jacoby Esterbrook und Gesellschafter auf vortrefflichste Weise.

»Was ist das?« fragte Erik.

Sie hatten einen Gang gefunden, der von dem Raum am Ende der Treppe hinter dem riesigen Götzenstandbild fortführte. De Loungvilles Bericht zufolge hatten die Männer oben unter den Niedergemetzelten nichts von Belang gefunden, und Calis hatte den Befehl gegeben, daß der Rest der Kompanie ebenfalls die Treppe herunterkommen sollte.

Als er sah, wie erschöpft seine Leute waren, ließ Calis eine Rast einlegen. Mehrere Stunden lang, wie Erik abschätzte, schliefen die Männer am Fuß der Treppe, die in die Finsternis führte.

Doch während sie noch warteten, hatte Erik etwas bemerkt, das wie ein großes Rohr aussah und sich unter der Decke des Ganges entlangzog.

»Eine Abwasserleitung vielleicht?« mutmaßte Praji.

Erik sah sich das Ding näher an. »Ich brauche eine Laterne.«

Vaja reichte ihm eine, und Erik betrachtete das Ding genau. »Es ist kein Rohr. Ich glaube, es ist massiv.« Er zog sein Schwert und tippte vorsichtig mit der Klinge dagegen.

Ein lauter Schrei hallte durch den Gang, und alle, die wach waren, hielten sich die Ohren zu, während die Schläfer unsanft geweckt wurden. Dem Schrei folgte ein greller grüner Blitz.

Praji, der neben Erik stand, schimpfte: »Mach das nicht noch einmal.« Miranda hingegen begann, mit den Händen Zeichen zu malen und einen Zauber zu beschwören.

Erik spürte ein Stechen im Arm, von der Hand bis in die Schulter. »Keine Sorge«, versicherte er Praji, »bestimmt nicht.«

Miranda stellte fest. »Es ist doch eine Leitung.«

»Wofür?«

»Leben.«

Erik runzelte die Stirn und sah zu Boldar hinüber, der neben seiner Herrin stand. Der fremdartige Söldner zuckte nur mit den Schultern. »Ich habe keine Ahnung, was sie damit meint.«

Calis befahl: »Wir brechen sofort auf.«

Die Männer formierten sich und setzten sich in Gang. Erik hörte Alfred vor sich hin murmeln: »Nach diesem Schrei wird niemand besonders überrascht sein, wenn wir auftauchen.«

Erik gab darauf nur zurück: »Nach allem, was wir hier schon

alles gesehen haben, ist jeder, der sich hier unten von irgend etwas überraschen läßt, ein Narr.«

»So kann man es auch betrachten«, stimmte der frühere Korporal aus Finstermoor zu.

»Du übernimmst die Nachhut, Alfred«, wies Erik ihn an. »Ich brauche hinten jemanden, der starke Nerven hat.«

Mit einem schwachen Lächeln auf den Lippen, des Lobes wegen, trat Alfred aus dem Glied und ließ die anderen Männer passieren.

Sie folgten dem Gang, bis sie an eine große Holztür kamen. Mit gebotener Vorsicht untersuchten sie die Tür und lauschten nach Geräuschen dahinter, und als sie nichts hören konnten, legte Calis die Hand auf das Holz und drückte die Tür auf.

Calis und Erik betraten eine große Halle. Eriks Haare sträubten sich, selbst auf den Armen. Der Raum war von eigentümlichen Kraftfeldern erfüllt, Energie vibrierte und ließ Erik schwindlig werden.

Die Höhle wurde von in die Decke eingelassenen Lampen erleuchtet, welche man erst sehen konnte, wenn man geradewegs darunter stand. Das weiche Schimmern zeigte eine grünliche Färbung, und Erik vermutete, daß der grüne Blitz, der explodiert war, als er die – wie Miranda es genannt hatte – Leitung mit dem Schwert berührt hatte, und das fremdartige Licht miteinander in Beziehung standen.

Fünf Gestalten wandten sich um, als sie eintraten, und augenblicklich hatte Calis das Schwert gezogen und griff an. Erik, Praji und Vaja warteten nicht auf Befehle, sondern folgten dem Hauptmann auf dem Fuße.

Miranda rief den hinter ihr stehenden Männern zu: »Zurück.« Dann begann sie, einen Zauberspruch zu intonieren.

Das taten die fünf Schlangenpriester ihrerseits auch. Ein sechster Priester in prunkvoller Robe saß reglos auf einem großen Thron und beobachtete alles, ohne eine Miene zu verziehen. Erik tauchte unter dem ausgestreckten Arm eines der stehenden Priester hinweg, als sich von dessen Händen ein kugelförmiger, blendendheller Energieblitz löste. Erik rollte sich über den Rücken ab, wobei er einen Blick auf Miranda erhaschte, die den Angriff mit einem magischen Schild abwehrte.

Calis, Praji und Vaja standen nebeneinander, als eine weitere Energiekugel in ihre Richtung abgefeuert wurde. Praji und Vaja erwischte es genau im Gesicht, und beide Männer fielen nach hinten um und gingen in Flammen auf. Noch ehe sie den Boden erreichten, waren sie tot.

Calis hatte sich umgedreht und wurde von dem Energieblitz an der linken Seite getroffen. Er taumelte zurück und heulte vor Schmerz auf, als die Energie ihn in Flammen einhüllte. Einen qualvollen Moment lang sah er aus wie eine lebende Fackel. Dann verlosch das magische Feuer, doch Calis' linke Seite zeigte eine riesige Brandwunde.

»Calis!« rief Miranda, während Erik sich weiter über den Boden wälzte, bis er den ersten Schlangenpriester erreichte. Er stieß die Kreatur um, und noch während er wieder auf die Beine kam, schlug er mit dem Schwert auf den zweiten Priester ein und tötete ihn. Ohne zu zögern trat er dem ersten mit dem Stiefelabsatz in die Kehle und ließ ihn schmerzverkrümmt liegen. Vergeblich versuchte der erstickende Schlangenpriester, durch den eingedrückten Kehlkopf Luft zu holen.

Der dritte Schlangenpriester wandte sich Erik zu und wollte einen Zauber gegen ihn richten, doch er starb, bevor er noch dazu kam. Erik trennte ihm mit einem Hieb den Kopf von den Schultern.

Plötzlich alarmierte Erik ein Ruf vom anderen Ende des Ganges, daß es dort offensichtlich weiteren Ärger gab. Er richtete seine Aufmerksamkeit auf die verbliebenen drei Priester. Einer wollte gerade einen Zauber beschwören, als ihn ein dünner Lichtstrahl, blendend weiß und purpurn, am Kopf traf.

Die Kreatur zischte in Todesqualen etwas, dann explodierte der Kopf in einer magischen Flamme; ein Blitz, und der Kopf war verschwunden. Der enthauptete Körper fiel zu Boden.

Calis zwang sich mit aller Willenskraft wieder auf die Beine und tötete den fünften Schlangenpriester, ehe Erik ihn erreicht hatte. Selbst mit dieser schweren Wunde war Calis noch stark genug, um sein Schwert durch den Leib des Mannes hindurch zu treiben.

Erik wirbelte herum, als de Loungville aufschrie. »Saaur! Sie kommen!«

Erik warf einen Blick auf den sitzenden Priester. Miranda kam vor, sie wollte Calis stützen und vor weiteren Angriffen beschützen. Für die rauchenden Leichen von Praji und Vaja hatte sie nur einen knappen Blick übrig; hier kam jede Hilfe zu spät. Zusammen mit Calis trat sie vor den letzten Pantathianer, bereit, den Halbelb zu verteidigen, sollte der Hohepriester einen Angriff wagen.

Doch der sitzende Pantathianer blinzelte nur und betrachtete das Blutbad vor sich in aller Ruhe.

Erik näherte sich langsam und bemerkte nun, daß die fünf Priester etwas verteidigt hatten, einen Gegenstand, der in einem kleinen Loch lag, welches vor dem Thron in den Stein eingelassen war. Erik bewegte sich langsam darauf zu, wobei sein Blick ständig zwischen dem Gegenstand und der Gestalt auf dem Thron hin und her schweifte.

Der Gegenstand sah wie ein großer grüner Smaragd aus und strahlte ein übernatürliches Glühen aus. »Götter!« entfuhr es Miranda mit vor Furcht heiserer Stimme.

»Deine Götter haben damit nichts zu tun, Mensch«, erwiderte

die Gestalt auf dem Thron, die Erik für einen Hohepriester hielt, mit zischender, doch ansonsten verständlicher Aussprache. »Sie sind Neulinge auf dieser Welt, Unbefugte, Thronräuber.«

Erik sah auf und entdeckte einen schwachen Schimmer grüner Energie, der in einer kleinen Kaskade von einer Metallstange oben auf den Stein herabtröpfelte. Er verfolgte die Stange bis zur Wand über der Tür und nahm an, es müsse sich um die gleiche handeln, die er berührt hatte. Aus dem Gang draußen hörte er Kampflärm.

Erik blickte Calis an, der ihn mit schwacher Stimme aufforderte: »Laß die Tür zumachen und irgendwie verbarrikadieren.«

Erik lief zu de Loungville. »Der Hauptmann sagt, wir sollen die Tür verbarrikadieren.«

De Loungville rief: »Rückzug!« Er wandte sich an Erik. »Wir haben einen kleinen Vorteil. Sie sind so groß, daß immer nur einer von ihnen auf einmal in den Tunnel kann, und wir metzeln sie nieder, sobald einer von ihnen sein häßliches Gesicht zeigt.«

Die Männer, von denen die meisten mit Blut bedeckt waren, zogen sich zurück. Die Arbeit am Ende der Kolonne mußte grauenhaft gewesen sein. Als letzter kam Alfred, der die Hiebe eines nicht zu sehenden Gegners parierte. Dann erblickte Erik den riesigen grünen Kopf eines Saaurkriegers, der zu kämpfen versuchte, während er halbgebückt vordrang. Erik zog seinen Dolch und warf ihn mit aller Kraft über die Schulter von Alfred hinweg. Die Klinge traf den Saaur in den Hals. Der Saaur faßte nach dem Griff des Dolches und brach dann zusammen, wobei er die Tür halb blockierte. Ein Aufschrei von hinten verriet Erik, daß die Mitstreiter des Saaur dessen Tod bemerkt hatten.

De Loungville zögerte nicht. »Zieht ihn herein!« An jeder Seite packten drei Männer den toten Saaur, der fast vier Meter groß war, und zogen ihn durch das Portal, während ein anderer Soldat wie Erik zuvor seinen Dolch nach dem nächsten Saaur warf. Und zwar mit dem gewünschten Ergebnis, denn der Saaur zog sich lange genug zurück, daß die Männer die Tür zuschlagen konnten. Sie fanden einen großen Holzbalken, und Erik bedeutete den Männern, ihn in die riesigen eisernen Haltevorrichtungen an der Tür zu legen. Einen Augenblick später hörte man von draußen etwas schwer gegen die Tür stoßen, gefolgt von einem verärgerten Ausruf, einem Fluch der Saaur, wie Erik vermutete.

»Verbarrikadiert die Tür!« schrie Erik.

Vier Männer schleiften den sterbenden Saaur fort, während andere steinerne Götzenbilder – Eidechsen, die sich duckten, als würden sie etwas beschützen – vor die Tür schoben. Erik wandte sich indes Miranda und Calis zu, die sich langsam dem grünen Edelstein näherten.

»Was ist das?« fragte Miranda.

Die sitzende Gestalt antwortete: »Dein niederer Verstand ist unfähig, das zu verstehen, Mensch.«

Calis hinkte, von Miranda gestützt, zu dem Gegenstand und wurde in grünes Licht getaucht. Die Brandwunde vom Energieblitz des Magiers mußte ihm unsägliche Schmerzen bereiten, doch er ließ sich nichts anmerkten. »Es ist ein Schlüssel.«

Die Schlange staunte. »Du bist weiser, als du aussiehst, Elb.«

Calis schob Miranda zur Seite und hielt die Hand über den Rand der Vertiefung, in welcher der Edelstein ruhte. Der Pantathianer erhob sich langsam, als würden Gebrechlichkeit und Alter schwer auf ihm lasten. »Nein!« befahl er. »Berühr es nicht! Es ist fast vollendet!«

»Es ist vollendet«, entgegnete Calis, legte die Hand auf den Stein und schloß die Augen. Grünes, pulsierendes Licht kroch langsam seinen Arm hinauf. Calis' Wunden waren schwer, das rohe Fleisch zeigte sich, doch das grüne Licht schien den Halbelb zu stärken. Er zog seine Hand wieder zurück und ging auf die Kreatur zu, die nun aufrecht dastand und Calis mit Staunen betrachtete.

»Du solltest tot sein«, brachte der Priester hervor. »Das hier ist die Arbeit von Dekaden, die Lebenskraft Tausender gemetzelter Kreaturen, und es ist der Schlüssel, der unsere Herrin zurückbringen wird.«

»Eure Herrin ist ein einziger Schwindel!« schrie Calis. Leicht schwankend stellte er sich vor den Pantathianer. »Ihr seid nichts weiter als Schlangen, die aufrecht gehen und Arme, Beine, Sprache und List besitzen, aber ihr seid und bleibt Schlangen!« Er beugte sich vor, bis er dem Priester Auge in Auge gegenüberstand. »Sieh mich an, Schlange! Sieh, wem du gegenüberstehst!«

Der alte Priester blinzelte und starrte Calis in die Augen. Auf magische Weise tauschten sie ihre Gedanken, und plötzlich fiel der Priester auf die Knie. Er wandte sich ab und hob die Arme vor die Augen, als müsse er sie vor Calis' Blick schützen. »Nein! Das kann nicht sein!«

»In meinen Adern fließt jenes Blut!« schrie Calis. Erik fragte sich, woher Calis die Kraft nahm; jeder andere Mann wäre den Brandwunden längst erlegen.

»Es ist eine Lüge!« kreischte der Schlangenmensch auf.

»Deine Grüne Mutter ist eine Lüge!« brüllte Calis. »Sie ist keine Göttin! Sie ist nur eine der Valheru!«

»Nein! Die Valheru standen unter ihr. Niemand war so groß wie Sie, Die Uns Geboren Hat! Wir müssen sie zurückholen, damit wir aus dem Tode neugeboren werden und zu ihren Füßen sitzen und herrschen!«

»Narren!« tat Calis sein Reden ab, und Erik spürte, wie die Kraft den Hauptmann abermals verließ. Miranda stützte ihn vorsichtig an der rechten Seite. »Mordende Narren seid ihr, nicht mehr als das, was sie aus euch gemacht hat, Wesen ohne natürliche Wurzeln, Schöpfungen eines eitlen Dings, das nur sein eigenes Vergnügen kannte. Ihr wart der Staub unter ihren Füßen, und als sie sich mit ihren Brüdern während der Chaoskriege erhob, wart ihr vergessen!« Calis taumelte, und de Loungville kam hinzu, um ihn ebenfalls zu stützen. »Wenn es irgendeine Möglichkeit gäbe, dich und deine Art zu retten, wären wir nicht hier.«

Calis holte tief Luft. »Ihr seid nur ihre Spielfiguren gewesen. Es ist nicht eure Schuld, daß wir euch vernichten müssen, aber ihr gehört mit Stumpf und Stiel ausgerottet.«

»Und um dies zu tun, bist du hierhergekommen?« verlangte der Hohepriester zu wissen.

»So ist es«, erwiderte Calis. »Ich bin der Sohn dessen, der eure Alma-Lodaka eingesperrt hat!«

»Nein!« kreischte der Hohepriester. »Niemand darf es wagen, den heiligsten aller Namen auszusprechen!« Der alte Schlangenpriester trat vor und zog einen Dolch aus der Robe. Erik zögerte nicht, sondern sprang auf den Thron zu und schlug auf den Hohepriester ein. Der Kopf des Alten flog von den Schultern und landete ein Stück weiter auf dem Boden, während der Körper in sich zusammensackte.

Erik sah zu Calis. »Gut gemacht!« lobte der Hauptmann.

»Und jetzt?« fragte de Loungville. Das laute Krachen an der Tür war rhythmisch geworden. »Sie haben sich einen Rammbock besorgt. Der Riegel vor der Tür ist zwar sehr stark, wird jedoch trotzdem nicht ewig halten. Diese Saaur sind kräftige Jungs.«

»Entweder findest du einen anderen Weg hinaus, oder wir müssen uns den freikämpfen, auf dem wir gekommen sind«, faßte Calis ihre Möglichkeiten zusammen.

De Loungville ließ die Männer ausschwärmen und nach einem anderen Ausgang suchen. »Jetzt wissen wir wenigstens, wozu der Tempel gedient hat«, meinte Calis, während Miranda ihm half, sich auf die Stufen vor dem Thron zu setzen. »Zehntausende Leben wurden über die letzten fünfzig Jahre hinweg auf abscheulichste Weise geopfert, damit sie den herstellen konnten.« Er zeigte auf den grünen Stein. »Er besteht aus gefangenen Leben.«

»Dein Vater hat doch einmal erzählt, daß dieser falsche Prophet Murmandamus ebenfalls gefangene Leben benutzt hat, um in das Reich des Steins des Lebens zu gelangen«, erinnerte sich Miranda. »Natürlich mußten sie das noch einmal versuchen. Daran hätten wir gleich denken können. Nur ist dieser Stein hier ein weitaus mächtigeres Werkzeug.«

»Was sollen wir damit anfangen?« fragte Erik.

Calis stöhnte schmerzhaft auf. »Du«, wandte er sich an Miranda, »nimmst ihn mit. Du mußt ihn zu meinem Vater bringen. Er und Pug sind die einzigen Menschen auf dieser Welt, die wissen könnten, wie man ihn benutzt.« Das Pochen an der Tür unterstützte die Dringlichkeit seiner Worte. »Falls die Smaragdkönigin diesen Schlüssel nach Sethanon bringen kann und ihn mit dem Stein des Lebens verbindet ...«

Miranda nickte. »Ich denke, ich verstehe. Ich kann einige von uns hier herausbringen ...«

»Nein« widersprach Calis. »Ich werde hierbleiben. Ich bin der einzige, der die Dinge verstehen könnte, die wir hier noch entdecken könnten. Nimm du den Helm des Valheru, den wir gefunden haben, und diesen Schlüssel. Versuche, an die Oberfläche zu kommen.« Er sah zu Boldar hinüber. »Der Söldner wird dich begleiten. Er kann dich solange beschützen, bis du einen Ort gefunden hast, an dem du deine Künste benutzen kannst, um nach Hause zurückzukehren.«

Miranda lächelte. »Du Hundesohn. Du hast mir gesagt, du würdest dich mit Magie nicht auskennen.«

Calis hielt dagegen: »Es gibt keine Magie, weißt du nicht mehr?«

»Ich wünschte, Nakor wäre hier«, platzte Erik heraus.

»Wenn Pug die Pantathianer nicht finden konnte, obwohl er sie fünfzig Jahre lang gesucht hat«, überlegte Calis, »dann muß dieser Ort sehr sicher sein, und vermutlich ist es gleichermaßen unmöglich, auf magische Weise hinein- und hinauszugelangen.«

»Verdammt«, fluchte sie, und über ihre Wange rann eine einsame Träne. »Also müssen wir bis zur Oberfläche hochsteigen, oder zumindest bis in ihre Nähe.«

»Nun, in diesem Fall sollten wir hoffen, daß es einen zweiten Ausgang gibt.«

Ein paar Minuten später kehrte de Loungville zurück und berichtete, die Männer hätten eine Treppe gefunden, die an der Rückseite der Halle nach oben führte. »Dort geht ihr hin«, befahl Calis und versuchte dabei zu lächeln. »Ich brauche noch etwas Ruhe. Und die Männer sollen sich in der Halle umschauen.«

Miranda ergriff seine Hand. »Was soll ich deinem Vater sagen?«

»Daß ich ihn liebe. Sag das auch meiner Mutter. Und dann erzähl ihm von dem Dämonen und dem dritten Mitspieler. Ich glaube, wenn er sich den Stein ansieht, wird er wissen, daß er nicht das ist, was er zu sein scheint.«

»Wie meinst du das?«

»Die Zauberwirker sollen dieses Ding untersuchen, ohne daß meine Vermutungen ihre Meinung beeinflussen.«

Miranda näherte sich dem Gegenstand vorsichtig und berührte ihn sanft. Sie murmelte etwas vor sich hin und machte einige Gesten mit der Hand, dann nahm sie den Stein. »Ich lasse dich hier nicht gern allein zurück.«

Calis zwang sich ein Lächeln auf die Lippen. »Mir gefällt das auch nicht. Nun, jetzt gib mir einen Kuß auf die Wange, aber berühr meine verletzte Seite nicht, und dann raus mit dir.«

Miranda kniete sich hin und küßte ihn auf die rechte Wange, dann flüsterte sie ihm zu: »Ich werde zurückkommen und dich holen.«

»Nein«, entgegnete Calis. »Wir werden nicht mehr hier sein. Keine Sorge, wir werden schon herauskommen. Irgendwie werden wir das brijanische Schiff erreichen. Herzog William soll uns jemanden entgegenschicken, nur für alle Fälle, aber wage es nicht, hier nach mir zu suchen. In diesen Bergen sind immer noch Schlangenpriester unterwegs, selbst wenn der innere Zirkel getötet wurde, und sie werden mächtig genug sein, um dich zu finden, falls du mit Hilfe von Magie hierher zurückkehrst.«

Dann nahm er das magische Amulett in die Hand, welches sie ihm geschenkt hatte. »Und außerdem, wie willst du mich finden?« Seine Frage wurde durch ein lautes Pochen gegen die Tür unterbrochen.

Sie ergriff seine gesunde Hand mit der Linken, während sie den glühenden Edelstein in der Rechten hielt. »Daß du mir nicht stirbst, ja?«

»Bestimmt nicht«, versprach er. »Bobby!«

De Loungville fragte: »Hauptmann?«

»Nimm ein Dutzend Männer und geh mit den beiden.«

De Loungville drehte sich um und rief: »Gruppe zwei und drei zu mir!«

Zwölf Männer kamen zu ihm. »Ihr geht mit der Dame« wies er sie an.

»Du auch, Bobby«, fügte Calis hinzu.

De Loungville wandte sich ihm zu und grinste ihn feist an. »Und wie willst du mich dazu bringen?« Er richtete seine Aufmerksamkeit wieder auf die zwölf wartenden Männer und zeigte auf die Tür. »Ihr bringt die Dame und den Söldner auf Teufel komm raus nach oben!«

Die zwölf Männer blickten Miranda und Boldar an. Boldar nickte und übernahm die Führung. Die ersten sechs folgten ihm, während die zweiten warteten, bis Miranda noch einmal Calis' Hand gedrückt hatte und dann aufbrach. Dann folgten sie ihr.

»Was machen wir jetzt, Hauptmann?«

Calis sah Erik an, der die Frage gestellt hatte. »Wie viele Männer sind uns geblieben?«

Erik mußte nicht erst zählen. »Nachdem die zwölf gegangen sind, noch siebenunddreißig, Euch eingeschlossen.«

»Verletzte?«

»Fünf, aber sie sind noch in der Lage zu kämpfen.«

»Hilf mir auf«, bat ihn Calis.

Erik legte ihm den Arm um die Hüfte und faßte ihn am Gürtel, wobei er sich alle Mühe gab, die Brandwunde nicht zu berühren. Calis stützte sich schwer auf Erik. »Ich muß mir alles anschauen, was ein Artefakt der Drachenlords sein könnte.«

Erik hatte keine Ahnung, wie er ein solches Artefakt erkennen sollte. Calis erklärte es ihm. »Erinnerst du dich noch, wie es sich angefühlt hat, als du den Helm berührt hast?«

»Das werde ich niemals vergessen«, erwiderte Erik.

»Dann weißt du auch, wonach wir suchen.«

Fünfzehn Minuten lang durchkämmten sie die Halle. Schließlich fanden sie hinter einem Wandteppich eine mit einem großen Riegel verschlossene Tür. Nachdem sie geöffnet war, ließ Calis Erik zurücktreten und hinkte hindurch. In dem Raum dahinter lag eine Rüstung. Sie leuchtete grünlich, und Erik spürte, wie sich die Haare auf seinen Armen sträubten.

»Das ist die wahre Quelle ihrer Macht«, stellte Calis fest.

Erik nahm an, er meinte die Göttin oder den Drachenlord oder was immer sie auch sein mochten, doch das Krachen des Holzes und das Stöhnen der Türangeln lenkten ihn ab. Die Saaur hatten nicht aufgehört, immer wieder gegen die schwere Tür zu rammen.

Bobby fragte: »Und was machen wir jetzt damit?«

»Wir zerstören sie«, kam als Antwort.

Taumelnd trat er einen Schritt vorwärts, und sowohl Erik als auch de Loungville eilten ihm zu Hilfe. Als er den Artefakten näher kam, merkte Erik, wie seine Haut zu kribbeln begann, und er unterdrückte den Drang, sich zu kratzen. Neben der Rüstung fand sich noch verschiedener Smaragdschmuck, ein Diadem, eine Halskette aus großen Steinen, passende Armreife und Ringe. Calis streckte vorsichtig die Hand aus und berührte den Harnisch mit der Fingerspitze. Sofort zuckte er zurück, als hätte er sich verbrannt.

»Nein!«

»Was denn?« fragte de Loungville.

»Es ist ... falsch.« Rasch berührte er einen Gegenstand nach dem anderen. »Die sind alle verunreinigt. Etwas hat ... sie verwandelt.«

Und plötzlich, zum ersten Mal, seit Erik ihn kannte, konnte er ihm deutlich die Angst vom Gesicht ablesen. »Was für ein Narr war ich! Fast solch ein Narr wie die Pantathianer! Bobby, wir müssen diese Gegenstände zerstören, und zwar so schnell es geht. Und vor allem müssen wir fliehen.«

De Loungville gab zurück: »Was das letzte betrifft, werde ich bestimmt nicht widersprechen, Hauptmann.«

Calis wandte sich an Erik. »Du warst doch Schmied. Wie können wir diese Rüstung am besten zerstören?«

Erik hob den Harnisch hoch, der aus grünem, schimmerndem

Metall gefertigt und auf dem reliefartig eine Schlange dargestellt war. Als er den Harnisch berührte, durchfluteten ihn fremde Bilder, geisterhafte Musik und eine nie gekannte Wut. Er ließ den Harnisch los, der scheppernd auf den Steinboden fiel. »Ich weiß nicht, ob man ihn mit gewöhnlichen Mitteln zerstören kann«, zweifelte Erik. »Um Metall zu schmieden, braucht man große Hitze. So kann man selbst Stahl seiner Härte berauben. Wenn wir ein richtig heißes Feuer machen könnten ...«

Calis blickte sich um. »Was könnten wir denn hier verbrennen –?« Und dann brach er zusammen. Bobby ließ ihn sanft zu Boden gleiten.

Er warf Erik einen Blick zu und rief nach Alfred. Als der Korporal ankam, meinte de Loungville: »Zu meinem Unbehagen muß ich jetzt wohl den Befehl übernehmen. Falls einer von euch beiden einen Vorschlag hat, was wir nun tun sollen ...?«

Alfred erwiderte: »Wir sollten machen, daß wir hier rauskommen, Hauptfeldwebel. Diese Tür wird nicht mehr lange halten.«

»Was sollen wir bloß mit diesen verdammten Dingern machen?« wollte Bobby von Erik wissen.

Erik dachte nach. »Ich kenne mich mit Magie und diesen Sachen nicht besonders gut aus. Ich weiß besser über Rüstungen, Pferde und das Kämpfen Bescheid. Doch ich habe immer noch Mirandas Warnung in den Ohren: Diese Gegenstände dürfen sich auf keinen Fall gegenseitig berühren. Wir sollten sie also einwickeln und auf die Männer verteilen. Zumindest würden sie dann denen nicht in die Hände fallen.« Er zeigte auf die Tür.

»Also los.«

Erik gab die entsprechenden Befehle, und die Männer rissen die Wandbehänge ab und wickelten die Rüstung, die Juwelen und die anderen Gegenstände damit ein. Erik wies die Leute an: »Jeder soll auf den anderen achten. Falls irgendwer sich seltsam verändert – verwirrt ist, gedankenverloren oder sonstwie abwesend – sagt mir augenblicklich Bescheid.«

Er verteilte die Gegenstände so auf die Männer, daß sich keines der magischen Objekte zu nah an einem anderen befand, egal, wie klein es auch sein mochte. De Loungville befahl: »Ihr marschiert jetzt los. Ich werde euch bald folgen – falls sie die Tür nicht aufbrechen, in etwa zehn Minuten.«

»Versuch doch, ob du die andere Tür nicht hinter dir verrammeln kannst«, schlug Erik vor.

»Los, raus mit euch«, drängte de Loungville nur. Um seine Mundwinkel spielte ein spöttisches Lächeln.

Erik zündete eine Fackel an und brachte die Männer rasch zur zweiten Tür. Dort führte eine Treppe in die Dunkelheit. Erik holte tief Luft und stieg hinauf.

Nakor lag unter einem Baum und döste, als er plötzlich auffuhr. Er blickte sich um und entdeckte Sho Pi, der in der Nähe saß und ihn ansah. Der verrückte Bettler beobachtete ihn ebenfalls.

»Was war das?« fragte Nakor.

»Ich wollte dich nicht stören, Meister, deshalb habe ich gewartet; der Graf Arutha ist angekommen. Der Prinz hat ihn geschickt, um die Regierungsgeschäfte zu übernehmen.«

»Nein, das nicht«, meinte Nakor und stand auf. »Hast du das nicht gespürt?«

»Was, Meister?«

»Na, macht nichts. Komm, wir brechen auf.«

Sho Pi erhob sich gleichfalls. »Wohin?«

»Ich weiß es noch nicht genau. Erstmal nach Krondor. Dann vielleicht nach Elvandar. Hängt davon ab.«

Sho Pi folgte Nakor zu dem großen Gebäude, welches die Insel dominierte. Als sie sich ihm näherten, verschwand der verrückte

Bettler in Richtung Küche. Der O-beinige Isalani betrat das Gebäude und machte sich geradewegs zur Halle des Rates auf. Dort fand er einen gutgekleideten Mann am Kopf des großen Tisches sitzen, während Kalied, Chalmes und die anderen Magier um ihn herumsaßen.

Arutha, Graf am Hofe, fragte: »Und Ihr müßt Nakor sein?«

Nakor erwiderte: »Der müßte ich eigenlich sein. Ich habe dir rasch ein paar Dinge mitzuteilen. Als erstes, die da sind alle Lügner.«

Die anderen Magier sperrten die Mäuler auf und wollten widersprechen, doch Nakor ließ sich nicht beirren. »Natürlich nicht absichtlich, aber sie haben sich so an ihre Geheimniskrämerei gewöhnt, daß sie nicht mehr anders können. Glaub ihnen nichts von dem, was sie sagen. Ansonsten meinen sie es eigentlich gut.«

Arutha begann, trotz der unziemlichen Anrede zu lachen. »Vater sagte schon, Ihr wäret höchst außergewöhnlich.«

»Ich glaube, Lord James ist ebenfalls ein außergewöhnlicher Mann«, gab Nakor zurück, »vor allem ein verflixt guter Kartenspieler.« Er zwinkerte. »Der einzige Mann, dem es je gelungen ist, mich zu beschummeln. Bewundernswert.«

Arutha unterbrach ihn. »Nun, darüber können wir uns beim Abendessen unterhalten.«

»Nein, können wir nicht«, widersprach Nakor. »Ich muß aufbrechen.«

Arutha, der seinem Vater sehr ähnelte, doch helleres Haar hatte, fragte: »Jetzt sofort?«

»Ja.« Nakor wandte sich zur Tür. »Sag diesen sturen Tolpatschen, daß sehr bald etwas sehr Schreckliches geschehen wird, und sie sollten besser mit ihren Narreteien aufhören und versuchen, dem Königreich zu helfen. Ich werde in einer Weile zurück sein.«

Falls der Repräsentant des Prinzen von Krondor noch etwas zu sagen hatte, Nakor hörte es jedenfalls nicht mehr, denn er ging so schnell, daß es fast an Laufen grenzte, wieder den langen Gang hinunter.

Sho Pi bemerkte: »Meister! Ich dachte, wir würden fortgehen.«

»Tun wir doch auch«, gab Nakor zurück und stieg eine Treppe hinauf.

»Aber das ist nicht der Weg zum Hafen. Hier geht es zu –«

»Pugs Turm. Genau.«

Sho Pi folgte Nakor die Wendeltreppe hinauf, die zur Spitze des Turms führte. Ganz oben standen sie schließlich vor einer Holztür, die offensichtlich kein Schloß besaß. Nakor pochte dagegen. »Pug!«

Die Tür begann seltsam zu schimmern, und das Holz verflüssigte sich und formte ein Gesicht. »Hinfort! Dieses Gemach darf nicht betreten werden.«

Nakor ignorierte die Drohung und pochte abermals, jetzt lauter als zuvor, an die Tür. »Pug!« schrie er.

Sho Pi meinte: »Meister, er ist nicht mehr hiergewesen, seit –« Er hielt inne, als die Tür aufging.

Pug lugte durch den Spalt. »Du hast es auch gespürt.«

»Wie könnte ich nicht?« erwiderte Nakor.

Sho Pi fragte: »Aber sie haben doch gesagt, Ihr wäret nicht hier?«

Nakor kniff die Augen zusammen und fixierte Sho Pi. »Manchmal möchte ich an dir verzweifeln, Junge. Bist du so dumm oder nur so vertrauensselig?«

»Wie lange weißt du es schon?« fragte Pug und winkte sie herein.

Sie traten ein, und die Tür schloß sich hinter ihnen. »Vom ersten Tag an. Du machst viel Lärm, wenn du kommst und gehst.« Dann grinste er. »Einmal habe ich mich hier heraufgeschlichen, ganz leise, und habe dich und deine Freundin gehört.« Er schüttelte die Hand, als hätte er etwas sehr Heißes angefaßt. »Ihr seid mir ja zwei!« Er lachte.

Pug wandte den Blick gen Himmel. »Danke, daß du uns nicht gestört hast.«

»Dazu gab es keinen Grund. Aber jetzt müssen wir los.«

Pug nickte. »Wir riskieren allerdings, angegriffen zu werden.«

Nakor entgegnete: »Ich glaube nicht. Was auch immer wir spüren, es macht genug Lärm da draußen, daß uns selbst jemand, der nach uns sucht, nicht bemerken würde. Wo soll es denn hingehen? Nach Krondor?«

Pug schüttelte den Kopf. »Nein. Nach Elvandar. Ich muß mit Tomas sprechen.«

Nakor winkte Sho Pi heran und nahm die Hand seines Schülers. Pug schloß den Kreis, indem er Sho Pis und Nakors freie Hände nahm. Das Zimmer begann zu verschwimmen und zu glühen; dann standen sie mit einem Male auf einer Waldlichtung.

»Folgt mir«, bat Pug sie und führte sie zu einem seichten Fluß. »Das ist der Crydee«, erklärte Pug. Dann rief er: »Ich bin Pug von Stardock. Ich möchte bei Lord Tomas Rat suchen!«

Wenig später erschienen am anderen Ufer zwei Elben. Einer rief herüber: »Seid willkommen in Elvandar!«

Sie wateten durch den Fluß. »Niemand darf Elvandar betreten, ohne willkommen geheißen worden zu sein«, erläuterte Pug, an Sho Pi gerichtet.

Am anderen Ufer wandte sich Pug an die Elben: »Ich hoffe, Ihr seid uns nicht böse, wenn wir gleich weiterziehen.«

Der Elb, der gesprochen hatte, antwortete: »Nicht im mindesten.«

Pug lächelte. »Galain, nicht wahr?«

»Ihr erinnert Euch noch an mich?« fragte der Elb geschmeichelt.

»Ich wünschte, wir hätten etwas Zeit zum Plaudern«, bedauerte Pug.

Der Elb nickte. »Ich werde mit meiner Patrouille in ein paar Tagen zum Hof zurückkehren. Vielleicht finden wir dann etwas Zeit.«

Pug lächelte. Er nahm erneut Sho Pis und Nakors Hände und brachte sie zu einem anderen Ort im Wald.

Sho Pi machte große Augen, und Pug fühlte sich daran erinnert, was in seinem Kopf vorgegangen war, als er das Herz des Elbenwaldes zum ersten Mal gesehen hatte. Riesige Bäume, denen gegenüber die ältesten Eichen wie Zwerge wirkten, erhoben sich über ihnen und bilden einen fast undurchdringlichen Baldachin. Das Laub schimmerte in Farben von tiefstem Grün bis hin zu leuchtendem Gold, Rot und Silber, manchmal gar weiß wie Schnee; ein eigentümlich weiches Licht ergoß sich über die ganze Gegend. Gigantische Stämme, in deren lebendes Holz Stufen geschlagen waren, ragten hoch in den Himmel, und breite Äste verzweigten sich in alle Richtungen und dienten als Wege.

»Das ist ja eine richtige Stadt in den Bäumen«, stellte Sho Pi erstaunt fest.

»Ja«, sagte ein alter Mann, der in der Nähe stand und sich auf einen Langbogen stützte. Sein Haar war schlohweiß, seine Haut verriet sein Alter, dennoch war seine Haltung aufrecht, und er trug das grüne Leder der Jäger.

»Martin!« entfuhr es Pug.

Der alte Mann ergriff Pugs dargebotene Hand. »Wir haben uns lange nicht gesehen.«

»Du siehst gut aus.« Nakor grinste.

»Du alter Kartenschwindler!« rief Martin und nahm Nakors Hand. »Du siehst keinen Tag älter aus als beim letzten Mal.«

Nakor zuckte mit den Schultern. »Für einen, dem die Gabe des langen Lebens nicht geschenkt wurde, hast du dich allerdings ebenfalls bemerkenswert gehalten.«

Der alte Mann lächelte. »Für einen Mann meines Alters, meinst du.« Er blickte umher. »Hier kann ich verweilen. Elvandar war gut zu mir. Ich glaube, die Götter wollten mir am Ende des Lebens noch ein paar friedliche Tage bescheren.«

»Den Frieden habt Ihr Euch auch verdient«, stimmte Pug zu.

Martin Langbogen, einst Herzog von Krondor, Bruder von König Lyam und Onkel von König Borric, entgegnete: »Doch der Frieden scheint abermals in Gefahr zu sein.«

Pug nickte. »Ich muß mit Tomas und Aglaranna sprechen. Ist Calis hier?«

Martin nahm den Bogen in die Hand. »Ich sollte hier auf Euch warten. Miranda ist vor einer Stunde eingetroffen, zusammen mit einem seltsamen jungen Mann.« Er ging los. »Tomas vermutete, Ihr würdet bald eintreffen. Calis ist ... nun, möglicherweise kehrt er nicht zurück.«

»Schlechte Nachrichten«, befand Nakor.

»Wer ist das?« Martin deutete auf Sho Pi.

»Das ist Sho Pi, ein Jünger«, antwortete Nakor.

Martin lachte, während er zwischen den Bäumen hindurchging. »Ernsthaft, oder spielst du nur mal wieder den Bettelmönch?«

»Ernsthaft«, erwiderte Nakor verletzt. »Ich hätte Borric diese Geschichte niemals verraten dürfen. Er hat sie in der ganzen Familie rumerzählt.«

Martin legte die Stirn in Falten. »Dazu hatte er auch allen Grund.« Dann lachte er. »Wie schön, dich wiederzusehen.«

»Kommt Ihr mit uns?« fragte Pug.

»Nein, ich sitze nur noch selten im Rat der Königin. Ich freue mich, hier Gast sein zu dürfen und genieße jeden Tag.«

Pug lächelte. »Ich verstehe. Wir können uns heute abend nach dem Essen unterhalten.« Er faßte Sho Pi und Nakor an den Händen und schloß die Augen. Wieder flimmerte die Luft, und erneut befanden sie sich an einem anderen Ort.

Sie standen in der Mitte einer großen Plattform hoch oben in den Bäumen. »Willkommen, Pug von Crydee.«

Pug mußte lachen. »Ich danke dir, alter Freund.«

Ein großer Mann, gute zwei Meter hoch, trat auf Pug zu und nahm seine Hand, dann umarmte er ihn. »Wie gut, dich wiederzusehen, Pug.« Seine Gesichtszüge waren jung, doch den Augen konnte man das Alter des Mannes anmerken. Er sah aus wie eine Mischung von Mensch und Elb, besaß hohe Wangenknochen, spitze Ohren und blondes Haar. Für jeden, der Calis kannte, konnte kein Zweifel bestehen: Dieser Mann war sein Vater.

Pug klopfte seinem alten Freund auf den Rücken. »Zu viele Jahre sind ins Land gezogen, Tomas.«

Sho Pi und Nakor wurden Tomas vorgestellt, dem Kriegsherrn des Elbenheeres von Elvandar. Daraufhin brachte man sie zu einer hinreißenden Frau von majestätischer Haltung, Aglaranna, Königin von Elvandar. Die Elbenkönigin sah jung aus, trotzdem war ihr Alter schon in Jahrhunderten zu zählen. Ihr Haar glänzte in wunderschönem Rotgold, ihre Augen in tiefem Blau, und ihre Schönheit, wenngleich von fremder Art, raubte jedem Manne den Atem.

Ein Elb, der selbst nach menschlichen Maßstäben jung aussah, trat neben Tomas. »Das ist Calin«, stellte Tomas ihn vor, »Erbe des Throns von Elvandar und Bruder meines Sohnes.«

Prinz Calin begrüßte die Neuankömmlinge und wandte sich danach an Pug. »Miranda ist vor einer Stunde eingetroffen.«

»Wo ist sie?« fragte Pug.

»Dort drüben.« Tomas deutete zu einer zweiten Plattform an der Seite der ersten.

Sho Pi folgte ihnen ehrfürchtig. Allein die Bäume waren von Licht und Magie erfüllt. Über der ganzen Stadt lag eine solch friedliche Stimmung, wie sie kaum vorstellbar war.

Sie erreichten die bezeichnete Stelle, wo Miranda gerade mit der Betrachtung eines eigentümlich glühenden Edelsteins und eines Helms beschäftigt war. Keiner der Elben, die sich ebenfalls dort versammelt hatten, berührte diese Gegenstände, doch alle sahen sie sich mit großer Aufmerksamkeit an.

Pug eilte hinüber. »Miranda!«

Sie drehte sich um, und als sie ihn erblickte, flog sie ihm in die Arme. »Endlich habe ich dich wieder.«

»Was ist mit Calis?« fragte Pug.

»Er ist verwundet worden.«

»Wie schwer?«

»Sehr schwer.«

Pug hielt sie einen Augenblick im Arm. »Sag mir, wo ich ihn finden kann.«

»Ich kann nicht. Er trägt ein Amulett, welches ihn davor schützt, mit Hilfe von Magie entdeckt zu werden. Es bewahrt ihn vor der Magie der Pantathianer, doch leider auch vor unserer.«

»Erzähl mir alles«, verlangte Pug.

Miranda faßte die Ereignisse der Reise, die Entdeckung und die Flucht, zusammen. »Ich habe sechs Männer in einer eisigkalten Höhle in den Bergen zurücklassen müssen. Sie waren die einzigen, die die Kämpfe auf dem Weg nach draußen überlebt haben«, beendete sie den Bericht. »Ich bete nur, daß sie heil aus den Bergen herauskommen, aber ich fürchte, sie werden alle sterben.«

»Jeder von ihnen kannte das Risiko«, tröstete Pug sie.

Miranda nickte und drückte seine Hand, doch von ihrem Gesicht war die maßlose Erschöpfung abzulesen. »Und dann ist da noch das hier« – sie deutete auf den Edelstein –»und Calis hielt es für wichtig, daß ich es hierherbringe.«

Pug betrachtete den Schlüssel. »Was ist das?«

»Es stammt von den Pantathianern. Ein Schlüssel, mit dem sie die Grüne Herrin aus dem Stein des Lebens befreien wollten«, erklärte Miranda.

Pug schien daran zu zweifeln. Er betrachtete den Gegenstand eine Weile lang, hielt seine Hand darüber, berührte ihn allerdings nicht. Er schloß mehrmals die Augen, während sich seine Lippen bewegten. Einmal sprang ein winziger Energiefunken von seiner Handfläche zu dem Stein über. Endlich richtete er sich wieder auf und meinte: »Es ist ein Schlüssel irgendeiner Art, soviel ist sicher, doch um die Valheru zu befreien …«

Er sah zu den versammelten Zauberwirkern von Elvandar hinüber und richtete seine Worte an den ältesten unter ihnen. »Tathar, was meinst du?«

»Es ist etwas von jenen, deren Namen nicht ausgesprochen werden dürfen«, äußerte sich der Berater der Königin. »Hingegen verspürt man auch eine fremde Präsenz, eine, über die wir kein Wissen besitzen.«

Pug fragte: »Könnte es der Dämon sein, von dem du erzählt hast, Miranda?«

»Nein. Er besaß keinen Verstand, er war nur ein Werkzeug zum Töten, nichts weiter. Ich habe ihn bei der Arbeit gesehen, und obwohl er mächtig war und ein Dutzend Schlangenpriester in Schach halten konnte, zeigte er zwar einige Gerissenheit, doch keinen Verstand – zumindest nicht genug, um ihm die Herstellung dieses Gegenstandes zuzutrauen. Wer oder was auch immer ihn gemacht hat, es war nicht einfach nur irgendein primitives Geschöpf. Den Dämon hingegen hat vielleicht jemand durch einen Spalt mitten in die Heimstatt der Pantathianer gebracht, um damit große Verwüstungen anzurichten und sie zu vernichten. Dieser Jemand scheint also die gleichen Ziele zu verfolgen wie wir.«

»Wir hatten es schon einmal mit einer Täuschung zu tun«, erinnerte Pug, »warum nicht abermals?«

Tomas trat neben seinen Freund. »Was meinst du?«

Pug strich sich durch den Bart. »So, wie Murmandamus, der die Moredhel angestachelt hat, sich zu erheben und Sethanon zu erobern, ein falscher Prophet und eine List der Pantathianer war, so könnte auch dieser Dämon eine List sein, damit die Schlangenmenschen den Stein des Lebens erobern.«

»Und mit welchem Ziel?« wollte Aglaranna wissen.

Pug seufzte. »Macht. Der Stein des Lebens ist ein mächtiges Werkzeug, für jeden, wer auch immer ihn besitzen mag.«

»Eine Waffe«, warf Nakor ein, »kein Werkzeug.«

»Was ist mit den Valheru?« fragte Tomas. »Kann man den Stein des Lebens irgendwie benutzen, ohne es mit jenen zu tun zu bekommen, die darin gefangen sind?«

»Unsere einzige Quelle des Wissens«, meinte Pug, »ist das, an was du dich erinnerst, Tomas, das, was du von Ashen-Shugar erfahren hast.« Tomas war im Besitz des Wissens jenes seit Äonen toten Drachenlords, dessen Rüstung er während des Spaltkriegs angelegt hatte. »Doch war er der einzige der Drachenlords, der an der Schöpfung des Steins des Lebens keinen Anteil hatte. Er wußte etwas über sein Wesen, etwas über seinen Zweck, darüber, daß er als Waffe dienen sollte, um die neuen Götter zu vernichten, doch darauf beschränkten sich seine Kenntnisse auch schon.«

»Also vermutest du, daß, wer auch immer hinter dem Eintritt des Dämons in unsere Welt steht, eine Verwendung für den Stein des Lebens hat, die uns bislang noch nicht in den Sinn gekommen ist?« fragte Miranda. »Könnte er sich den Stein des Lebens einfach nehmen und ihn wie eine Waffe einsetzen, so, wie ein Mann ein Schwert oder eine Armbrust benutzt?«

»Das«, erwiderte Pug, »weiß ich nicht. Dennoch hat sich offensichtlich jemand daranbegeben, es zu versuchen.«

»Was sollen wir tun?« stellte Miranda gleich die nächste Frage.

»Wir werden warten und dieses Ding beobachten, und wir schauen, was sie als nächstes tun.«

»Und Calis?« verlangte Miranda zu wissen.

»Wir warten«, bekräftigte Tomas Pugs Vorschlag.

»Ich möchte zurückkehren und nach ihm und den anderen suchen«, äußerte Miranda.

»Das habe ich mir schon gedacht, aber es wäre nicht klug«, entgegnete Pug. »Sie werden bereits weitergezogen sein, und wem auch immer wir gegenüberstehen, Calis wird auf der Hut sein und ebenfalls nach ihm suchen. In dem Augenblick, wo du dort auftauchst, werden die Schlangen mit aller ihrer verbliebenen Magie über dich herfallen wie ein Rudel Wölfe.«

Nakor entschied: »Ich werde gehen.«

Pug wandte sich ihm zu: »Wie bitte?«

»Ich werde gehen«, wiederholte Nakor langsam. »Bring mich nach Krondor, und ich werde ein Schiff nehmen und dorthin segeln, wo Calis' Boot liegt und ihn zurückholen.«

»Meinst du das ernst?« wollte Pug wissen.

Nakor antwortete: »Ich habe dem da –« er deutete auf Sho Pi –

»gesagt, vor uns würde eine Reise liegen. Jetzt ist sie nur ein bißchen weiter, als ich zunächst gedacht habe.«

Er grinste, doch einen Augenblick später erstarb das Lächeln. In einem so ernsten Tonfall, wie ihn niemand von Nakor kannte, fuhr er fort: »Ein mächtiger und entsetzlicher Sturm zieht auf, Pug. Finster und tödlich ist er, und noch haben wir nicht erfahren, was dahintersteckt. Jedermann hat seine Pflicht zu erfüllen. Und die meine besteht nun einmal darin, Calis und die anderen zu finden und sie mit dem, was sie entdeckt haben, nachdem Miranda sie verlassen hat, zurückzuholen.«

»Was immer Ihr braucht, um unseren Sohn zu finden, sollte es sich in unserem Besitz befinden, ist es Euer«, bot Aglaranna ihm an.

»Ich möchte nur nach Krondor«, beschied sich Nakor.

»An einen bestimmten Ort?« fragte Pug.

Nakor dachte einen Moment lang nach. »Der Hof des Prinzen wäre nicht schlecht.«

Pug nickte, dann fragte er Sho Pi: »Und Ihr?«

»Ich folge meinem Meister.«

»Sehr gut«, meinte Pug. »Gebt mir die Hände.«

So taten sie es. Pug wirkte einen Zauber, und im nächsten Augenblick waren sie verschwunden.

Calis war nicht bei Bewußtsein, und Erik trug ihn wie ein Kind auf den Armen. Bobby war ebenfalls halb bewußtlos und stützte sich auf Alfreds Schulter. Von den siebenunddreißig Männern, die aus dem Tempel der Pantathianer entkommen waren, hatten neun überlebt. Dreimal waren sie auf feindliche Truppen gestoßen und hatten kämpfen müssen. Und nur auf Calis' Drängen hin hatten sie den Marsch fortgesetzt. Doch seinem Befehl, ihn zurückzulassen, zum Trotz schleppten sie ihn weiter mit sich.

Erik hatte im Berg einen tiefen Spalt entdeckt, durch welchen in Wellen Hitze aufstieg. Er hatte befohlen, die Rüstung und alle anderen Artefakte der Valheru in diesen Spalt werfen zu lassen, denn selbst wenn diese glühende Hitze sie nicht zerstörte, würde kein Sterblicher sie von dort bergen können.

Wenige Minuten danach hatte der Berg zu beben begonnen, und ein Mann war durch herabfallende Felsen getötet worden, ein zweiter verletzt. Heulender Wind war laut durch den Tunnel gepfiffen, und noch eine Stunde später waren ihre Ohren davon taub gewesen. Energie war an der Decke des Tunnels entlanggeknistert, als würde ein Blitz den Weg nach oben, zurück in den Himmel, suchen.

Schließlich waren sie angegriffen worden, zunächst von einem Haufen erschöpfter Pantathianer, die offensichtlich der Wut des Dämonen hatten entkommen können, dann noch zweimal von den Saaur. Nur aus einem einzigen Grund waren sie noch am Leben: Weil die Feinde ebenso wie sie selbst nur nach einem Ausweg aus den Tunneln gesucht und sie nicht weiter verfolgt hatten.

Immerhin waren sie stetig weiter nach oben gekommen. Alfred kam von der Spitze der Kolonne nach hinten. »Vor uns liegt eine Höhle.«

Sie betraten die Höhle, die auf der anderen Seite einen weiteren Ausgang hatte. Erik spähte hindurch. Zu seinen Füßen aufgereiht lagen die schneebedeckten Gipfel des Gebirges im rosafarbenen und goldenen Licht der Nachmittagssonne. Einen Augenblick lang dachte er trotz seiner Schmerzen und seiner Angst, wie doch die Schönheit der Natur so unvergänglich alles überdauerte, aber ihm war zu kalt, und Hunger und Müdigkeit setzten ihm zu sehr zu, als daß er den Anblick lange hätte genießen können.

»Schlagt das Lager auf«, befahl er und fragte sich, wie lange sie wohl überleben könnten. Die Männer holten Fackeln aus den Rucksäcken und brachten damit ein kleines Feuer in Gang. Erik machte eine Bestandsaufnahme und schätzte, sie hätten genug Vorräte und Brennmaterial, um weitere fünf oder sechs Tage zu überleben. Also mußten sie, ungeachtet der Erschöpfung der Männer, so schnell wie möglich die Schneegrenze erreichen und dabei die mögliche Entdeckung durch jene Pantathianer, welche die Zerstörung der Valheru-Artefakte überlebt haben mochten, vermeiden. Außerdem würden sie jagen müssen, um sich zu ernähren.

Er überlegte, ob die Pferde noch in dem Tal wären, wo sie sie zurückgelassen hatten, und ob er dieses Tal überhaupt wiederfinden würde. Da sowohl Calis als auch de Loungville verwundet waren, mußte nun Erik die Überlebenden anführen.

»Feldwebel«, rief Alfred, »Ihr solltet besser mal kommen.«

Erik ging an den Männer, die versuchten, ein Feuer zu machen, vorbei und kniete sich neben Alfred hin. De Loungville hatte die Augen aufgeschlagen.

»Hauptfeldwebel!«

»Wie geht es dem Hauptmann?« wollte de Loungville als erstes wissen.

»Er lebt«, antwortete Erik. Allein diese Tatsache war schon das reinste Wunder. »Jeder schwächere Mann wäre spätestens heute morgen tot gewesen. Er schläft.« Erik betrachtete das blasse Gesicht seines unmittelbaren Vorgesetzten und fragte: »Wie geht es dir?«

De Loungville hustete, und Erik entdeckte Blut in dem Speichel, der aus seinem Mund rann. »Ich werde bald sterben«, stellte de Loungville so sachlich fest, als hätte er jemanden gebeten, ihm bei der Zubereitung des Abendessens behilflich zu sein. »Ich glaube, ein Stück Rippe hat sich in meine Lunge gebohrt.«

Erik schloß die Augen und unterdrückte seine Trauer. Falls man Bobby Ruhe hätte gestatten und falls man die Knochenstücke hätte finden können, vielleicht hätte man ihm dann helfen können, doch so, wo er halb getragen, halb mitgeschleift wurde und gezwungen war, weiterzumarschieren ... es mußte ihm die halbe Lunge zerfetzt haben. Kein Wunder, daß de Loungville die meiste Zeit bewußtlos gewesen war.

»Keine Trauer«, verlangte de Loungville, als könne er Eriks Gedanken lesen. Er streckte die Hand aus und packte Erik am Hemd. Indem er ihn nahe an sich heranzog, flüsterte er: »Bring ihn durch.«

Erik nickte. Man brauchte ihm nicht noch zu sagen, wen de Loungville meinte. »Das werde ich tun.«

»Falls nicht, komme ich zurück und suche dich als Geist heim, das schwöre ich dir.« Er hustete, und der Schmerz ließ seinen Körper krampfhaft zucken. Die Augen des Hauptfeldwebels füllten sich mit Tränen.

Als er wieder sprechen konnte, flüsterte er: »Du weißt es nicht, aber ich war der erste. Ich war Soldat, und er hat mich bei Hamsa gerettet. Er hat mich zwei Tage lang getragen. Er hat mich wieder auf die Beine gebracht!« Die Tränen rannen Bobby über die Wangen; Erik wußte nicht, ob vor Schmerz oder der Erinnerung wegen. »Er hat mich immer glauben lassen, ich wäre wichtig.« De Loungvilles Stimme wurde schwächer. »Ich habe keine Familie, Erik. Und er ist mein Vater und mein Bruder. Er ist mein Sohn. Bring ihn –« De Loungville verkrampfte sich und spuckte Blut. Verzweifelt versuchte er Luft zu holen, doch ihm traten nur weitere Tränen in die Augen. Er zog sich hoch.

Erik schloß die Arme um Bobby de Loungville und hielt ihn fest, damit er nicht zurück auf die Steine fiel, doch so sanft, wie er ein Kind an sich gedrückt hätte, und mit Tränen in den Augen lauschte er, während de Loungville Luft zu holen versuchte, die er nicht mehr bekommen würde. Denn aus seinen blutgefüllten Lungen war nur noch ein Gurgeln zu hören, und dann erschlaffte er.

Erik hielt ihn eine Weile lang fest und ließ ohne Scham die Tränen fließen. Dann legte er Bobby vorsichtig auf den Felsboden zurück. Alfred schloß dem Hauptfeldwebel die jetzt blicklosen Augen. Erik saß da und konnte keinen klaren Gedanken fassen, bis Alfred sagte: »Ich werde eine Stelle suchen, wo die Tiere nicht an ihn herankommen, Feldwebel.«

Erik nickte und sah hinüber zu Calis. Als ihm die bittere Kälte bewußt wurde, fing er an, Bobby den schweren Mantel auszuziehen. Er rief einen der Soldaten in der Nähe zu sich und bat ihn: »Hilf mir. Er hätte es so gewollt.«

Sie zogen den Hauptfeldwebel aus und bedeckten den bewußtlosen Halbelb mit seinen Kleidern. Erik staunte über dessen Gesichtsfarbe. Wenn er den Angriff in der Halle der Pantathianer überlebt hatte, würde er vielleicht auch diese Kälte durchstehen, falls er nur etwas Ruhe bekäme.

Ja, sie mußten hier einige Tage ruhen, bis die Kälte und der Hunger sie schließlich aus der Höhle hinaus und die Berge hinunter treiben würden. Er wandte sich ab, während Alfred und ein anderer Mann de Loungvilles Leiche aufhoben und nach draußen in den Schnee trugen. Abermals fiel sein Blick auf Calis' Gesicht.

»Ich verspreche es dir, Bobby«, flüsterte Erik. »Ich werde ihn durchbringen.«

Kurze Zeit später kehrten Alfred und die anderen Soldaten zurück, und Alfred berichtete: »Wir haben dort drüben eine kleine Eishöhle gefunden.« Er zeigte in Richtung Westen. »In die haben wir ihn hineingelegt und den Eingang mit Steinen versperrt.« Indem er sich dicht am Feuer niederließ, fuhr er fort: »Ich glaube, hier oben wird das Eis nicht schmelzen. Dort liegt er sicher, Feldwebel.«

Erik nickte. Tiefste Verzweiflung wollte ihn übermannen, und er sehnte sich nach nichts mehr, als einfach nur noch zu schlafen. Doch statt dessen mußte er sich überlegen, wie es weitergehen sollte, denn da waren noch sechs andere Männer und ein sehr außergewöhnliches Geschöpf, deren aller Überleben allein von ihm abhing, und zudem hatte er ein Versprechen gegeben, ein Versprechen, das er in hohen Ehren halten würde. Er holte tief Luft, kämpfte seine Erschöpfung nieder und richtete seine Gedanken darauf, auf welchem Weg er sie aus diesen Bergen herausbringen könnte.

Roo blickte auf, als unten ein Tumult ausbrach. Aufgeregte Stimmen erhoben sich protestierend. »Was ...?«

»Nakor!« rief er, als der Isalani die Treppe heraufgeeilt kam, einen Schritt hinter ihm drei Kellner, die ihn zurückhalten wollten.

»Ihr dürft dort nicht hochgehen!« schrie Kurt, indem er versuchte, Nakor einzuholen.

Roo erhob sich. »Ist schon in Ordnung, Kurt. Er ist ein alter ... Geschäftsfreund.«

»Das hab ich ihm auch gesagt«, meinte Nakor. Er grinste Kurt an, doch der verstimmte Kellner drehte sich nur um und stieg die Treppe wieder hinunter.

»Was bringt Euch her?« erkundigte sich Roo.

»Du. Ich komme gerade aus dem Palast, und Lord James sagt, er kann mir kein Schiff geben. Ich brauche aber ein Schiff. Er sagt, du hättest Schiffe, also bin ich hierhergekommen, um von dir eins zu bekommen.«

Roo lachte. »Ich soll Euch ein Schiff geben? Wofür?«

»Calis, Erik, Bobby und die anderen sitzen unten auf Novindus fest. Jemand muß sie von dort abholen«, erklärte Nakor.

»Was soll das heißen, sie sitzen fest?«

»Sie sind hinuntergefahren, um die Pantathianer zu finden und zu vernichten. Ich weiß nicht, ob sie sie wirklich vernichtet haben, aber immerhin haben sie ihnen ziemlich übel zugesetzt. Calis hat Miranda wegen einer wichtigen Angelegenheit zu seinem Vater geschickt, und nun sitzen die anderen dort unten fest und haben keine Möglichkeit, nach Hause zu gelangen. Lord James sagt, er könne keins seiner Schiffe erübrigen und müsse sie hierbehalten, um die Stadt zu verteidigen. Also dachte ich, vielleicht bekomme ich eins von dir.«

Roo zögerte nicht, sondern wandte sich an Jason und fragte: »Welche von unseren Schiffen liegen zur Zeit hier im Hafen?«

Jason blätterte einen Stapel Papier durch und erwiderte schließlich: »Sechs, von denen –«

»Welches ist das schnellste?«

»Die *Königin des Bitteren Meeres*«, gab Jason zurück.

»Sie soll für eine sechsmonatige Reise ausgerüstet werden, und ich will, daß morgen bei Tagesanbruch fünfzig der besten Söldner bereitstehen, um uns zu begleiten.«

»Uns?« fragte Nakor nach.

Roo zuckte mit den Schultern. »Erik war mir stets wie ein Bruder, der einzige Bruder, den ich je hatte, und wenn er da unten bei Calis ist, komme ich natürlich mit.«

Nakor setzte sich und schenkte sich aus einer Kanne auf Roos Tisch Kaffee ein. Er nippte an dem heißen Gebräu. »Kannst du das denn einfach so machen?«

Roo nickte. »Ich habe hier genug Leute, denen ich meine Geschäfte anvertrauen kann.« Er dachte an Sylvia und an Karli, und dann an Helen Jacoby. »Ich muß mich nur unbedingt von einigen Leuten verabschieden.«

»Und ich muß unbedingt etwas essen«, gab Nakor zurück. »Ach, Sho Pi steht noch unten. Er ist immer so höflich und hat den Kellnern geglaubt, als sie sagten, er dürfe hier nicht hochgehen.«

Roo bedeutete Jason, er möge Sho Pi holen. »Und außerdem muß ich Luis und Duncan finden. Ich bin mir noch nicht recht im klaren darüber, wem ich die Aufsicht über was anvertraue.«

Jason nickte und ging los. Roo wandte sich an Nakor: »Wir werden sie schon zurückholen.«

Nakor lächelte, nickte und nippte an seinem Kaffee.

Epilog

Rettung

Erik zeigte aufs Meer hinaus.

Calis nickte. »Ich sehe es auch.«

Die fünf verbliebenen Männer saßen auf einer Klippe vor einer grobgezimmerten Hütte, die seit mehr als zwei Monaten ihr Zuhause war, und suchten das Meer ab. »Der Fischer, der die Nachricht gebracht hat, hat sie gestern vor Sonnenuntergang am Horizont gesehen. Er hat gesagt, für eine Patrouille der Königin würden sie zu weit im Süden kreuzen. Und für jeden, der die Gewässer hier nicht kennt, zu dicht an den Eisbergen, die hier treiben.«

»Könnte es ein Schiff des Königreichs sein?« fragte Renaldo und warf Micha, einem der anderen Soldaten, die mit Calis, Erik und Alfred aus den Bergen heruntergekommen war, einen Blick zu.

»Vielleicht«, erwiderte Calis und brachte sich mit Hilfe einer Krücke in eine aufrechte Haltung. Er hatte sich härtesten Strapazen aussetzen müssen, als sie vor drei Monaten von den Bergen heruntergestiegen waren. Nach sechs Tagen in der Höhle und nichts als den Fackeln, um sich zu wärmen, waren sie aufgebrochen. Während dieser Ruhezeit hatte Calis ein wenig Kraft geschöpft, doch in den ersten zwei Tagen hatte er ohne Hilfe nicht gehen können. Erik hatte Feuer gemacht und auf der Jagd ein paar Hasen gefangen. Zwei Tage lang hatten sie sich ausgeruht. Und dann hatte ein langer Marsch begonnen. Erik hatte nicht nur das Tal, in dem sie die Pferde zurückgelassen hatten, nicht wiederfinden können, sondern die Gruppe fast noch auf die falsche Seite des Dee geführt, was ein fataler Fehler gewesen wäre, da es keine Furt zum südlichen Ufer gab.

Doch schließlich hatten sie die Küste erreicht und das Fischerdorf gefunden. Allerdings war das Dorf von einer Patrouille der Saaur überfallen und das brijanische Schiff niedergebrannt worden, und die sechs Männer, die als Wachen zurückgelassen worden waren, hatten dabei den Tod gefunden. Die Saaur hatten Krieger zurückgelassen, doch nachdem sich zwei Wochen lang niemand gezeigt hatte, waren diese wieder zu ihren Kameraden gestoßen. Unter den fünf Männern hatte sich Verzweiflung breitgemacht, doch schon am nächsten Tag hatte Erik mit den drei gesunden Männern ein Stück von dem Dorf entfernt ein neues Lager aufgeschlagen.

Die Dorfbewohner hatten ihnen freiwillig geholfen, weil diese Fremden offensichtlich Feinde ihrer Unterdrücker waren. Keiner von ihnen hatte auch nur im leisesten daran gedacht, sie den Soldaten der Smaragdkönigin zu überstellen.

Inzwischen war das Schiff am Horizont deutlich zu sehen. Endlich stellte Calis fest: »Es ist ein Schiff des Königreichs.«

Alfred und Renaldo jubelten vor Freude, während Micha nur ein Stoßgebet an Tith-Onanka, den Gott des Krieges, sandte. Calis erhob sich und stützte sich auf die Krücke.

»Wir sollten besser ins Dorf gehen.«

Erik blieb in Calis' Nähe, für den Fall, daß er Hilfe brauchte. Der Halbelb hatte mehr ertragen müssen, als ein Sterblicher eigentlich hätte aushalten können, und doch hatte er überlebt. Seine Wunden heilten ab. Natürlich würden auf der linken Seite des Gesichts Narben zurückbleiben, doch das Haar war schon wieder nachgewachsen. Angesichts der Schwere der Wunden – die

Erik täglich gesäubert und mit Reiki behandelt hatte – würden die Narben nicht so groß sein. Calis hinkte zwar immer noch, aber Erik zweifelte nicht daran, daß, falls sie das Königreich lebend wiedersahen, die Ärzte des Prinzen oder die Priesterheiler eines der Tempel die alte Kraft des Hauptmanns wiederherstellen könnten.

Bobby de Loungville, den sie in seiner Eisgruft in den Bergen zurückgelassen hatten, fand mit keinem Wort Erwähnung. Erik dachte bei sich, es müsse von Calis' elbischem Erbe herrühren, daß er nicht über den Toten sprach. Dennoch spürte er, welchen Verlust Bobbys Tod für Calis darstellte: Der Hauptfeldwebel war dem Hauptmann mehr als nur ein Freund gewesen. Ihn hatte Calis als ersten für seine außergewöhnlichen Ziele rekrutiert, und er hatte länger als jeder andere unter seinem Befehl gedient.

Als sie den Strand erreichten, wurde Erik mit einigem Schrekken bewußt, daß nur noch Jadow Shati länger in den Diensten von Calis stand als er selbst, und er gehörte erst seit drei Jahren zur Truppe. Er schüttelte den Kopf.

Calis bemerkte das. »Was gibt es?«

Erik zuckte mit den Schultern. »Ich habe nur gerade gedacht, daß man bei den Blutroten Adlern ein nicht gerade hohes Alter erreicht.«

»Damit hast du wohl recht«, stimmte Calis zu. »Und ich fürchte, die Schlacht hat gerade erst begonnen. Wenn das alles vorüber ist, wird von uns fünfen vielleicht keiner mehr am Leben sein.«

Erik erwiderte nichts. Sie gelangten ins Fischerdorf, wo sie einer der älteren Fischer mit Namen Rajis fragte: »Wollt Ihr an Bord dieses Schiffes gehen?«

»Ja«, gab Erik zur Antwort. »Es ist eins von unseren und wird uns in die Heimat bringen.«

Der Dorfbewohner nickte, schüttelte erst Erik, dann Calis und den anderen die Hand. »Leider können wir Euch allein unseren herzlichsten Dank anbieten«, verabschiedete sich Calis.

Sie stiegen in ein Boot, wurden in die Brandung geschoben und von zwei Fischern gerudert. Während sich das Schiff näherte, stellte Erik fest: »Das ist kein königliches Schiff.«

Calis nickte. »Sie haben ein Handelsbanner gehißt.«

»Wie?« fragte Alfred. »Ein Handelsschiff?«

»So sieht es jedenfalls aus«, gab Calis zurück.

Wenige Minuten später meinte Erik: »Ich weiß nicht ...« Er stand auf und begann zu winken. Als sie näher an das Schiff herankamen, winkten die Gestalten an Bord zurück, und plötzlich erkannte Erik eine von ihnen. »Es ist Roo!« rief er. »Es ist Roo!« Und einen Augenblick später fügte er hinzu: »Und Nakor ist bei ihm. Und Sho Pi!«

Bald hatten sie das Schiff erreicht, und eine Strickleiter wurde heruntergelassen. Zwei Seeleute kletterten an Seilen nach unten und halfen Calis an Bord. Erik wartete bis zuletzt und verabschiedete sich dann von den Fischern.

Als er auf dem Deck anlangte, warteten dort Nakor, Sho Pi und Roo bereits auf ihn. Roo nahm den Freund seiner Kindheit herzlich in die Arme. Nach einem Augenblick des Schweigens meinte Erik: »Du kannst dir gar nicht vorstellen, wie schön es ist, dich wiederzusehen.«

Roo betrachtete die fünf Männer – sonnenverbrannt, abgemagert, zerlumpt und schmutzig –, die da vor ihm standen, und er schüttelte den Kopf. »Nur ihr fünf?«

»Von denen wir wissen«, entgegnete Calis. »Ein weiteres Dutzend ist mit Miranda aufgebrochen.«

»Wenn sie bis jetzt nicht hier sind«, befand Nakor, »haben sie es nicht geschafft. Miranda ist mit einem höchst eigentümlichen

Mann namens Boldar nach Elvandar gekommen. Ich habe sie dort getroffen. Dann hat Pug mich zu Roo geschickt, damit ich euch abholen könnte.«

»Es gibt eine Menge Dinge, die ich unter den Bergen gesehen habe und die ich noch immer nicht verstehe«, berichtete Calis. »Vielleicht kannst du mit deiner seltsamen Betrachtungsweise der Welt etwas Licht in die Rätsel bringen.«

»Vor uns liegt eine lange Reise«, gab Nakor zurück. »Wir werden jede Menge Zeit zum Reden haben. Aber als erstes müßt ihr alle etwas essen und dann schlafen. Und danach werden Sho Pi und ich uns deine Wunden ansehen.«

Die anderen drei Männer wurden unter Deck geführt, und Erik fragte Roo: »Warum bist du mitgekommen?«

Roo zuckte mit den Schultern. »Herzog James wollte Nakor kein Schiff geben. Ich hingegen bin zu etwas Geld gekommen und hatte ein paar Schiffe im Hafen liegen, da dachte ich also, ich könnte ihm eins leihen.« Er blickte hinter dem Isalani her. »Bei dem Gedanken jedoch, wie verrückt er manchmal ist, dachte ich mir, ich sollte besser mitfahren, sonst würde ich mein Schiff vielleicht niemals wiedersehen.«

Erik lachte. Roo erkundigte sich: »Was ist mit de Loungville?«

Augenblicklich erstarb das Lächeln auf Eriks Gesicht. »Dort oben«, erwiderte er nur und deutete mit dem Kopf hinauf ins Gebirge, dessen Gipfel von Wolken verhüllt waren.

Roo schwieg eine Weile. Schließlich drehte er sich zum Achterdeck um. »Kapitän!«

»Ja, Mr. Avery?«

»Bringt uns nach Hause.«

»Aye, aye«, antwortete der Kapitän. Er gab den Befehl an seinen ersten Offizier weiter, und das Schiff wendete und entfernte sich langsam von Novindus.

Erik legte seinem Freund die Hand auf die Schulter. »Habt ihr unterwegs irgendwelche Schwierigkeiten gehabt?«

Roo lachte. »Wir sind auf eines der kleineren Schiffe der Königin gestoßen. Aber ich habe einige der übelsten Kerle angeheuert, die ich in Krondor auftreiben konnte, und wir haben das Schiff geentert und versenkt. Die haben hier unten nicht viel Erfahrung mit Piraten, glaube ich.«

Jetzt war es an Erik zu lachen. »Und, bist du inzwischen der reichste Mann des Königreichs?«

»Vermutlich. Und wenn nicht, tue ich jedenfalls mein Bestes, es bald zu sein. Komm, wir wollen sehen, was wir für dich zu essen finden.«

Die beiden Männer stiegen unter Deck, und die lange Reise zu jener fernen Stadt, die ihre Heimat war, nahm ihren Anfang.

Anhang

AGLARANNA – Elbenkönigin in Elvandar, Gemahlin von Tomas, Mutter von Calin und Calis

ALFRED – Korporal aus Finstermoor

AVERY, ABIGAIL – Tochter von Roo und Karli

AVERY, DUNCAN – Cousin von Roo

AVERY, HELMUT – Sohn von Roo und Karli

AVERY, RUPERT »ROO« – junger Händler aus Krondor, Sohn von Tom Avery

AVERY, TOM – Fuhrmann, Roos Vater

AZIZ – Feldwebel in Shamata

BETSY – Dienstmädchen im Gasthaus Zu den Sieben Blumen

BOLDAR BLUT – Söldner, der von Miranda im Gang zwischen den Welten angeheuert wurde

BORRIC – König der Inseln, Zwillingsbruder von Prinz Erland, Bruder von Prinz Nicholas, Vater von Prinz Patrick

CALIN – Thronfolger von Elvandar, Halbbruder von Calis, Sohn von Aglaranna und König Aidan

CALIS – »Der Adler von Krondor«, Sonderbeauftragter des Prinzen von Krondor, Herzog am Hofe, Sohn von Aglaranna und Tomas, Halbbruder von Calin

CARLINE – Herzoginwitwe von Salador, Tante des Königs

CHALMES – Hoher Magier in Stardock

CROWLEY, BRANDON – Händler in Barrets Kaffeehaus

DE LOUNGVILLE, ROBERT »BOBBY« – Hauptfeldwebel bei Calis' Blutroten Adlern

DE SAVONA, LUIS – früher Soldat, heute Mitarbeiter von Roo

DUNSTAN, BRIAN – der »Kluge«, Anführer der Spötter, war früher unter dem Namen Lysle Rigger bekannt

ELLIEN – Mädchen aus Ravensburg

ERLAND – Bruder des Königs und von Prinz Nicholas, Onkel von Prinz Patrick

ESTERBROOK, JACOB – wohlhabender Händler in Krondor, Vater von Sylvia

ESTERBROOK, SYLVIA – Jacobs Tochter

FADAWAH – Oberster General der Armee der Smaragdkönigin

FREIDA – Eriks Mutter

GALAIN – Elb in Elvandar

GAMINA – Adoptivtochter von Pug, Schwester von William, Gemahlin von James, Mutter von Arutha

GAPI – General in der Armee der Smaragdkönigin

GASTON – Wagenhändler in Ravensburg

GORDON – Korporal in Krondor

GRAVES, KATHERINE »KITTY« – Diebin in Krondor

GREYLOCK, OWEN – Hauptmann in Diensten des Prinzen

GRINDLE, HELMUT – Händler, Vater von Karli, Partner von Roo

GRINDLE, KARLI – Tochter von Helmut, spätere Gemahlin von Roo Avery, Mutter von Abigail und Helmut

GUNTHER – Nathans Lehrling

GWEN – Mädchen aus Ravensburg

HOEN, JOHN – Geschäftsführer von Barrets Kaffeehaus
HUME, STANLEY – Händler in Barrets Kaffeehaus

JACOBY, FREDERICK – Gründer von Jacoby und Söhne, Händler
JACOBY, HELEN – Gemahlin von Randolph
JACOBY, RANDOLPH – Sohn von Frederick, Bruder von Timothy, Gemahl von Helen
JACOBY, TIMOTHY – Sohn von Frederick, Bruder von Randolph
JAMES – Herzog von Krondor, Vater von Arutha, Großvater von James und Dash
JAMESON, ARUTHA – Graf am Hofe des Prinzen, Sohn von Herzog James
JAMESON, DASHIEL »DASH« – jüngerer Sohn von Arutha, Enkel von James
JAMESON, JAMES »JIMMY« – älterer Sohn von Arutha, Enkel von James
JAMILA – Madame im Weißen Flügel
JASON – Kellner in Barrets Kaffeehaus, später Buchhalter von Avery und Sohn und der Bittermeer-Gesellschaft
JEFFREY – Fuhrmann bei Jacoby und Söhne

KALIED – Oberster Magier in Stardock
KURT – einschüchternder Kellner in Barrets Kaffeehaus

LENDER, SEBASTIAN – Anwalt in Barrets Kaffeehaus

MCKELLER – Oberkellner in Barrets Kaffeehaus

MILO – Wirt in Ravensburg, Vater von Rosalyn
MIRANDA – Magierin und Verbündete von Calis und Pug

NAKOR DER ISALANI – Spieler, Freund von Calis

PATRICK – Prinz von Krondor, Sohn von Prinz Erland, Neffe des Königs und von Prinz Nicholas
PUG – Magier, Herzog von Stardock, Cousin des Königs, Vater von Gamina

RIVERS, ALISTAIR – Wirt im Glücklichen Springer
ROSALYN – Tochter von Milo, Gemahlin von Rudolph, Mutter von Gerd
RUDOLPH – Bäcker in Ravensburg

SHATI, JADOW – Korporal in Calis' Truppe

TANNERSON, SAM – Dieb in Krondor
TOMAS – Kriegsherr in Elvandar, Gemahl von Aglaranna, Vater von Calis

VINCI, JOHN – Händler in Sarth
VON FINSTERMOOR, ERIK – Soldat bei Calis' Blutroten Adlern
VON FINSTERMOOR, MANFRED – Baron von Finstermoor, Halbbruder von Erik
VON FINSTERMOOR, MATHILDA – Baroneß von Finstermoor, Mutter von Manfred

WILLIAM – Marschall von Krondor, Pugs Sohn, Gaminas Adoptivbruder, Onkel von Jimmy und Dash

GOLDMANN

Der phantastische Verlag

Raymond Feists Midkemia-Saga – eine unerreichte Fantasy von Liebe und Krieg, Freundschaft und Verrat, Magie und Erlösung.

Midkemia-Saga 1:
Der Lehrling des Magiers 24616

Midkemia-Saga 2:
Der verwaiste Thron 24617

Midkemia-Saga 3:
Die Gilde des Todes 24618

Midkemia-Saga 4:
Dunkel über Sethanon 24611

Goldmann · Der Taschenbuch-Verlag